MINHA VIDA MORA AO LADO

> **Melhor Romance Juvenil pela YALSA**
> (Young Adult Library Services Association)
>
> **Finalista do Prêmio RITA**
> (Romance de Estreia)

MINHA VIDA

"Personagens repletos de vida. Narrativa forte, cheia de ritmo, de sol
e de beijos, é claro. Perfeito para as fãs de Sarah Dessen e Deb Caletti."
School Library Journal

"Sem sombra de dúvida, um dos melhores YAs do ano.
Você começa a ler e não consegue mais parar."
Teen Reads

"Fitzpatrick captura com perfeição as delícias e os prazeres do primeiro
amor, sem deixar de lado os desafios do cotidiano."
VOYA

"Jase e Samantha viverão uma paixão daquelas que toda adolescente sonha viver."
Simone Elkeles, autora do best-seller *Química Perfeita*

"Um romance maravilhoso, que fala diretamente ao coração."
Lurlene McDaniel, autora do best-seller *De Coração para Coração*

"'Eu quero um Jase inteirinho só para mim!', assim reagirão
as jovens leitoras de *Minha Vida Mora ao Lado*."
Kirkus Review

"O excelente romance de estreia de Fitzpatrick captura de modo comovente a intensidade do primeiro amor e das forças corrompedoras do poder."
Publishers Weekly (resenha estrelada)

"Uma química eletrizante: é o retrato terno, gauche, sexy e extasiado que o romance pinta do primeiro amor que o leva às alturas."
Horn Book

Huntley Fitzpatrick
MORA AO LADO

Tradução
Carolina Selvatici

Rio de Janeiro, 2015
1ª Edição

Copyright © 2012 *by* Huntley Fitzpatrick

TÍTULO ORIGINAL
My Life Next Door

CAPA
Raul Fernandes

FOTO DE CAPA
Rekha Garton | Arcangel Images

FOTO DA AUTORA
Katrina Bernard Photography

DIAGRAMAÇÃO
FA studio

Impresso no Brasil
Printed in Brazil
2015

CIP-BRASIL. CATALOGAÇÃO NA FONTE
SINDICATO NACIONAL DOS EDITORES DE LIVROS, RJ

F583m

Fitzpatrick, Huntley
    Minha vida mora ao lado / Huntley Fitzpatrick; tradução Carolina Selvatici —
1.ed — Rio de Janeiro: Valentina, 2015.

    320 p. ; 23 cm

    Tradução de: My life next door
    ISBN 978-85-65859-70-7

    1. Romance americano. I. Selvatici, Carolina. II. Título.

15-24736.

CDD: 813
CDU: 821.111(73)-3

Todos os livros da Editora Valentina estão em conformidade com
o novo Acordo Ortográfico da Língua Portuguesa.

Todos os direitos desta edição reservados à

EDITORA VALENTINA
Rua Santa Clara 50/1107 — Copacabana
Rio de Janeiro — 22041-012
Tel/Fax: (21) 3208-8777
www.editoravalentina.com.br

Para Colette Corry, é claro.
As palavras "melhor amiga" nunca dirão o bastante.

Capítulo Um

Os Garrett eram proibidos desde o início.

Mas não era por isso que eram importantes.

Estávamos no nosso quintal, dez anos atrás, no dia em que o sedã caindo aos pedaços estacionou em frente à casa de telhado baixo que fica bem ao lado da nossa, logo atrás do caminhão da mudança.

— Ai, não... — suspirou minha mãe, deixando os braços caírem. — Eu estava torcendo para não precisarmos passar por isso.

— Isso o quê? — gritou, lá da frente da garagem, minha irmã mais velha. Tinha oito anos e já estava impaciente com a tarefa estabelecida por mamãe para aquele dia: plantar brotos de junquilho em nosso jardim.

Andando rapidamente até a cerca de madeira que separava os terrenos, ela ficou na ponta dos pés para observar os novos moradores. Pressionei o rosto contra o vão entre as tábuas, observando, impressionada, o casal e as cinco crianças saírem do carro — mais parecia um calhambeque de palhaços no circo.

— Esse tipo de coisa. — Mamãe apontou para o carro com a pá, enrolando os cabelos louros, quase prateados, com a outra mão. — Todo bairro tem uma dessas! A família que nunca corta a grama. Que tem brinquedos espalhados por tudo quanto é canto. Que nunca planta flores ou planta e deixa tudo morrer. A família bagunceira que desvaloriza os imóveis. Aqui está ela. Bem do nosso lado. Você plantou o bulbo de cabeça para baixo, Samantha.

Virei a planta, ralando os joelhos na terra para me aproximar da cerca, meus olhos grudados no pai enquanto ele tirava um bebê de uma cadeirinha do carro, e uma criança de cabelos cacheados subia em suas costas.

— Eles parecem legais — observei.

Lembro-me de que um silêncio se fez e de que olhei para minha mãe.

Ela balançava a cabeça para mim, com uma expressão estranha no rosto.

— O problema não é ser legal, Samantha. Você tem sete anos. Tem que entender o que é importante. *Cinco* filhos. Pelo amor de Deus. Essa família é igualzinha à do seu pai. Que loucura! — Ela balançou a cabeça novamente, voltando os olhos para o céu.

Eu me aproximei de Tracy e tirei uma lasca de tinta branca da cerca com a unha do polegar. Minha irmã se voltou para mim com o mesmo olhar que usava quando estava assistindo à TV e eu tentava perguntar alguma coisa.

— *Ele* é um fofo — disse ela, tentando bisbilhotar pela cerca de novo.

Olhei para o outro lado e vi um menino mais velho sair pela porta traseira do carro, uma luva de beisebol na mão, e tirar uma caixa de papelão cheia de material esportivo do porta-malas.

Mesmo naquela época Tracy gostava de mudar o foco, de esquecer como mamãe achava difícil criar duas filhas. Nosso pai fora embora sem nem ao menos se despedir, deixando-a com uma criança de um ano, um bebê a caminho, muitas desilusões e, por sorte, a herança dos pais dela.

O passar dos anos provou que nossos novos vizinhos, os Garrett, eram exatamente o que mamãe havia previsto. A grama da casa deles era cortada esporadicamente, quando era. As luzes de Natal ficavam penduradas até a Páscoa. O quintal era uma bagunça completa com piscina, pula-pula, balanço e trepa-trepa. De vez em quando, a Sra. Garrett tentava plantar alguma coisa sazonal — crisântemos em setembro, marias-sem-vergonha em junho —, apenas para deixar tudo murchar e morrer enquanto cuidava de coisas mais importantes, como seus cinco filhos, que se tornaram oito com o passar do tempo. Todos tinham cerca de três anos de diferença entre si.

— O meu problema — ouvi a Sra. Garrett explicar um dia no supermercado quando a Sra. Mason mencionou a barriga crescente da mulher — são os vinte e dois meses. É aí que, de repente, eles deixam de ser bebês. E eu gosto tanto de bebês...

A Sra. Mason havia erguido as sobrancelhas e sorrido, depois se virado com os lábios apertados, sacudindo a cabeça, perplexa.

No entanto, a Sra. Garrett parecera ignorar o gesto, feliz consigo mesma e satisfeita com a família caótica. Cinco meninos e três meninas até a época em que fiz dezessete anos.

Joel, Alice, Jase, Andy, Duff, Harry, George e Patsy.

• • •

Desde que os Garrett haviam se mudado, minha mãe quase nunca olhava pela janela lateral da nossa casa sem bufar, impaciente. Crianças demais na cama elástica. Bicicletas abandonadas no gramado. Um balão rosa ou azul amarrado à caixa de correio, sendo balançado pela brisa. Partidas de basquete barulhentas. Música nas alturas enquanto Alice e as amigas tomavam sol. Os meninos mais velhos lavando carros e usando a mangueira para fazer guerra de água. E, se não fosse por isso, era pela Sra. Garrett, calmamente amamentando na escada da frente da casa ou sentada lá fora, no colo do Sr. Garrett, sem se importar com o fato de todo mundo estar assistindo.

— É indecente — dizia minha mãe, observando.

— Não é ilegal — sempre contradizia Tracy, futura advogada, jogando os cabelos platinados para trás. Ela parava ao lado da nossa mãe e inspecionava os Garrett pela grande janela lateral da cozinha. — A justiça estabeleceu que é totalmente legal dar de mamar onde você quiser. A escada da casa dela com certeza está incluída nisso.

— Mas por quê? Por que fazem isso quando existem mamadeiras e leite em pó? E, se ela faz *tanta* questão, por que não amamenta dentro de casa?

— Ela está tomando conta dos outros filhos, mãe. É a obrigação dela — dizia eu algumas vezes, parando ao lado de Tracy.

Minha mãe suspirava, balançava a cabeça e tirava o aspirador de pó do armário como se fosse um Valium. A canção de ninar da minha infância era o som dela passando o aspirador, fazendo linhas perfeitamente simétricas no carpete bege da sala de estar. As linhas pareciam, de alguma forma, importantes para mamãe — tão essenciais que ligava o aparelho enquanto eu e Tracy tomávamos café da manhã e, lentamente, nos seguia até a porta enquanto púnhamos nossos casacos e mochilas. Então, ela voltava, eliminando nossa trilha de pegadas — e a dela — até sairmos de casa. Por fim, deixava o aspirador de pó com cuidado atrás de uma das colunas da varanda, apenas para, à noite, arrastá-lo de volta quando chegava em casa do trabalho.

Ficou claro desde o começo que nós *não podíamos brincar com os Garrett*. Depois de levar para eles a obrigatória lasanha de "boas-vindas ao bairro", minha mãe fez tudo que pôde para não ser simpática. Respondia aos cumprimentos sorridentes da Sra. Garrett com acenos frios de cabeça. Recusava todas as ofertas do Sr. Garrett para cortar a grama, varrer as folhas ou tirar a neve do nosso quintal com um conciso "Temos um jardineiro, obrigada".

Por fim, os Garrett desistiram de tentar.

Apesar de morarem do nosso lado e uma criança ou outra sempre passar pedalando por mim enquanto eu regava as flores de minha mãe, era fácil não encontrá-los. Os filhos deles frequentavam escolas públicas. Tracy e eu, a Hodges, a única instituição particular da nossa pequena cidade em Connecticut.

Minha mãe nunca ficou sabendo de uma coisa, algo que ela reprovaria radicalmente: eu observava os Garrett. O tempo todo.

Do lado de fora da janela do meu quarto, há uma pequena seção plana do telhado, com uma cerquinha em torno dela. Não é bem uma varanda — mais uma plataforma. Fica entre duas cumeeiras, protegida tanto do quintal quanto do jardim da frente, voltada diretamente para a casa dos Garrett. Mesmo antes da família se mudar, era ali que me sentava, pensava e refletia. Mas, depois, era onde eu sonhava.

Eu saía do quarto depois da hora de dormir, olhava para as janelas iluminadas e via a Sra. Garrett lavar a louça, com uma das crianças mais novas sentada na pia, ao lado dela. Ou o Sr. Garrett brincando de luta com os filhos mais velhos na sala de estar. Ou as luzes se acendendo no quarto em que a bebê devia dormir, e a figura do Sr. ou da Sra. Garrett andando de um lado para o outro, acariciando as costas da criança. Era como assistir a um filme mudo, um filme muito diferente da vida que eu vivia.

Com o passar dos anos, fiquei mais ousada. Às vezes, observava a casa durante o dia, depois da escola, encolhida e apoiada contra a lateral da cumeeira áspera, tentando descobrir qual Garrett tinha o nome que eu ouvia ser berrado pela porta de tela. Era difícil porque todos tinham cabelos castanhos e ondulados, pele bronzeada e corpos magros e fortes, como se pertencessem a uma etnia só deles.

Joel era o mais fácil de identificar: era o mais velho e o mais atlético. A foto dele costumava aparecer nos jornais locais por causa das inúmeras vitórias esportivas. Estava acostumada a ver a sua imagem em preto e branco. Alice, a filha seguinte, pintava os cabelos com cores espetaculares e usava roupas que provocavam comentários da Sra. Garrett, por isso eu também a reconhecia facilmente. George e Patsy eram os menores. Os três meninos do meio, Jase, Duff e Harry... Eu não conseguia diferenciá-los. Tinha quase certeza de que Jase era o mais velho dos três, mas isso significava que era o mais alto? Duff deveria ser o inteligente, pois competia em vários torneios de xadrez e de soletrar, mas não usava óculos nem tinha cara de nerd. Harry estava sempre arranjando problemas — "Harry! Por que você fez isso?!?" era a frase clássica. E Andy, a menina do meio, nunca parecia estar por perto. O nome dela era o que chamavam por mais tempo para ir jantar ou entrar no carro: "Annnnnnnndyyyyyyyy!"

Do meu cantinho escondido, eu observava o quintal, tentando localizar Andy, entender a última travessura de Harry ou ver que modelito extravagante Alice estava usando. Os Garrett já eram a história que me ninava, muito antes de eu imaginar que podia fazer parte dela.

Capítulo Dois

É a primeira noite abafada do verão, e eu me encontro sozinha em casa, tentando aproveitar o silêncio, mas percebendo que estou andando de um cômodo para o outro, inquieta.

Tracy saiu com Flip, o mais novo tenista louro de sua interminável lista de namorados. Não consigo falar com minha melhor amiga, Nan, que está completamente envolvida com o namorado *dela*, Daniel, desde que as aulas acabaram há uma semana e ele se formou. Não há nada que eu queira ver na TV, nenhum lugar da cidade aonde queira ir. Tentei me sentar na varanda, mas, com a maré baixa, o ar úmido fica pesado demais e um incômodo aroma de lodo é trazido do rio pela brisa.

Por isso, estou sentada em nossa sala de estar com o teto abobadado, mastigando o gelo que sobrou no copo, folheando a pilha de revistas de fofocas sobre (sub)celebridades de Tracy. De repente, ouço um apito alto e constante. Enquanto ele azucrina, olho à minha volta, assustada, tentando descobrir o que é. É a secadora? O detector de fumaça? Por fim, percebo que é a campainha, tocando, tocando, sem parar. Corro para abrir a porta, esperando — que saco! — ver um dos ex-namorados de Tracy, que, sentindo-se audacioso depois de tomar várias caipifrutas de morango no clube, veio reconquistar minha irmã.

Em vez disso, encontro minha mãe, pressionada contra a campainha, sendo beijada até a alma por um homem que não conheço. Quando abro a porta com força, os dois quase caem, mas ele apoia a mão no batente e continua a beijá-la, como se não houvesse amanhã. Então, fico ali parada, me sentindo idiota, de braços cruzados, a camisola fina balançando levemente no ar denso. Vozes veranescas me cercam. O bater do mar longe dali, o rugido de uma moto subindo a rua, o soprar do vento entre as árvores. Nada daquilo — e com certeza não a minha presença — faz minha mãe e aquele cara pararem. Nem o estouro do escapamento de uma moto, que entra no terreno dos Garrett, algo que normalmente a enlouqueceria.

Por fim, eles se soltam, tentando respirar, e ela se vira para mim com uma risada envergonhada.

— Samantha. Nossa! Você me assustou.

Minha mãe está com o rosto vermelho, a voz aguda e afetada. Não fala com o tom de "sou eu que mando" que costuma usar em casa, nem com a frieza açucarada que exibe no trabalho.

Cinco anos atrás, minha mãe entrou para a política. Tracy e eu não levamos isso a sério no início — nem sabíamos que mamãe votava. No entanto, um dia, ela voltou de um comício toda animada e decidida a virar deputada. Depois, se candidatou e foi eleita, e nossas vidas mudaram completamente.

Tínhamos orgulho dela. É claro que tínhamos. Mas, em vez de preparar o café da manhã e vasculhar nossas mochilas para garantir que havíamos feito o dever, minha mãe saía de casa às cinco da manhã e ia para Hartford "antes do trânsito parar". Ela trabalhava até tarde em comissões e sessões especiais. As atividades importantes dos fins de semana deixaram de ser os treinos de ginástica da Tracy e minhas competições de natação e passaram a ser estudar propostas que seriam postas em votação, participar de sessões especiais ou de eventos locais. Tracy recorreu a todas as táticas de mau comportamento adolescente possíveis e imagináveis. Começou a usar drogas e a beber, cometeu pequenos furtos, transou com vários garotos. Eu li pilhas de livros, decidi ser democrata (minha mãe é republicana) e comecei a passar mais tempo do que de costume observando os Garrett.

Por isso, hoje, estou, paralisada aqui, chocada com o prolongado e inesperado amasso, até minha mãe finalmente soltar o cara. Ele se vira para mim e eu fico sem ar.

Quando um homem abandona uma mulher grávida e com uma filha pequena, ela não mantém a foto dele em cima da lareira. Temos apenas algumas fotografias do meu pai e todas estão no quarto da Tracy. Mesmo assim, eu o reconheço — o formato do rosto, as covinhas, os cabelos claros e brilhantes, os ombros largos. Aquele homem tem tudo aquilo.

— Pai?

A expressão de mamãe, antes de um deslumbre sonhador, se transforma numa careta chocada, como se eu tivesse soltado um palavrão.

O homem se afasta dela e estende a mão para mim. Quando entra na luz da sala de estar, percebo que ele é muito mais jovem do que meu pai seria agora.

— Oi, querida. Sou o mais novo integrante da campanha de reeleição da sua mãe. E com certeza o mais entusiasmado.

Entusiasmado? Deu para notar.

Ele pega a minha mão e a aperta, quase sem a minha participação.

— Este é Clay Tucker — apresenta minha mãe num tom de reverência que poderia ser usado para falar de Vincent van Gogh ou de Abraham Lincoln. Ela se vira e me lança um olhar reprovador, sem dúvida por eu ter chamado o cara de "pai", mas logo se recupera: — O Clay trabalhou em campanhas para o governo federal. Tenho muita sorte por ele ter aceitado me ajudar.

Ajudar como?, pergunto-me enquanto ela ajeita os cabelos num gesto que não pode ser nada além de um flerte. *Mãe?*

— Viu, Clay? — continua ela. — Eu *disse* que a Samantha já era grandinha.

Eu pisco. Tenho um metro e cinquenta e sete de altura. De salto alto. "Grandinha" é um exagero. Depois entendo. Minha mãe quer dizer velha. Velha para ser filha de alguém tão jovem quanto ela.

— O Clay ficou muito surpreso quando soube que tenho uma filha adolescente. — Mamãe prende uma mecha solta dos cabelos recém-ajeitados atrás da orelha. — Disse que ainda pareço ter quinze anos.

Eu me pergunto se ela falou da Tracy ou se vai manter minha irmã em segredo por um tempo.

— Você é tão linda quanto a sua mãe — afirma Clay para mim. — Então, agora eu acredito.

O homem tem aquele tipo de sotaque sulista que me faz pensar em manteiga derretida, biscoitos e balanços na varanda.

Ele corre os olhos pela sala de estar.

— Que sala linda — afirma. — Parece um lugar relaxante para se descansar depois de um longo dia de trabalho.

Mamãe sorri. Ela tem orgulho da nossa casa, reforma os cômodos o tempo todo, ajeitando o que já é perfeito. Clay anda pela sala devagar, examinando os gigantescos quadros de paisagens nas paredes muito brancas, observando o sofá bege, fofo demais, e as imensas poltronas, acomodando-se, por fim, na que fica em frente à lareira. Estou chocada. Olho para o rosto de minha mãe. Os homens com quem ela sai sempre param na porta. Na verdade, ela quase não sai com ninguém.

No entanto, minha mãe não está agindo do jeito costumeiro, olhando para o relógio, dizendo "Nossa, olha só que horas são" e empurrando o sujeito educadamente para a porta. Em vez disso, ela solta o risinho afetado de novo, brinca com o brinco de pérola e diz:

—Vou fazer um café.

Ela se vira para a cozinha, mas, antes que possa dar um passo, Clay Tucker vem até mim e põe a mão em meu ombro.

— Acho — diz — que você é o tipo de garota que faria o café para deixar sua mãe relaxar.

Meu rosto fica quente e dou um passo involuntário para trás. Na verdade, eu geralmente faço chá para minha mãe quando ela chega tarde. É quase um ritual. Mas ninguém nunca me mandou fazer isso. Parte de mim acha que não deve ter ouvido direito. Conheci esse cara há o quê, uns dois segundos? A outra parte se sente imediatamente incomodada, como me sinto na escola quando me esqueço de fazer o exercício de matemática que vale pontos extras ou em casa, quando enfio minhas roupas recém-lavadas numa gaveta, sem dobrar. Fico parada ali, lutando para encontrar uma resposta, mas não consigo achar nenhuma. Por fim, faço que sim com a cabeça e vou até a cozinha.

Enquanto meço a quantidade de café, ouço murmúrios e risadas baixinhas vindo da sala de estar. *Quem é esse cara? A Tracy já o conheceu?* Imagino que não, já que sou a *menina grandinha*. De qualquer forma, Tracy tem ficado muito tempo fora, torcendo por Flip nas partidas de tênis dele, desde que os dois se formaram na semana passada. No resto do tempo, os dois ficam no conversível dele, na nossa garagem, com os bancos abaixados, enquanto minha mãe ainda está no trabalho.

— O café já está pronto, querida? — grita mamãe. — O Clay está precisando de alguma coisa para acordar. Ele tem trabalhado como um burro de carga para me ajudar.

Burro de carga? Sirvo o café fresco em xícaras, coloco-as numa bandeja, pego creme, açúcar, guardanapos e volto batendo os pés para a sala de estar.

— Está ótimo para mim, querida, mas o Clay só toma café na caneca. Não é, Clay?

— Isso mesmo — responde ele com um sorriso largo, me devolvendo a xicrinha. — A maior que você tiver, Samantha. Eu vivo de cafeína. É minha fraqueza — completa, com uma piscadela.

Ao voltar da cozinha pela segunda vez, largo a caneca na mesa à frente de Clay. Minha mãe diz:

— Você vai adorar a Samantha, Clay. É uma menina tão esperta... No ano passado, ela fez todas as matérias na turma avançada. Tirou dez em tudo. Participou da criação do livro da turma, do jornal da escola, era da equipe de natação... Minha menina é uma estrela.

Mamãe abre seu sorriso verdadeiro, o que chega até os olhos. Começo a sorrir de volta.

— Tal mãe, tal filha — elogia Clay, e os olhos da minha mãe voltam para o rosto dele e se fixam ali, vidrados.

Os dois trocam um olhar de intimidade e minha mãe anda até ele e se senta no braço da poltrona.

Eu me pergunto por um segundo se ainda estou na sala. É óbvio que estou dispensada. Ótimo. Sou poupada da possibilidade real de perder o controle e jogar o café ainda quente no colo de Clay. Ou um balde de gelo na minha mãe.

Atende, atende, imploro ao telefone. Por fim, ouço um clique, mas não é a Nan. É o Tim.

— Residência dos Mason — diz ele. — Se for o Daniel, a Nan saiu com outro cara. Com um cara ainda mais idiota.

— Não é o Daniel — explico. — Ela saiu mesmo com outro cara?

— Não, é claro que não. A Nan? Ela tem sorte de ter o Daniel, e isso é triste pra cacete.

— E cadê ela?

— Por aí — sugere Tim, tentando ajudar. — Tô no meu quarto. Já parou pra pensar por que temos pelos nos dedos do pé?

Tim fumou um. Normal. Fecho os olhos.

— Posso falar com ela agora?

Tim diz que vai chamar Nan, mas, dez minutos depois, ainda estou esperando. Ele provavelmente se esqueceu até de que atendeu o telefone.

Desligo e fico deitada na cama por um instante, olhando fixamente para o ventilador no teto. Então, abro a janela e saio.

Como sempre, quase todas as luzes da casa dos Garrett estão acesas. Inclusive as da entrada da garagem, onde Alice, algumas de suas amigas em trajes sumários e alguns de seus irmãos estão jogando basquete. Os namorados também devem estar por lá. É difícil dizer, todos estão pulando muito e a música sai aos berros do dock station do iPod, na escada da frente.

Não sou boa em basquete, mas parece divertido. Olho pela janela da sala e vejo o Sr. e a Sra. Garrett. Ela está apoiada nas costas da poltrona dele, os braços dobrados, olhando para o marido, que está apontando alguma coisa numa revista. A luz do quarto deles, onde a bebê dorme, ainda está acesa, apesar de ser muito tarde. Eu me pergunto se Patsy tem medo de escuro.

Então, de repente, escuto uma voz bem perto de mim. Bem abaixo de mim.

— Oi.

Assustada, quase perco o equilíbrio. Então, sinto uma mão segurar meu tornozelo, me equilibrando, e ouço um barulho enquanto alguém, um cara que não reconheço, sobe pela treliça até o telhado, meu cantinho secreto.

— Oi — repete ele, sentando-se ao meu lado como se me conhecesse bem. — Precisa de ajuda?

Capítulo Três

Encaro o menino. É obviamente um Garrett, mas não é Joel. Então qual é? De perto, à luz que vem do meu quarto, ele parece diferente da maioria dos Garrett: tem braços e pernas mais longos, é mais magro, seus cabelos castanhos ondulados têm um tom mais claro, já com as mechas louras que algumas pessoas ganham no verão.

— Por que eu precisaria de ajuda? Estou na minha casa, no meu telhado.

— Não sei. Eu pensei, quando vi você, que podia ser a Rapunzel. A princesa na torre. Os cabelos louros compridos e... Bom...

— E você seria quem? — Tenho certeza de que vou rir se ele disser "o príncipe".

Em vez disso, ele responde:

— Jase Garrett. — E pega minha mão para me cumprimentar, como se estivéssemos numa entrevista e não sentados, à toa, no meu telhado à noite.

— Samantha Reed. — Acerto minha mão na dele, sendo automaticamente educada, apesar das circunstâncias bizarras.

— Um nome *muito* principesco — responde ele, aprovando e virando a cabeça para sorrir para mim. Seus dentes são muito brancos.

— Não sou princesa.

Ele me lança um olhar de análise.

— Você falou de um jeito tão enfático. Isso é um fato importante que eu já deveria saber?

A conversa toda é surreal. O fato de Jase Garrett dever, ou precisar, saber alguma coisa sobre mim não tem lógica. No entanto, em vez de dizer isso a ele, me pego fazendo uma confidência:

— Bom, poucos minutos atrás, eu quis machucar uma pessoa que tinha acabado de conhecer.

Jase leva um bom tempo para responder, como se pesasse seus pensamentos e palavras.

— É... — responde ele, por fim. — Imagino que muitas princesas tenham se sentido assim... Por causa daquela história dos casamentos arranjados e tal. Como iam saber com quem seriam obrigadas a casar? Mas... essa pessoa que você quer machucar sou eu? Porque não sou *nem um pouco* sem noção. É só me pedir para sair do seu telhado. Não precisa quebrar meus joelhos.

Jase estica as pernas, juntando as mãos atrás da cabeça, à vontade demais num território que não é exatamente dele. Apesar disso, me pego contando tudo sobre Clay Tucker. Talvez porque Tracy não esteja em casa e minha mãe esteja agindo como uma estranha. Talvez porque Tim esteja chapado e Nan, desaparecida. Talvez por causa de alguma coisa no próprio Jase, na maneira como ele está calmamente sentado, esperando para ouvir a história, como se os problemas de uma menina qualquer fossem extremamente interessantes. De qualquer forma, conto tudo a ele.

Depois que acabo, ficamos em silêncio.

Por fim, da semiescuridão, o perfil iluminado pela luz da minha janela diz:

— Bom, Samantha... Pelo menos você foi *apresentada* a esse cara. As coisas só deram errado depois. Isso pode tornar o homicídio justificável. De vez em quando, tenho vontade de matar pessoas que nem conheço... Tipo estranhos no supermercado.

Estou no telhado com um psicopata? Quando começo a me afastar, ele continua:

— Aquelas pessoas que sempre param para falar com a minha mãe, quando ela está com todos nós, e dizem: "Sabe, tem um jeito de prevenir a gravidez." Como se ter uma família grande fosse igual a, sei lá, um incêndio na floresta, e eles fossem da guarda florestal. Aquelas pessoas que conversam com o meu pai sobre vasectomias e o preço alto das faculdades, como se ele não tivesse ideia de nada disso. Eu já quis socar esse povo mais de uma vez.

Uau. Nunca conheci um garoto, na escola ou em qualquer outro lugar, que começasse a falar de coisas sérias tão rápido.

— É bom ficar de olho nessas pessoas que acham que sabem o jeito certo de se viver — afirma Jase, pensativo. — Elas podem atropelar você se estiver no caminho.

Eu me lembro de todos os comentários que minha mãe fez sobre vasectomia e faculdades.

— Sinto muito — digo.

Jase se vira, surpreso.

— Bom, minha mãe sempre diz para termos pena delas, para sentirmos muito por alguém que acha que o que pensa deve ser uma lei universal.

— E o que seu pai diz?

— Ele pensa igual a mim. O resto da família também. Minha mãe que é a pacifista. — Jase sorri.

Uma onda de risadas vem da quadra de basquete. Olho para baixo e vejo um garoto pegar uma menina pela cintura, girá-la, colocá-la no chão e abraçá-la com força.

— Por que não está lá embaixo? — pergunto.

Jase me olha por um longo tempo, como se estivesse pensando no que dizer de novo. Por fim:

— Boa pergunta, Samantha.

Então, se levanta, se espreguiça, me dá boa-noite e desce pela treliça.

Capítulo Quatro

À *luz* da manhã, ao escovar os dentes na mesma rotina matinal de sempre, e olhando para o mesmo rosto de sempre no espelho — cabelos louros, olhos azuis, sardas, nada de especial —, é fácil acreditar que sonhei estar sentada no escuro, de camisola, conversando sobre sentimentos com um estranho — e não qualquer estranho, mas um Garrett.

No café da manhã, pergunto a minha mãe onde ela conheceu Clay Tucker, o que não adianta nada, já que ela, preocupada em aspirar o carpete antes de sair, apenas responde:

— Num evento político.

Como esses são os únicos que ela frequenta, isso não ajuda muito.

Encurralo Tracy na cozinha enquanto ela aplica rímel à prova d'água usando o espelho sobre o bar, preparando-se para um dia na praia com Flip, e conto tudo sobre a noite anterior. Com exceção da parte com Jase no telhado.

— E daí? — responde ela, aproximando-se mais do próprio reflexo. — A mamãe finalmente encontrou alguém que mexe com ela. Se ele puder ajudar na campanha, melhor ainda. Você sabe como ela está histérica com as eleições de novembro. — Tracy se distrai um instante do espelho e me encara com os olhos pintados. — Isso tem alguma coisa a ver com o seu medo de intimidade?

Detesto quando a Tracy usa esse blá-blá-blá de autoajuda psicanalítica comigo. Desde que a fase rebelde de minha irmã resultou em um ano de terapia, ela se sente qualificada para abrir o próprio consultório.

— Não, tem a ver com a mamãe — insisto. — Ela não parecia a mesma. Se você estivesse aqui, teria visto.

Tracy gesticula com as mãos, indicando toda nossa cozinha extremamente moderna, ligada à enorme sala de estar e ao vasto hall. São todos grandes demais, grandiosos demais, para três pessoas, e só Deus sabe que mensagem passam. Nossa casa deve ter três vezes o tamanho da residência dos Garrett. E eles são *dez*.

— Por que eu estaria aqui? — perguntou ela. — O que tem de tão importante *aqui*?

Quero responder *"eu* estou aqui". Mas entendo o que ela quer dizer. Nossa casa tem todas as últimas novidades, tudo é high tech e incrivelmente limpo. E abriga três pessoas que prefeririam estar em qualquer outro lugar.

Mamãe aprecia rotinas. Isso significa, entre outras coisas, que comemos certos pratos em certas noites: sopa e salada às segundas-feiras, massa às terças, bife às quartas... Já deu para entender. Ela mantém calendários com nossas atividades escolares na parede, mesmo que já não tenha mais tempo para ir aos eventos, e faz de tudo para que não tenhamos muito tempo livre durante o verão. Quando foi eleita, ela teve que abandonar algumas de suas rotinas. Outras foram mais valorizadas. Os jantares às sextas-feiras no Clube de Natação e Tênis de Stony Bay continuam sagrados.

O CNT é o tipo de imóvel que todos na cidade considerariam brega se "todos" não quisessem ser membros dele. Foi construído quinze anos atrás, mas parece um castelo da era Tudor. Fica nas colinas acima da cidade, por isso tem uma bela vista para o rio. O clima fica completo com o som das duas piscinas, a olímpica e a de água natural. Minha mãe adora o clube. Ela até faz parte da diretoria. O que significa que, graças à minha participação na equipe de natação, fui condenada a ser salva-vidas das piscinas no verão passado e já fui contratada de novo esse ano — vou trabalhar duas vezes por semana a partir da próxima segunda. São dois dias inteiros no clube, além dos jantares de sexta-feira.

Assim, como hoje *é* sexta, estamos todos aqui: Tracy, Flip e eu, passando pelas portas de carvalho imponentes atrás de minha mãe. Apesar da busca eterna de Tracy e Flip pela medalha de ouro das olimpíadas de pegação em público, minha mãe adora o garoto. Talvez porque o pai dele é dono do maior negócio de Stony Bay. Seja qual for a razão, desde que Flip e Tracy começaram a namorar, seis meses atrás, ele sempre é convidado para os pomposos jantares de sexta. Que cara de sorte.

Nós nos sentamos à mesa de sempre, sob um gigantesco quadro de um baleeiro cercado de enormes baleias feridas por arpões, mas ainda capazes de mastigar alguns marinheiros sem sorte.

— Temos que definir nossos planos para o verão — diz minha mãe quando a cesta de pães chega. — Planejar tudo.

— Ai, mãe... Já falamos sobre isso. Vou para Martha's Vineyard. O Flip conseguiu um ótimo emprego como instrutor de tênis de um bando de famílias, já aluguei uma casa com uns amigos e arrumei trabalho como garçonete no Salt Air Smithy. O aluguel começa na semana que vem. Já está tudo planejado.

Minha mãe tira o guardanapo de pano do prato e o desdobra.

— Você mencionou isso, Tracy, mas não concordei com nada.

— Este é o meu verão de folga. Eu mereço — afirma Tracy, inclinando-se sobre o prato para pegar o copo de água. — Não é, Flip?

Flip havia, sabiamente, atacado a cesta de pães e mastigava um brioche com manteiga de bordo, então não pôde responder.

— Não preciso fazer mais nada para impressionar as faculdades. Já entrei na Middlebury. Não tenho que provar mais nada.

— Então você só trabalha duro para provar alguma coisa? — Minha mãe arqueia as sobrancelhas.

— Flip? — tenta Tracy de novo.

Mas o menino ainda está achando o pão fascinante, e acrescenta mais manteiga a ele enquanto continua a mastigar.

Minha mãe volta a atenção para mim.

— Bom, Samantha. Quero ter certeza de que está tudo certo com o seu verão. Você vai trabalhar quantas manhãs por semana no Breakfast Ahoy? — Ela lança o sorriso de encantar multidões para o garçom que está servindo água gelada.

— Três, mãe.

— E mais dois dias como salva-vidas. — Uma pequena ruga marca a testa dela. — Isso deixa você com três tardes livres. Mais os fins de semana. Hummm.

Observo minha mãe partir um pãozinho de leite e passar manteiga num pedaço, sabendo que ela não vai comê-lo. É apenas algo que faz para se concentrar.

— Mãe! A Samantha tem dezessete anos! Pelo amor de Deus! — exclama Tracy. — Deixe a menina ter um pouco de tempo livre.

Enquanto minha irmã diz isso, uma sombra escurece a mesa e todos olhamos para cima. É Clay Tucker.

— Grace. — Ele dá dois beijinhos no rosto de minha mãe e puxa a cadeira ao lado dela, virando-a para se sentar e apoiar os braços no espaldar. — E o resto da sua linda família. Não sabia que você tinha um filho.

Tracy e minha mãe se apressam a corrigir o engano enquanto o garçom chega com o cardápio. É meio desnecessário trazê-lo, já que o restaurante tem o mesmo menu fixo desde que os dinossauros andavam pela Terra, usando xadrez e mocassins.

— Eu estava comentando com a Tracy que ela devia fazer alguma coisa mais direcionada para a carreira dela no verão — afirma minha mãe, entregando o pão com manteiga para Clay. — Algo mais útil do que se divertir em Martha's Vineyard.

Ele cruza os braços sobre as costas da cadeira e olha para Tracy, a cabeça inclinada.

— Acho que um belo verão longe de casa pode ser a melhor coisa para a sua Tracy, Grace. Uma forma de descansar antes de ir para a faculdade. E vai dar mais tempo para *você* se concentrar na campanha.

Minha mãe analisa o rosto dele por um instante e parece encontrar algum sinal invisível ali.

— Está bem, então — concede ela. — Talvez eu tenha me precipitado, Tracy. Só não se esqueça de me passar os nomes, telefones e endereços das meninas que vão dividir a casa com você e os seus horários de trabalho.

— Gracinha — ri Clay Tucker, a voz baixa. — Ela é sua filha. Não sua adversária política. Não precisamos dos endereços.

Minha mãe sorri para ele, um leve rubor no rosto.

— Você está certo. Olhe só para mim, criando caso com as coisas erradas.

Criando caso? Desde quando minha mãe fala assim? Diante dos meus olhos, ela está se transformando em Scarlett O'Hara. É *isso* que vai ajudá-la a vencer a eleição?

Tiro o telefone do bolso embaixo da mesa e mando uma mensagem para Nan: MINHA MÃE FOI SEQUESTRADA POR ALIENS. PFV, ME AJUDE.

ADIVINHA?, responde Nan, ignorando minha mensagem. GANHEI O PRÊMIO LAZLO DE LITERATURA! MEU ENSAIO SOBRE HUCKLEBERRY FINN E HOLDEN CAULFIELD VAI SAIR NA REVISTA DE LITERATURA DA UNIVERSIDADE DE CONNECTICUT!!!!!!! O ENSAIO DO DANIEL FOI PUBLICADO NO ANO PASSADO E ELE DISSE QUE ISSO GARANTIU SUA VAGA NO MIT!!! COLUMBIA, LÁ VOU EU!

Eu me lembro desse ensaio. A Nan trabalhou muito nele e achei estranho ela escolher aquele tema porque sei que odeia *O Apanhador no Campo de Centeio*. "Tem muito palavrão. E ele é maluco."

GENIAL!, respondo, antes de minha mãe pegar o celular, fechá-lo e enfiá-lo na bolsa.

— Samantha, Mary Manson me ligou para falar sobre o Tim hoje. — Ela dá um gole na água e olha para mim, as sobrancelhas arqueadas de novo.

Isso não pode ser bom. "Falar sobre o Tim" significa "problema" nos últimos tempos.

— Ela quer que eu mexa uns pauzinhos para conseguir um emprego de salva-vidas para ele aqui. Pelo jeito, o emprego no Hot Dog Haven não deu certo.

Mas é claro. Porque se alguém não consegue nem colocar ketchup e mostarda num cachorro-quente, com certeza está predestinado a salvar vidas.

— Tem outra vaga de salva-vidas no clube, agora que vão abrir a piscina de água natural. O que você acha?

Bom, que vai ser uma catástrofe? O Tim e o posto de salva-vidas não são exatamente uma combinação lógica. Eu sei que ele sabe nadar bem — estava na equipe de natação da Hodges antes de ser expulso — mas...

— O que foi? — pergunta minha mãe, impaciente, enquanto mordo meu lábio inferior.

Quando estou trabalhando como salva-vidas, não tiro os olhos da piscina nem por um segundo. Imagino o Tim sentado na cadeira e sinto um arrepio. Mas tenho escondido o que ele está fazendo tanto dos pais dele quanto da minha mãe há anos...

— Mãe, ele anda meio... distraído nos últimos tempos. Não acho...

— Eu sei. — A voz dela é impaciente. — Esse é o motivo, Samantha. É por isso que uma coisa assim seria boa para ele. Ele precisa se concentrar, tomar sol e respirar ar fresco. E vai cair bem no currículo dele. Vou ajudar o menino. — Ela pega o próprio celular, me lançando um aceno de cabeça que encerra a conversa.

— Bom — diz Clay, sorrindo para mim, Tracy e Flip. — Vocês se incomodam se eu e sua mãe falarmos de trabalho?

— À vontade — responde Tracy, aérea.

Clay mergulha diretamente no assunto.

— Dei uma olhada nas estatísticas desse Ben Christopher que está concorrendo com você desta vez, Grace. E andei pensando numa coisa: você tem que ser mais conectável.

Isso é uma palavra?

Minha mãe estreita os olhos como se Clay estivesse falando grego, então talvez não seja.

— Ben Christopher — começa Clay. — Nasceu em Bridgeport, de uma família pobre, ganhou uma bolsa de estudos no colégio e criou a própria empresa de fabricação de painéis de energia solar, o que faz com que tenha os votos dos ecologistas. — Ele faz uma pausa para passar manteiga na outra metade do pãozinho da mamãe e dá uma bela mordida. — É um homem do povo. Você, querida, pode parecer um pouco rígida. Fria. — Outra mordida no pãozinho, mais mastigadas. — *Eu* sei que não é, mas...

Eca. Olho para Tracy, esperando que esteja tão enojada quanto eu, mas ela está distraída com Flip, que neste momento entrelaça os dedos com os dela.

— O que devo fazer então? — Uma vala se forma entre as sobrancelhas de minha mãe. Nunca a vi pedir a opinião de ninguém. Ela não se sente confortável nem pedindo informações quando estamos totalmente perdidas.

— Relaxa. — Clay põe a mão no antebraço dela e dá um leve apertão. — Vamos mostrar o que tem aí dentro. O lado mais suave da Grace.

Parece uma propaganda de sabão em pó.

Ele põe a mão no bolso e tira alguma coisa, antes de erguer o objeto para que todos possam ver. É um dos folhetos da campanha anterior da minha mãe.

— Viu? É disso que estou falando. O slogan da sua última campanha. *Grace Reed: trabalhando pelo bem social.* Isso é horrível, querida.

Minha mãe responde, defensiva:

— Mas eu *ganhei*, Clay.

Estou impressionada com a maneira direta com que ele está falando. Tracy e eu tivemos que enfrentar muitas zoações na escola por causa daquele slogan.

— Ganhou — diz ele, lançando um sorriso rápido. — É a prova do seu charme e da sua habilidade. Mas "bem social"? Fala sério. Não estou certo, meninas? Flip?

Flip resmunga algo enquanto come o terceiro pãozinho, lançando um olhar ansioso para a porta. Não o culpo por querer fugir.

— A última pessoa que usou isso numa campanha deve ter sido um candidato do século dezoito. Como eu disse, você tem que ser mais conectável, ser a pessoa que os eleitores estão procurando. Mais famílias, famílias jovens, estão se mudando para o nosso estado o tempo todo. Essa é a sua meta. Não vai conseguir os votos dos eleitores comuns. Ben Christopher já tem esses votos. Então a minha ideia é esta: *Grace Reed trabalha duro pela família porque a família é o foco.* O que você acha?

Neste instante, o garçom chega com nossas entradas. Ele não parece surpreso com o fato de Clay estar à nossa mesa, me fazendo pensar que aquilo havia sido planejado.

— Nossa, está com uma cara deliciosa — diz Clay Tucker quando o garçom põe uma grande tigela de sopa de mariscos na sua frente. — Algumas pessoas dizem que nós, sulistas, não sabemos apreciar esse tipo de coisa. Mas eu gosto de apreciar o que está na minha frente. E isto — ele aponta a colher para minha mãe, lançando um sorriso para o restante de nós — está delicioso.

Tenho a impressão de que vou ver Clay Tucker com frequência.

Capítulo Cinco

Quando chego em casa do trabalho, no dia seguinte, grudenta de suor por ter voltado caminhando no calor do verão, meus olhos se voltam imediatamente para a casa dos Garrett. O lugar parece estranhamente silencioso. Fico ali parada, olhando, e então vejo Jase na frente da garagem, deitado de costas, fazendo algum tipo de reparo numa possante motocicleta preta e prateada.

Quero deixar bem claro que não sou, de jeito nenhum, o tipo de garota que acha motos e jaquetas de couro atraentes. Nem um pouco. Michael Kristoff, com suas blusas escuras de gola rulê e sua poesia sombria, foi o mais próximo de um "bad boy" de que já cheguei, e ele foi o bastante para me fazer querer fugir de todos para o resto da vida. Namoramos por praticamente toda a primavera, até eu perceber que ele não era um artista torturado mas sim a própria tortura. Dito isso, sem planejar, ando até o fim do nosso quintal, passo pela cerca de "boa vizinhança" da minha mãe — a barricada de quase dois metros que ela instalou alguns meses depois que os Garrett se mudaram — e subo o caminho até a casa deles.

— Oi — digo. *Começou bem, Samantha.*

Jase ergue o corpo, se apoia nos cotovelos e olha para mim por um minuto sem dizer nada. O rosto dele forma uma expressão incompreensível, e eu desejo nunca ter decidido vir até aqui.

Então, ele declara:

— Imagino que isso seja um uniforme.

Droga. Esqueci que ainda estava usando isto. Olho para mim mesma, para a saia azul curta, a bufante blusa branca de marinheira e a gravatinha vermelho-vivo.

— Ã-hã. — Estou realmente envergonhada.

Ele faz que sim com a cabeça, depois abre um sorriso largo para mim.

— Não me pareceu algo que *Samantha Reed* usaria. Onde você trabalha? — pergunta, antes de pigarrear. — E por que trabalha lá?

— No Breakfast Ahoy. Perto do píer. Gosto de me manter ocupada.

— E o uniforme?

— Meu chefe desenhou.

Jase me analisa em silêncio por um ou dois minutos, depois afirma:

— Ele deve ter uma imaginação muito fértil.

Não sei como responder àquilo, por isso tento parecer indiferente como Tracy faria, e dou de ombros.

— Paga bem? — pergunta Jase, estendendo a mão para pegar uma chave inglesa.

— São as melhores gorjetas da cidade.

— Aposto que sim.

Não tenho a menor ideia de por que estou tendo esta conversa. Nem de como continuá-la. Ele está concentrado em desatarraxar ou desprender alguma coisa ou sei lá o termo que se usa. Então pergunto:

— Essa moto é sua?

— É do meu irmão, o Joel. — Ele para de trabalhar e se senta, como se fosse falta de educação continuar, já que estamos realmente tendo uma conversa. — Ele gosta de cultivar uma imagem de bad boy. Prefere isso a ser o atleta, apesar de ser, na verdade, um atleta. Diz que arranja meninas mais inteligentes assim.

Faço que sim com a cabeça, como se soubesse disso.

— E consegue?

— Não sei. — A testa de Jase se enche de vincos. — Essa história de cultivar uma imagem sempre me pareceu coisa de gente falsa e manipuladora.

— Então você não segue um estilo? — Eu me sento no gramado ao lado da garagem.

— Não. Sou exatamente o que você está vendo. — Ele sorri para mim de novo.

O que estou vendo, de perto e à luz do sol, é muito interessante, para ser sincera. Além dos cabelos ondulados castanhos, dourados de sol, e dos dentes brancos certinhos, Jase Garrett tem olhos verdes e uma daquelas bocas que sempre ameaçam sorrir. E ainda aquele olhar firme de "eu não fico envergonhado por estar olhando você nos olhos". *Ai-meu-Deus.*

Olho em volta e tento pensar em algo para dizer. Por fim:

— Está quieto por aqui hoje.

— Estou de babá.

Olho em volta de novo.

— E cadê os pequenos? Na caixa de ferramentas?

Ele inclina a cabeça para mim, em resposta à brincadeira.

— Dormindo — explica. — George e Patsy. Minha mãe foi ao supermercado. Ela leva *horas* para fazer compras.

— Imagino. —Tirando os olhos do rosto dele, percebo que a camiseta de Jase está molhada de suor no colarinho e embaixo dos braços. — Está com sede? — pergunto.

Ele abre um sorriso largo.

— Estou. Mas não vou arriscar minha vida e pedir para você pegar um copo d'água. Sei que o novo namorado da sua mãe está marcado para morrer por ter mandado você fazer alguma coisa.

—Também estou com sede. E com calor. Minha mãe faz uma limonada gostosa. — Eu me levanto e começo a fazer o caminho de volta.

— Samantha?

— Oi.

—Volte, está bem?

Olho para ele por um segundo, faço que sim com a cabeça, depois entro em casa, tomo banho e descubro que Tracy traiçoeiramente usou todo o meu condicionador de novo, ponho um short e uma regata e volto com dois enormes copos de plástico, cheios de limonada e cubos de gelo.

Quando começo a subir o caminho até a casa dele, Jase está de costas para mim, fazendo alguma coisa em uma das rodas, mas se vira ao ouvir o som dos chinelos se aproximando.

Entrego a limonada. Ele olha para ela da maneira que, pelo que estou percebendo, Jase Garrett olha para tudo: com atenção, observando os detalhes.

— Nossa. Ela até põe pedacinhos de casca de limão e hortelã nos cubos de gelo. E faz o gelo de limonada também.

— Ela é meio perfeccionista.Ver minha mãe fazendo isto é como assistir a uma experiência num laboratório.

Ele toma o copo inteiro num gole só, depois estende a mão para pegar o outro.

— Este é meu — digo.

—Ah, desculpa. É claro. Estou *morrendo* de sede.

Estendo a mão com a limonada.

— Pode tomar. Temos mais.

Ele balança a cabeça.

— Não quero que você fique sem.

Meu estômago parece se encher daquelas borboletas de que sempre ouvimos falar. *Isso não é bom.* Esta é nossa segunda conversa. *Isso não é nada bom, Samantha.*

Então ouço o ronco de um carro entrando na nossa garagem.

— E aí, Samantha!

É o Flip. Ele desliga o motor e anda até nós dois.

— Fala, Flip — grita Jase.

—Vocês se conhecem?

— Ele namorou minha irmã Alice no ano passado.

Flip imediatamente me pede:

— Não vai contar pra Tracy.

Jase olha para mim, procurando uma explicação.

— Minha irmã é muito possessiva — explico.

—Absurdamente — completa Flip.

— Detesta as ex dos namorados — digo.

— Odeia — concorda Flip.

— Que ótimo — afirma Jase.

Flip entra na defensiva.

— Mas *pelo menos* ela é fiel. Não sai com o meu parceiro de tênis.

Jase faz uma careta.

—Você sabia como a Alice era, cara.

Olho para um e para o outro.

Flip diz:

— Bom... Eu não sabia que vocês se conheciam.

— Não nos conhecemos — digo, enquanto Jase responde:

— É.

— Bom. Sei lá. — Flip ergue as mãos, deixando claro que não está nem um pouco interessado no assunto. — E cadê a Trey?

— Eu devia dizer que ela vai estar ocupada o dia inteiro — admito.

Minha irmã: mestre na arte de bancar a difícil. Mesmo quando ela já está comprometida.

— Beleza. E onde ela está então?

— Na praia de Stony Bay.

—Vou para lá. — Flip se vira para ir embora.

— Leva um exemplar da *People* e um picolé de coco — grito. — Aí não vai ter problema.

Quando me viro para Jase, ele está sorrindo de novo.

— Que boazinha. — Ele parece feliz, como se não esperasse esse aspecto da minha personalidade.

— Nem tanto. É melhor para mim quando Tracy está feliz. Aí ela pega menos roupas minhas emprestadas. Sabe como são as irmãs.

— Sei. Mas as minhas não pegam minhas roupas emprestadas.

De repente, ouço um grito alto, esganiçado, manhoso. Dou um pulo, os olhos arregalados.

Jase aponta para a babá eletrônica presa à porta da garagem.

— É o George. — Ele começa a entrar na casa, depois se vira e faz um gesto me chamando para acompanhá-lo.

E assim, entro na casa dos Garrett depois de todos esses anos.

Ainda bem que minha mãe trabalha até tarde.

A primeira coisa que noto é a cor. Nossa cozinha é toda branca, cinza e prateada: as paredes, as bancadas de granito, a geladeira, o lava-louças. As paredes dos Garrett são amarelo-ovo. As cortinas são do mesmo tom, com desenhos de folhas verdes. Mas todo o resto é uma bagunça de diferentes cores. A geladeira está coberta de pinturas e desenhos e ainda há outros presos às paredes. Potes de massinha Play-Doh, bichos de pelúcia e caixas de cereal entulham os balcões verdes de fórmica. Há pilhas enormes de pratos na pia e uma mesa grande o bastante para todos os Garrett comerem, mas não o suficiente para conter as pilhas de jornais, revistas, meias, embalagens de biscoitos, óculos de natação, cascas de banana e maçãs pela metade.

George nos encontra antes de atravessarmos a cozinha. Está segurando um grande triceraptor de plástico, usando apenas uma camiseta que diz *Jardim Botânico do Brooklyn*. Isso significa que está sem calça e sem cueca.

— Ei, camarada. — Jase se abaixa, indicando a parte nua do irmão com um aceno da mão. — O que aconteceu aqui?

George, ainda chorando, mas sem gritar, respira fundo. Ele também tem cabelos castanhos ondulados, mas os grandes olhos cheios de lágrimas são azuis.

— Sonhei com buracos negros.

— Saquei — responde Jase, se erguendo. — A cama tá toda molhada?

George faz que sim com a cabeça, parecendo se sentir culpado, depois olha por baixo dos longos cílios molhados para mim.

— Quem é?

— Nossa vizinha, Samantha. Ela deve saber tudo sobre buracos negros.

George olha para mim, desconfiado.

—Você sabe?

— Bom... — respondo. — Eu, hum, sei que são estrelas que usaram todo o combustível e formaram um buraco por causa da força da própria gravidade e, hum, que qualquer coisa que cai neles desaparece do universo visível.

George começa a gritar de novo.

Jase o pega no colo, ignorando a parte nua.

— Ela também sabe que não tem nenhum aqui em Connecticut, não é, Samantha?

Eu me sinto horrível.

— Nem no nosso universo — digo rapidamente, apesar de ter quase certeza de que existe um na Via Láctea.

— Tem um na Via Láctea — choraminga George.

— Mas isso é bem longe de Stony Bay.

Estendo a mão para fazer carinho nas costas de George e, sem querer, encosto na mão de Jase, que ia fazer o mesmo. Puxo a minha de volta.

— Então você está seguro, amiguinho.

O choro de George diminui até se tornar uma série de soluços, que vão embora sob a influência de um pirulito de limão.

— Me desculpa de verdade — sussurro para Jase, recusando o último pirulito da caixa, de laranja. *Alguém come os de laranja?*

— Como você podia saber? — sussurra ele também. — E como *eu* poderia saber que você é astrofísica?

— Já fui fissurada em observar as estrelas. — Meu rosto fica vermelho, pensando em todas as noites em que me sentei no telhado para observar as estrelas... e os Garrett.

Ele ergue uma das sobrancelhas para mim, como se não entendesse por que isso seria vergonhoso. A pior parte de ser loura é que o seu corpo todo fica vermelho: orelhas, pescoço, tudo. É impossível ignorar.

Ouço outro choro vindo do andar de cima.

— É a Patsy. — Jase começa a subir a escada. — Espera aqui.

— É melhor eu ir para casa — digo, apesar de não ter motivo nenhum para fazer isso.

— Não. Espera. Só um tiquinho.

Fico sozinha com George. Ele chupa o pirulito, meditando por alguns minutos, e então pergunta:

—Você sabia que é muito, muito frio no espaço? E que não tem oxigênio? E que se um astronauta caísse da nave sem a roupa espacial, ele ia morrer na hora?

Eu aprendo rápido.

— Mas isso nunca acontece. Porque os astronautas tomam muito, muito cuidado.

George me abre um sorriso, o mesmo sorriso encantador e doce do irmão mais velho, mas, agora, com dentes verdes.

— Acho que vou casar com você — afirma ele. — Você quer uma família grande?

Engasgo e começo a tossir até que sinto uma mão me dar uma série de tapas nas costas.

— George, é melhor falar sobre esse tipo de coisa quando se está vestindo uma calça.

Jase joga uma cueca aos pés do irmão e põe Patsy no chão ao lado dele. Ela está usando um macaquinho rosa, que não cobre os bracinhos gordos e as pernas arqueadas, e uma daquelas chuquinhas que deixam uma mecha de cabelos de pé. Quantos anos deve ter? Um?

— É quem? — exige ela, apontando diretamente para mim.

— É a Samantha — responde Jase. — Pelo jeito, ela vai ser sua cunhada. — Ele ergue uma sobrancelha. —Você e o George são rapidinhos.

— Estamos falando sobre astronautas — explico, enquanto a porta se abre e a Sra. Garrett entra, tropeçando com o peso de quase cinquenta sacolas de compra.

— Saquei. — Ele dá uma piscadela e se vira para a mãe. — Oi, mamãe.

— Oi, querido. Como eles estão? — A mulher está completamente concentrada no filho mais velho e não parece me notar.

—Tudo bem, dentro do possível — diz Jase. — Mas temos que trocar os lençóis da cama do George. — Ele pega algumas sacolas plásticas e as põe no chão, ao lado da geladeira.

A Sra. Garrett estreita os olhos para o filho. São verdes como os de Jase. Ela é bonita para uma mãe, tem um rosto simpático e afável, rugas em torno dos olhos como se sorrisse muito, a pele bronzeada da família e os cabelos castanhos cacheados.

— Que história você contou para ele dormir?

— *Mãe!* Li uma do *George, o Curioso*. Pulando alguns trechos. Havia um incidente com um balão que achei que podia ser problemático. — Então ele se vira para mim. — Ah, desculpa. Samantha, essa é a minha mãe. Mãe, essa é Samantha Reed. Nossa vizinha.

Ela abre um grande sorriso para mim.

— Eu nem vi você aí. Não sei como consegui ignorar uma menina tão bonita. Gostei do seu gloss brilhante.

— Mãe... — Jase parece um pouco envergonhado.

Ela se vira de volta para ele.

— Esta é só a primeira leva. Pode pegar as outras sacolas?

Enquanto Jase traz uma quantidade aparentemente interminável de compras, a Sra. Garrett conversa comigo como se já nos conhecêssemos há anos. É tão estranho estar sentada na cozinha com a mulher que observo à distância há dez anos. É como estar num elevador com uma celebridade. Tenho que conter minha vontade de dizer: "Sou sua fã."

Eu a ajudo a guardar as compras — coisa que ela consegue fazer enquanto amamenta. Minha mãe teria um treco. Tento fingir que estou acostumada a ver esse tipo de coisa o tempo todo.

Depois de apenas uma hora na casa dos Garrett, já vi um deles seminu e grande parte do seio da Sra. Garrett. Tudo que preciso agora é que o Jase tire a camiseta.

Felizmente para a minha sanidade, ele não faz isso, apesar de anunciar, depois de carregar todas as sacolas, que precisa de um banho. Ele começa a subir as escadas e faz um sinal para que eu o siga.

E eu sigo. Essa é a parte maluca. Nem conheço esse menino. Não sei que tipo de pessoa ele é. Mas imagino que, se sua mãe, aparentemente normal, o deixa levar uma garota para o quarto, ele não deve ser um louco estuprador. Mesmo assim, o que minha mãe pensaria?

Entrar no quarto de Jase é como entrar... Bom, não tenho certeza... Numa floresta? Num santuário de aves? Num daqueles ambientes tropicais que são montados nos zoológicos? É cheio de plantas — algumas altas, outras penduradas nas paredes, além das suculentas e dos cactos. Ele tem três periquitos numa gaiola e uma enorme cacatua com cara de poucos amigos em outra. Há bichos em todo lugar que olho. Um cágado numa cerca ao lado da escrivaninha. Um monte de porquinhos-da-índia em outra gaiola. Um terrário com alguma coisa parecida com um lagarto. Um furão numa pequena rede em outra gaiola. Um animal parecido com um roedor, de pelagem preta e acinzentada, que não consigo identificar. E, por fim, na cama bem-arrumada de Jase, um enorme gato branco — tão gordo que parece um balão peludo.

— É a Mazda.

Jase sinaliza para eu sentar na cadeira ao lado da cama. Quando faço isso, Mazda pula no meu colo e começa a se esfregar em mim desesperadamente, lambendo meu short e ronronando baixinho.

— Ela é simpática.

— Simpático sou eu. Ela foi desmamada antes do tempo — explica Jase. —Vou tomar um banho. Fique à vontade.

Entendi. No quarto dele. Sem problema.

Eu visitava o quarto do Michael de vez em quando, mas normalmente no escuro, onde ele recitava poemas sombrios que havia decorado. E ele precisou de mais de duas conversas para me levar para lá. Também saí por pouco tempo com um cara chamado Charley Tyler no ano passado, mas depois percebi que o fato de gostar das suas covinhas e de ele gostar dos meus cabelos louros — ou, sejamos sinceros, dos meus peitos — não era o bastante para construir uma relação. Charley nunca me convenceu a visitar o quarto dele. Talvez Jase Garret seja algum tipo de encantador de serpentes. Isso explicaria aqueles animais todos. Olho em volta de novo. Meu Deus do Céu, ele *tem* uma *serpente*. Uma daquelas assustadoras, laranja, branca e preta, que sei que são inofensivas, mas me deixam morrendo de medo mesmo assim.

A porta se abre, mas não é o Jase. É o George, agora de cueca, mas sem camiseta. Ele anda até mim e cai na cama, olhando para o meu rosto, de cara séria.

—Você sabia que a espaçonave *Challenger* explodiu?

Faço que sim com a cabeça.

— Muito tempo atrás. As naves são muito mais seguras agora.

— Eu trabalharia na NASA. Mas na terra, não no espaço. Não quero morrer nunca.

Eu me pego querendo abraçá-lo.

— Nem eu, George.

—Você vai se casar com o Jase?

Engasgo e começo a tossir de novo.

— É... Não. Não, George. Só tenho dezessete anos. — Como se essa fosse a única razão para não estarmos noivos.

— Eu tenho isso, ó. — George ergue quatro dedinhos levemente encardidos. — Mas o Jase tem dezessete e meio. Vocês podiam se casar. Aí você vinha morar aqui com ele. E ter uma família grande.

Jase volta a passos largos para o quarto no meio dessa proposta, é claro.

— George. Anda, sai daqui. Botei Discovery Channel pra você assistir.

George sai do quarto, mas não antes de dizer:

— A cama dele é muito confortável. E ele nunca faz xixi nela.

A porta se fecha e nós dois começamos a rir.

— Meu Deus...

Jase, agora com uma nova camiseta verde e um short azul-marinho de corrida, se senta na cama. Os cabelos dele ficam mais ondulados quando estão molhados, e pequenas gotas de água caem em seus ombros.

— Tudo bem. Adorei seu irmão — digo. — Acho que vou *mesmo* me casar com ele.

— É melhor pensar bem nisso. Ou pelo menos tomar muito cuidado com o que for ler para ele antes de dormir.

Jase sorri para mim, preguiçoso.

Preciso sair do quarto desse garoto. Rápido. Eu me levanto, começo a atravessar o cômodo e percebo uma foto de uma menina presa no espelho acima da escrivaninha. Chego mais perto para ver melhor. Ela tem cabelos pretos cacheados presos num rabo de cavalo e uma expressão séria. Também é muito bonita.

— Quem é?

— Minha ex-namorada, Lindy. Ela mandou fazer esse adesivo no shopping. Agora não consigo tirar daí.

— Por que ex? — Por que estou perguntando isso?

— Ela ficou arriscada demais — explica Jase. — Sabe, agora que estou pensando nisso, acho que é só colar outra coisa em cima.

— É. — Eu me aproximo do espelho e examino o rosto perfeito da menina. — Defina *arriscada*.

— Ela roubava coisas. Direto. Só queria saber de ir ao shopping comigo. Ficava difícil não parecer cúmplice dela. Ficar na cadeia, esperando que alguém venha pagar a fiança, não é o meu jeito preferido de passar a noite.

— Minha irmã também roubava — comento, como se isso fosse uma besteira que temos em comum.

— Ela levava você junto?

— Não, graças a Deus. Eu morreria se arranjasse problemas desse tipo.

Jase olha para mim intensamente, como se minha afirmação fosse algo profundo.

— Não, não morreria, Samantha. Você só teria um problema e depois seguiria em frente.

Ele está atrás de mim, novamente perto demais. Cheira a xampu de hortelã e a pele muito, muito limpa. Aparentemente, qualquer distância é perto demais.

— Bom, tenho mesmo que seguir em frente. Para casa. Tenho umas coisas para fazer.

— Tem certeza?

Faço que sim com a cabeça, enfaticamente. Quando entramos na cozinha, a porta de tela bate e o Sr. Garrett entra com um menino pequeno. Pequeno, mas maior do que George. Duff? Harry?

Assim como todo o resto da família até agora, eu só tinha visto o pai do Jase de longe. De perto, ele parece mais jovem, mais alto, com aquele tipo de carisma que faz um cômodo parecer cheio só porque está presente. Ele tem os mesmos cabelos castanho-escuros ondulados de Jase, mas mechas acinzentadas, e não louras. George corre e agarra a perna do pai. A Sra. Garrett se afasta da pia e sorri para o marido. Ela se ilumina da mesma maneira que vejo as meninas na escola fazerem ao se depararem com os caras que elas gostam em salas lotadas.

— Jack! Chegou cedo.

— Completamos três horas sem nenhum cliente entrar na loja. — O Sr. Garrett tira uma mecha de cabelos do rosto da mulher e a põe atrás da orelha. — Decidi que meu tempo seria mais bem gasto treinando o Jase, então peguei o Harry na casa do amiguinho e vim para casa.

— Eu controlo o cronômetro! Eu controlo o cronômetro! — grita Harry.

— É a minha vez! Papai! É a *minha* vez! — O rosto de George se fecha.

— Você nem sabe ler os números — implica Harry. — Não importa se ele corre rápido ou não. Você sempre diz que ele fez em onze minutos. É a *minha* vez.

— Eu trouxe mais um cronômetro da loja — explica o Sr. Garrett. — Vamos, Jason?

— A Samantha está aqui... — começa a Sra. Garrett, mas eu a interrompo:

— Eu já estava indo embora.

O Sr. Garrett se vira para mim.

— Ah, oi, Samantha. — A mão dele envolve a minha e ele olha para mim com intensidade, depois sorri. — Então você é a nossa vizinha misteriosa.

Olho rapidamente para Jase, mas a expressão dele é indecifrável.

— Sou vizinha de vocês, mas não tem nenhum mistério nisso.

— Bem, é bom ver você de perto. Eu não sabia que o Jase tinha...

— Vou levar a Samantha até em casa, pai. Depois vou me arrumar para a musculação. É isso que vamos fazer primeiro, não é?

Enquanto saímos pela porta da cozinha, a Sra. Garrett me incentiva a voltar quando quiser.

— Fico feliz que tenha vindo — diz Jase quando chegamos ao fim do terreno deles. — E foi mal mesmo pelo George.

— Gostei do George. Para que você está treinando?

— Ah, para a temporada de futebol americano. Vou jogar de cornerback este ano. Talvez isso possa me dar uma bolsa de estudos, o que seria ótimo, para ser sincero.

Fico ali parada no calor, apertando os olhos para enxergar contra o sol, pensando no que dizer, em como achar uma saída interessante, ou qualquer saída, e me perguntando por que estou preocupada em ir embora já que minha mãe vai levar horas para chegar em casa. Dou um passo para trás, piso numa pá de plástico e tropeço.

A mão de Jase se estende.

— Cuidado.

— É. Isso. Opa. Bom. Tchau.

Depois de acenar rapidamente, corro para casa.

Opa?

Pelo amor de Deus, Samantha.

Capítulo Seis

Flip e Tracy voltam para casa, queimados de sol e enrugados, com mariscos, refrigerante e cachorros-quentes enormes do Clam Shack. Os dois arrumam tudo na bancada da cozinha, parando para se agarrar pela cintura, beliscar a bunda e beijar as orelhas um do outro.

Queria ter ficado mais tempo na casa dos Garrett. *E por que não fiquei?*

O Tim deve estar com a custódia do celular da Nan, porque, quando ligo, é isso que ouço:

— Olha, Heidi, não acho que seja uma boa ideia a gente sair de novo.

— É a Samantha. Cadê a Nan?

— Ah, pelo amor de Deus. Você sabe que não somos gêmeos *siameses*, não sabe? Por que fica perguntando essas coisas *para mim*?

— É... sei lá. Talvez porque você atenda o telefone dela. Ela tá em casa?

— Acho que sim. Provavelmente. Ou não — responde Tim.

Desligo. O fixo está ocupado e os Mason não têm chamada de espera ("É só uma maneira eletrônica de ser mal-educado", segundo a Sra. Mason), por isso decido ir de bicicleta até a casa da Nan.

Tracy e Flip foram para o sofá da sala de estar e dá para ouvir os murmúrios e risadas. Quando chego ao corredor, Flip sussurra, ávido:

— Eu te quero mais que tudo.

Vou vomitar.

— Está pensando em formar uma dupla sertaneja, Flip? — dou uma zoada.

—Vaza! — grita Tracy.

· · ·

Está calor e a maré já subiu, o que significa que o cheiro de mar está especialmente forte, quase superando o perfume terroso do rio. Os dois lados da cidade. Adoro ambos. Adoro o fato de poder identificar a estação e a hora do dia fechando os olhos e respirando fundo. Fecho os olhos e inspiro o ar quente e pesado, então ouço um grito assustado e os abro a tempo de desviar de uma mulher usando uma viseira rosa, meias e sandálias. Stony Bay fica numa pequena península na foz do rio Connecticut. Temos uma baía grande, por isso os turistas gostam da nossa cidade. Ela fica três vezes mais cheia no verão, então eu já deveria imaginar que não posso andar de bicicleta com os olhos fechados.

Nan abre a porta quando bato, o fixo na orelha. Ela sorri, põe o indicador nos lábios, apontando para a sala de estar com o queixo enquanto fala para o telefone:

— Bom, *vocês* são minha primeira opção. Por isso quero começar a preencher o formulário logo.

Sempre tenho a mesma sensação quando entro na casa dos Mason. Há simpáticos bonequinhos de porcelana espalhados por todos os cantos e pequenas placas com bênçãos irlandesas, além de toalhinhas de crochê sobre todas as poltronas e até sobre a TV. No banheiro, o papel higiênico fica escondido sob a saia rosa bufante de uma boneca meio assustadora.

Não há livros nas prateleiras — apenas mais estatuetas e fotografias de Nan e Tim, muito gêmeos, nos primeiros anos de vida. Eu as analiso pela milionésima vez enquanto Nan passa seu endereço pelo telefone. Os bebês Nan e Tim vestidos de Papai e Mamãe Noel. Nan e Tim com dois anos, cabelos cacheados e olhos redondos, vestidos de coelhinhos na Páscoa. Nan e Tim com cinco anos e roupas típicas alemãs. As fotos param abruptamente com eles aos oito anos. Se bem me lembro, esse foi o ano em que se vestiram de Tio Sam e Betsy Ross para o feriado da Independência e Tim mordeu o fotógrafo.

Nas fotos, os dois se parecem muito mais um com o outro do que agora. Ambos eram ruivos e cheios de sardas. No entanto, como a vida é injusta, os cabelos de Nan são de um louro avermelhado, e ela tem sardas em tudo quanto é canto e cílios louros. Tim tem apenas algumas sardas no nariz e sobrancelhas e cílios escuros, além de cabelos acobreados. Ele seria um arraso se não estivesse chapado o tempo todo.

— É da Universidade de Columbia. Eles vão mandar meu formulário de inscrição — sussurra Nan. — Que bom que você veio. Ando muito distraída.

— Liguei para o seu celular, mas o Tim atendeu e não te chamou.

— Ah, então está com ele! Que saco. Ele detonou os minutos dele e agora quer os meus. Vou matar aquele moleque.

— Não é mais fácil acessar o site da Columbia e solicitar o formulário? — murmuro, apesar de já saber a resposta. A Nan é péssima com o computador. Ela deixa todas as janelas abertas ao mesmo tempo e nunca fecha nada. O laptop dela está sempre dando pau.

— Meu laptop está sofrendo outra cirurgia no Macho Mitch.

Mitch é o técnico incrivelmente lindo, mas levemente sinistro, que faz a manutenção do computador da Nan. Ela acha que ele se parece com o Steve McQueen, seu ídolo. Acho que parece emburrado e irritado porque está sempre consertando os mesmos problemas.

— Obrigada. Certo, e quando vai ser enviado? — pergunta Nan para o telefone enquanto Tim entra na sala, os cabelos apontando para todas as direções, usando uma calça xadrez de pijama rasgada e uma camiseta da equipe de lacrosse da Ellery Prep.

Ele não olha para nós, apenas caminha até as estatuetas da janela, que representam a Arca de Noé, e reorganiza os animais em posições obscenas.

Ele acaba de colocar a Sra. Noé e um camelo numa posição comprometedora e anatomicamente complicada quando Nan desliga.

— Eu queria te ligar — diz ela. — Quando começa a trabalhar no clube? Vou começar na loja de presentes a partir da semana que vem.

— Eu também.

Tim boceja, fazendo barulho, coça o peito e põe dois macacos e um rinoceronte num *ménage à trois* improvável. Dá para sentir o cheiro dele de onde estou sentada: maconha e cerveja.

—Você poderia pelo menos dizer oi para a Samantha, Timmy.

— E aííí, garota? Parece que a gente conversou há pouquinho. Ah, é *verdade.* Conversamos. Foi mal. Não sei onde foi que enfiei meus bons modos. Não são os mesmos desde que encolheram na máquina de lavar roupas. Quer um pouco? — Ele puxa um vidro de colírio do bolso de trás da calça e me oferece.

— Não, obrigada. Estou tentando parar — justifico.

Os olhos acinzentados do Tim estão precisando do colírio. Odeio ver alguém tão inteligente e esperto passar o tempo todo ficando doidão e retardado. Ele cai de costas no sofá com um grunhido e põe uma das mãos sobre os olhos. É difícil me lembrar de como Tim era antes do virar um candidato para a clínica de reabilitação.

Quando éramos pequenos, nossas famílias passavam muitos finais de semana juntas na praia de Stony Bay. Na época, eu era mais próxima do Tim do que da Nan. Nan e Tracy liam e tomavam sol, molhando apenas os pés na água, mas Tim não tinha medo de sair do raso e me puxar na direção das ondas maiores. Foi ele que descobriu a corrente no rio, aquela que arrasta a pessoa e a joga para o mar.

— E aí, minha gata... Alguma novidade amorosa nos últimos tempos? — Ele ergue e baixa as sobrancelhas para mim de onde está. — O Charley pirou o cabeção porque você não deixou ele pirar o *cabeção*, se é que você me entende.

— Hilário, Timmy. Agora pode calar a boca — pede Nan.

— Não, é sério. Foi bom você ter terminado com o Charley, Samantha. Ele é um idiota. Não sou mais amigo dele também porque... Olha que estranho: ele achou que *eu* era um idiota.

— Que esquisito — retruca Nan. — Timmy... Vai dormir. A mamãe vai chegar em casa daqui a pouco e não vai continuar acreditando que você tomou Benadryl demais por causa de uma alergia. Ela sabe muito bem que você não é alérgico.

— Sou, sim — responde Tim em voz alta, com uma indignação excessiva. Ele tira um baseado do bolso da frente da camiseta e o mostra para a irmã, triunfante. — Sou alérgico a *ervas*. — Depois cai na gargalhada.

Nan e eu nos olhamos. Tim costuma estar fumado e bêbado. Mas ultimamente anda mais nervoso e agitado, de um jeito que sugere coisas mais pesadas.

— Vamos nessa? — sugiro. — Vamos andar até o centro.

Ela assente com a cabeça.

— Que tal a gente ir ao Doane's? Preciso de sorvete de chocolate com calda. — Ela pega a bolsa de uma poltrona fofa florida e se inclina para dar uma sacudida em Tim, que ainda ri. — Sobe — pede. — Agora. Antes que você durma.

— Não vou dormir, maninha. Só estou descansando os olhos — murmura Tim.

Nan cutuca o ombro dele de novo. Enquanto se afasta, ele a puxa, agarrando a bolsa dela.

— Nana. Maninha. Nan, é sério, preciso de uma coisa — diz com urgência e uma cara de desespero.

Ela ergue uma sobrancelha clara para ele.

— Uma porrada de jujubas do Doane's, rola? Mas não das verdes. Tenho medo delas.

Capítulo Sete

Na varanda, pego a mão de Nan e a aperto.

— Eu sei! — exclama ela. — Piorou muito desde que foi expulso da Ellery. Ele passa o dia inteiro assim e só Deus sabe o que faz à noite. Meus pais não têm a mínima ideia do que está acontecendo. Minha mãe engole todas as mentiras. "Ah, isso? É pra fazer chá, mãe. E esses *comprimidos*? Aspirinas. Esse pó branco? É talco para os pés." Depois, ela dá uma bronca nele por falar palavrão e faz o moleque colocar dinheiro numa "caixinha do palavrão". Ele simplesmente rouba mais da minha bolsa. E meu pai? Bem... — Ela dá de ombros.

A Sra. Mason é a pessoa mais incansavelmente alegre que eu já conheci. Todas as frases dela começam com exclamações: "Mas então! Nossa! Ora! Meu Deus!". Já o Sr. Mason quase nunca fala. Quando éramos pequenos, eu tinha um brinquedo de corda, uma galinha de plástico que viera numa cesta de Páscoa, e o Sr. Mason me lembrava dela. Ele ficava praticamente imóvel numa poltrona xadrez do momento em que chegava em casa até o jantar, depois voltava à mesma posição até a hora de dormir, como se só tivesse energia suficiente para ir e voltar do trabalho e ir e voltar da mesa de jantar.

— Ele até pôs o vaso de maconha do Tim junto com as plantas dele e está adubando. Que tipo de homem foi jovem nos anos oitenta e não reconhece maconha? — Ela está rindo, mas tem um tom de histeria na voz. — É como se o Tim estivesse se afogando e eles só se preocupassem com a cor da sunga dele.

— E você não pode falar nada? — pergunto, não pela primeira, nem segunda, nem centésima vez. Mas quem sou eu para falar? Também não contei nada a minha mãe sobre o Tim.

Nan ri, mas não responde de verdade.

— Hoje de manhã, quando desci para tomar café, meu pai estava dizendo que talvez o Tim precise de uma escola militar para se tornar homem. Ou de um período no exército. Dá para imaginar? Você sabe que ele seria aquele soldado que irrita tanto os superiores que acaba indo parar numa cadeia subterrânea e sendo esquecido lá. Ou que provocaria o fortão do quartel e acabaria sendo espancado até a morte. Ou arranjaria um caso com a mulher de um sargento e levaria um tiro nas costas do marido traído.

— Ainda bem que você não perdeu muito tempo pensando nas possibilidades — declaro.

Nan passa um braço pelos meus ombros.

— Estava com saudade, Samantha. Me desculpa. Ando tão distraída com o Daniel, com as festas de formatura da turma dele... Só quero ficar longe de casa, na verdade.

— E você e ele? Tudo bem? — Dá para notar que ela está louca para entrar no assunto e não ter que pensar no drama do irmão.

— Daniel... — Ela suspira. — Talvez eu devesse continuar suspirando pelo Mitch e pelo Steve McQueen. Não consigo entender o que está acontecendo com ele. Está todo tenso e nervoso com a faculdade, mas você sabe como ele é inteligente... E, de qualquer maneira, as aulas só começam daqui a três meses. Poxa, só em junho. Será que não dá para relaxar?

— Sei. — Dou um cutucão nela com o ombro. — Porque você sabe fazer exatamente isso, menina que pede o formulário de inscrição da universidade com um ano de antecedência!

— É por isso que eu e ele fomos feitos um para o outro, né? — responde ela com uma breve careta.

Uma brisa surge quando entramos na Rua Principal, balançando as folhas dos bordos que ocupam as calçadas, fazendo um ruído suave, como o de um suspiro. O ar cheira a calor e a mata, salgado por causa do mar. Enquanto nos aproximamos do Dark and Stormy, o bar/lanchonete local, duas figuras surgem da porta, piscando um pouco à luz do sol forte. Clay. E uma morena muito bonita num terninho chique. Paro de caminhar, atenta à cena, enquanto ele lança um grande sorriso para a mulher e se inclina para beijá-la. Na boca. E ainda passa as mãos pelas costas dela.

Eu esperava ver Clay Tucker mais vezes, mas não assim.

— O que foi, Samantha? — pergunta Nan, puxando meu braço.

O que está acontecendo? Não foi um beijo de língua, mas definitivamente não foi um beijo de irmão.

Minha Vida Mora ao Lado

— Aquele é o novo namorado da minha mãe. — Clay aperta os ombros da moça e pisca, ainda sorrindo.

— Sua mãe tá namorando? Tá brincando. *Quando* isso aconteceu?

A mulher ri e acaricia o braço de Clay.

Nan olha para mim, fazendo uma careta.

— Não sei quando eles se conheceram. Parece meio sério. Quero dizer, parecia. Para a minha mãe.

Agora a morena — que parece ser pelo menos uma década mais nova do que minha mãe — abre uma pasta e entrega um envelope pardo para ele. Clay inclina a cabeça para ela, sugerindo um "Você é a melhor!".

— Você sabe se ele é casado? — pergunta Nan num sussurro.

De repente, percebo que estamos paradas na calçada, encarando os dois sem a menor cerimônia. Clay escaneia o lugar e me vê. Ele acena, imperturbável. *Se você trair a minha mãe...*, penso, deixando a ameaça pairar porque, com toda sinceridade, o que eu poderia fazer?

— Ela deve ser só uma amiga — sugere Nan, sem me convencer. — Venha. Vamos tomar sorvete.

Lanço um último olhar para o Clay, tentando garantir um dano iminente às partes queridas do seu corpo caso ele esteja traindo a minha mãe. Depois, acompanho Nan. O que mais posso fazer?

Tento apagar Clay da minha cabeça, pelo menos até poder chegar em casa e pensar. Nan não volta a falar no assunto, graças a Deus.

Fico aliviada quando chegamos à Doane's. Ela fica numa casinha próxima ao píer que divide o delta do rio do mar. A Doane's era uma loja de doces baratos quando existiam coisas como doces baratos. Hoje, a maior atração dela é a Vargas, a galinha que pega doces. É uma galinha mofada, com penas de verdade, que, por vinte e cinco centavos, começa a ciscar freneticamente e a comer milho falso. Por alguma razão, ela é uma grande atração turística, junto com o sorvete cremoso, o ótimo caramelo e uma bela vista do farol.

Nan vasculha a carteira.

— Samantha! Eu tinha uma nota de vinte dólares. Ela sumiu! Vou matar meu irmão.

— Não tem problema — digo a ela, tirando algumas notas do bolso.

— Depois eu te pago — afirma Nan, aceitando o dinheiro.

— Não tem problema, Nanny. E aí? Vai querer o sorvete?

— Agora, não. Mas, então, o Daniel me levou para New Haven para ver um filme ontem à noite. Achei que a gente tinha se divertido, mas ele só me mandou uma mensagem hoje o dia inteiro, dizendo "Te <3" em vez de escrever direito. O que você acha que isso significa?

Nunca entendi direito o Daniel. Ele tem o tipo de inteligência que faz você se sentir burro.

— Talvez ele estivesse com pressa?

— Comigo? Acho que ele poderia tirar um tempo para falar com calma com a namorada, não? — Nan está enchendo um saco plástico com jujubas de refrigerante, balinhas de gelatina de ursinho e confeitos de chocolate. Terapia de excesso de açúcar.

Não sei direito o que dizer. Por fim, sem olhar para ela, solto o que venho pensando há algum tempo.

— Me parece que o Daniel sempre deixa você nervosa. Isso é bom?

Nan para e dá uma olhada em Vargas, que parece estar tendo um ataque epiléptico. Ela já parou de comer os grãos de milho e está apenas se movendo para a frente e para trás.

— Não sei — responde, por fim. — O Daniel é meu primeiro namorado de verdade. Você namorou o Charley e o Michael. E até o Taylor Oliveira quando a gente estava na oitava série.

— O Taylor não conta. A gente se beijou uma vez.

— E ele contou para todo mundo que vocês transaram! — exclama Nan, como se isso provasse alguma coisa.

— É, eu tinha me esquecido disso. Que príncipe encantado... Foi o amor da minha vida, realmente. E como foi o filme com o Daniel?

Vargas começa a se mover com mais lentidão, então estremece e para.

— O filme? — pergunta Nan, distraída. — Ah, é. *A Dor e a Piedade*. Bem, foi bom... para um filme de três horas em preto e branco sobre nazistas. Mas depois fomos a um café e havia alguns alunos da pós de Yale lá. O Daniel, de repente, ficou extremamente pretensioso e começou a usar palavras como "tautológico" e "subtexto".

Começo a rir. Apesar de o cérebro de Daniel ter sido o grande atrativo para Nan, a atitude esnobe é um problema recorrente para ela.

— No fim das contas, tive que arrastar o garoto para o carro e fazer com que me beijasse para que parasse de falar.

Minha Vida Mora ao Lado

Antes que o verbo "beijar" saia da boca de Nan, já estou imaginando os lábios de Jase Garret. Belos lábios. Um lábio inferior mais cheio, mas não caído nem amuado. Viro-me para Nan. Ela está inclinada sobre as jujubas, os belos cabelos avermelhados presos atrás de uma orelha, roendo a unha do indicador. Seu nariz está um pouco queimado de sol, descascando, as sardas mais escuras do que na semana passada. Abro a boca para contar que *conheci um garoto*, mas não consigo pronunciar as palavras. Nem mesmo Nan sabe que eu observava os Garrett. Nunca escondi isso dela, na verdade. Mas também nunca mencionei. Além disso... *Conheci um garoto?* Essa história pode dar em qualquer coisa. Ou em nada. Eu me viro de novo para os doces.

— O que você acha? — pergunta Nan. — Vamos levar as jujubas para o Tim? É você quem está com dinheiro.

— Vamos levar. Mas só pegue as verdes que dão medo.

Nan fecha a parte de cima do saquinho fazendo barulho.

— Samantha? O que vamos fazer com ele?

Ponho uma chuva barulhenta de confeitos de maçã-verde no saco de papel branco e me lembro de quando tínhamos sete anos. Fui queimada por uma água-viva. Tim chorou porque a mãe dele e a minha não deixaram que fizesse xixi na minha perna. Ele tinha ouvido falar que aquilo era um antídoto para queimaduras.

— Mas, mãe, eu tenho o poder de salvar a Samantha! — soluçara.

Aquilo havia sido uma piada nossa por anos: *Não se esqueça de que eu tenho o poder de salvar você!* Agora ele nem consegue salvar a si mesmo.

— Além de torcer para as jujubas fazerem um milagre — digo —, não tenho ideia.

Capítulo Oito

Na tarde seguinte, estou me livrando dos meus sapatos de trabalho na varanda, me preparando para entrar e me trocar, quando ouço a Sra. Garrett.

— Samantha! Samantha, você pode vir aqui rapidinho?

Ela está parada no início do nosso terreno, segurando Patsy no colo. George está ao lado dela, apenas de cueca. Um pouco mais distante, Harry se esconde atrás de uma caminhonete com um bico de mangueira de jardim em punho, obviamente brincando de *sniper*.

Quando me aproximo, vejo que a Sra. Garrett está amamentando Patsy de novo. Ela me lança seu sorriso largo e diz:

— Ah, Samantha... Eu estava pensando. O Jase me contou que você foi ótima com o George... e eu queria saber se... — Ela se interrompe de repente, me observando com os olhos arregalados.

Olho para baixo. *Ai. O uniforme.*

— É meu uniforme de trabalho. Meu chefe desenhou. — Não sei por que sempre acrescento isso, a não ser para determinar que eu nunca seria vista com uma minissaia azul e uma camisa de marinheiro se não fosse obrigada.

— Imagino que seja um homem — afirma a Sra. Garrett, irônica.

Faço que sim com a cabeça.

— Claro. Bom... — Ela começa a falar rapidamente. — Eu queria saber se você gostaria de trabalhar como babá. O Jase não queria que eu pedisse. Tem medo de você achar que ele leva meninas para casa para eu explorar. Uma mãe desesperada abusando de escravas brancas.

Dou uma risada.

— Não achei isso.

— É claro que não achou. — Ela sorri para mim de novo. — Sei que todo mundo deve pensar isso, que peço a toda menina que vejo para ficar de babá, mas não faço isso nunca. Muito poucas pessoas se dão bem com o George de cara e o Jase me disse que você *entendeu* meu menino na hora. Posso pedir aos meus filhos mais velhos, é claro, mas odeio fazer as crianças pensarem que espero isso delas. A Alice, por exemplo, sempre age como se fosse um grande sacrifício. — A mulher fala rápido, como se estivesse nervosa. — O Jase nunca se importa, mas o emprego na loja de ferragens e o treinamento ocupam a maior parte do tempo dele, então não fica muito em casa, só uma tarde por semana e, é claro, parte do fim de semana. Bom, eu só precisaria de algumas horas num dia ou outro.

— Seria ótimo — digo. — Não tenho muita experiência, mas aprendo rápido e adoraria ajudar. — *Contanto que a senhora não conte à minha mãe.*

A Sra. Garrett me lança um olhar agradecido, tira Patsy de um seio e, depois de soltar alguma coisa, a passa para o outro. A bebê chora, reclamando. Sua mãe revira os olhos.

— Ela só gosta de um lado — confidencia. — É muito desconfortável.

Faço que sim com a cabeça de novo, apesar de não ter a mínima ideia do por quê. Graças à conversa abrangente com minha mãe sobre "como seu corpo está mudando", sei tudo sobre sexo e gravidez, mas ainda não tenho muitas informações sobre amamentação. *Graças a Deus.*

Naquele instante, George interrompe a conversa:

— Sabia que, se jogar uma moeda do topo do Empire State, você pode matar alguém?

— Sabia. Mas isso nunca acontece — digo rapidamente. — Porque as pessoas que vão lá em cima tomam muito, muito cuidado. E tem uma parede de plástico que cerca a área aberta.

A Sra. Garrett faz que sim com a cabeça.

— O Jase está certo. Você tem jeito para isso.

Sinto uma onda de alegria por saber que Jase acha que faço algo bem.

— Então... — continua ela. — Será que a gente pode combinar uma ou duas vezes por semana? À tarde, se não atrapalhar o seu trabalho.

Concordo e explico meus horários para ela, mesmo antes de a mulher me oferecer mais do que ganho no Breakfast Ahoy. Em seguida, ela pergunta — novamente parecendo um pouco envergonhada — se eu me incomodaria de começar hoje.

— É claro que não. Só vou me trocar.

— Troca não. — George estende a mão para encostar na minha saia com o dedo encardido. — Eu gostei. Você parece a Sailor Moon.

— Pareço mais uma Barbie Marinheira, George. Tenho que me trocar porque trabalhei a manhã inteira com esta roupa e ela está cheirando a ovo com bacon.

— Eu gosto de ovo com bacon — explica George. — Mas... — O rosto se fecha. — Você sabia que o bacon vem — lágrimas brotam nos seus olhos — do porquinho Wilbur?

A Sra. Garret se senta ao lado dele imediatamente.

— George, já falamos sobre isso. Lembra? O Wilbur *não* virou bacon.

— Isso mesmo. — Também me abaixo, enquanto as lágrimas encharcam os cílios de George. — A aranha Charlotte salvou o porquinho. Ele viveu uma vida longa e feliz com as filhas dela... Hum... Nelly, Urania e...

— Joy — conclui a Sra. Garrett. — Samantha, você é ótima. Espero que não roube coisas em lojas.

Começo a tossir.

— Não. Nunca.

— Então o Babe virou bacon, mãe? Foi o Babe?

— Não, não, o Babe ainda está cuidando das ovelhas. O bacon não vem do Babe. Bacon só é feito de porcos muito ruins, George. — A Sra. Garrett passa a mão pelos cabelos do filho, depois limpa as lágrimas dele.

— Porcos muito malvados — esclareço.

— Existem porcos malvados? — George parece nervoso. *Opa.*

— São porcos... sem alma. — Isso também não parece bom. Quebro a cabeça procurando uma explicação. — Como os animais que não falam em Nárnia. — *Burra. O George tem quatro anos. Será que já conhece Nárnia? Ele ainda está em* George, o Curioso. *Com cenas faltando.*

Mas a compreensão ilumina o rosto do menino.

— Ah, então tudo bem. Porque eu gosto muito de bacon.

Quando volto, George já está dentro da piscina inflável enquanto Harry joga água dentro dela. A Sra. Garrett tira a fralda de Patsy com eficiência e veste a menina com um tipo de calça fofinha de plástico, cheias de sóis amarelos.

— Você ainda não conheceu o Harry. Harry, essa é a amiga do Jase, Samantha, que vai cuidar de vocês por um tempinho.

Minha Vida Mora ao Lado

Como virei amiga do Jase? Falei com ele duas vezes. Nossa, a Sra. Garrett é totalmente diferente da minha mãe.

Harry, que tem olhos verdes, mas cabelos castanho-escuros lisos e muitas sardas, olha para mim e me desafia:

— Você sabe mergulhar de costas na piscina?

— Hum. Sei.

— Você me ensina? Agora?

A Sra. Garrett interrompe a conversa:

— Harry, a gente já falou sobre isso. A Samantha não pode levar você para a piscina grande porque tem que ficar de olho nos seus irmãos.

O lábio inferior de Harry se projeta num beicinho.

— Ela pode pôr a Patsy no canguru, como você faz, e entrar na água. Pode segurar a mão do George. Ele consegue nadar bem com as boias.

A Sra. Garrett olha para mim, pedindo desculpas.

— Meus filhos esperam que todo mundo faça tudo ao mesmo tempo. Harry, não. É essa piscina ou nada.

— Mas eu já sei nadar. Sei nadar muito bem. E ela sabe mergulhar de costas. Pode me ensinar a mergulhar de costas.

Com a bebê presa em mim e segurando a mão do George? Eu realmente teria que ser a Sailor Moon.

— Não — repete a Sra. Garrett com firmeza. Depois, se volta para mim:
— É muito teimoso. Sempre diga não. Ele vai acabar desistindo.

Ela me leva para dentro da casa, mostra onde estão as fraldas, avisa que posso pegar o que quiser na geladeira, passa o número do seu celular, mostra a lista de telefones de emergência, pede que eu não fale sobre tornados na frente do George, entra na van e vai embora.

Assim, ela me deixa sozinha com a Patsy, que está tentando abrir minha camisa, o George, que quer que eu saiba que nunca devemos encostar num polvo-de-anéis-azuis, e o Harry, que parece estar querendo me matar.

Na verdade, não é tão ruim assim.

Sempre evitei ser babá. Não que não goste de crianças, mas odeio o fato de não ter hora certa para trabalhar. Nunca quis lidar com pais que chegam tarde, pedindo desculpas, nem com aquela desconfortável carona de volta para casa com um pai que tenta bater papo com você. Mas os filhos dos Garrett são bem tranquilos. Levo os três até minha casa para ligar o irrigador do jardim, um troço complicado e giratório de cobre. Felizmente, Harry acha aquilo o máximo. Ele e George passam uma hora e meia brincando com o irrigador e pulando na piscina infantil enquanto Patsy fica sentada no meu colo, mordendo meu polegar com a gengiva e babando na minha mão.

Quando termino de dar o lanche a todos e estou levando as crianças de volta para a piscina, a moto chega.

Eu me viro, ansiosa, mas não é Jase. É Joel que desce da moto, se apoia nela e me lança um daqueles olhares lentos clássicos, que analisam meu corpo de cima a baixo. E que aturo com frequência no Breakfast Ahoy.

— George. Harry. Quem vocês trouxeram para casa? — pergunta ele.

Joel é lindo, mas tem plena consciência desse fato.

— Essa é a Sailor Moon — diz George. — Ela sabe tudo sobre buracos negros.

— E mergulha de costas — acrescenta Harry.

— Mas você não pode ficar com ela, porque ela vai casar com o Jase — conclui George.

Ótimo.

Joel parece surpreso, como era de se esperar.

— Você é amiga do Jase?

— Bom, na verdade, não. Quero dizer, a gente acabou de se conhecer. Estou aqui de babá.

— Mas ela entrou no quarto dele — acrescenta George.

Joel ergue uma sobrancelha para mim.

Meu corpo inteiro fica vermelho. E o biquíni só torna isso mais óbvio.

— Sou só a babá.

George me agarra pela cintura e beija meu umbigo.

— Não. Você é a Sailor Moon.

— Então de *onde* você saiu? — Joel cruza os braços e se apoia na moto.

George e Harry correm de novo para o irrigador. Estou segurando Patsy apoiada na lateral do corpo, mas ela fica tentando tirar meu biquíni.

— Coloque ela do outro lado — sugere Joel sem piscar.

— Ah, é verdade. — *Patsy, a criança que prefere um dos seios.*

— Você estava explicando de onde surgiu. — Joel ainda está apoiado preguiçosamente na moto.

— Moro aqui do lado.

—Você é irmã da Tracy Reed?

É claro. Ele nunca teria deixado de notar a Tracy. Eu sou loura, mas Tracy é A Loura. Ou seja, eu tenho cabelos louros-escuros e sardas, herdadas do meu pai, mas a Tracy tem os cabelos louros bem-claros e pele de porcelana. Não é justo, mas ela parece nunca ter visto o sol, apesar de passar a maioria dos verões na praia.

— Sou.

De repente, me pergunto se minha irmã também já interagiu secretamente com os Garrett. Mas Joel não é louro, a maior exigência de Tracy num namorado, junto com um bom backhand — então, provavelmente não. Só para ter certeza, pergunto:

—Você joga tênis?

Joel não parece se abalar com a mudança de assunto, sem dúvida já acostumado com meninas deslumbradas e confusas.

— Mal. — Ele estende as mãos para pegar Patsy, que aparentemente decidiu que qualquer seio serviria. Os dedinhos dela continuam voltando, determinados, ao meu biquíni.

— É, deve ser complicado rebater com essa jaqueta de couro. — Entrego a bebê a ele.

Ele me faz uma continência de brincadeira.

— *Sailor Moon* e espertinha. Legal.

Um jipe entra na garagem, muito rápido. Alice abre a porta com força, voltando para soltar a alça da bolsa do câmbio e carregá-la consigo. Os cabelos dela, agora, estão tingidos de azul, presos num rabo de cavalo lateral. Ela está usando uma frente única preta e um short muito curto.

— Você sabia no que estava se metendo, Cleve — retruca ela para o motorista. — Sabia o que esperar.

Ela apruma a coluna e anda firme até a porta da cozinha, batendo-a depois de passar. Ao contrário dos irmãos, é baixinha, mas isso não reduz em nada o ar de autoridade.

Cleve, um cara simpático que usa uma sunga de estampa havaiana e uma camiseta da PacSun, não parece saber no que estava se metendo. Ele se encolhe ao volante.

Joel me devolve Patsy e vai até o carro.

— Que saco, cara — diz para Cleve, que concorda com a cabeça mas não responde nada.

Volto para o irrigador e me sento. George desaba ao meu lado.

—Você sabia que uma tarântula que come pássaros é do tamanho da sua mão?

— O Jase não tem uma dessas, tem?

George me lança seu sorriso mais brilhante.

— Não. Ele tinha uma tarântula normal chamada Agnes, mas ela — a voz do menino fica triste — morreu.

—Tenho certeza de que ela está no céu das tarântulas agora — garanto a ele, estremecendo ao pensar no bicho.

A van da Sra. Garrett para atrás da moto e libera quem eu imagino que sejam Duff e Andy, ambos vermelhos e com o cabelo bagunçado pelo vento. A julgar pelos coletes salva-vidas, devem estar frequentando um clube de iatismo.

George e Harry, meus maiores fãs, enchem os ouvidos da mãe com as minhas peripécias, enquanto Patsy imediatamente começa a chorar, apontando um dedo acusatório para a mãe e berrando:

—Teta, teta, teta...

— Foi a primeira palavra dela — explica a Sra. Garret, pegando a neném, sem se importar com o maiô molhado de Patsy. —Vê se eu posso colocar isso no diário do bebê?

Capítulo Nove

Quando minha mãe e Tracy saem, a casa fica tão quieta à noite que consigo contar os sons. O *whir-clunk* do gelo caindo da máquina para o compartimento no freezer. A mudança de velocidade do ar-condicionado central. Então, ouço um barulho que não espero enquanto estou deitada no quarto, por volta das dez horas, me perguntando se deveria dizer alguma coisa à minha mãe sobre Clay e aquela mulher. É um *bang, bang, bang* rítmico, vindo de fora, no térreo. Abro a janela, saio, olho para baixo e vejo Jase de martelo na mão, prendendo algo à treliça. Ele olha para cima, um prego entre os dentes, e acena.

Fico feliz em vê-lo, mas isso é meio estranho.

— O que você tá fazendo?

— Tem uma tábua solta aqui. — Ele tira o prego da boca, posiciona-o na treliça e começa a martelar de novo. — Não me pareceu seguro.

— Para você ou para mim?

— Boa pergunta. — Jase dá uma última batida no prego, põe o martelo na grama e, em segundos, sobe a treliça e se senta ao meu lado. — Soube que você foi atacada pela minha família hoje. Foi mal.

— Tudo bem. — Eu me afasto um pouco. Estou de camisola de novo, o que parece ser uma desvantagem.

— Eles são a melhor coisa da minha vida, mas podem ser um pouco... — Ele faz uma pausa, como se procurasse uma definição. — Demais.

— Não me assusto fácil.

Jase olha para mim, os olhos verdes analisando meu rosto.

— Não. Você não se assusta, não é?

Percebo, sentada ali, que posso ser quem eu quiser com ele. Então, noto alguma coisa se mexendo no seu ombro.

— O que é isso?

O menino vira a cabeça para o lado.

— Ah, é só o Herbie. — Ele estende a mão e puxa um esquilo... um coelho... alguma coisa peluda... do ombro.

— Herbie?

— É um petauro-do-açúcar. — Ele me mostra uma coisinha peluda, parecida com um esquilo voador, com uma grande faixa preta que desce pelas costas e olhos muito escuros.

Com certo medo, faço carinho na cabeça do bicho.

— Ele adora isso. É muito sensível. — Jase coloca a outra mão do lado da primeira, aconchegando Herbie entre as duas. As mãos dele são ásperas e habilidosas. Muita coisa em Jase Garrett me faz lembrar um homem, não um menino.

— Você é... igual... ao Dr. Doolittle ou alguma coisa assim?

— Só gosto de animais. E você?

— Bom, eu gosto. Mas não tenho um zoológico no meu quarto.

Ele olha por sobre o meu ombro, pela minha janela, e faz que sim com a cabeça.

— Não, realmente não tem. Que quarto arrumado! Ele sempre fica assim?

Entro na defensiva e depois fico na defensiva por ter entrado na defensiva.

— Normalmente. Às vezes, eu...

— Dá uma de maluca e não pendura seu roupão? — brinca.

— Já aconteceu.

Jase está tão perto que sinto seu hálito no rosto. Meu estômago se enche de borboletas de novo.

— Soube que você é uma super-heroína.

— Pois é. Algumas horas com a sua família e agora tenho poderes sobrenaturais.

— Vai precisar deles. — Ele deixa o corpo cair para trás, se apoia nos cotovelos e põe Herbie na barriga. — Além disso, você mergulha de costas.

— Mergulho. Fui da equipe de natação.

Jase faz que sim com a cabeça lentamente, olhando para mim. Tudo que ele faz parece ser tão bem pensado e proposital. Acho que estou acostumada com garotos mais inconsequentes. Charley, que basicamente só queria sexo, e Michael, que ficava à mercê do próprio humor bipolar — animadíssimo ou extremamente deprimido.

— Quer nadar? — pergunta Jase, por fim.

— Agora?

— Agora. Na nossa piscina. Está *tão* quente.

O ar está úmido e terroso, quase espesso. *Vamos ver. Nadar. À noite. Com um garoto. Que é praticamente um estranho. E um Garrett.* É assustador pensar em quantas regras da minha mãe estou quebrando.

Dezessete anos de broncas, discussões e lembretes: "Pense na impressão que isso passa aos outros, Samantha. Não só em como você se sente. Faça escolhas inteligentes. Sempre avalie as consequências."

Levo menos de dezessete segundos para dizer:

— Vou pegar meu biquíni.

Cinco minutos depois, estou parada no nosso quintal, abaixo da janela do meu quarto, esperando, nervosa, que Jase volte depois de pôr a sunga. Não paro de olhar para nossa garagem, com medo de ver a luz de faróis e Clay trazendo minha mãe para casa. Ela me encontraria parada ali, no meu biquíni preto, um lugar muito diferente de onde esperava que eu estivesse.

No entanto, ouço a voz baixa de Jase.

— Oi — diz ele, andando no escuro pelo caminho que leva até minha casa.

— Não trouxe o Herbie de novo, trouxe?

— Não, ele não é fã de água. Vem. — Ele me leva de volta, contornando a barricada de quase dois metros da minha mãe até o quintal dos Garrett e a grande cerca gradeada verde que protege a piscina. — Certo. Você escala bem?

— Vamos ter que escalar? A piscina é *sua*. Por que não passamos pelo portão?

Jase cruza os braços e se apoia contra a cerca, sorrindo para mim — um brilho branco na escuridão.

— É mais divertido assim. Se você está infringindo regras, é melhor ter a experiência completa.

Olho desconfiada para ele.

— Você não é do tipo que põe pobres meninas em situações difíceis só para se divertir, é?

— Claro que não. Vamos. Quer pezinho?

Até ajudaria, mas não vou admitir. Enfio meus dedos num buraco da grade e escalo, segurando no outro lado antes de pular. Jase aparece do meu lado quase instantaneamente. Ele escala bem. *É claro,* penso, me lembrando da treliça.

Ele acende as luzes da piscina. Está cheia de brinquedos infláveis, algo de que minha mãe sempre reclama. "Será que eles não sabem que têm que guardar essas coisas à noite ou o filtro não funciona? Só Deus sabe como essa piscina deve ser suja."

Mas não parece suja. Está linda, brilhante e azul naquela noite. Mergulho direto, nado até o fim e volto à superfície para respirar.

— Você é rápida — diz Jase do meio da piscina. — Quer apostar uma corrida?

— Você é um daqueles caras que precisam ganhar da menina só para se afirmar?

— Parece que você conhece muita gente irritante — observa Jase. — Sou só eu, Samantha. Quer ou não quer?

— Quero.

Faz um ano que saí da equipe de natação. Os treinos começaram a atrapalhar meus deveres de casa, então minha mãe quis que eu parasse. Mas ainda nado quando posso. E ainda sou rápida. Mesmo assim, ele ganha. Duas vezes. Então eu ganho, pelo menos uma vez. Depois ficamos só nadando de um lado para o outro.

Por fim, Jase sai da piscina, tira duas toalhas de uma grande cesta e as estende na grama. Desabo numa delas, encarando o céu noturno. Está tão quente que a umidade é quase sufocante.

Ele se deita ao meu lado.

Para ser sincera, fico esperando que tente alguma coisa. Charley Tyler teria tentado puxar meu biquíni mais rápido do que Patsy. Mas Jase dobra um braço atrás da cabeça e olha para o céu.

— Qual é aquela? — pergunta, apontando.

— O quê?

— Você disse que gostava de observar estrelas. Qual é aquela constelação?

Aperto os olhos para ver o que o dedo está apontando.

— Dragão.

— E aquela?

— É a Coroa Boreal.

— E ali?

— Escorpião.

— Você é mesmo astrofísica. E aquela que fica ali?

— Norma.

Ele solta uma gargalhada.
— É sério?
— Isso vindo de um cara que tinha uma tarântula chamada Agnes. É, é sério.

Ele se vira de lado e olha para mim.
— Como você soube da Agnes?
— Pelo George.
— É claro. O George conta tudo.
— Adoro o George — respondo.

Está bem, agora o rosto dele está perto do meu. Se eu erguesse a cabeça e a inclinasse só um pouquinho... Mas não vou fazer isso, porque não vou tomar a iniciativa de jeito nenhum. Nunca fui de tomar iniciativas e não vai ser agora que vou começar. Em vez disso, apenas olho para Jase, me perguntando se ele vai se aproximar mais. Então, vejo a luz dos faróis entrando na nossa garagem.

Eu me levanto num pulo.
— Tenho que ir para casa. Tenho que ir para casa *agora*.

Minha voz está aguda, em pânico. Minha mãe sempre olha meu quarto antes de ir dormir. Corro até a cerca, passo pelo portão e sinto as mãos de Jase na minha cintura, me erguendo até o limite da nossa barricada, o bastante para passar a perna por ela.

— Calma. Você vai conseguir. Não se preocupe. — A voz dele soa baixa, calma. Deve ser a voz que usa para acalmar animais nervosos.

Caio do outro lado e corro para a treliça.
— Samantha!

Eu me viro, mas só consigo ver a parte de cima da cabeça dele atrás da cerca.

— Cuidado com o martelo. Ainda está na grama. E obrigado pela corrida.

Faço que sim com a cabeça, aceno rapidamente e corro.

Capítulo Dez

— **Samantha!** Samantha! — Tracy entra correndo no meu quarto. — Onde está aquela sua frente única azul-marinho?

— Na minha gaveta, Trey. Por que quer saber? — respondo com voz doce.

Tracy está fazendo as malas para ir para Martha's Vineyard — meia hora antes do horário marcado para Flip buscá-la. Típico. Ela considera um direito de primogênita levar qualquer roupa minha que quiser, contanto que eu não a esteja vestindo naquele instante.

— Vou levar, está bem? É só até o fim do verão. Prometo que devolvo quando voltar. — Ela abre a minha gaveta com força, vasculhando as roupas e tirando não só a blusa azul, como algumas brancas também.

— Sei. O outono realmente é a época perfeita para eu usar minha frente única. Põe aí de volta.

— Ah, por favor... Preciso de mais blusas brancas. Vamos jogar tênis o tempo todo.

— Eu soube que está cheio de lojas boas em Martha's Vineyard hoje em dia.

Tracy revira os olhos e enfia as blusas de volta na gaveta, se virando para voltar ao próprio quarto. No ano passado, ela deu aulas de tênis no clube e, de repente, percebo que vai ser estranho ficar sem ela lá também, não só em casa. Minha irmã já não mora mais aqui, se eu parar para pensar.

— Vou sentir sua falta — digo, enquanto ela arranca vestidos dos cabides, enfiando-os caoticamente numa mala da mamãe, sem se importar com o proeminente monograma com as iniciais do nome dela.

— Vou mandar cartões-postais. — Ela abre uma fronha e anda, decidida, até o banheiro. Observo enquanto ela pega a chapinha, o aparelho de fazer cachos e uma escova de dentes elétrica da pia e põe lá dentro. — Espero que não sinta muito a minha falta, Samantha. É o último verão do seu último ano na escola. Esqueça a mamãe. Vá se divertir. Aproveite a vida. — Tracy mostra a caixinha de anticoncepcionais para enfatizar o que quer dizer.

Ugh. Não preciso de auxílio visual para saber sobre a vida sexual da minha irmã.

Depois de enfiar a caixinha na fronha, ela amarra as pontas. Então os ombros dela caem, e seu rosto fica repentinamente vulnerável.

— Estou com medo de as coisas com o Flip estarem ficando sérias demais. Vou passar o verão inteiro com ele... Talvez não seja muito inteligente.

— Eu gosto do Flip — digo.

— É, eu também gosto dele — responde ela, rápida. — Mas só quero gostar do Flip até o fim de agosto. Ele vai para uma faculdade na Flórida. Eu vou para Vermont.

— Aviões, trens, carros... — sugiro.

— Odeio esse rolo de namoro à distância, Samantha. Além disso, vou ficar me perguntando se ele está com alguma outra garota na faculdade e se estou só fazendo papel de boba.

— Confie um pouco nele, Trey. O Flip parece muito apaixonado.

Ela suspira.

— Eu sei. Ele me levou uma revista e um picolé na praia outro dia. Foi tão legal... Foi quando percebi que talvez eu esteja me envolvendo demais.

Opa.

— Será que não dá para simplesmente deixar rolar?

O sorriso de Tracy é pesaroso.

— Pelo que lembro, quando você saía com o Charley, tinha um cronograma para controlar tudo que deixava o moleque fazer com você.

— O Charley precisava de um cronograma, ou teria tentado transar comigo no Prius do pai dele na nossa garagem, antes do primeiro encontro.

Ela ri.

— Ele realmente era um *safado*. Mas tinha covinhas lindas. Você transou com ele, afinal?

— Não. Nunca.

Como ela pode ter se esquecido disso? Fico um pouco magoada. Eu me lembro de cada detalhe da vida amorosa da Tracy, inclusive do verão traumático de dois anos atrás, quando ela namorou três irmãos, partindo o coração dos dois primeiros e tendo o dela destroçado pelo terceiro.

Flip buzina em frente à nossa casa — algo que minha mãe normalmente detesta, mas que, de alguma forma, atura quando é o Flip.

— Socorro! Estou atrasada. Tenho que ir! Te amo!

Tracy desce a escada correndo, fazendo o barulho de uma manada de elefantes sapateando. Nunca entendi como minha irmã, tão pequena e magra, consegue fazer tanto barulho na escada. Ela envolve minha mãe nos braços, aperta-a por um segundo, corre para a porta e grita:

— Já estou indo, Flip. Vale a pena esperar por mim, eu prometo!

— Eu sei, meu amor! — berra Flip.

Tracy corre de volta para mim, me dá beijos barulhentos nas bochechas e se afasta.

— Tem certeza de que não posso levar as blusas brancas?

— Tenho. Vaza! — exclamo.

E com um esvoaçar da saia e uma batida da porta, ela vai embora.

— Entãããão... A Escola Stony Bay vai fazer um simulado para o vestibular em agosto — diz Nan enquanto andamos até o clube.

Paramos na Doane's no caminho, e ela está tomando um milk-shake com biscoito enquanto eu mastigo o gelo da minha limonada.

— Mal posso esperar. É verão, Nan. — Volto o rosto para o sol e respiro fundo o ar quente. Maré baixa. O cheiro morno do rio.

— Eu sei — diz ela. — Mas é só uma manhã. Fiquei enjoada quando fizemos o último simulado e só tirei nove. Isso não é bom o bastante. Não para entrar na Columbia.

— Não prefere fazer a prova online? — Gosto da escola e adoro a Nan, mas só quero pensar em simulados e notas depois de setembro.

— Não é a mesma coisa. Esse é inspecionado e tudo. As condições são exatamente iguais às da prova de verdade. Poderíamos até fazer juntas. Vai ser divertido.

Sorrio para Nan e tiro o milk-shake da sua mão para dar um gole.

— Você acha isso divertido? Não seria melhor a gente nadar em águas infestadas de tubarões?

— Por favor. Você sabe que eu surto com essas coisas. Seria bom treinar em circunstâncias parecidas. E sempre me sinto melhor quando você está junto. Posso até pagar a sua taxa. Por favoooooor, Samantha.

Murmuro que vou pensar no assunto. Chegamos ao clube, onde temos que preencher uma papelada antes de começar a trabalhar. E tem uma outra coisa que quero fazer também.

Estou suando um pouco quando bato à porta do escritório do Sr. Lennox. Olho em volta, me sentindo culpada.

— Entre! — grita o Sr. Lennox. Ele parece surpreso quando ponho minha cabeça para dentro da sala. — Olá, Srta. Reed. Você sabe que seu primeiro dia é só na semana que vem, não sabe?

Entro no escritório e penso, como sempre, que deveriam comprar uma mesa menor para o Sr. Lennox. Ele não é alto e parece que aquele enorme bloco de carvalho esculpido vai engoli-lo.

— Eu sei — respondo, me sentando. — Só vim preencher os formulários. Estava pensando... Preciso... Gostaria de voltar para a equipe de natação este ano. Por isso, queria treinar. Queria saber se posso chegar uma hora mais cedo, antes de as piscinas abrirem, e usar a piscina olímpica.

O Sr. Lennox se apoia nas costas da cadeira, impassível.

— Posso nadar no mar e no rio, mas preciso cronometrar meu tempo e é mais fácil quando sei a distância e a velocidade que estou percorrendo.

Ele une os dedos e os apoia embaixo do nariz.

— A piscina abre às dez da manhã.

Tento não deixar meus ombros caírem, desanimada. Nadar com Jase na outra noite, competir, mesmo de brincadeira, foi tão bom... Odiei ter saído da equipe de natação. Minhas notas em matemática e ciências haviam caído para oito no meio do semestre, por isso minha mãe insistiu. Mas talvez se eu melhorasse meu tempo e me esforçasse muito...

O Sr. Lennox continua:

— Por outro lado, a sua mãe é parte importante da nossa diretoria... — Ele afasta os dedos do rosto o bastante para mostrar um sorrisinho. — E você sempre foi uma Funcionária Exemplar. Pode usar a piscina, contanto que siga as *outras* regras: tome uma chuveirada primeiro, use uma touca e Não Deixe que Mais Ninguém Saiba do Nosso Acordo.

Levanto num pulo.

— Obrigada, Sr. Lennox. Farei isso, prometo. Quero dizer, vou fazer tudo que o senhor pediu. Obrigada.

Nan está esperando do lado de fora quando saio. Ao ver meu sorriso, ela diz:

—Você sabe que essa deve ser a única vez em toda a vida dele que o Lennox infringiu uma regra, né? Não sei se devo lhe dar os parabéns ou continuar tendo pena dele.

— Quero muito voltar para a equipe — digo.

— Você era mais alegre quando nadava — concorda Nan. — E está meio fora de forma agora... — acrescenta, casualmente. —Vai ser bom para você.

Quando me viro para ela, Nan já está alguns passos à frente, voltando para o saguão.

Vou trabalhar mais tarde no Breakfast Ahoy no dia seguinte — das nove à uma e não das seis às onze. Decido fazer uma vitamina enquanto minha mãe franze a testa para as mensagens na sua caixa postal. É a primeira vez que a vejo nos últimos dias, e me pergunto se agora seria uma boa hora para falar sobre Clay. Decido que vou contar, quando ela fecha o telefone e abre a porta da geladeira, batendo as sandálias no chão. Minha mãe sempre faz isso, como se esperasse que uma tigela de morangos fosse gritar "ME COMA" ou o suco de laranja fosse pular e se servir num copo.

Tap. Tap. Tap.

Essa também é uma das técnicas favoritas dela. O silêncio fica tão incômodo que alguém tem que começar a falar para rompê-lo. Abro minha boca de novo, mas, para minha surpresa, é minha mãe que começa a falar primeiro.

— Querida. Tenho pensado em você.

O jeito como ela fala me leva a dizer:

— Nos meus horários de trabalho no verão? — pergunto, logo me sentindo culpada pelo sarcasmo velado da frase.

Minha mãe tira uma caixa de ovos da geladeira, dá uma olhada nela e torna a guardá-la.

— É, com certeza. A eleição não vai ser fácil. Não é como da primeira vez em que concorri, quando meu único adversário era aquele libertário maluco. Posso perder meu cargo se não me esforçar. É por isso que sou tão grata ao Clay. Preciso manter meu foco e saber que vocês estão bem. A Tracy... — Mais batidas do pé. — O Clay acha que eu não preciso me preocupar. Tenho que deixar minha filha sair de casa. Afinal, ela vai para a faculdade no próximo semestre. Mas você... Como posso explicar isso de modo que você entenda?

—Tenho dezessete anos. Eu entendo tudo. —Vejo Clay e aquela mulher de novo na minha frente. Como vou mencionar isso? Inclino-me, desviando dela, e pego os morangos.

Minha mãe belisca minha bochecha.

— É quando você diz coisas assim que me lembro de como é novinha. — Então, o rosto dela se suaviza. — Eu sei que vai ser difícil para você se acostumar com o fato de Tracy ter ido embora. Para mim também é. A casa vai ficar muito quieta. Você entende que vou ter que trabalhar muito o verão todo, não entende, linda?

Faço que sim com a cabeça. A casa já parece tranquila demais sem Tracy cantando desafinada no chuveiro e sem as batidas dos seus saltos na escada.

Minha mãe tira a água filtrada da geladeira e a põe na chaleira.

— O Clay diz que posso chegar a um cargo mais alto. Que posso ser importante. Posso ser mais do que a mulher com uma herança que comprou seu cargo.

Muitos editoriais de jornais escreveram exatamente aquilo quando ela foi eleita. Eu os li, senti uma pontada de dor e escondi os jornais, esperando que minha mãe nunca os visse. Mas é claro que viu.

— Faz tanto tempo que ninguém olha para mim e *realmente* me vê — acrescenta ela, de repente, ainda segurando a água filtrada. — O seu pai... Bom, eu achei que ele me visse. Mas depois... depois dele... A gente fica mais ocupada e mais velha... E ninguém olha mais para nós. Você e a Tracy... Ela vai para a faculdade no fim das férias. E você vai daqui a um ano. Fico pensando... É a vez delas agora? Onde foi parar a minha oportunidade? O Clay levou muito pouco tempo para entender que tenho filhas adolescentes. Ele me vê, Samantha. Não sei explicar o quanto isso é bom. — Ela se vira e me olha. Nunca a vi... *radiante* dessa maneira.

Como posso dizer: "Olha, mãe, acho que ele pode estar saindo com outra pessoa?"

Penso em Jase Garrett, em como ele parece me entender sem que eu tenha que explicar. Será que minha mãe se sente assim com o Clay? *Por favor, não deixe que ele seja um cafajeste qualquer.*

— Fico feliz por você, mãe — digo. Ligo o liquidificador e a cozinha se enche com o som de morangos e gelo sendo batidos.

Ela tira os cabelos da minha testa, depois põe a jarra de água na bancada e fica perto de mim até eu desligar o liquidificador. Então só sobra o silêncio.

—Vocês duas, você e a Tracy — finalmente diz ela para as minhas costas —, são as melhores coisas que já aconteceram na minha vida. Na minha vida pessoal. Mas há mais na vida que isso. Não quero que vocês duas sejam as únicas coisas que aconteceram na minha vida. Eu quero...

A voz dela se interrompe e, quando me viro, vejo que está olhando para fora, para algo que não posso ver. Por um instante, temo por ela. Parada ali, a expressão sonhadora, ela parece uma mulher — não minha mãe, a rainha do aspirador de pó, que revira os olhos para os Garrett, para qualquer pingo fora dos is. Só vi Clay duas vezes na vida. Ele é charmoso, acho, mas, pelo visto, meu pai também era. Minha mãe sempre diz isso com amargura, "Seu pai era *charmoso*", como se charme fosse uma substância ilícita que ele usava para fazê-la perder a cabeça.

Pigarreio.

— Então... — digo, no que espero ser um tom casual e tranquilo, e não uma tentativa de obter informações. — O que você sabe sobre esse Clay Tucker?

Os olhos de minha mãe se voltam para mim rapidamente.

— Por que está perguntando isso, Samantha? Por que isso seria da sua conta?

É por isso que nunca digo nada. Enfio a colher na vitamina, amassando um pedaço de morango na lateral do liquidificador.

— Só estava pensando. Ele parece...

Um desastre em potencial? *Mais novo?* Provavelmente não é um jeito bom de começar. *Será* que existe algum jeito bom de começar?

Por isso, não termino a frase. Essa costuma ser a técnica da mamãe para nos fazer contar tudo. O incrível é que funciona com ela.

— Bom, uma coisa que sei é que ele chegou muito longe para um homem tão jovem. Foi conselheiro do partido republicano na última campanha, visitou George W. Bush no rancho em Crawford...

Blergh. Tracy costuma provocar minha mãe por causa do tom de voz reverente que ela usa quando fala do nosso ex-presidente: "A mamãe está apaixonada pelo Comandante em Cheeeefe da nação..." Sempre fico enojada demais para conseguir brincar com isso.

— Clay Tucker é um cara que faz as coisas acontecerem — afirma ela. — Mal consigo acreditar que ele esteja se dando ao trabalho de ajudar na minha campanhazinha.

Torno a guardar os morangos na geladeira, depois mexo na vitamina com uma colher, procurando mais pedaços da fruta que tenham escapado das lâminas do liquidificador.

— Como ele veio parar em Stony Bay? — *Ele trouxe uma esposa? Uma namorada?*

— Ele comprou uma casa de praia para os pais na ilha de Seashell. — Minha mãe abre a geladeira e passa os morangos da segunda prateleira, onde eu os havia posto, para a terceira. — Sabe aquela ilha pequena no rio? Estava trabalhando demais, então veio para cá descansar um pouco. — Ela sorri. — Aí ele soube da minha campanha e quis se envolver.

Com a campanha? Ou com a mamãe? Talvez ele seja um agente secreto procurando uma maneira de acabar com ela. Mas isso nunca funcionaria. Minha mãe não tem nada a esconder.

— E isso é tranquilo? — Pesco um morango e o engulo. — O fato de vocês estarem... namorando... e ele, hum, aconselhando você? Achei que fosse absolutamente proibido.

Minha mãe sempre foi extremamente rígida em relação ao limite entre sua vida política e a pessoal. Alguns anos atrás, Tracy se esqueceu de levar dinheiro para pagar pelos patins no rinque McKinsey e o gerente, que apoiava a mamãe, disse que ela não precisava se preocupar. Minha mãe fez a Tracy voltar no dia seguinte e pagar o preço integral, apesar de Tracy ter direito a desconto por causa do horário.

As sobrancelhas dela se unem.

— Somos adultos, Samantha. Solteiros. Não estamos infringindo regra nenhuma. — Ela ergue o queixo, cruzando os braços. — E não gostei do seu tom.

— Eu... — Mas ela já foi até o armário, tirou o aspirador de pó e o ligou, provocando o ruído tranquilo de um Boeing.

Eu me distraio com a vitamina, pensando em como poderia ter lidado melhor com a situação. Minha mãe praticamente investigou a vida de Charley e Michael, sem mencionar algumas das escolhas mais problemáticas de Tracy. Mas quando é com ela...

De repente, o aspirador de pó solta um ruído gutural e para de funcionar. Minha mãe o sacode, o desliga, o tira da tomada, tenta de novo, mas nada.

— Samanthaaa! — grita ela. — Você sabe alguma coisa sobre isso? — O que significa: "Você é responsável por isso?"

— Não, mãe. Você sabe que nunca mexo nesse troço.

Ela o sacode de novo, de forma acusatória.

— Estava funcionando direitinho ontem à noite.

— Eu não usei, mãe.

De repente, ela começa a berrar:

— Então o que tem de errado com *esta coisa*? Não podia ter quebrado num dia pior! O Clay vem jantar com alguns possíveis financiadores da campanha e a sala só está aspirada pela metade! — Ela bate com o aspirador no chão.

Como sempre, a sala está impecável. Nem dá para saber que lado ela já aspirou.

— Mãe. Vai ficar tudo bem. Eles nem vão notar...

Ela chuta o aspirador de pó, me encarando.

— *Eu* vou notar.

Está bem.

— Mãe... — Estou acostumada ao mau humor dela, mas isso me parece exagero.

De repente, do nada, ela tira o aspirador da tomada, pega o aparelho, atravessa a sala e o joga pela porta. Ele cai na frente da garagem, fazendo barulho. Eu a encaro.

— Você não tem que trabalhar, não, Samantha?

Capítulo Onze

Então, é claro, neste dia, o trabalho fica ainda mais chato porque Charley Tyler e um bando de garotos da escola resolvem aparecer. Charley e eu terminamos bem, mas ainda assim tenho que aturar olhares, frases do tipo "Quer dar uma olhada na minha luneta?" e piadas de duplo sentido no estilo grosseiro-idiota-imbecil. É claro que eles estão em uma das minhas mesas, a oito, e ficam me pedindo mais água, manteiga e ketchup o tempo todo, só para exercerem poder.

Por fim, decidem ir embora. Ainda bem que me deixam boas gorjetas. Charley pisca para mim enquanto saem, mostrando as covinhas.

— A oferta da luneta ainda está de pé, Sammy-Sam.

— Desaparece, Charley.

Estou limpando a nojeira que deixaram na mesa quando alguém puxa o cós da minha saia.

— E aí, menina.

Tim não fez a barba, os cabelos ruivos estão bagunçados e ele ainda está com as mesmas roupas que vestia da última vez em que o vi: calça de pijama de flanela incompatível com o calor do verão. Ele realmente não visitou a lavanderia.

— Ei, tô precisando de dinheiro, riquinha.

Isso machuca. Tim sabe, ou sabia, o quanto odeio ser chamada assim; era a forma como as meninas das equipes de natação rivais me chamavam.

— Não vou te dar dinheiro, Tim.

— Porque vou gastar com bebida, não é? — pergunta ele, num tom agudo e sarcástico, imitando minha mãe quando ela passava por mendigos em New Haven. — Você sabe que posso mudar de ideia. Quem sabe gastar com maconha *também*. Ou, se for generosa e eu tiver sorte, pó. Por favor. Cinquentinha?

Ele se apoia no balcão, juntando as mãos e erguendo o queixo para mim.

Eu o encaro de volta. Vamos brincar de *quem pisca primeiro*? Então, inesperadamente, ele ataca o bolso da minha saia, onde guardo minhas gorjetas.

— Isso não é nada para você. Nem sei por que trabalha, Samantha. Só uns trocadinhos.

Dou um pulo para trás, puxando a saia com tanta força que tenho medo que o tecido barato se rasgue.

— Tim! Para com isso! Você sabe que não vou dar.

Ele balança a cabeça para mim.

— Você costumava ser legal. Quando virou uma otária?

— Quando você virou um retardado. — Passo por ele com a bandeja cheia de pratos sujos. Lágrimas enchem meus olhos. *Não faça isso*, penso. Mas o Tim me conhecia melhor do que ninguém.

— Está com problemas? — pergunta Ernesto, o cozinheiro, tirando os olhos das seis frigideiras que tem no fogo. O Breakfast Ahoy não é um restaurante de comida saudável.

— É só um idiota. — Jogo os pratos na pia, fazendo barulho.

— Nenhuma novidade, então. Bosta de cidade cheia dessa bosta de gente que nasceu numa bosta de berço de ouro...

Opa. Ativei sem querer o botão de "xingamento favorito" do Ernesto. Eu o ignoro, abro um sorriso largo e volto para lidar com Tim, mas só vislumbro o punho de um pijama xadrez sujo e ouço a porta batendo. Há algumas moedas na mesa próxima à porta e outras no chão. O resto da gorjeta foi embora.

Um dia, algumas semanas depois de termos começado a sétima série na Hodges, antes de Tim ser expulso, esqueci o dinheiro do lanche e estava procurando a Tracy ou a Nan. Em vez disso, encontrei Tim, sentado num canto com os piores maconheiros da escola. Tim, na época, até onde eu sabia, era tão inocente com relação a essas coisas quanto eu e Nan. O chefe do bando era Drake Marcos, um drogadinho do último ano que só andava com doidões como ele. Uma ótima conquista para mencionar na redação do vestibular.

— Ah, é a irmã da Tracy Reed. Calma, irmã da Tracy. Você parece tensa. Precisa relaxaaaar... — disse Drake.

Os outros garotos riram como se aquilo fosse extremamente engraçado. Olhei para o Tim, que estava encarando os próprios pés.

— Que tal uma aventura, irmã da Tracy Reed? — Drake sacudiu um saquinho na minha direção, cheio de nem sei o quê.

Fiz algum comentário idiota sobre ter que ir para a aula, que Drake transformou em canção e cantou por vários segundos, sob o incentivo dos risos forçados de seu leal grupo de puxa-sacos.

Comecei a me afastar, mas me virei e gritei para Tim, que ainda olhava para os tênis:

— Sai dessa!

Foi então que ele finalmente olhou para mim.

— Vai à merda, Samantha.

Capítulo Doze

Levo certo tempo para esquecer a visita de Tim, mas o ritmo no Breakfast Ahoy é puxado, e isso sempre ajuda.

Hoje, no entanto, tudo dá errado.

A manhã também inclui uma mulher que fica extremamente indignada porque não podemos deixar que seu cãozinho se sente à mesa com ela e um homem com duas crianças absurdamente malcriadas, que jogam embalagens de geleia e de açúcar em mim, e espremem tubos de mostarda e ketchup no porta-guardanapos. Enquanto estou andando para casa, confiro as mensagens no meu celular e encontro uma da minha mãe, que ainda parece irritada, me mandando limpar a casa: DEIXE TUDO PERFEITO, enfatiza ela. E depois: E SUMA, PORQUE O CLAY VAI LEVAR OS POSSÍVEIS FINANCIADORES DA CAMPANHA PARA LÁ.

Minha mãe nunca me pediu para sumir. Será que é porque perguntei sobre o Clay? Vou até a porta e vejo o aspirador de pó no mesmo lugar, ainda esparramado como um mendigo.

— Samantha! — grita Jase do outro lado da cerca. — Você está bem? Parece que o mar não está para peixe hoje.

— Não faça piadas de marinheiro, por favor. Pode apostar que já ouvi todas.

Ele se aproxima, sorrindo e balançando a cabeça. Hoje está usando uma camiseta branca que o faz parecer ainda mais bronzeado.

— Deve ter ouvido mesmo. É sério, você está bem? Parece... meio abatida e isso não é normal.

Explico sobre ter que limpar a casa e sumir.

— E — digo, enquanto o chuto — o aspirador de pó quebrou.

— Eu conserto. Vou pegar minhas ferramentas.

Ele sai correndo antes que eu possa dizer algo. Entro em casa, tiro a roupa de marinheira e visto um vestido azul levinho. Estou me servindo de limonada quando Jase bate à porta.

— Estou na cozinha!

Ele entra, carregando o aspirador de pó nos braços como a vítima de um acidente, a caixa de ferramentas pendurada no polegar.

— Que parte da sua casa não está limpa?

— Minha mãe é meio exigente.

Jase faz que sim com a cabeça, erguendo uma das sobrancelhas, mas não diz nada. Ele põe o aspirador de pó no chão, abre a caixa de ferramentas e inclina a cabeça para ela, procurando o utensílio certo, evidentemente. Observo os músculos nos seus braços e, de repente, sinto uma vontade enorme de passar a mão por eles. Aquilo me assusta. Em vez disso, jogo desinfetante na bancada e a ataco com uma toalha de papel. *Fora daqui, mancha maldita!*

Ele conserta o aspirador de pó em menos de cinco minutos. O culpado era, aparentemente, uma das abotoaduras do Clay. Tento não imaginar minha mãe arrancando-a num frenesi de desejo. Em seguida, Jase me ajuda a limpar novamente o andar de baixo, já imaculado.

— É difícil sentir que estamos progredindo quando já está tudo tão perfeito — diz ele, aspirando embaixo de uma poltrona enquanto ajusto as almofadas já alinhadas simetricamente. — Talvez a gente devesse trazer o George e a Patsy para cá, usar massinha e guache e fazer brownies para termos algo para limpar de verdade.

Quando acabamos, Jase pergunta:

— Você tem hora para voltar para casa?

— Onze horas — digo, confusa, já que ainda estamos no início da tarde.

— Pega uma jaqueta e seu biquíni, então.

— O que vamos fazer?

— Você tem que sumir, não tem? Vem se perder na multidão da minha casa. Depois a gente pensa em outra coisa.

Como sempre, o contraste entre o quintal dos Garrett e o nosso é imenso. Eu me sinto como Dorothy, saindo do mundo em preto e branco e entrando no colorido de Oz. Alice está jogando frisbee com um cara. Gritos e berros vêm da piscina. Harry está praticando rebatidas de beisebol, mas com uma raquete de tênis. Alice joga o frisbee para Jase, que o pega facilmente e o joga para o cara — não Cleve, que "sabia no que estava se metendo", mas um cara grande, que parece um jogador de futebol americano. Ouço a Sra. Garrett gritar da área da piscina:

— George! O que eu falei sobre fazer xixi aqui?

Então a porta de tela é aberta com força e Andy sai correndo, carregando uns cinco maiôs diferentes.

— Alice! Você *tem* que me ajudar!

A mais velha revira os olhos.

— Escolhe logo, Andy. Vai ficar tudo bem. Você só vai sair com um menino.

Andy, uma linda menina de quatorze anos e aparelho nos dentes, balança a cabeça, à beira das lágrimas.

— Vou sair com o Kyle. Com o Kyle, Alice! Ninguém nunca me chamou para sair antes. E você nem me ajuda.

— O que houve, Ands? — Jase vai até ela.

— Sabe o Kyle Comstock? Do clube de iatismo? Faz quase três anos que quase viro o barco de tanto olhar para ele. O cara me chamou para ir à praia e depois até o Clam Shack. E a Alice não me ajuda nem um pouquinho. E a mamãe só fica mandando eu usar protetor solar.

Alice balança a cabeça, impaciente.

— Vamos, Brad, vamos para a piscina. — Ela e o jogador de futebol americano saem de perto da discussão.

Jase me apresenta a Andy, que volta os ansiosos olhos cor de mel para mim.

— *Você* pode me ajudar? Ninguém deveria ter um primeiro encontro na praia. Não é justo.

— É verdade — digo. — Deixa eu ver o que você tem aí.

Andy espalha os maiôs no chão.

— Tenho três maiôs e dois biquínis. Minha mãe diz que não devo usar biquíni. O que você acha, Jase?

— Nada de biquínis no primeiro encontro — concorda ele. — Tenho certeza de que isso é uma regra. Ou deveria ser. Pelo menos para as minhas irmãs.

— Como ele é? — pergunto, observando os outros maiôs.

— O Kyle? É... bem... é... perfeito! — Ela balança as mãos.

—Você precisa ser mais específica, Ands — pede Jase, irônico.

— Engraçado. Gosta de esportes. Gente boa. Bonito, mas não age como se soubesse. Do tipo que faz todo mundo rir sem se esforçar.

— Aquele ali. — Aponto para um maiô vermelho.

— Obrigada. E depois que a gente nadar? Ponho um vestido? Ponho maquiagem? Como vou falar com ele? Por que concordei com isso? Odeio mariscos!

— Pede um cachorro-quente — aconselha Jase. — São mais baratos. Ele vai gostar disso.

— Nada de maquiagem. Você não precisa — acrescento. — Principalmente depois da praia. Passa um pouco de condicionador no cabelo para ficar com aquele jeitão molhado. Um vestido é uma boa. Faça muitas perguntas sobre ele.

—Você salvou a minha vida.Vou ficar te devendo por toda a eternidade — diz Andy fervorosamente, entrando de novo em casa.

— Estou fascinado — observa Jase em voz baixa. — Como você decidiu sobre o maiô?

— Ela disse que ele gosta de esportes — respondi. Os pelos da minha nuca se arrepiam um pouco ao sentir a voz dele tão próxima da minha orelha. — Além disso, o vermelho combina com os cabelos escuros e a pele bronzeada dela. Acho que estou com inveja. Minha mãe diz que louras não podem usar vermelho.

— Mas achei que a Sailor Moon podia fazer tudo. — Jase abre a porta da cozinha, fazendo um gesto para que eu entre.

— Infelizmente, meus poderes são limitados.

—Você pode garantir que esse Kyle Comstock é um cara legal? Esse seria um poder bastante útil.

— Sei bem como é — respondo. — Poderia usá-lo com o namorado da minha mãe. Mas não.

Sem dizer mais nada, Jase sobe a escada e, mais uma vez encantada como uma serpente, eu o sigo na direção do seu quarto, apenas para sermos interrompidos no meio do caminho por um Duff de olhos arregalados. O menino tem os cabelos castanhos da família, ligeiramente mais compridos, e olhos verdes redondos. É mais forte que Jase, mas bem mais baixo.

—Voldemort fugiu! — anuncia ele.

— Droga. — Jase parece chateado, o que, levando em conta o fato de que essa é uma notícia velha do mundo de Harry Potter, me parece estranho.

— Você tirou ele da gaiola? — Jase alcança a porta do quarto com duas passadas largas.

— Só por um instante. Pra ver se ia trocar de pele logo.

— Duff, você sabe que não pode fazer isso. — Jase está de joelhos, olhando embaixo da cama e da escrivaninha.

—Voldemort é...? — pergunto a Duff.

— A cobra do Jase. Eu que batizei.

Tenho que usar todo o meu autocontrole para não pular em cima da escrivaninha. Jase agora está revirando o armário.

— Ele gosta de sapatos — explica por sobre o ombro.

Voldemort, a cobra com fetiche por sapatos. Que maravilha.

—Vou chamar a mamãe — diz Duff da porta do quarto.

— Não. Já achei. — Jase sai do armário com uma cobra laranja, branca e preta enrolada no braço. Eu me afasto bem dele.

— Ele é muito tímido, Samantha. Não se preocupe. Não faz mal nenhum. Não é, Duff?

— É verdade. — Duff me olha, sério. — Cobras-do-milho são animais de estimação muito pouco valorizados. Na verdade, são muito dóceis e inteligentes. Só têm uma reputação ruim. Que nem ratos e lobos.

— Vou fingir que acredito em você — murmuro, observando Jase desenrolar a cobra e colocá-la na gaiola, onde ela se enrola como um enorme bracelete mortal.

— Posso pegar umas informações na internet pra você, se quiser — garante Duff. — A única coisa ruim das cobras-do-milho é que elas fazem cocô quando estão estressadas.

— Duff. Por favor. Sai daqui — pede Jase.

O menino, cabisbaixo, vai embora. Então Joel entra de repente no quarto, com uma camiseta preta justa, calça jeans preta ainda mais justa e uma expressão irritada.

— Achei que tivesse consertado ela. Tenho que pegar a Giselle em dez minutos.

— E consertei — diz Jase.

— Mas não está funcionando. Vem cá ver.

Jase olha para mim como se pedisse desculpas.

— A moto. Fica comigo enquanto vejo isso.

Mais uma vez, bastam alguns minutos com Jase mexendo em algo ou desapertando e apertando outra coisa para que a moto volte a funcionar. Joel sobe nela, diz alguma coisa que parece um "obrigado", mas é impossível de entender por causa do barulho do motor, e vai embora.

— Como você ficou tão bom em tudo? — pergunto a Jase enquanto ele limpa as mãos de graxa num pano que tirou da caixa de ferramentas.

— Em tudo... — repete ele, pensativo.

— Consertar coisas... — Aponto para a moto, depois para a minha casa, lembrando o aspirador de pó.

— Meu pai tem uma loja de ferragens. Isso me dá uma boa vantagem.

— Ele também é pai do Joel — lembro. — Mas é você que conserta a moto. E cuida de todos aqueles animais.

Os olhos verdes de Jase encontram os meus, mas logo se abaixam.

— Acho que gosto de coisas que exigem tempo e atenção. Vale mais a pena assim.

Não sei por que essas palavras me fazem ficar vermelha, mas é o que acontece.

Então, Harry chega correndo e diz:

— Agora você vai me ensinar a mergulhar de costas, não vai, Sailor Moon? Agora, né?

— Harry, a Samantha não tem que...

— Não tem problema — digo rapidamente, feliz por ter algo para fazer além de me transformar numa poça de vergonha no quintal. — Vou colocar o biquíni.

Harry é um aluno entusiasmado, apesar de seus mergulhos ainda serem o básico: juntar as mãos e cair de barriga na água. Ele não para de pedir que eu lhe mostre diversas vezes como mergulhar de costas, enquanto a Sra. Garrett brinca no lado raso com George e Patsy. Jase nada pela piscina algumas vezes, depois fica boiando, nos observando. Alice e Brad obviamente foram para outro lugar.

— Você sabia que a orca assassina não costuma matar pessoas? — grita George da escada da piscina.

— É, já ouvi dizer.

— Elas não gostam do nosso gosto. E você sabia que os tubarões que mais matam pessoas são o branco, o tigre, o martelo e o cabeça-chata?

— Sabia, George — digo, mantendo a mão na lombar de Harry para colocá-lo no ângulo certo.

— Mas não tem nenhum desses na nossa piscina — acrescenta o irmão mais velho.

— Jase, você acha que a gente deveria ir jantar no Clam Shack só para dar uma olhada na Andy? — pergunta a Sra. Garrett.

— Ela ia morrer de vergonha, mãe. — Jase se encosta na parede da piscina, os cotovelos apoiados no concreto que a cerca.

— Eu sei, mas, sinceramente, ela tem quatorze anos e já está saindo com um garoto! Até a Alice começou aos quinze.

Ele fecha os olhos.

— Mãe. Você disse que não preciso mais ficar de babá esta semana. E a Samantha também não está trabalhando.

A Sra. Garrett franze a testa.

— Eu sei. Mas a Andy é... muito nova para os quatorze anos que tem. Eu nem conheço esse menino.

Jase suspira, lançando um olhar para mim.

— A gente poderia ir até o Clam Shack dar uma olhada nele — sugiro. — Sutilmente. Está bom assim?

A Sra. Garrett sorri para mim.

— Um encontro com espionagem? — pergunta Jase, desconfiado. — Acho que pode funcionar. Você tem um uniforme para isso, Samantha?

Jogo água nele, sentindo uma onda de alegria por ele chamar aquilo de encontro. Por dentro, sou tão boba quanto Andy.

— Nada que Lara Croft usaria, se é isso que você estava imaginando.

— Que pena — responde ele, jogando água em mim também.

Capítulo Treze

O *pai* de Kyle Comstock, um homem alto e bonito mas com uma expressão sofrida, encosta uma BMW preta na entrada da casa logo depois. Kyle sai e vai até o quintal, procurando por Andy. Ele é bonitinho, tem cabelos castanhos claros encaracolados e um sorriso contagiante, apesar do aparelho.

Andy, de maiô vermelho e uma saída de praia azul-marinho por cima, entra no carro depois de lançar para mim e para Jase um rápido olhar de "Ele não é o máximo?".

Quando chegamos ao Clam Shack uma hora depois, a lanchonete está, como sempre, lotada. O lugar é um imóvel pequeno e detonado na praia de Stony Bay, mais ou menos do tamanho do closet da minha mãe, e há longas filas de espera durante todo o verão. É o único restaurante da praia e Stony Bay é a maior e melhor praia pública, com uma larga faixa de areia. Quando finalmente entramos, avistamos Andy e Kyle numa mesa no canto. Ele está falando sem parar e ela, brincando com as batatas fritas, vermelha como o seu maiô. Jase fecha os olhos ao ver a cena.

— É difícil de assistir quando é a sua irmã? — pergunto.

— Não me preocupo com a Alice. Ela é igual a uma daquelas aranhas que arrancam a cabeça do cara quando conseguem o que querem. Mas a Andy é diferente. Ela é do tipo que fica na maior deprê.

Ele olha em volta para ver se há mesas disponíveis e me pergunta:

— Samantha, você conhece aquele cara?

Olho e vejo Michael sentado sozinho ao balcão, observando a nós dois com uma cara feia. *Dois ex-namorados no mesmo dia. Que sorte a minha.*

— Ele... Hum... Bom, a gente ficou por um tempo.

— Já imaginava. — Jase parece estar se divertindo. — Parece que ele vai vir até aqui me desafiar para um duelo.

— Não vai, não. Mas com certeza vai escrever um poema violento sobre você hoje à noite — declaro.

Não há lugar para sentar, então acabamos levando o hambúrguer de Jase e a minha sopa de mariscos para a praia. O sol ainda está alto e quente, mas a brisa está fresca. Visto minha jaqueta.

— Então o que aconteceu com aquele moleque emo? Vocês terminaram mal?

— De certa forma. Michael é muito dramático. Ele nem estava apaixonado por mim. Não mesmo. Esse era o problema. — Mastigo um biscoitinho de ostra, olhando para a água, para as ondas azuis escuras. — Eu era só a garota do poema, não eu mesma. Primeiro, era o objeto inalcançável, depois algum tipo de menina perfeita que salvaria o poeta da tristeza eterna, ou a sereia que o seduzia quando ele não queria transar...

Jase engasga com uma batata frita.

— Hum. É sério?

Sinto que estou ficando vermelha.

— Brincadeira. É que ele era muito católico. Então avançava um pouco e sofria por dias a fio.

— Que cara engraçado. A gente deveria juntar minha ex, a Lindy, com ele.

— Lindy, a ladra? — Estendo a mão para pegar uma das batatas fritas dele, mas a puxo de volta. Ele me entrega a caixinha.

— Essa mesma. Não tinha um pingo de consciência. Talvez eles se equilibrem.

—Você realmente foi preso? — pergunto.

— Fui escoltado até a delegacia em um carro da polícia, o que já foi o bastante para mim. Recebi uma advertência, mas descobri que não era a primeira vez que Lindy era pega, então ela teve que prestar serviço comunitário e levou uma multa enorme. E ainda queria que eu pagasse a metade.

— E você pagou? — Engulo outra batata de Jase. Estou tentando não olhar para ele. À luz dourada da tarde, seus olhos verdes, sua pele bronzeada e a curva divertida do seu sorriso são um pouquinho demais para mim.

— Quase paguei porque me senti um idiota. Meu pai me convenceu a não pagar, já que eu não tinha ideia do que a Lindy estava fazendo. Ela conseguia colocar uma dúzia de coisas na bolsa sem piscar. Tinha praticamente limpado o balcão de maquiagem quando o segurança apareceu. — Ele balança a cabeça.

— O Michael escreveu poemas mal-humorados sobre a separação. Todos os dias durante três meses. Depois me mandou tudo pelo correio e me fez pagar pela postagem.

—Vamos juntar os dois. Eles se merecem. — Jase levanta, amassando a embalagem do hambúrguer e a colocando no bolso. — Quer andar até o farol?

Estou com frio, mas quero ir mesmo assim. O quebra-mar que leva ao farol é estranho: as pedras são perfeitamente planas e regulares até a metade do caminho e depois ficam pontudas e fora do prumo, por isso caminhar até o fim exige um pouco de escalada e equilíbrio. Quando chegamos ao farol, a tarde já se tornou avermelhada com o pôr do sol. Jase apoia os braços cruzados na cerca de metal preto e olha para o oceano, ainda marcado com pequenos triângulos brancos — veleiros que não voltaram para casa. É tão pitoresco que eu quase espero que uma orquestra de cordas comece a tocar ao fundo.

A Tracy é ótima nessas coisas. Ela tropeçaria e esbarraria no garoto, depois lançaria um olhar tímido para ele. Ou estremeceria e se aproximaria, como se estivesse fazendo isso sem querer querendo. Saberia exatamente o que fazer para que o menino a beijasse exatamente quando — e como — ela quisesse.

Mas eu não tenho essa habilidade. Por isso, fico parada ao lado de Jase, apoiada na cerca, observando os veleiros, sentindo o calor do braço dele ao lado do meu. Depois de alguns minutos, ele se vira e olha para mim. Aquele olhar lento, pensativo, analisa meu rosto devagar. *Os olhos dele estão fixos nos meus olhos, nos meus lábios?* Não tenho certeza. Quero que estejam. Então ele diz:

—Vamos para casa. Podemos pegar o fusca e ir para algum lugar. A Alice me deve essa.

Enquanto subimos de novo pelas pedras, não paro de me perguntar sobre o que acabou de acontecer. Podia jurar que ele estava me olhando como se quisesse me beijar. *Por que não fez isso? Talvez não se sinta nem um pouco atraído por mim. Talvez ele só queira ser meu amigo.* Não sei se consigo ser só amiga de alguém cujas roupas tenho vontade de arrancar.

Ai, meu Deus. Acabei de pensar mesmo nisso? Dou uma nova olhada para Jase naquela calça jeans. *É. Pensei, sim.*

Damos mais uma conferida em Andy e Kyle. Agora, ela está falando e ele, segurando uma das mãos dela, apenas olhando para a menina. Parece promissor.

Quando chegamos à casa dos Garrett, a van não está lá. Entramos na sala de estar e encontramos Alice e Brad esparramados na parte amarronzada do sofá. Brad está massageando os pés de Alice. George está dormindo, pelado, de bruços no chão. Patsy anda de um lado para o outro em seu macacãozinho roxo, reclamando:

— Teta.

— Alice, a Patsy devia estar na cama.

Jase pega a bebê, e seu bumbunzinho roxo parece muito pequeno na mão larga do menino. Alice parece surpresa por ver a irmã ainda ali, como se Patsy devesse ter ido para a cama sozinha. Jase vai até a cozinha para pegar uma mamadeira e Alice se ajeita no sofá, olhando para mim com os olhos franzidos, como se estivesse tentando me reconhecer. Os cabelos dela agora estão vermelho-escuros, com algum tipo de gel brilhante que o faz ficar espetado em tudo quanto é direção.

Depois de me olhar por vários minutos, ela diz:

— Você é irmã da Tracy Reed, não é? Eu conheço a Tracy. — O tom dela insinua que, neste caso, conhecer a Tracy significa não gostar dela.

— É, sou vizinha de vocês.

— Você e o Jase estão ficando?

— Só amigos.

— Não brinque com os sentimentos do meu irmão. Ele é o cara mais legal do planeta.

Jase volta para a sala a tempo de ouvir isso e revirar os olhos para mim. Pega o sonolento George com facilidade nos braços e observa em volta.

— Cadê o Happy?

A garota, que está sentada no colo do Brad, dá de ombros.

— Alice, se o George acordar e não encontrar o Happy, ele vai surtar.

— Happy é o dinossauro de plástico? — pergunta Brad. — Tá na banheira.

— Não. Happy é o beagle de pelúcia. — Jase vasculha o sofá por um minuto e tira Happy, que obviamente viveu uma vida longa e cheia de aventuras, do meio das almofadas. — Eu já volto. — Ele passa por mim, encostando uma mão por dois segundos na minha cintura.

— É sério — diz Alice, direta, quando ele vai embora. — Se mexer com ele, vai se ver comigo.

Ela parece perfeitamente capaz de contratar um matador se eu fizer a coisa errada. *Xiii...*

Depois de abrir a porta do carro de Alice, um velho fusca branco, Jase tira uns cinquenta CDs do banco do passageiro, depois abre o porta-luvas para tentar guardá-los ali. Um sutiã de renda vermelha cai do seu interior.

— Meu Deus — diz, enfiando-o de volta rapidamente e enterrando-o embaixo dos CDs.

— Imagino que não seja seu — comento.

— Eu realmente preciso comprar um carro — responde ele. — Quer ir até o lago?

Assim que saímos da garagem, o Sr. e a Sra. Garrett entram e estacionam, se beijando como adolescentes, os braços dela em volta do pescoço dele, as mãos dele nos cabelos dela. Jase balança a cabeça como se estivesse um pouco envergonhado, mas eu os observo.

— Me diz aí — peço.

Ele está dando ré, o braço apoiado atrás do meu banco.

— O quê?

— Como é ter pais felizes. Pais juntos. Pai e mãe.

— Você nunca teve isso?

— Não. Nunca conheci meu pai. Nem sei mais onde ele mora.

Jase franze a testa para mim.

— Ele não paga pensão?

— Não. Minha mãe recebeu uma boa herança. Acho que ele tentou fazer algum tipo de acordo, mas largar a esposa quando ela estava grávida não contou muito a favor dele.

— Espero que não — murmura Jase. — Sinto muito, Samantha. Ter pais casados é tudo que conheço. É como ter uma base. Não consigo imaginar como é não ter isso.

Dou de ombros, me perguntando por que ajo assim com Jase. Nunca tive problemas em guardar as coisas para mim. Há algo na observação silenciosa dele que me faz falar.

Levamos cerca de quinze minutos para chegar ao lago, que fica do outro lado da cidade. Não venho muito aqui. Sei que é um lugar que a molecada das escolas públicas frequenta — existe um rito de passagem que obriga os formandos a entrarem na água vestidos no último dia de aula. Esperava que o lago estivesse lotado de carros com vidros embaçados, mas não há ninguém no estacionamento quando paramos. Jase se volta para o banco traseiro do fusca, pega uma toalha, depois segura a minha mão e andamos pelas árvores até a margem. Está bem mais quente aqui do que na praia, sem a brisa do mar.

— Quer apostar corrida até o píer? — pergunta ele, apontando para uma forma pouco visível no meio da escuridão.

Tiro a jaqueta e arranco o vestido, ainda com o biquíni por baixo. Saio correndo até a água.

O lago está frio e calmo, a água é mais suave do que a do mar. As plantas embaixo de meus pés me fazem parar por um instante, mas tento não pensar em trutas e tartarugas-mordedoras que podem estar no fundo. Jase já está nadando rápido e eu acelero para tentar alcançá-lo.

Ele ganha mesmo assim e já está de pé no píer para me puxar quando chego.

Olho em volta para a água calma, para a margem distante e estremeço quando a mão dele pega a minha.

— O que estou fazendo aqui com você? — pergunto.

— O quê?

— Mal te conheço. Você pode ser um serial killer que me trouxe para um lago deserto.

Jase ri e deita de costas no píer, cruzando os braços atrás da cabeça.

— Não, não sou. E você sabe disso.

— Como posso ter certeza? — Sorrio, deitando-me ao lado dele, nossos quadris quase se tocando. — Essa história de menino bonzinho da família feliz pode ser um disfarce.

— Não, por causa do seu instinto. Dá para saber em quem você pode confiar. As pessoas conseguem sentir isso, que nem os animais. Nem sempre confiamos nos instintos tanto quanto eles, mas isso ainda está na gente. Aquela sensação estranha de que alguma coisa está errada. A calma que vem quando tudo está certo. — A voz dele soa baixa e grave na escuridão.

— Jase?

— Hum? — Ele se apoia em um cotovelo, o rosto escondido na escuridão.

—Você precisa me beijar — acabo dizendo.

— É. — Ele se aproxima. — Preciso mesmo.

Os lábios dele, quentes e macios, tocam minha testa, depois descem pelo meu rosto e chegam à minha boca. A mão dele sobe para pressionar minha nuca por baixo dos cabelos molhados, assim como a minha vai até as costas dele. A pele de Jase está quente sob a fria camada de água, os músculos contraídos enquanto ele se mantém ali, parado, ainda apoiado num dos cotovelos. Eu me aproximo dele.

Não sou novata em beijos. Ou achei que não fosse, porque nunca vivi nada parecido com isso. Não consigo chegar perto dele o bastante. Quando Jase vai pouco a pouco tornando o beijo mais intenso, me sinto bem, não tenho nenhum momento de hesitação assustada como sempre.

Depois de muito tempo, nadamos de volta para a beira e ficamos deitados na toalha, nos beijando de novo. Os lábios de Jase estão sorrindo sob os meus enquanto beijo todo o rosto dele. Minhas mãos apertam ainda mais os seus ombros enquanto Jase passa o nariz pelo meu pescoço e dá mordidinhas na minha clavícula. É como se todo o resto do mundo tivesse parado enquanto estamos deitados aqui, nesta noite de verão.

— A gente tem que ir para casa — sussurra Jase, as mãos acariciando a minha cintura.

— Não. Ainda não. Ainda não — respondo, passando os lábios pela curva desejosa dos lábios dele.

Capítulo Quatorze

Pontual até o último fio de cabelo, eu nunca entendi a expressão "perdi a noção do tempo". Nunca perdi nada: meu celular, meu dever de casa, meus horários de trabalho e com certeza nunca perdi a noção do tempo. Mas nessa noite eu perco. Quando entramos no carro, são cinco para as onze. Tento conter o pânico na minha voz quando lembro a Jase sobre minha hora de estar em casa. Ele acelera um pouco, mas se mantém no limite de velocidade e põe uma mão tranquilizadora no meu joelho.

— Vou até lá com você — sugere ele enquanto entramos na rotatória.
— Vou explicar que a culpa foi minha.

— Não.

Os faróis do fusca iluminam um Lexus estacionado na nossa garagem. Clay? Um dos financiadores da campanha? Enquanto eu tento abrir a porta do carro, minha mão fica grudenta de suor. Penso num plano, numa desculpa aceitável para minha mãe. Ela não estava no melhor dos humores pela manhã. A não ser que os financiadores tenham jogado um monte de dinheiro em cima dela — e provavelmente mesmo que tenham feito isso —, estou numa enrascada. Tenho que entrar pela porta da frente porque é provável que minha mãe já tenha conferido meu quarto.

— Boa noite, Jase — desejo apressadamente e corro sem olhar para trás.

Começo a abrir a porta, mas ela se escancara rapidamente por dentro e eu quase caio. Minha mãe está parada ali, o rosto rígido de raiva.

— Samantha Christina Reed! — começa ela. — Você sabe que horas são?

— Passei da hora. Eu sei. Eu...

Ela sacode o copo de vinho que tem na mão como se fosse uma varinha que vai me deixar muda.

— Não vou passar por isso com você também. Está me ouvindo? Já fui a mãe perfeita da adolescente problemática com a sua irmã. Não preciso disso agora, entendeu?

— Mãe, só estou dez minutos atrasada.

— Isso não vem ao caso. — Ela ergue a voz. — O problema é que você não pode fazer isso! Espero muito mais de você. Especialmente neste verão. Você *sabe* que estou muito estressada. Não posso parar para aturar o drama de uma adolescente.

Não posso deixar de me perguntar se algum pai põe "drama da adolescente" na agenda. *Parece que vai ser uma semana calma, Sarah. Acho que posso reservar uma horinha para seu distúrbio alimentar.*

— Não estou fazendo drama — digo a ela, e isso soa muito verdadeiro aos meus ouvidos. Minha mãe faz drama. O Tim faz drama. Às vezes, até a Nan faz drama. Jase e os Garrett... são o exato oposto de drama. Um lago quente no sol de verão, cheio de animais exóticos, mas sem perigos.

— Não me responda, Samantha — rebate minha mãe. — Você está de castigo!

— Mãe!

— O que está havendo, Grace? — pergunta uma voz com um leve sotaque sulista, e Clay sai da sala de estar, as mangas enroladas e a gravata afrouxada no pescoço.

— Eu cuido disso, Clay — responde minha mãe, irritada.

Quase espero que ele se afaste como se ela tivesse batido nele, o que sempre quero fazer quando minha mãe usa esse tom, mas a postura dele relaxa ainda mais. Clay se apoia no batente da porta, passa a mão sobre o ombro como se tirasse uma poeira e simplesmente diz:

— Parece que você está precisando de ajuda.

Minha mãe está tão tensa que chega a quase tremer. Ela sempre foi reservada e nunca gritou comigo e com a Tracy quando havia alguém por perto. Sempre ouvíamos aquele sussurro tenso: "Vamos discutir isso *depois*." Mas como é o Clay, a mão dela se ergue para ajeitar o cabelo naquele gesto bobo e dengoso que usa apenas com ele.

— A Samantha está atrasada. Ela não tem desculpa para isso.

Bem, ela não me deu nenhuma chance de dar uma desculpa, mas a verdade é que não sei o que dizer para me defender.

Clay olha para o seu Rolex.

— A que horas ela devia chegar, Gracinha?

— Às onze — responde minha mãe, a voz mais baixa agora.

Clay solta uma gargalhada.

— Onze horas numa noite de verão? Mas ela não tem dezessete anos? Querida, é nessa idade que *todos nós* perdemos a hora. — Ele anda até ela e aperta a nuca de minha mãe levemente. — Pelo menos, *eu* perdia. Tenho certeza de que você também. — A mão vai até o queixo dela e o redireciona, fazendo minha mãe olhar para ele. — Seja um pouco menos exigente, meu amor.

Mamãe o encara. Prendo a respiração. Lanço um olhar para meu herói improvável. Ele pisca para mim e dá uma batidinha com a mão fechada no queixo de minha mãe. Nos olhos de Clay, não há vestígio de culpa — e estou surpresa com o fato de estar tão aliviada — nem de cumplicidade com relação ao que ele sabe que vi.

— Talvez eu tenha exagerado — diz minha mãe, finalmente. Para ele, não para mim.

Mas estou começando a pensar a mesma coisa. Talvez haja uma explicação boba para a morena.

—Todo mundo faz isso, Gracinha. Por que não vamos pegar mais vinho para você? — Ele tira o copo dos dedos pouco resistentes dela e vai em direção à cozinha como se estivesse em casa.

Eu e minha mãe ficamos paradas ali.

— Os seus cabelos estão molhados — nota ela, por fim. — É melhor tomar banho e lavar a cabeça, senão, vão secar e ficar emaranhados.

Faço que sim com a cabeça e me viro para subir a escada. Antes que dê dois passos, eu a ouço atrás de mim. Ajo como se não tivesse ouvido, vou até meu quarto e caio de cara na cama, ainda usando meu biquíni molhado e o vestido úmido. O colchão afunda quando minha mãe se senta.

— Samantha... por que está me provocando assim?

— Eu não provoquei... Não tem a ver com...

Ela começa a massagear minhas costas como fazia quando eu era pequena e tinha pesadelos.

— Querida, você não entende como é difícil ser mãe, ainda mais solteira. Estou seguindo meus instintos desde que vocês nasceram. Nunca sei se estou tomando a atitude certa. Lembra da Tracy e daquela história do roubo da loja? E você e aquele Michael, que devia usar drogas.

— Mãe. Ele não usava drogas. Já falei isso para você. Só era estranho.

— Que seja. Isso não pode acontecer durante a campanha. Preciso me concentrar. Você não pode ficar me distraindo com essa falta de respeito.

Falta de respeito? Parece que voltei pelada de madrugada, fedendo a álcool e a maconha.

Ela faz carinho nas minhas costas por mais alguns minutos, depois franze a testa.

— E por que seus cabelos estão molhados, *afinal*?

A mentira sai fácil, apesar de eu nunca ter mentido para minha mãe:

— Tomei um banho na casa da Nan. Estávamos experimentando maquiagens e fazendo uma hidratação.

— Ah. — Depois, com a voz mais baixa: — Vou ficar de olho em você, Samantha. Você sempre foi uma boa menina. Só... continue agindo assim, está bem?

Sempre fui. E esta é a minha recompensa. Mesmo assim, sussurro:

— Está bem. — E fico imóvel, sob as mãos dela.

Por fim, ela se levanta, dá boa-noite e sai.

Depois de cerca de dez minutos, escuto batidas na minha janela. Fico paralisada, procurando sinais de que minha mãe ouviu também. Mas está tudo silencioso no andar de baixo. Abro a janela e vejo Jase agachado na minha varanda.

— Eu queria saber se você estava bem. — Depois, olhando para o meu rosto de perto: — Você está bem?

— Espere um pouco — digo, praticamente fechando a janela nos dedos dele. Corro até o topo da escada e grito: — Vou tomar um banho, mãe.

— Use condicionador! — grita ela de volta, soando muito mais relaxada.

Entro no banheiro, ligo a água no máximo e volto para a janela aberta. Jase parece perplexo.

— Está tudo bem?

— Minha mãe tenta me proteger demais.

Passo uma perna, depois a outra, para fora da janela e me sento ao lado do Jase, que se apoiou confortavelmente na cumeeira do telhado. A brisa noturna assobia por nós e as estrelas estão brilhando.

— Isso é culpa minha. Eu estava dirigindo. Me deixe falar com a sua mãe. Vou dizer a ela...

Imagino Jase sendo confrontado pela minha mãe. O fato de eu ter perdido a hora pela primeira vez porque estava com "Um Daqueles Garrett" confirmaria, para ela, tudo que sempre disse sobre eles. Já posso até ver.

— Não faria diferença.

Ele estende o braço e pega minha mão fria na sua mão quente. Sentindo com está gelada, ele põe a outra mão sobre ela.

— Tem certeza de que está bem?

Eu ficaria, se conseguisse parar de imaginar minha mãe subindo para ver se realmente estou usando condicionador e me encontrando aqui. Engulo em seco.

— Estou bem. Vejo você amanhã?

Ele se inclina para a frente, minha mão ainda nas dele, e passa os lábios da ponta do meu nariz até minha boca, incentivando-a a se abrir. Começo a relaxar e imagino ouvir alguém bater na porta.

— Tenho que ir. Eu... Boa noite?

Ele aperta minha mão com força, depois me lança um sorriso tão encantador que deixa meu coração ainda mais apertado.

— Sim. Vejo você amanhã.

Apesar dos beijos, não consigo relaxar. *Dez minutos atrasada depois de uma vida inteira e eu sou um problema para a campanha? Talvez a mamãe e os Mason consigam um desconto na escola militar se mandarem eu e o Tim juntos.*

Desligo o chuveiro, batendo a porta de vidro jateado com força. No meu quarto, pego o travesseiro e o soco para deixá-lo fofo. Não sei como vou dormir. Meu corpo está tenso. Neste instante, se Charley Tyler me cantasse, eu transaria com ele, mesmo sabendo que não significaria nada. Se o Michael *realmente* fosse um drogado e me oferecesse alguma coisa para esquecer meus pensamentos, eu tomaria, embora hesite antes de tomar uma aspirina. Se Jase batesse à minha janela e me chamasse para irmos de moto para a Califórnia agora, eu iria.

Para que ser a pessoa que sempre fui se mal consigo reconhecer minha própria mãe?

Capítulo Quinze

No dia em que volto a bancar a babá, a Sra. Garrett me leva para o mercado, para que eu distraia as crianças e tire porcarias das mãos delas enquanto ela analisa a pilha de vales-desconto e lida com os comentários maldosos.

— Deve dar trabalho cuidar de tantas crianças — Esse ela ouve muito.

— Mas é um trabalho bom — responde ela calmamente, tirando o cereal de chocolate de perto das mãozinhas ávidas de George.

—Você deve ser católica. — É outro que ela ouve de vez em quando.

— Não, só fértil. — Ela tira das mãos de Harry o último bonequinho Transformers.

— Essa bebê precisa de um gorro — aconselha uma senhora de expressão severa no corredor dos congelados.

— Obrigada, mas o clima está ótimo. Ela tem vários em casa, cada um mais lindo que o outro. — A Sra. Garrett pega uma caixa grande de waffles congelados e põe no carrinho.

Dou a Patsy uma mamadeira de suco, fazendo uma mulher com cara de hippie e sandália papete afirmar:

— Ela está grandinha demais para tomar mamadeira. Deveria estar usando copinho agora.

Quem são essas pessoas e quem pediu a opinião delas?

—Você não tem vontade de matar ou pelo menos de xingar esse povo? — pergunto baixinho, empurrando o carrinho para longe da mulher do copinho, com Harry e George pendurados nas laterais como miquinhos.

— É claro, mas fazer o quê? — A Sra. Garrett dá de ombros. — Que exemplo eu estaria dando?

• • •

Já perdi a noção de quantas voltas dei na piscina, mas sei que foram menos do que costumava dar. Estou cansada, mas feliz quando subo a escada, tirando a água do cabelo. Adoro nadar desde que me entendo por gente, desde que tive coragem de seguir Tim para fora da arrebentação. *Vou voltar para a equipe.* Passo a toalha no rosto e confiro o relógio — quinze minutos até a piscina abrir, o que normalmente é acompanhado por uma onda de pessoas passando pelos portões. Meu celular apita na cadeira.

DÁ UMA PARADA, AQUAGIRL!, escreve Nan da loja de presentes. VEM FALAR COMIGO.

Stony Bay tem muito orgulho de Stony Bay. A loja de presentes do clube, a By the Bay Buys, tem uma montanha de objetos estampados com os pontos turísticos da cidade. Quando entro, Nan já está trabalhando, dizendo com gentileza para um senhor de short quadriculado rosa:

— Veja só, o senhor pode comprar o mouse pad da Rua Principal, este jogo americano com a vista aérea do delta do rio, este pequeno abajur com o formato do nosso lindo farol *e* estes porta-copos com a bela vista do cais. Assim, o senhor nem precisaria sair de casa. Poderia ver a cidade toda da sua sala de jantar.

O homem parece confuso, talvez com o leve sarcasmo de Nan ou com a ideia de gastar tanto dinheiro.

— Eu só queria isto aqui, na verdade — diz, segurando guardanapos com a frase *Um Martini, Dois Martinis, Três Martinis, Chão*. — Pode colocar na minha conta no clube?

Depois que Nan efetua a venda e o homem sai, ela finge ficar vesga para mim.

— É o primeiro dia e já estou me arrependendo. Se toda essa história de beatificação de Stony Bay invadir meu cérebro e eu decidir entrar para o clube de jardinagem, você vai me mandar para a reabilitação, não vai?

— Estou do seu lado, irmã. Você viu o Tim? Ele deveria chegar aqui dez minutos mais cedo para eu mostrar onde o uniforme fica e tudo o mais.

Nan confere o relógio.

— Ele ainda não está oficialmente atrasado. Mais dois minutos. Como eu consegui o emprego mais chato e com o expediente mais longo da cidade? Só aceitei porque a Sra. Gritzmocker, que compra as coisas para a loja, é casada com o Sr. Gritzmocker, o professor de biologia que quero que escreva minha carta de recomendação.

— Esse é o preço da ambição desmedida — afirmo. — Mas não é tarde demais para se arrepender e trabalhar para um bem maior. Como o Breakfast Ahoy.

Nan sorri para mim, as centenas de sardas já escurecendo por causa do sol de verão.

— É, acho que vou continuar guardando a fantasia de marinheira sapeca para o Halloween. — Ela olha para a janela atrás de mim. — Além disso, depois de conseguir ser demitido até de uma barraquinha de cachorro-quente, acho que meu irmão vai precisar de duas babás para não arrumar problemas aqui.

— Como foi mesmo que ele conseguiu fazer isso? — pergunto, abrindo uma das amostras de gloss do balcão, passando no meu dedo e cheirando. *Blergh. Piña colada. Odeio coco.*

— Ficava perguntando às pessoas se elas estavam interessadas numa salsicha quente — responde Nan, distraída. — Ele está ali fora agora. Perto da barraquinha de comida. Fica de olho nele.

Por causa do nosso último encontro, eu me aproximo com desconfiança. Tim está apoiado na minha cadeira de salva-vidas, usando óculos escuros apesar de o tempo estar nublado. Não é um bom sinal. Chego mais perto. Tim costumava ser uma pessoa tranquila, o oposto de Nan. Agora é uma bomba-relógio prestes a explodir nas nossas mãos.

— E aí? — pergunto, hesitante. —Você está bem?

— Ótimo. — A voz dele é áspera. Ou ele não me perdoou por não ter sido seu caixa eletrônico, ou está com dor de cabeça. Provavelmente ambos.

— É sério? Porque esse trabalho é, bom, muito sério.

— É, o destino do mundo depende do que está acontecendo na piscina de água natural do clube. Entendi. Estou aqui pra isso. — Ele bate continência sem me olhar, depois esguicha protetor solar na mão para passar no peito branco.

— Por favor, você não pode fazer besteira aqui, Tim. Tem muita criança pequena e...

A mão dele no meu braço me silencia.

— É, é, eu sei. Pode suspender o sermão, princesinha. Eu *sei*. — Tirando os óculos, Tim bate com eles no peito para dar mais ênfase e abre um sorriso falso. — Estou de ressaca, mas limpo. Vou deixar a diversão para depois do trabalho. Agora, para de me encher o saco e faça o *seu* trabalho.

—Você faz parte do *meu* trabalho. Tenho que mostrar onde os uniformes ficam. Espera um pouco.

Ponho o sinal de "Salva-vidas fora do posto" na cadeira de forma que apareça bem, ando pelos arbustos até a piscina de água natural e ponho outro lá também. Várias mães que estão paradas no portão com os filhos e os braços cheios de boias parecem ficar irritadas.

— Só mais cinco minutos — grito, acrescentando num tom autoritário: — Preciso resolver um problema de segurança.

Tim está suado e nervoso enquanto me segue pelo labirinto que leva à sala onde os uniformes ficam guardados. Passamos pelos banheiros, com suas portas de carvalho pesadas, trancas de ferro e placas que dizem "Lobos do mar" e "Gaivotas" sobre bandeiras náuticas.

—Vou vomitar — diz ele.

— É, é podre, mas...

Ele agarra minha manga.

— É sério. Espera. — E desaparece no banheiro masculino.

Isso não é bom. Eu me afasto da porta para não ter que ouvir. Uns cinco minutos depois, ele volta.

— Que foi? — pergunta, todas as pedras na mão.

— Nada.

— Sei — murmura Tim.

Chegamos à sala dos uniformes.

— Bom, aqui está sua sunga e o resto das coisas. — Enfio a toalha, o boné, a jaqueta e o apito que fazem parte do emprego, junto com o short azul-marinho com o emblema dourado do clube, nas mãos dele.

—Tá de brincadeira? Não posso nem usar a minha sunga?

— Não. Você tem que mostrar o emblema do clube — respondo, tentando manter o rosto sério.

— Que merda, Samantha. Não posso usar essa coisa. Como é que eu vou pegar as gatinhas?

—Você está aqui para salvar vidas, não para transar.

— Cala a boca, Samantha.

Parece que todas as nossas conversas têm sempre o mesmo final.

Estendo a mão, pego o boné com o emblema enorme e o coloco na cabeça dele.

Ele é retirado mais rápido do que Tim consegue dizer:

— Esse tá na minha lista de *nem morto*! Você usa?

— Não. Por alguma razão, só os salva-vidas homens ganham isso. Eu tenho uma jaqueta com o emblema.

— Bom, este cara aqui não vai usar. Prefiro me vestir de mulher.

Minha Vida Mora ao Lado   97

• • •

Não posso me preocupar com o Tim. Não vale a pena. Além disso, esse emprego não me dá muita folga. Na ponta da piscina olímpica, um grupo de senhoras está fazendo aula de hidroginástica. Apesar de uma corda estar separando a turma, crianças não param de pular na área, molhando as senhoras e afetando seu equilíbrio já frágil. Sempre há um bebê sem fralda impermeável, apesar das muitas placas avisando que ela é obrigatória, e eu tenho que conversar com a mãe, o que sempre acaba em discussão: "Minha Peyton aprendeu a ir ao banheiro com onze meses. Ela não precisa de fralda!"

Às onze horas, a piscina está quase vazia e eu consigo relaxar um pouco. As mães já levaram as crianças menores para tirar uma soneca. Só ficaram pessoas que querem descansar ou tomar sol. Estou com calor e suada por ficar tanto tempo sentada numa cadeira de plástico. Ao descer, sopro o apito e ponho o sinal de "Salva-vidas fora do posto", pensando em pegar um refrigerante na lanchonete para me refrescar.

— Vou fazer um intervalo. Quer beber alguma coisa? — grito para Tim.

— Só se tiver oitenta por cento de álcool — grita ele de volta pelos arbustos e pedras de granito que separaram a piscina olímpica da de água natural.

A campainha da porta dos fundos soa atrás de mim. Que estranho. Todos os sócios têm que entrar pela recepção. A porta dos fundos é para entregas e a Nan não me falou nada sobre a chegada de mais parafernálias de Stony Bay.

Abro a porta e lá está o Sr. Garrett, com uma pilha de ripas nos ombros, tão inesperado que tenho que conferir se é ele mesmo. Parece que veio do filme errado, todo bronzeado e cheio de energia contra o pálido portão branco. O rosto dele se abre num sorriso largo quando me vê.

— Samantha! O Jase disse que você trabalhava aqui, mas não tínhamos certeza do seu horário. Ele vai ficar feliz.

Minha jaqueta vagabunda e o maiô careta com o emblema do clube são horríveis, mas o Sr. Garrett não parece notar.

— Esta é só a primeira leva — avisa. — Eles disseram onde isto tem que ficar?

Madeira? Não, não sei de nada, o que fica bem claro.

— Sem problema. Vou ligar para o gerente antes de descarregarmos o resto.

Eu nem sabia que a loja dos Garrett vendia madeira. Não sei nada sobre o negócio dos Garrett e, de repente, me sinto envergonhada por isso, como se devesse saber.

Enquanto ele está ligando, olho para a calçada por sobre o ombro dele e vejo Jase abaixado atrás de uma picape verde gasta. Meu pulso acelera. Como é que o meu mundo e o dos Garrett tinham limites tão bem definidos até este verão e agora eles não param de se interligar?

— É. — O Sr. Garrett fecha o celular. — Eles querem bem aqui, entre as piscinas. Vão fazer um bar havaiano.

Claro. Um bar havaiano vai combinar às mil maravilhas com o estilo Henrique VIII do clube. *Traga-me a tigela de escorpiões, serva*. Olho para os arbustos procurando Tim, mas vejo apenas fumaça de cigarro.

— Sam!

Jase equilibra uma pilha de ripas no ombro suado devido ao calor. Ele está usando calça jeans e luvas grossas de trabalho. A madeira é depositada no deque da piscina, fazendo barulho, e ele vem direto até mim, me dando um beijo salgado e quente. As luvas parecem ásperas nos meus braços e a boca de Jase está com gosto de chiclete de canela. Eu me afasto, percebendo de repente que a janela do Sr. Lennox dá para a piscina e que Tim está a cinco metros de distância. E tem a Nan. Sem contar a Sra. Henderson tomando sol ali do lado. Ela está no clube de jardinagem com a minha mãe.

Jase se afasta para me olhar, erguendo as sobrancelhas levemente.

— Agora você é almirante? — Eu não esperava que ele dissesse isso. Jase toca nas tranças douradas dos ombros da minha jaqueta. — Foi uma bela promoção do seu cargo no Breakfast Ahoy. — Ele sorri. — Devo bater continência?

— Por favor, não faça isso.

Jase se inclina para me beijar outra vez. Meu corpo enrijece. Do canto do olho, vejo a Sra. Henderson se sentar com o celular na orelha. Ela não tem minha mãe na agenda, tem?

A expressão nos olhos de Jase... É de surpresa e um pouco de decepção. Ele observa meu rosto.

— Desculpa! — peço. — Tenho que manter as aparências enquanto estou de uniforme. — Abano minha mão para ele. *Manter as aparências?* — Quero dizer... Tenho que ficar de olho na piscina. Não posso me distrair.

A gerência é muito rígida com "demonstrações de afeto no trabalho" — digo, apontando para a janela do Sr. Lennox.

Lançando um olhar confuso para a placa de "Salva-vidas fora do posto", Jase se afasta e faz que sim com a cabeça. Eu me encolho por dentro.

— Está bem — diz ele, lentamente. — Isso é aceitável? — E se abaixa para dar um beijo casto na minha testa.

O Sr. Garrett chama:

— Ei, preciso de quatro mãos para esta aqui e só tenho duas.

Fico vermelha, mas Jase apenas sorri para mim e se vira para ajudar o pai. *Talvez o Sr. Garrett esteja acostumado a ver o Jase beijando meninas na frente dele. Talvez isso seja tranquilo e comum para os dois. Por que é tão estranho e difícil para mim?*

Nesse instante, o Sr. Lennox corre para o portão, parecendo irritado. Eu me preparo.

— Ninguém me avisou *a que horas* vocês iam chegar — diz. — Só me disseram entre meio-dia e cinco da tarde!

Solto a respiração, me sentindo boba.

— É uma hora ruim? — pergunta o Sr. Garrett, deixando a nova pilha de ripas junto da última.

— Gosto de saber com antecedência — protesta o Sr. Lennox. — Você viu o aviso na portaria? Todos os entregadores precisam assinar a folha de entrada com a hora precisa em que chegaram e saíram.

— Acabamos de estacionar. Já fiz entregas aqui antes. Não achei que seria um problema.

— É o Protocolo do Clube. — O tom de voz do Sr. Lennox é de urgência.

— Vou assinar quando formos embora — afirma o Sr. Garrett. — Quer que a gente deixe o resto numa pilha aqui? Quando a construção vai começar?

Aparentemente, isso é outro problema para o irritado Sr. Lennox.

— Ninguém me informou ainda.

— Não se preocupe — declara o Sr. Garrett. — Temos uma lona para proteger o material caso demore muito e chova.

Ele e Jase vão e voltam da picape, descarregando sozinhos ou juntos, como uma equipe. O Sr. Lennox não sai de perto deles. Parece prestes a ter um ataque.

— Isso é tudo — diz o Sr. Garrett, por fim. — Só preciso que assine aqui. — Ele entrega uma prancheta para o Sr. Lennox, depois se afasta, abrindo e fechando a mão esquerda, demonstrando sentir dor.

Olho para Jase. Ele tirou as luvas e está enxugando a testa. Apesar de estar nublado, a temperatura está acima dos trinta graus e a umidade é a de sempre.

—Vocês querem beber alguma coisa? — pergunto.

— Estamos bem. Temos uma garrafa térmica no carro. Mas posso usar o banheiro? — Jase inclina a cabeça para mim. — Ou também tenho que assinar meu nome na portaria para isso?

Não respondo nada. Só indico o banheiro para ele e fico ali parada, sem saber o que fazer. O Sr. Garrett se abaixa ao lado da piscina, mergulha as mãos e joga água no rosto, passando um pouco nos cabelos castanhos ondulados, tão parecidos com os do filho. Apesar de o Sr. Lennox ter saído de perto murmurando, eu me sinto envergonhada.

— Sinto muito por... — Aponto para o clube.

O Sr. Garrett ri.

—Você não tem culpa por eles adorarem regras, Samantha. Já lidei com esses sujeitos antes. Não tem novidade nenhuma.

Jase volta do banheiro, sorrindo.

— Tem umas criaturas olhando para dentro das cabines. — Ele aponta os banheiros com o polegar.

— Pode ficar aí — diz o Sr. Garrett a Jase, batendo no ombro do filho. — Tenho mais papéis para preencher no carro.

—Valeu, pai — murmura Jase antes de se virar para mim.

— Então... A gente se vê hoje à noite? — pergunto.

— Com certeza. A que horas você sai do trabalho? Ah... Esqueci. Só mais tarde. Hoje é quinta-feira, vou treinar com meu pai de novo. Na praia.

— Futebol americano na praia? Como é que isso funciona?

— Ele me faz treinar como ele treinava. Faculdades da segunda divisão queriam meu pai até ele ferrar o joelho, por isso preciso ficar mais forte. Isso significa correr com a água na altura do joelho, o que ainda acho muito difícil de fazer.

— Jason, vamos? — grita o Sr. Garrett.

— Já vou.

Ele deixa as luvas caírem no chão, passa as mãos nuas pelos meus braços e me leva para a sombra de um dos arbustos. Quero me apoiar nele, mas ainda estou tensa. Atrás da cabeça de Jase, vejo Tim, separando moedas na palma da mão e indo para a lanchonete. Ele olha para nós dois, entende a cena, dá um risinho, depois balança o indicador. *Tsc-tsc.*

— Vou respeitar o uniforme e parar com a *demonstração de afeto* — diz Jase, me dando um beijo no rosto. — Mas vejo você hoje à noite.

— Sem uniforme — acrescento, e tapo a boca com a mão.

Ele sorri, mas diz apenas:

— Por mim, maravilha.

Capítulo Dezesseis

Jase põe a mão no vidro e bate bem de leve, mas estou tão à espera daquele som que em menos de vinte segundos já abri a janela e saí.

Ele indica o cobertor estendido sobre o telhado.

— Veio bem preparado, hein? — comento, escorregando até ele.

Ele estende o braço na minha direção e o passa em volta do meu pescoço.

— Tento sempre estar um passo à frente. Além disso, eu precisava de incentivo para terminar o treinamento, então pensei que ia encontrar você aqui.

— Eu fui seu incentivo?

— Foi.

O braço dele está quente na minha pele. Dobro os dedos do pé na ponta do cobertor, passando-os pelas telhas ainda mornas. Já são quase nove da noite e o restinho do dia está perdendo a batalha contra a escuridão. Será outra noite estrelada.

— As estrelas mudam dependendo do lugar do mundo, sabia? Se a gente estivesse na Austrália, veria constelações totalmente diferentes.

— Não é só invertido? — Jase me puxa para mais perto e apoia minha cabeça no seu peito. Respiro fundo, sentindo a pele quente e o cheiro de camisa limpa. — Ou de cabeça para baixo? É totalmente diferente?

— É bastante diferente — confirmo. — É inverno na Austrália, então estão vendo o Cisne... e o Cinturão de Órion. E uma estrela laranja avermelhada, Aldebarã, que faz parte do olho de Touro.

— E como foi, exatamente — pergunta ele, passando o dedo preguiçosamente pela gola da minha camiseta, um movimento incrível —, que você se tornou astrofísica?

— Foi de um jeito meio torto. — Fecho os olhos, sinto o cheiro da grama cortada, das roseiras da minha mãe, do banho de Jase.

— Continua — encoraja ele, passando o dedo pelo meu pescoço e seguindo a linha da mandíbula, depois descendo até o ombro e de volta ao decote. Sinto-me quase hipnotizada por aquele movimento simples e me pego confessando uma história que nunca contei.

—Você sabe que meu pai deixou minha mãe antes de eu nascer, não sabe?

Ele faz que sim com a cabeça, a testa enrugada, mas não diz nada.

— Bom, eu não sei como aconteceu. Ela não fala sobre isso. Se foi ela que pôs ele para fora, se ele simplesmente foi embora, se eles tiveram uma briga feia ou… sei lá. Mas ele deixou umas coisas para trás numa caixa enorme que minha mãe devia mandar pelo correio. Acho que era isso. Mas ela ia me ter e a Trey era muito pequena, só tinha um ano. Por isso, acabou não mandando, e a largou no fundo do armário da entrada.

Sempre achei que aquilo não combinava com a minha mãe, que sempre limpava cada pedacinho da casa.

— Tracy e eu encontramos a caixa quando eu tinha uns cinco anos e ela, seis. Achamos que fosse um presente de Natal ou coisa assim. Por isso, abrimos, animadíssimas. Mas estava cheia de quinquilharias: camisetas velhas com nomes de bandas, fitas cassete, fotos de grandes grupos de pessoas que não conhecíamos, material esportivo, um tênis. Um monte de coisas. Não era o que a gente esperava depois que percebeu o que era.

— O que vocês esperavam? — A voz de Jason soou baixinha.

— Um tesouro. Diários antigos ou alguma coisa assim. A coleção de Barbies dele.

— Ah… O seu pai colecionava Barbies?

Caio na risada.

— Não que eu saiba. Mas éramos muito pequenas. Teríamos preferido isso a sapatos fedidos e camisetas do R.E.M. e do Blind Melon.

— É, faz sentido.

Agora, o dedo de Jase desce até meu short, traçando a mesma linha lenta pelo cós. Respiro fundo, com dificuldade.

— Bom, embaixo de tudo, encontramos um telescópio. Um bem moderno, mas ainda estava embrulhado, como se ele tivesse comprado, sem nunca ter aberto. Ou como se tivesse ganhado e não tivesse interesse. Então peguei o telescópio e escondi no meu armário.

— E você usou? Aqui no telhado? — Jase muda de posição, apoiando-se num dos cotovelos e olhando para o meu rosto.

— Não no telhado, só da minha janela. Durante anos, não consegui definir quais eram as direções certas. Mas depois que aprendi, ah, usei um bocado. Procurei aliens, o Grande Carro, esse tipo de coisa. — Dou de ombros.

—Você nunca se perguntava onde seu pai estava?

— Às vezes. Provavelmente... no início. Depois, fiquei fascinada com a ideia daquele monte de planetas longe daqui, com tantas histórias diferentes.

Jase faz que sim com a cabeça, como se aquilo fizesse sentido para ele.

Percebo que estou um pouco nervosa.

— Agora é a sua vez.

— Hummm? — Ele circunda meu umbigo com aquele dedo leve. *Ai-meu-Deus.*

— Me conte uma história. —Viro a cabeça e enterro meus lábios no algodão da camiseta surrada dele. — Me conte coisas que não sei.

Então, sem nada para nos distrair, sem irmãos nem irmãs entrando no quarto, sem nenhum grupo de amigos, sem medo por estar no trabalho, só eu e Jase, fico sabendo coisas sobre os Garrett que não poderia descobrir só observando a família. Fico sabendo que a Alice está na escola de enfermagem. Jase ergue a sobrancelha para mim quando rio disso.

— Por quê? Você não vê minha irmã mais velha como um anjo da guarda? Estou chocado.

Duff é alérgico a morangos. Andy nasceu prematura, de sete meses. Todos os Garrett são musicais. Jase toca guitarra, Alice, flauta, Duff, violoncelo, Andy, violino.

— E o Joel? — pergunto.

—Ah, bateria, é claro — responde Jase.— *Antes* era clarinete, mas aí ele percebeu que não atraía a mulherada com isso.

O ar suave tem um cheiro gostoso de folhas. Sentindo o coração de Jase bater tranquilo sob meu rosto, fecho os olhos e relaxo.

— Como foi o treino?

— Estou meio dolorido — admite Jase. — Mas o meu pai sabe o que está fazendo. Funcionou para o Joel, pelo menos. Ele conseguiu bolsa integral na Universidade Estadual para jogar futebol americano.

— E para que faculdades você vai se candidatar? Já sabe?

Jase, que voltou a se apoiar num dos cotovelos, deita de costas e esfrega a lateral do nariz com o polegar. O rosto, sempre tão sereno e simpático, se fecha.

— Não sei. Não tenho certeza de que posso ir para a faculdade.

— Como assim?

Ele passa a mão pelos cabelos.

— Meus pais... Meu pai, na verdade, sempre foi bom em lidar com as dívidas. Mas aí, no ano passado, o principal concorrente dele começou a crescer. Ele achou que seria uma boa hora para pegar um empréstimo e aumentar o estoque. Comprar coisas especiais, que eles não teriam para oferecer. Mas, bom, as pessoas não estão construindo. A loja mal está conseguindo se pagar. A vida está apertada. A Alice tem uma bolsa parcial e um pouco de dinheiro que recebeu de herança de uma tia-avó. Ela está trabalhando como enfermeira particular neste verão. Mas eu... Bom... Essa história do futebol pode funcionar, mas não sou meu irmão.

Eu me viro para ele.

— Tem que haver outra opção, Jase. Alguma outra bolsa... Um financiamento estudantil. Tem alguma solução por aí, tenho certeza.

Penso na Sra. Garrett tentando limitar a quantidade de suco que as crianças tomam. "Duff, você não vai beber esse copo todo. Ponha um pouco e sirva mais se estiver com sede." E na minha mãe, que faz pratos gourmet por puro capricho depois de assistir a programas de culinária. Ela nunca fica em casa tempo suficiente para comer tudo, e Tracy, e agora apenas eu, nunca conseguimos dar conta.

— Tem algum jeito, Jase. A gente vai achar um.

Ele dá de ombros, parecendo um pouco mais animado quando pousa os olhos em mim.

— A Sailor Moon vai *me* salvar agora?

Bato continência.

— A seu serviço.

— Sério? — Ele se inclina, baixando a cabeça e fazendo nossos narizes se tocarem. — Pode me dar uma lista desses serviços?

— Eu mostro os meus... — sussurro, ofegante — se...

— Fechado — murmura Jase. Então, sua boca vai até a minha, quente e segura, enquanto suas mãos me puxam para perto dele.

Mais tarde, ele se inclina uma última vez para me beijar enquanto desce a treliça, depois espera que eu dobre o cobertor e o jogue para ele.

— Boa noite!

— Boa noite! — sussurro.

— Querida? — Ouço a voz de minha mãe atrás de mim.

Ai, meu Deus. Pulo de volta para dentro do quarto tão rápido que bato com a testa na janela.

— Ai...

— Estava falando com alguém lá fora? — Minha mãe, chique, numa blusa preta sem mangas e de calça branca justa, está de braços cruzados, franzindo a testa. — Ouvi sua voz.

Tento evitar a onda de sangue que sobe para o meu rosto. Mas não consigo. Estou vermelha e meus lábios estão inchados. Eu não poderia parecer *mais* culpada.

— Só estava cumprimentando a Sra. Schmidt do outro lado da rua — digo. — Ela saiu para pegar a correspondência.

O incrível é que minha mãe acredita. Ela já está distraída.

— Já pedi mil vezes para você não deixar a janela aberta. O ar condicionado sai e os mosquitos entram!

Ela bate a janela, fecha o trinco e olha para fora. Rezo para que não veja a figura incriminadora de Jase indo para casa com — *Meu Deus...* — um cobertor! Não que minha mãe fosse juntar as coisas, mas escapei *por um triz* e ela não é burra.

Sinto que meu coração vai furar meu peito de tão forte que bate.

— Por que essa gente nunca guarda a tralha que fica espalhada no quintal? — murmura ela para si mesma, baixando a persiana.

—Você queria me dizer alguma coisa, mamãe? — pergunto, fazendo uma careta imediata. Não a chamo de *mamãe* há pelo menos seis anos.

Mas a palavra parece suavizá-la. Minha mãe vem até mim, tira meus cabelos do rosto, quase como Jase fez. Só que ela o puxa para trás, fazendo um rabo de cavalo, se afasta para ver o efeito e me lança o sorriso que chega aos olhos dela.

— Queria. Preciso de ajuda, Samantha. Tenho alguns eventos amanhã e não sei o que vestir. Pode me ajudar? Que tal um chazinho?

Alguns minutos depois, meu nível de adrenalina está voltando ao normal enquanto tomo chá de camomila, observando minha mãe espalhar ternos de linho e blusas de tecidos leves na cama. Isso deveria ser trabalho da Tracy. É ela que saca de looks e escolhe as roupas que vai vestir na noite anterior. No entanto, por alguma razão, a tarefa sempre foi minha.

— Tenho os seguintes eventos — diz minha mãe. — Um almoço no clube de jardinagem, depois uma festa de aniversário de uma senhora que faz cem anos e, em seguida, um passeio de barco.

Apoiada no travesseiro de cetim, restrinjo as opções a um vestido preto básico, um terno informal de linho branco e uma saia azul florida com uma blusa de amarrar mostarda.

— O vestido preto — opino — combina com tudo.

— Hummm. — A testa se enruga e ela pega o cabide, coloca o vestido na frente do corpo e se vira para olhar no espelho. Minha mãe sempre dizia para eu não me vestir toda de preto. Muito sério e meio clichê. Antes que eu possa perguntar por que então comprou o vestido, ela se ilumina. — Mas tenho o mesmo vestido em azul-marinho.

Afirmo que é perfeito. E é. Minha mãe desaparece no closet e volta trazendo vários sapatos. Eu me enterro ainda mais nos travesseiros. Apesar de ela ser pouco mais alta do que eu, sua cama é uma king size, daquelas especiais feitas para jogadores de basquete e outros gigantes. Sempre me sinto uma menininha quando deito nela.

Depois que escolhemos o sapato, descartando saltos altos demais, torturantes Manolo Blahnik e os ortopédicos, "confortáveis, mas feios", minha mãe se senta na cama e pega a xícara de chá. Os ombros dela sobem e descem enquanto respira fundo.

— Me sinto mais relaxada. — Ela sorri para mim. — Parece que faz uma eternidade que não fazemos isso.

Parece porque *faz*. Nosso ritual do chá, da escolha de roupas, minha mãe em casa à noite... É difícil me lembrar de quando foi a última vez que isso aconteceu.

— A Tracy me mandou uma foto muito fofa dela e do Flip no farol de East Chop.

— Também recebi — aviso.

— Que doçura de casal. — Minha mãe toma um gole do chá.

"Doçura" não seria a primeira palavra que eu usaria para descrever Tracy e Flip, mas já peguei os dois em momentos comprometedores que minha mãe, por um acaso do destino, nunca viu. *E se ela tivesse subido para o meu quarto cinco minutos — dois minutos — antes? A janela aberta teria mostrado onde eu estava. O que eu teria dito? O que o Jase teria feito?*

—Você sente falta de ter um namorado, querida?

Isso me pega totalmente de surpresa. Ela se levanta, recolhe as roupas descartadas e vai para o closet guardá-las. Não digo nada.

— Sei que é importante na sua idade. — Ela ri, nostálgica. — Talvez na minha também. Eu tinha me esquecido... — Minha mãe viaja por um tempo, depois parece se recompor e volta ao assunto em questão. — E o Thorpe, Samantha? O irmão mais novo do Flip? Ele é um menino tão bom...

Ela está me sugerindo namorados agora? Isso é uma atitude nova, e estranha, para minha mãe.

— Éééé... O Thorpe joga no outro time — aviso.

— Bom, acho que o time para que ele torce não importa — diz ela. — Ele sempre foi muito educado.

— Ele saiu do armário quando a gente estava no ensino fundamental, mãe.

Ela pisca rapidamente, absorvendo a informação.

— Ah. *Ah*, captei. Bom... então...

O celular dela toca, um barulho alto no silêncio do quarto.

— Oi, querido. — Minha mãe prende o telefone entre a cabeça e o ombro e ajeita o cabelo, apesar de Clay não estar vendo.

— Quando? Está bem, vou ligar agora. Ligo para você em seguida!

Ela pega o controle, que fica guardado numa cesta de palha na mesinha de cabeceira.

— O Canal 7 cobriu meu discurso na casa de Tapping Reeve. Me diga o que você acha, Samantha.

Eu me pergunto se os filhos de astros do cinema têm essa mesma sensação de distanciamento que estou tendo agora. A pessoa na tela *se parece* com a mulher que faz limonada na nossa cozinha, mas as palavras que ela está dizendo são estranhas. Ela nunca teve problemas com imigrantes. Nem com casamento gay. Sempre foi conservadora, mas de forma bem moderada. Eu a ouço, olho para o rosto animado dela ao meu lado e não sei o que dizer. Isso é coisa do Clay? Seja o que for, o que ela prega revira o meu estômago.

Capítulo Dezessete

Quando minha mãe não está no comitê de campanha, mais ocupada do que nunca, Clay está na nossa casa. Tenho que me acostumar com isso. Como percebi desde o início, Clay é diferente. Ele é espaçoso, tira a gravata e joga o paletó no sofá, larga os sapatos em qualquer lugar, nem pisca antes de abrir a geladeira, pegar as sobras e comer direto do tupperware. Coisas que minha mãe jamais permitiria que eu e Tracy fizéssemos. Mas o Clay tem passe livre. Algumas manhãs, entro na cozinha e ele está preparando café para minha mãe — cafés da manhã misteriosos, cheios de coisas que ela nunca comeu, como mingau de milho e batatas salteadas. Enquanto minha mãe estuda a programação do dia, Clay enche o prato e a xícara de café dela, e lhe dá um beijo na testa.

Na manhã seguinte à noite em que escolhemos as roupas, ele está na cozinha usando um avental (fala sério!) quando desço.

— Sua mãe foi ali fora pegar o jornal, Samantha. Quer bolinhos com molho de salsicha?

Blergh, nããão. Ele está mexendo na frigideira com a mesma confiança tranquila com que parece fazer tudo. É estranho ter um homem que se sente confortável na nossa casa.

Então, me dou conta de que esta é a primeira vez que o vejo sozinho desde que o vi na Rua Principal. É a minha chance de perguntar quem é aquela mulher, mas não tenho ideia de como começar.

— Tome. Experimente — oferece ele, pondo um prato na minha frente.

Parece que alguém vomitou num bolinho, mas o cheiro, para minha surpresa, é uma delícia.

— Por favor... — pede ele. — Não seja uma dessas meninas que têm medo de pôr um pouco de carne nos ossos.

Uma mecha de cabelos caiu na testa dele, fazendo com que se pareça um menino, e seus olhos sorriem. Quero gostar dele. Clay faz minha mãe tão feliz... E me apoiou quando cheguei tarde. Eu me remexo na cadeira, desconfortável.

— Obrigada. Por me ajudar na outra noite — digo finalmente, cutucando o molho espesso com o garfo.

Clay ri.

— Eu também já fui jovem, querida.

Você ainda é, penso, me perguntando se ele tem uma idade mais próxima da minha do que de minha mãe.

— Anda, Samantha. Não seja covarde. Come um pedaço.

Está bem, penso. Não serei covarde. Olho nos olhos dele.

— Quem era aquela mulher que estava com você?

Imagino que vá me dizer que não é da minha conta. Ou que não tem ideia do que estou falando. Mas ele nem hesita.

— No centro? Você ficou chateada com aquilo?

Dou de ombros.

—Andei pensando se deveria dizer alguma coisa para minha mãe.

Ele põe a mão na bancada, me olhando nos olhos.

— Porque me viu almoçar com uma amiga?

O clima mudou um pouco. Ele está sorrindo, mas agora não tenho certeza se é sincero.

—Vocês dois pareceram amigos demais — respondo.

Clay me analisa, ainda apoiado casualmente na bancada. Olho nos olhos dele. Depois de um instante, ele parece relaxar.

— Ela é só uma colega, Samantha. Foi minha namorada um tempo atrás, mas isso é passado. Estou com a sua mãe agora.

Abro pequenos buracos no molho com meu garfo.

— E minha mãe sabe sobre ela?

— Não nos sentamos para conversar sobre o nosso passado. Tem muita coisa acontecendo aqui e agora. Mas sua mãe não precisa se preocupar com a Marcinha. Assim como não me preocupo com o seu pai. Quer suco de laranja? — Ele serve um copo antes que eu possa responder. — Somos adultos, meu bem. Todos temos um passado. Aposto que até você tem. Mas o presente é mais importante, não é?

Bem... É, acho que sim. Quero dizer, nem me lembro do que vi no Michael e no Charley.

— Todos nós também temos um presente — acrescenta ele — que não contamos nem para as pessoas que amamos.

Eu o encaro. Mas não, isso é loucura. Ele fica em casa menos do que a minha mãe. Não poderia saber sobre o Jase. Mas espera aí, então isso significa...

— Como te disse, a Marcinha é passado e não presente, Samantha. Além do mais, você me conhece bem o bastante para saber que estou zilhões de vezes mais preocupado com o futuro do que com o passado.

Estou limpando o prato de bolinho, surpreendentemente delicioso, quando minha mãe entra, corada por causa do calor, com uma pilha de jornais. Clay pega tudo, tasca um belo beijo nela e puxa um banquinho para mamãe se sentar.

— Estava tentando transformar sua filha em sulista, Gracinha. Espero que não se incomode.

— É claro que não, querido. — Ela sobe no banquinho ao meu lado. — Isso parece uma delícia. Estou morrendo de fome!

Clay dá dois bolinhos a ela e cobre tudo com molho. Minha mãe ataca a comida como um peão. Pelo jeito, o habitual café da manhã de torrada de pão de centeio e melão cantalupe foi esquecido.

Bola pra frente. Ele está nas nossas vidas, na nossa casa, em todo lugar agora.

Parece que essa foi a última vez que vi minha mãe em muito tempo. Ela sai correndo toda manhã com uma muda de roupas para a noite pendurada num gancho do banco traseiro do carro. As conversas mais longas que temos são por mensagem, quando ela me avisa que está num churrasco, num banquete, numa inauguração, num cruzeiro beneficente, na reunião de um sindicato... e por aí vai. Ela até para de aspirar a casa e me deixa bilhetes pedindo que faça isso. Quando *está* em casa para jantar, o Clay também está e, no meio da refeição, ele põe o prato de lado, tira um bloquinho para anotar coisas e passa a pescar, distraído, bocados de comida de vez em quando — um pedaço de carne ou de tomate, o que quer que o garfo pegue — do prato dele, do meu ou do da minha mãe.

A gente escuta que alguém "vive para isso" sobre pessoas muito dedicadas a alguma coisa, mas nunca vi ninguém agir assim. Clay Tucker vive para a política. Ele faz minha mãe, com aquela programação interminável, parecer uma amadora. Está transformando-a em outra pessoa, em alguém como ele. Talvez seja uma coisa boa... Mas a verdade é que sinto falta da minha mãe.

Capítulo Dezoito

— **Srta. Reed!** Srta. Reed? Pode vir aqui um instante? — A voz do Sr. Lennox corta o ar, praticamente vibrando de raiva. — Agora mesmo!

Faço soar meu apito, ponho a placa de "Salva-vidas fora do posto" na cadeira depois de garantir que não há crianças pequenas na água sem os pais e vou até a piscina de água natural. O Sr. Lennox está lá parado com o Tim. Mais uma vez, ele parece estar a alguns segundos de um AVC. Tim, rindo e meio chapado, aperta os olhos para enxergar ao sol de meio-dia.

— Isto — o Sr. Lennox aponta para mim — é um salva-vidas.

— Aaaaaahhhhh... — responde Tim. — Agora entendi.

— Não, você não *entendeu,* meu jovem. Você se considera um salva-vidas? É isso que diz que é?

A expressão de Tim é familiar: está decidindo se vai falar alguma gracinha. Por fim, ele diz:

— Geralmente eu me apresento como Tim.

— Não é isso que quero dizer! — O Sr. Lennox se vira para mim. — Sabe quantos pontos esse menino já perdeu?

Ele só trabalha no clube há uma semana, então dou um chute baixo.

— Hum... Cinco?

— Oito! Oito! — Quase espero que o Sr. Lennox exploda numa bola de fogo. — Oito pontos! Você trabalha aqui há dois verões. Quantos pontos já perdeu?

Tim cruza os braços e olha para mim. "Demonstrações de afeto" no trabalho custam quatro pontos, mas ele nunca conversou comigo nem com a Nan, aparentemente, sobre me ver com o Jase.

— Não sei — respondo. Nenhum.

— Nenhum! — grita o Sr. Lennox. — No pouco tempo que trabalha aqui, esse menino já — ele ergue uma das mãos e vai baixando dedo por dedo — pegou comida da lanchonete sem pagar. Duas vezes. Não usou o boné. Três vezes. Permitiu que alguém se sentasse na cadeira de salva--vidas...

— Era só uma criança — intervém Tim. — Ele queria ver a vista. Devia ter uns quatro anos.

— A cadeira não é brinquedo. Você também deixou seu posto sem notificar ninguém nem colocar a placa duas vezes.

— Fiquei ali no canto da piscina — retruca Tim. — Só estava conversando com umas meninas. Teria parado se alguém estivesse se afogando. Elas não eram *tão* bonitas assim — acrescenta para mim, como se me devesse algum tipo de explicação para aquele inexplicável senso de responsabilidade.

— Você nem percebeu quando parei atrás de você, pigarreando! E fiz isso *três vezes*!

— Não notar o pigarro é um problema diferente de não colocar a placa? Ou perdi três pontos por causa das três vezes que o senhor pigarreou?

O rosto do Sr. Lennox parece se contrair e congelar. Ele ajeita as costas para ficar o mais alto que um homem baixo pode ficar.

— Você — diz, enfiando o dedo no peito de Tim — não tem o espírito do clube. — Ele pontua cada palavra com um cutucão.

O lábio de Tim se contorce, outro movimento errado.

— E agora — troveja o Sr. Lennox — não tem mais *emprego*.

Ouço um suspiro atrás de mim e me viro para Nan.

— Uma semana — sussurra ela. — Um novo recorde, Timmy.

O Sr. Lennox se vira, gritando:

— Por favor, devolva ao meu escritório todos os itens de vestuário que forem do clube.

— Ai, merda! — exclama Tim, pondo a mão no bolso do casaco apoiado na cadeira de salva-vidas e tirando um pacote de Marlboro. — Queria tanto ficar com aquele boné maneiro.

— É só isso? — A voz de Nan fica mais aguda e alta. — Você só vai dizer isso? É o quarto emprego que perde desde que foi expulso da escola! Da terceira escola em três anos! O quarto emprego em três meses! Como é *possível* ser demitido tantas vezes assim?

— Bom, aquele emprego no cinema era muito chato... — justifica-se Tim, acendendo o cigarro.

— E daí? Você só tinha que entregar os ingressos! — berra Nan.

Tim mantém a voz baixa, mas o Sr. Lennox estava gritando e Nan, que odeia fazer escândalo, não parece se importar com o fato de estar fazendo um agora. Um grupo de crianças pequenas está encarando a cena de olhos arregalados. A sra. Henderson já está com o celular a postos.

— E você acabou estragando tudo por deixar seus *brothers* entrarem de graça!

— O cinema mete a mão no preço da pipoca e das balas. Duvido que a gerência estivesse perdendo dinheiro.

Nan põe a mão na cabeça, o cabelo molhado de suor por causa do calor ou da frustração.

— Depois, foi o abrigo de idosos. Você ofereceu maconha para os velhinhos, Timmy. O que passou pela sua *cabeça*? — A Sra. Henderson agora se aproxima, sob o pretexto de andar para a lanchonete.

— Olha, Nana, se eu estivesse com a bunda colada numa cadeira de rodas num lugar como aquele, eu ia querer *muito* que você me oferecesse um baseado. Aqueles coitados *precisavam* perder um pouco a noção da realidade. Fiz foi uma boa ação. Eles obrigavam os velhinhos a dançar quadrilha. Criavam competições no estilo *American Idol*. Tinham até o dia do chapéu engraçado. Parecia um evento de tortura na terceira idade. Eles...

— Você é um merda — diz Nan, que nunca fala palavrão. — Não é possível que seja sangue do meu sangue.

Então, uma coisa surpreendente acontece. Mágoa surge no rosto de Tim. Ele fecha os olhos e os abre de novo para encarar a irmã.

— Desculpa, maninha. Viemos da mesma barriga. Eu poderia te culpar por ter ficado com todos os genes perfeitos, mas, já que eles te deixam triste pra caralho, não me importo. Pode ficar com tudo.

— Está bem, chega, vocês dois — peço, assim como fazia quando éramos crianças e os dois brigavam, rolando na grama, se beliscando, se arranhando, se socando, sem restrições. Aquilo sempre me assustava. Tinha medo de que acabassem se machucando. De certa forma, o potencial para isso parece muito maior agora que as armas são palavras.

— Samantha — chama Nan. — Vamos voltar ao trabalho, já que *ainda* estamos empregados.

— É isso aí — grita Tim para as costas dela. — Às vezes, até deixam vocês ficarem com os uniformes! Tudo é só uma questão de prioridade, não é, Nana? — Ele pega o boné, põe na cadeira de salva-vidas e apaga o cigarro nele.

Capítulo Dezenove

— Tenho uma surpresa. — Jase abre a porta da van para mim dois dias depois. Não vejo Tim nem Nan desde o incidente no clube e estou feliz por poder tirar uma folga de todo aquele drama.

Entro na van e meus tênis amassam uma pilha de revistas, um copo de café da Dunkin' Donuts vazio, várias garrafas de Gatorade e água mineral e muitas embalagens não identificáveis de comida. Pelo visto, Alice e seu fusca ainda estão no trabalho.

— Uma surpresa para mim? — pergunto, intrigada.

— Bom, é para mim, mas para você também. Mais ou menos. Na verdade, é uma coisa que quero que você veja.

Isso me deixa um pouco nervosa.

— É uma parte do corpo?

Jase revira os olhos.

— Não. Pelo amor de Deus. Espero ser menos sem noção do que isso.

Dou uma risada.

— Está bem. Só queria ter certeza. Vai, mostra.

Viajamos até Maplewood, a duas cidades daqui, um vilarejo mais acabado do que Stony Bay. Jase estaciona a van diante de uma loja com uma enorme placa que diz: "Seminovos do Bob Francês".

— Bob Francês?

— O Bob infelizmente acha que colocar "francês" no nome faz ficar mais chique.

— Entendi. Então você seria o Jase Francês?

— *Oui, oui*. Vem. Quero que me diga o que acha dessa belezura.

Belezura?

Ele pega minha mão depois que saímos do carro e me leva até o estacionamento dos fundos. É um pátio lotado de veículos antigos, em vários estados de degradação, com grandes letras brancas pintadas nos para-brisas. Observo as letras e percebo que todas as frases dizem coisas como: "UMA PECHINCHA POR US$ 3.999", "NÃO SE FAZEM MAIS CARROS COMO ESTE" ou "RUGE COMO UM TIGRE".

Paramos em frente a um carro branco acinzentado com um enorme capô e um interior minúsculo. O para-brisa diz: "ESTA BELEZURA PODE SER SUA POR UMA BAGATELA."

— *Bagatela* significa, é claro, mil e quinhentos dólares — diz Jase. — Mas ele não é lindo?

Não entendo nada de carros, mas os olhos dele estão brilhando, então respondo, entusiasmada.

— É maravilhoso.

Ele ri.

— Eu sei, não está, mas vai ficar. É um Mustang 73. Imagina esse carro bem pintado. Com bancos novos, volante de couro e...

— Dados pendurados no retrovisor? — pergunto, desconfiada. — Vermelho Ferrari? Bancos de pele de leopardo?

Jase balança a cabeça.

— Quem você acha que eu sou, Samantha? De jeito nenhum. Verde-musgo, é claro. E nada de dados. E, antes que pergunte, também não vou colocar bonecas havaianas.

— Nesse caso... adorei.

Ele sorri.

— Ótimo. Tenho certeza de que posso fazer esse carro funcionar de novo e é um conversível... e eu só queria saber se você... ia gostar dele porque... Só queria ter certeza disso. — Ele bate no capô, inclinando um pouco a cabeça. — Faz quatro anos que estou juntando dinheiro para comprar um carro. Deveria deixar para a faculdade, eu *sei* — afirma, como se esperasse que eu fosse dar uma bronca nele sobre responsabilidade financeira. — Mas a Alice está usando o fusca direto. Pelo visto, o Brad dirige muito mal. E você e eu não podemos ficar nos encontrando no telhado. Além disso, é um ótimo negócio.

Um detalhe chamou minha atenção.

—Você está economizando para comprar um carro desde os treze?

— Por quê? Você acha isso estranho?

O sorriso dele é tão contagiante que eu o devolvo antes mesmo de começar a responder.

— Não sei. Imaginei que um menino de treze anos quisesse primeiro um Xbox.

— O Joel me ensinou a dirigir quando eu tinha treze anos. No estacionamento da praia, no outono. Fiquei fissurado. Por isso comecei a aprender a mexer em carros... já que não podia dirigir nada legalmente. Você ainda acha que eu sou maluco, não é? Dá pra notar.

— De um jeito bom — garanto a ele.

— Tudo bem, eu aguento. Agora venha, *ma chérie*, vamos pagar o Bob Francês.

Bob concorda em entregar o Mustang na casa dos Garrett até sexta-feira. Enquanto entramos na van, pergunto:

— Onde você vai colocar a *belezura*? — De repente, já estou me referindo ao carro pelo apelido.

— Na entrada da garagem mesmo. O Joel usa a moto para ir trabalhar, então o espaço vai estar liberado. Além disso, a garagem está lotada de coisas. Minha mãe diz que vai fazer um bazar de usados para se livrar das tralhas há cinco anos.

Já posso ver minha mãe de mãos nos quadris, olhando pela janela para o carro e bufando, indignada. "Agora me arranjaram uma lata-velha! Falta o quê? Flamingos de plástico?" Aperto o joelho de Jase e ele imediatamente cobre meus dedos com os dele, abrindo aquele sorriso lento e irresistível. Sinto uma aflição, como se estivesse entregando uma parte de mim mesma que nunca dei a ninguém. E, de repente, me lembro de Tracy e seu medo de se envolver demais com o Flip. Apenas algumas semanas passaram e, de alguma forma, já fui longe demais.

A programação de Jase está tão cheia quanto a da minha mãe. A loja de ferragens, os treinos, alguns bicos consertando coisas na loja de bicicletas, a entrega de madeira... Uma tarde, depois de voltar do clube, estou parada na varanda, pensando em ligar para ele, quando ouço um assobio e o vejo entrar no nosso terreno.

Ele lança um olhar para minha jaqueta com ombreiras e o ridículo maiô bordado com o emblema do clube. Estava tão louca para sair de lá que nem me preocupei em trocar de roupa.

— Almirante Samantha, nos encontramos de novo.

— Eu *sei* — digo. — Você tem sorte por poder usar o que quer. — Aceno para o short gasto e para a camisa verde-bandeira larga.

— Mesmo assim, você continua mais bonita do que eu. A que horas sua mãe vai voltar para casa hoje?

— Tarde. Ela está num evento beneficente no Bay Harbor Grille. — Reviro os olhos.

— Quer vir para a minha casa? Pode demonstrar afeto fora do clube?

Peço que ele espere dois minutos enquanto tiro o uniforme.

Quando chegamos à casa dos Garrett, ela parece, como sempre, uma colmeia ativa. A Sra. Garrett está amamentando Patsy à mesa da cozinha, enquanto faz perguntas a Harry sobre os vários nomes de nós para o teste do clube de iatismo. Duff está ao computador. George, sem camisa, está comendo biscoitos de chocolate, depois de mergulhá-los no leite, e folheando a *National Geographic* infantil. Alice e Andy estão perto da pia, debatendo sobre algo.

— Como vou convencer o garoto? Isso tá acabando comigo! Assim vou morrer. — Andy fecha os olhos com força.

— Por que você está morrendo, querida? — pergunta a Sra. Garrett. — Não ouvi.

— Kyle Comstock ainda não me beijou. Isso está me matando.

— Não deveria demorar tanto — comenta Alice. — Talvez ele seja gay.

— Alice — repreende Jase. — Ele tem quatorze anos. Pelo amor de Deus.

— O que é gay? — pergunta George, a boca cheia de biscoito.

— Gay é ser igual aos pinguins que vimos no zoológico do Central Park — explica Duff, ainda digitando no computador. — Lembra que às vezes o macho quer transar com o outro macho?

— Ah. Lembrei. O que é transar? Esqueci essa parte — responde George, ainda mastigando.

— Experimenta isso aqui — sugere Alice. Ela vai até Jase, sacode os cabelos para trás, olha para baixo, passa os dedos pelo peito dele, depois brinca com os botões da camisa do irmão, se inclinando levemente para ele. — Isso sempre funciona.

— Não com o seu irmão aqui — responde Jase, fechando o botão da camisa.

— Posso tentar. — Andy parece duvidar. — Mas e se ele for logo enfiando a língua na minha boca? Não sei se estou pronta para isso.

— Eeeeeca — grita Harry. — Vou vomitar. Que nojo!

Sentindo meu rosto ficar vermelho, volto meu olhar para Jase. Ele também está envergonhado. Mas lança um sorriso tímido para mim.

A Sra. Garrett suspira.

— Acho melhor você ir com calma, Andy.

— É nojento mesmo ou é bom? — Andy se vira para mim. — É tão difícil de imaginar. Pior que eu tento. O tempo todo.

— A Samantha e eu vamos subir para, hum, alimentar os animais. — Jase pega minha mão.

— É *assim* que chamam agora? — pergunta Alice, lânguida.

— Alice — começa a Sra. Garrett enquanto corremos pelas escadas em direção ao quarto relativamente tranquilo de Jase.

— Desculpa — pede ele, as pontas das orelhas ainda vermelhas.

— Tudo bem. — Tiro o elástico dos cabelos, jogo-os para trás, bato as pálpebras e estendo os braços, passando meus dedos teatralmente pelo peito dele para desabotoar sua camisa.

— Meu Deus... — sussurra Jase. — Eu preciso... Não consigo me controlar... Eu...

Ele engancha o indicador na cintura do meu short, me puxando para perto. Seus lábios se colam aos meus, de uma forma agora familiar, mas muito mais excitante. Nas últimas semanas, passamos horas nos beijando, mas apenas nos beijando, apenas tocando no rosto, nas costas e na cintura um do outro. Jase gosta de ir devagar.

Não é como Charley, que era incapaz de me beijar sem tentar pegar mais alguma coisa, ou Michael, cujo movimento clássico era enfiar a mão embaixo da minha blusa, abrir meu sutiã, gemer e dizer: "Por que você faz isso comigo?" Agora, são minhas mãos que passam sob a camisa de Jase, sobem para o peito dele, enquanto abaixo minha cabeça até seus ombros e respiro fundo. Todos os nossos beijos foram lentos e controlados, no lago, no telhado, sempre temendo não estarmos sozinhos. Neste momento, estamos no quarto dele e isso é tentador e divertido. Seguro a barra da sua camisa, puxando-a para cima, enquanto parte de mim fica completamente chocada por eu estar fazendo isso.

Jase dá um passo para trás, olha para mim, os olhos verdes intensos. Então ergue os braços para que eu possa tirar a sua camisa.

Eu tiro.

Já o vi sem camisa. Já o vi de sunga. Mas as únicas vezes em que pude tocar no peito dele foram no escuro. Agora, o sol da tarde ilumina o quarto, que cheira a terra quente por causa das plantas e está em silêncio, a não ser pela nossa respiração.

— Samantha.

— Hummm — respondo, passando a mão pela barriga dele, sentindo os músculos firmes se contraírem.

Ele estende a mão. Fecho os olhos, pensando em como vou ficar envergonhada caso ele me impeça. Em vez disso, os dedos dele apertam de leve a barra da minha blusa e a suspendem um pouco, enquanto a outra mão segura a minha cintura, depois passa para o meu rosto, fazendo uma pergunta silenciosa. Faço que sim com a cabeça e ele tira minha blusa.

Então, me puxa para perto e nos beijamos de novo, o que parece muito mais íntimo agora que sua pele está tocando a minha. Sinto o bater do coração e o arfar do peito dele. Enterro minhas mãos nas ondas dos cabelos de Jase e me aproximo ainda mais.

A porta se abre e George entra.

— A mamãe me mandou trazer isso aqui.

Nós nos afastamos rapidamente e nos deparamos com ele oferecendo um prato de biscoitos de chocolate, muitos dos quais já estão mordidos. George nos entrega o prato com cara de culpado.

— Pra ter certeza de que estão crocantes. — E em seguida: — Ei, vocês não estão usando blusa!

— É que... — Jase coça a nuca com uma das mãos.

— Eu também. — George aponta para o próprio peito nu. — Estamos iguais.

— Gê. — Jase o leva até a porta e dá três biscoitos ao irmão. — Amiguinho, vai lá para baixo. — Ele dá um leve empurrão nas pequenas costas do menino, depois fecha a porta com força.

— Quais são as chances de ele não mencionar a falta de blusa para a sua mãe? — pergunto.

— Poucas. — Jase se apoia na porta, fechando os olhos.

— George fofoqueiro. — Rapidamente ponho a minha, enfiando os braços nas mangas de forma atrapalhada.

—Vamos só... Ééé... — O confiante Jase está perdido.

— Alimentar os animais — sugiro.

— Isso. É. Aqui. — Ele vai até as gavetas embaixo da cama. — Separei tudo por...

Separamos a comida e jogamos fora a água das tigelas, depois enchemos tudo de novo e colocamos palha nas gaiolas. Cinco minutos depois, peço:

—Veste isso aqui agora. — Jogo a camisa para ele.

— Está bem. Por quê?

— Porque sim.

— Está hipnotizada pelo meu corpo, Samantha?

— Estou.

Ele ri.

— Ótimo. Estamos na mesma situação, então. — Uma pausa. Aí ele completa: — Isso soou errado. Parece que só tem a ver com a sua aparência, mas não tem. É que você é diferente do que achei que seria.

— O que você achou que eu seria, quando?

— Quando observava você. Sentada no telhado. Durante anos.

—Você me observou. Durante anos? — Sinto que estou ficando vermelha de novo. — Não me contou isso.

— Durante anos. É claro que não contei. Eu sabia que você ficava observando a gente. Não conseguia entender por que simplesmente não vinha até aqui. Achei... que você fosse tímida... ou metida... Sei lá. Não conhecia você, Samantha. Mas não conseguia parar de te observar.

— Porque sou tão atraente e fascinante? — Reviro os olhos.

— Eu costumava te olhar da janela da cozinha durante o jantar ou quando você estava nadando na piscina à noite, e me perguntava o que você estava pensando. Sempre parecia fria... equilibrada e perfeita, mas isso...

Ele se interrompe e mexe nos cabelos de novo.

—Você não é... É mais... Gosto mais de você agora.

— O que quer dizer?

— Gosto de você aqui. Você de verdade, sendo como é e lidando com essa maluquice toda... O George, a Andy, o Harry e eu, pelo visto... Desse seu jeito calmo. Gosto de quem você é.

Ele me contempla por um longo instante, depois se vira e põe com cuidado o pote de água na gaiola do furão.

Sob a onda de alegria que as palavras dele me trazem, sinto uma pontada de incômodo. Eu sou calma? Sou uma pessoa que leva as coisas na boa? Jase tem tanta certeza de que me vê como sou.

Uma batida na porta. Dessa vez, é Duff querendo ajuda com os nós náuticos. Depois é Alice, que vai fazer um teste de reanimação amanhã e precisa de uma vítima.

— De jeito nenhum — afirma Jase. — Usa o Brad.

Acho que é bom termos todas essas interrupções, pois não me sinto nem um pouco calma no momento. Estou extremamente agitada pelo que aconteceu hoje aqui, pele nua contra pele nua, com uma sensação crescente de que o que está acontecendo entre a gente não está em minhas mãos, não está sob o meu controle. Não sou eu que escolho quando me afastar ou recuar, é um desejo mais difícil de administrar. Antes, eu me sentia curiosa, não... não *necessitada*. Quanta experiência o Jase tem? Ele beija maravilhosamente bem, mas também é bom em tudo que faz, então isso não serve de parâmetro. A única namorada sobre quem já ouvi falar é Lindy, a ladra, e ela não me parece ser alguém que hesitou em tomar o que queria da vida.

Quando a Sra. Garrett sobe para perguntar se quero ficar para jantar, digo que não. Minha casa vazia e as sobras nos tupperwares parecem, pela primeira vez, um abrigo contra o silêncio sedutor do quarto de Jason.

Capítulo Vinte

—*Vejamos*, Grace. Churrasco no abrigo de idosos. Festival do Peixe das Filhas de São Damião. Festival do Peixe Abençoado dos Filhos de São Miguel Arcanjo. Você tem que ir a tudo isso.

Clay está com um marca-texto e um jornal na mão. Minha mãe toma a terceira xícara de café.

— Festivais de peixe? — pergunta ela, desanimada. — Nunca fui a nenhum.

—Você nunca teve um oponente de verdade, Grace. Então, sim, temos que ir a todos. Veja, vão abrir um restaurante num vagão antigo em Bay Crest. Você precisa estar lá.

Minha mãe toma um gole lento de café. Os cabelos dela estão mais desarrumados do que nunca — uma bagunça platinada onde deveria haver um coque. Ela apoia a cabeça no sofá.

Clay passa o marca-texto sobre outros artigos, depois olha para minha mãe.

—Você está exausta — observa. — Eu sei. Mas tem tudo para conseguir, Gracinha, e precisa estar onde o povo está.

Minha mãe arruma a postura como se Clay tivesse puxado uma corda invisível. Ela anda até ele, se senta e examina o jornal, pondo os cabelos atrás da orelha.

A maneira como ela age com Clay me incomoda. Será que era assim com o meu pai? Existe um equilíbrio entre a Tracy e o Flip, percebo isso agora, mas minha mãe às vezes parece estar sob o efeito de um feitiço. Penso naqueles momentos no quarto do Jase. Se ela se sente assim com o Clay, não é que eu não entenda. Mas... Mas os arrepios que sinto perto de Jase não têm nada a ver com a pontada de ansiedade que percebo agora, vendo as cabeças louras dos dois lado a lado.

— Está precisando de alguma coisa, querida? — pergunta Clay, ao me notar parada ali.

Abro a boca, depois a fecho. Talvez a Tracy esteja certa e eu apenas não goste do fato de minha mãe "ter um namorado". Talvez, apesar de tudo, esteja tentando ser leal ao meu pai invisível. Talvez sejam só meus hormônios. Olho para o relógio. Tenho uma hora e meia até ter que ir para o clube. Imagino a água fria, a luz do sol refletida nela, o calmo mundo subaquático, agitado apenas pelas minhas braçadas ritmadas. Pego minhas coisas e vou embora.

— Sailor Moon! Você está na TV! — Harry corre para mim quando entro pela porta da cozinha. — É você! Bem no intervalo do *Mistérios dos Mamíferos*. Vem ver!

Na sala de estar dos Garrett, George, Duff e Andy estão no sofá, hipnotizados por um dos comerciais da campanha da minha mãe. Agora, uma imagem do rosto dela em frente ao Capitólio ocupa a tela. *Como mulheres, como pais, sabemos que a família vem primeiro*, diz ela, enquanto a câmera mostra fotos de mim e Tracy em roupas iguais com cestas de ovos de Páscoa, na praia, sentadas no colo do Papai Noel do clube, sempre com minha mãe ao fundo. Nem me lembrava de haver alguma foto minha com o Papai Noel em que eu não estivesse chorando, mas estou bastante calma nessa. O Papai Noel do clube sempre cheirava a cerveja e tinha uma barba visivelmente falsa. *Minha família sempre foi o meu foco.*

— Sua mamãe é bonita, mas ela não parece uma mamãe — diz George.

— É falta de educação dizer isso — avisa Andy enquanto outra montagem de fotos aparece: Tracy recebendo uma medalha de ginástica, eu ganhando o prêmio da feira de ciências pelo meu modelo de célula. — Ah, que legal. Você também usou aparelho, Samantha. Não achei que tivesse precisado.

— Eu só quis dizer que ela parece chique — afirma George, enquanto minha mãe sorri e diz: *Quando fui eleita deputada, mantive meu foco. Minha família só se tornou maior.*

Em seguida, aparecem imagens de minha mãe com uma multidão de estudantes de ensino médio, vestidos com becas de formatura; abaixando-se ao lado de uma senhora em uma cadeira de rodas, balançando uma bandeira; recebendo flores de um menininho.

— Essas pessoas são mesmo da sua família? — pergunta Harry, desconfiado. — Nunca vi nenhum deles aqui do lado.

Agora, a câmera se afasta e mostra minha mãe à mesa de jantar com uma horda de pessoas de diferentes etnias, todas sorrindo e fazendo que sim com a cabeça, conversando com ela sobre sua moral e suas vidas... em um banquete de comidas típicas de Connecticut. Vejo caldeirada de frutos do mar, ingredientes para um cozido, pizza, coisas que nunca tivemos em nossa mesa.

Para mim, meus eleitores são minha família. Ficarei honrada se puder me sentar à sua mesa. Vou à luta por vocês em novembro e para sempre. Sou Grace Reed e esta é minha mensagem, conclui minha mãe, firme.

— Você está bem, Sailor Moon? — George puxa meu braço. — Ficou triste? Não quis falar mal da sua mamãe.

Tiro os olhos da tela e o encontro ao meu lado, arfando como os meninos pequenos fazem, segurando o velho cachorro de pelúcia, Happy.

— Se estiver triste, o Happy é mágico, ele ajuda — diz ele.

Pego o cachorro e dou um abraço em George. Mais respiração arfante. Happy está espremido entre nós dois, cheirando a manteiga de amendoim, massinha e terra.

— Vamos lá, gente. O dia está lindo e vocês estão aqui dentro vendo *Mistérios dos Mamíferos*. Isso só serve para dias de chuva.

Expulso os Garrett de casa, mas não sem lançar um último olhar para a TV. Apesar de todos os pôsteres, folhetos e fotos no jornal, ainda é surreal ver minha mãe na televisão. E ainda mais ver a mim mesma e perceber a forma como me encaixo ao lado dela.

Capítulo Vinte e Um

Depois que Tim foi demitido do clube, os Mason, ainda procurando escolas militares que pudessem dar um rumo à vida dele, estão tentando mantê-lo ocupado. Hoje, lhe deram dinheiro para que levasse Nan e a mim ao cinema.

— Por favor — implora Nan ao telefone. — É só um filme. Não pode ser tão ruim. Ele nem vai ligar, não vai nem notar, se a gente escolher um de mulherzinha.

Mas, no instante em que sento no banco traseiro do Jetta de Tim, percebo que o plano não vai funcionar. Devia sair do carro, mas não faço isso. Não posso deixar Nan sozinha nessa furada.

— Tim, o cinema não é por aqui! — Nan se inclina para a frente no banco do passageiro.

—Você está absolutamente certa, irmãzinha. Foda-se o cinema. Este é o caminho para New Hampshire e caixas de Bacardi com desconto.

O velocímetro está acima dos cento e vinte por hora. Tim desvia os olhos da estrada para olhar para o iPod, ou acender o isqueiro, ou mexer no bolso da calça e pegar outro Marlboro. Não paro de sentir o carro sair do controle e voltar para a estrada quando Tim puxa o volante. Olho para o perfil de Nan. Sem se virar, ela estende a mão para trás e segura a minha.

Depois de vinte minutos de aceleração e curvas perigosas na estrada, Tim para num McDonald's, pisando com tanta força no freio que eu e Nan somos jogadas para a frente e para trás. Ainda assim, estou contente por estar viva. Meus dedos estão rígidos de tanto segurar a maçaneta da porta. Tim volta para o carro parecendo ainda menos confiável, as pupilas quase tomando a íris cinzenta, os cabelos ruivos em pé.

— Temos que sair daqui — sussurro para Nan. — Você tem que dirigir.

— Minha carteira é provisória — explica Nan. — Posso ter sérios problemas.

É difícil imaginar que teríamos problemas piores. Eu, é claro, não sei dirigir porque minha mãe fica adiando minha autoescola o tempo todo, dizendo que sou muito nova e a maioria dos motoristas das estradas é retardada. Nunca me pareceu que valia a pena insistir porque sempre podia pegar carona com a Tracy. Agora, eu queria ter falsificado a assinatura da minha mãe nos formulários. Será que consigo aprender por intuição? Penso naquelas crianças de seis anos sobre as quais às vezes ouvimos falar, que levam os avós doentes para o hospital. Confiro o câmbio do Jetta: é manual. Não vai dar certo.

— Temos que pensar em alguma coisa rápido, Nanny.

— Eu *sei* — murmura ela de volta. Inclinando-se para a frente, ela põe a mão no ombro de Tim enquanto ele tenta, sem sucesso, colocar a chave na ignição. — Timmy. Isso não faz sentido. Tudo que conseguimos economizar na bebida vai ser gasto em gasolina só para chegarmos a New Hampshire.

— Porra, isso é uma *aventura*, maninha. — Tim finalmente põe a chave na ignição, aperta o acelerador até o fim e sai do estacionamento cantando pneu. — Você nunca tem vontade de viver uma?

O carro anda cada vez mais rápido. O ruído urgente do motor faz os bancos vibrarem. Tim ultrapassa outros carros pelo acostamento. Passamos voando por Middletown e agora estamos chegando a Hartford. Confiro meu relógio. São dez para as nove... Tenho que estar de volta às onze. Não vamos estar nem perto de New Hampshire a essa hora. Isso se não tivermos batido numa árvore qualquer. Meus dedos estão doloridos de segurar a maçaneta da porta com tanta força. Sinto uma gota de suor descer pela testa.

— Tim, você tem que parar. Você tem que parar e deixar a gente sair — exijo, falando alto. — Não queremos ir com você.

— Relaxa, Samantha.

— Você vai matar a gente! — implora Nan.

— Aposto que as duas vão morrer virgens. Até me pergunto por que vocês estão se guardando, caralho?

— Timmy, dá para você parar de falar essa palavra?

É claro que esse pedido é tudo de que Tim precisa.

— Que palavra? Aaaahhh. *Essa* palavra!

Ele faz uma musiquinha com a palavra, fala ela alto, baixo, várias vezes seguidas. Não para de mencionar o palavrão e seu significado pelos minutos seguintes. Então canta uma marcha militar adaptada, sem parar de novo. Uma risada histérica luta para sair dos meus lábios. Então vejo que o velocímetro pulou para os cento e sessenta. E estou com mais medo do que já estive na vida.

— Merda. A polícia. — Tim vira perigosamente, entrando numa parada para caminhões.

Rezo para o carro de polícia nos seguir, mas ele passa correndo, a sirene uivando. O rosto de Nan está pálido como a neve. O Jetta berra ao girar para o lado e parar. Tim sai tropeçando do banco do motorista, dizendo:

— Droga, tenho que mijar. — E corre na direção de uma enorme lixeira azul.

Arranco as chaves da ignição, saio do carro e as atiro nos arbustos na lateral do estacionamento.

— Ficou *maluca*? — berra Nan, me seguindo, as mãos estendidas.

— Estou só tomando providências para sairmos dessa vivas.

Ela balança a cabeça.

— Samantha, no que você estava pensando? O Tim tem... As chaves da bicicleta dele estão naquele chaveiro.

Estou abaixada, as mãos pousadas nos joelhos, respirando fundo. Viro-me para ela. Ao ver a expressão em meu rosto, ela começa a rir.

— Está bem. Isso não faz sentido — concorda. — Mas como vamos sair daqui?

Então, Tim vem cambaleando em nossa direção. Ele entra no banco da frente, depois deixa a cabeça cair no volante.

— Não estou me sentindo bem. — Ele respira fundo e cobre a cabeça abaixada com os braços, fazendo a buzina soar. — Vocês são meninas legais. São mesmo. Não sei o que tem de errado comigo.

Obviamente, eu e Nan não temos resposta para isso. Fechamos a porta do carro e nos apoiamos nela. O trânsito passa pela nossa esquerda. Tantas pessoas. Mas ninguém percebe nada. Se estivéssemos perdidos no deserto, daria no mesmo.

— E agora? — pergunta Nan.

Minha mãe já falou zilhões de vezes comigo sobre o que deveria fazer quando estivesse com um motorista não confiável. Por isso, ligo para ela. Ligo para casa. Ligo para o celular dela. Argh, para o celular do Clay. Para o da Tracy — não que ela pudesse me ajudar de Martha's Vineyard, mas... Ninguém atende. Tento me lembrar de onde minha mãe disse que estaria, mas não consigo. Nos últimos tempos, tudo é parecido, seja uma "mesa-redonda sobre economia", uma "reunião na prefeitura" ou uma "reunião com a equipe de apoio da campanha".

Então ligo para Jase. Ele atende no terceiro toque.

— Samantha! Oi, eu...

Interrompo-o para avisar o que está acontecendo.

Nan, que está vendo se Tim está bem, grita:

— Acho que ele desmaiou! Está todo suado. Ai, meu Deus. Samantha!

— Onde vocês estão? — pergunta Jase. — Alice, preciso de ajuda — grita ele ao fundo. — Tem alguma placa na estrada? Qual é a saída mais próxima?

Olho em volta, mas não consigo achar nada. Chamo Nan e pergunto qual foi a última cidade por que passamos, mas ela balança a cabeça e diz:

— Estava de olhos fechados.

— Espera aí — pede ele. — Entra no carro, fecha as portas e liga o alerta. Vamos encontrar vocês.

E encontram. Quarenta e cinco minutos depois, ouço uma batida na janela do carro e vejo Jase, com Alice atrás dele. Abro a porta. Meus músculos estão doloridos e minhas pernas parecem não suportar meu peso. Jase me abraça, quente, forte e calmo. Eu desabo em seus braços. Nan, que sai correndo atrás de mim, ergue a cabeça, nos vê e se interrompe. A boca se escancara.

Depois de um segundo, ele me solta e ajuda Alice, surpreendentemente silenciosa e paciente, a colocar um Tim inconsciente no banco de trás do fusca. Tim solta um ronco alto, claramente apagado.

— O que ele tomou? — pergunta Alice.

— Eu... Eu não sei — gagueja Nan.

Alice se inclina para ele, põe os dedos no pulso de Tim, cheira o hálito dele e balança a cabeça.

— Acho que ele está bem. Só apagou. Eu levo os dois para casa se ela — aponta para Nan — me disser aonde tenho que ir. Depois é só passar para me buscar, pode ser, irmão? — Ela assume a direção e ajusta o banco para a frente, acomodando sua pequena estatura.

Nan, enquanto entra no fusca ao lado de Alice, franze a testa para mim e pergunta, sem pronunciar as palavras:

— Que que tá rolando?

Então imita um telefone com os dedos e o aproxima da orelha. Faço que sim com a cabeça, depois respiro fundo, nervosa. Espero Jase perguntar o que diabos eu estava pensando ao sair com alguém naquelas condições, mas em vez disso ele diz:

—Você fez a coisa certa.

Tento ser a menina que Jase acha que sou. A garota calma e imperturbável, que não deixa nada abalá-la. Mas, em vez disso, começo a chorar, aquele choro vergonhoso e barulhento que nos impede de respirar.

É claro que ele não se importa. Ficamos parados ali até eu me controlar. Então Jase põe a mão no bolso da jaqueta e tira uma barra de chocolate.

— A Alice disse que é bom para curar o susto. Afinal, ela já é praticamente uma enfermeira.

— Joguei a chave do carro no mato.

— Boa ideia.

Ele entra nos arbustos e se abaixa para passar as mãos no chão. Vou atrás e faço o mesmo.

—Você tem muita força no braço — diz ele, por fim, depois de procurarmos por dez minutos.

— Eu era da equipe de softball da escola até a oitava série — explico. — O que vamos fazer agora?

Em vez de responder, Jase volta para o Jetta e abre a porta do passageiro, acenando para que eu entre também. Entro e observo, fascinada, ele arrancar um pedaço de plástico de baixo do volante, tirar a capa de dois fios vermelhos e torcer os dois. Então, tira um fio marrom e o conecta aos vermelhos, soltando faíscas.

— Está fazendo ligação direta? — A única vez que vi isso ser feito foi no cinema.

— Só para chegarmos até em casa.

— Como você aprendeu a fazer isso?

Jase olha para mim enquanto o motor pega.

— Eu adoro carros — responde simplesmente. — Aprendi tudo sobre eles.

Depois de termos dirigido por dez minutos em silêncio, Jase diz, pensativo:

—Timothy Mason. Eu devia saber.

—Você já conhecia o Tim?

Estou surpresa. Primeiro o Flip, agora o Tim. De certa maneira, já que eu não conhecia os Garrett, imaginava que eles viviam num mundo completamente paralelo ao nosso.

— Fomos do mesmo esquadrão de lobinhos. — Jase ergue a mão com dois dedos levantados, na saudação tradicional.

Dou uma risada. "Escoteiro" não é a primeira palavra de que me lembro quando penso no Tim.

— Ele já era uma bomba-relógio na época. Faltavam apenas alguns segundos para explodir. — Jase morde o lábio inferior, pensando.

— Cocaína nos acampamentos? — pergunto.

— Não, só ficava tentando começar incêndios com uma lupa e roubar as medalhas dos outros... Era um cara legal, na verdade, mas parecia que *tinha* que arrumar confusão. A irmã dele é a sua melhor amiga? Como ela é?

— O contrário dele. Ela sempre tem que ser perfeita.

Ao pensar em Nan, olho para o relógio no painel pela primeira vez. São dez e quarenta e seis. Meu lado racional — que me abandonou recentemente — me diz que não existe maneira alguma de minha mãe me culpar por chegar tarde em casa nessas circunstâncias. Mesmo assim, sinto meu corpo ficar tenso. Ela vai encontrar uma maneira — tenho certeza de que vai — de fazer isso ser culpa minha. Ou, pior, do Jase.

— Desculpa por ter envolvido você nisso.

— Não tem problema, Samantha. Estou feliz por vocês estarem bem. Não ligo para o resto. — Ele olha para mim por um instante. — Nem o horário em que você tem que estar em casa. — A voz dele soa baixa, carinhosa, e sinto as lágrimas encherem os meus olhos de novo. O que tem de errado comigo?

Durante o resto da viagem, Jase me mantém distraída. Ele começa a listar uma série exaustiva e absolutamente incompreensível das coisas que precisa fazer para colocar o Mustang para funcionar ("Tenho mais ou menos trezentos cavalos com cabeçotes e escapamento de alumínio. O câmbio começa a falhar com uns trinta e dois cavalos em terceira marcha e eu quero uma caixa de câmbio automática, mas isso custa quinhentos dólares. Mas isso de o Mustang morrer quando passo a terceira está me irritando muito") e para que fique "como deveria". Então me conta que estava trabalhando nele mais cedo enquanto Kyle Comstock e Andy conversavam na escada da frente.

— Eu estava tentando não ouvir nem olhar, mas, pô, cara, foi muito difícil. Ele ficava tentando ser sutil e bater com o joelho nela ou bocejar e abrir os braços para abraçar minha irmã e perdia a coragem no último segundo. Ou estendia a mão e puxava de volta. A Andy lambeu os lábios e jogou os cabelos para trás tantas vezes que achei que a cabeça dela fosse cair. E, nesse meio tempo, os dois ficaram conversando sobre como tiveram que dissecar um feto de porco no laboratório de biologia no ano passado.

— Não é exatamente um afrodisíaco.

— Não. O laboratório de biologia *poderia* ser sugestivo, mas dissecção e um porco morto são um péssimo assunto.

— É tão difícil escolher o certo. — Balanço a cabeça. — Principalmente aos quatorze anos.

— Continua sendo aos dezessete. — Jase dá sinal para sair da rodovia.

— Continua sendo aos dezessete — concordo.

Mais uma vez, eu me pergunto quanta experiência Jase já teve.

Quando estacionamos na casa dos Mason, fica claro que Alice e Nan também acabaram de chegar. Estão do lado de fora do fusca, discutindo. A maioria das luzes da casa dos Mason está apagada — apenas um leve brilho laranja escapa pelas janelas da sala e duas luzes da varanda piscam.

— Não podemos levar meu irmão para dentro sem que ninguém veja? — implora Nan, os dedos finos agarrando o braço de Alice.

— A pergunta aqui é se *devemos* levar seu irmão para dentro sem que ninguém veja. Isso é o tipo de coisa que os seus pais deveriam saber. — O tom de Alice é deliberadamente paciente, como se ela já tivesse repetido isso várias vezes.

— A Alice está certa — intervém Jase. — Se ele não for pego, bom, se eu não tivesse passado o que passei com a Lindy, quem sabe eu poderia estar assaltando lojas hoje? Esconder é muito pior... Se ninguém souber como ele está mal, o Tim pode acabar nessa situação de novo e o resultado pode ser diferente. Você também poderia entrar numa roubada. Assim como a Samantha.

Alice faz que sim com a cabeça, olhando para Nan, mas falando com o irmão.

— Você se lembra do River Fillipi, Jase? Os pais dele deixavam a coisa correr solta e fingiam que não viam nada. Ele acabou batendo em três carros antes de atingir a mureta da rodovia.

— Mas vocês não entendem. O Tim já está muito enrolado. Meus pais querem que ele vá para um colégio militar horrível. Isso é a pior coisa que pode acontecer. Realmente a pior. Eu sei que ele é um idiota e um babaca, mas é meu irmão... — Nan se interrompe de repente. A voz dela está trêmula, assim como o resto de seu corpo.

Vou até ela e pego sua mão. Penso em todos os jantares estranhos que já presenciei naquela casa, o olhar perdido do Sr. Mason, a Sra. Mason tagarelando sobre como recheia as alcachofras. Sinto como se estivesse numa gangorra balançando entre o que sei que é certo e verdadeiro, e todos os momentos e razões que levaram a isso. Jase e Alice estão certos, mas Tim está totalmente perdido, e eu não paro de me lembrar dele dizendo, desesperado: *Não sei o que tem de errado comigo.*

— Será que daria para você entrar e abrir a porta do porão? — pergunto a Nan. — Talvez a gente possa levar o Tim para lá e deixar ele dormindo na sala de TV. De manhã, vai estar melhor e vai poder encarar os fatos.

Nan respira fundo.

— Posso fazer isso. — Olhamos para Alice e Jase.

Alice dá de ombros, franzindo a testa.

— Se é isso que vocês querem... Mas me parece muito errado.

— Elas conhecem a situação melhor do que a gente — lembra Jase. — Tudo bem, Nan. Abre a porta do porão. Vamos levar esse cara pra lá.

É claro que, enquanto o carregamos, Tim acorda, desorientado, e vomita em Alice. Tapo meu nariz. O cheiro é o bastante para fazer qualquer um ficar enjoado. Para meu espanto, Alice não fica irritada, só revira os olhos e, sem pensar duas vezes, tira a blusa suja. Jogamos Tim no sofá. Apesar de ser magro, ele é alto e difícil de ser carregado. Jase pega um balde atrás da máquina de lavar e o põe ao seu lado. Nan põe também um copo d'água e algumas aspirinas. Tim fica deitado de costas, muito, muito, muito pálido. Ele abre os olhos vermelhos, se concentra levemente em Alice e em seu sutiã de renda preta e diz:

— Uau.

Depois apaga de novo.

Fiquei numa enrascada por ter chegado dez minutos atrasada da última vez. Mas, hoje, quando realmente corri risco de vida num incidente no qual poderia ter usado melhor meu bom senso — *por que diabos não liguei para a polícia e avisei que havia um motorista bêbado?* —, o fusca para na nossa entrada e todas as luzes estão apagadas. Minha mãe ainda nem voltou.

— Escapou de mais essa hoje, Samantha. — Jase sai para abrir a porta para mim.

Dou a volta até a porta do motorista.

— Obrigada — digo a Alice. — Foi muito legal da sua parte fazer isso. E desculpa pela blusa.

Alice me encara.

— Sem problema. Se aquele idiota sair dessa só com uma ressaca horrenda e uma dívida na lavanderia, já vai ter mais sorte do que merece. O Jase merece coisa melhor do que ficar traumatizado por causa de uma menina que fez escolhas erradas e acabou morta.

— É, ele merece. — Olho nos olhos dela. — Eu sei disso.

Ela se vira para Jase.

— Vou para casa, irmão. Você pode dar boa-noite para a sua donzela em perigo.

Isso machuca. Meu rosto fica vermelho. Vamos até a porta da minha casa e eu me apoio nela.

— Obrigada — repito.

— Você teria feito a mesma coisa por mim. — Jase põe o polegar no meu queixo e o ergue. — Não foi nada.

— É, só que não sei dirigir e você nunca teria se metido nessa situação e...

— Shhhh.

Ele puxa gentilmente meu lábio inferior com os dentes, depois encosta sua boca na minha. Primeiro com cuidado, depois de forma mais intensa e apaixonada, e eu não consigo pensar em nada além das costas macias dele sob minhas mãos. Meus dedos passeiam pela textura suave e cacheada dos cabelos de Jase e me perco nos movimentos dos lábios e da língua dele. Estou muito feliz por estar viva e sentir essas coisas.

Capítulo Vinte e Dois

Quando chego ao clube — uma hora antes do meu horário — no dia seguinte, vou direto para a piscina. Sinto o aroma do cloro, depois me concentro no movimento regular das minhas braçadas. Meu ritmo está voltando ao normal. *Nadar sem parar, virar sem parar, braçadas rápidas, descansar, respirar para a direita, respirar para a esquerda, respirar a cada três braçadas.* E o tempo também. Todo o resto desaparece. Quarenta e cinco minutos depois, sacudo meus cabelos, faço pressão nos ouvidos com a mão para tirar a água e vou até a Buys by the Bay encontrar a Nan.

Que ainda não respondeu a nenhuma das minhas mensagens. Estou imaginando o pior. Os pais dela nos ouviram, desceram, e Tim já está a caminho de uma escola hardcore no Meio-Oeste, onde vai ter que picaretar granito e acabará levando um tiro de um instrutor enlouquecido.

Mas então Nan não estaria separando aventais calmamente no canto da loja, estaria? Talvez estivesse. Assim como minha mãe, minha melhor amiga, às vezes, prefere organizar as coisas do que encarar a realidade.

— Como está o Tim?

Nan se vira, apoia os cotovelos no balcão e olha para mim.

— Ele está bem. Vamos conversar sobre o que realmente importa e que não era importante o bastante para me contar. Por quê?

— O que não era importante...?

Nan empalidece apesar das sardas. Está irritada *comigo*? Por quê? Então entendo. Abaixo a cabeça e sinto o sangue subir pelo pescoço.

— Você não achou importante *mencionar* que estava namorando? Nem que ele é, tipo, absurdamente lindo? Samantha, eu sou a sua melhor amiga. Você sabe tudo sobre mim e o Daniel. *Tudo.*

Meu estômago fica embrulhado. Não contei nada a Nan sobre o Jase. Nada. *Por que não?* Fecho os olhos e, por um segundo, sinto os braços dele em volta de mim. É uma coisa tão boa. Por que não contaria a Nan? Ela dobra um avental que diz, *A vida é uma onda. Basta surfar nela*, de qualquer jeito e o põe sobre os outros.

—Você é minha melhor amiga. E obviamente não conheceu esse cara ontem. O que está havendo?

— Não faz tanto tempo assim. Um mês. Talvez um pouco menos. — Sinto meu rosto ficar quente. — Eu só... achei... Não queria... Minha mãe sempre fala tão mal dos Garrett... Eu me acostumei a guardar segredo.

— Sua mãe sempre fala mal de todo mundo. Isso nunca impediu você de me contar sobre o Charley e o Michael. Por que esse cara é diferente? Espera aí... os Garrett? Você está falando dos seus vizinhos que se multiplicam feito coelhos? — Quando faço que sim com a cabeça, ela diz: — Uau. Como você conheceu um deles?

Então conto toda a história a Nan. Tudo sobre Jase, este verão, sobre quase ter ficado de castigo e ele ter subido até meu quarto. E todas as estrelas.

— Ele sobe até a sua janela? — Nan põe um dedo sobre a boca. — Sua mãe ia surtar se soubesse disso! Você sabe, né? Ela se internava num manicômio se soubesse que isso está acontecendo. — Agora ela parece menos irritada e mais impressionada.

— É verdade — concordo quando a sineta da porta toca, anunciando a chegada de uma mulher com uma saída de praia fúcsia, um enorme chapéu de palha e uma expressão determinada.

—Vim aqui no outro dia — diz ela, naquele tom levemente alto demais que as pessoas às vezes usam com vendedores —, e vi umas camisetas lindas. Voltei para comprar.

Nan estica a coluna e seu rosto adquire uma expressão imparcial.

—Temos muitas camisetas lindas.

— Essas tinham umas frases — explica a mulher, desafiadora.

—Temos várias dessas — repete Nan, endireitando os ombros.

— *Stony Bay... não é qualquer cidade* — cita a mulher. — Mas no lugar do "não" tem...

— Um nó de marinheiro — interrompe Nan. — Estão naquele canto, perto da janela.

Ela aponta para trás com o polegar e se vira para mim. A mulher faz uma pausa, depois vai até a pilha de camisetas.

— E esse relacionamento misterioso é sério, Samantha? Ele parece... Sei lá... Mais velho que a gente. Como se soubesse o que está fazendo. Você e ele já...?

— Não! Não, isso eu teria te contado — respondo. *Será?*

— Ganho desconto se comprar uma para cada tripulante do nosso cruzeiro? — pergunta a mulher.

— Não — responde Nan, seca. Ela se inclina para mim. — O Daniel e eu andamos conversando sobre isso. Muito, nos últimos tempos.

Tenho que admitir que isso me surpreende. Daniel é tão sério que é difícil lembrar que também é um garoto de dezoito anos. É claro que ele e Nan vão falar sobre sexo depois desse tempo todo. Lembro-me de Daniel, de uniforme escolar, mediando a equipe de debates da escola e dizendo, de maneira controlada: "Os que são a favor vão falar primeiro e depois os que são contra terão o mesmo espaço de tempo para a réplica."

— O Tim acha que eu sou uma idiota. — Nan pressiona o dedo contra a cera de uma vela com a forma do farol de Stony Bay. — Ele diz que o Daniel é um retardado e vai ser ruim de cama.

Tim!

— O que aconteceu com ele? Seus pais ficaram sabendo?

Nan balança a cabeça.

— Não. Ele teve sorte. Ou melhor, ele já está pronto pra outra graças ao seu namorado surpresa e à irmã assustadora dele. Minha mãe e meu pai não ouviram nada. Fui até o porão antes de sair e joguei o balde de vômito fora. Só disse para minha mãe que ele ficou acordado até tarde e estava cansado.

— Nanzinha, a Alice talvez esteja certa sobre não esconder essa história. Ontem foi...

Ela faz que sim com a cabeça, respira fundo rapidamente e rói a unha do polegar.

— Eu sei. Eu sei. Um horror. Mas mandar meu irmão para um colégio militar? Não sei como isso pode ajudar.

A mulher volta para o caixa, os braços cheios de camisetas, todas rosa.

Nan se vira para ela com um sorriso alegre e profissional.

— Posso dobrar tudo para a senhora. Quer que ponha na sua conta no clube ou quer pagar separadamente?

Fico por ali até que o relógio me avisa que é hora de trabalhar. Nan não diz mais nada até o momento em que estou indo embora, quando então ela para de trocar o rolo de papel da caixa registradora e fala:

— Samantha, você tem o que toda garota quer.

—Você tem o Daniel — afirmo.

— Claro. Mas você tem tudo. Como sempre consegue o que quer? — A voz dela tem um tom levemente amargo.

Penso na Nan que sempre *tem* que fazer os trabalhos de casa opcionais em todas as matérias. Que tem que me dizer que tirou uma nota melhor que a minha. Que tem que comentar que uma calça que fica boa em mim seria "grande demais" para ela. Eu nunca quis competir, só ser sua amiga, a pessoa que ela não precisa superar. Mas, às vezes — como agora —, eu me pergunto se, para Nan, isso existe.

— Não faço nada de mais, Nanny. — A sineta toca quando outro cliente entra.

— Talvez não faça mesmo. — A voz dela demonstra cansaço. — Talvez nem tente. Mas tudo funciona para você mesmo assim, não é?

Ela se vira antes de eu conseguir responder. Se é que havia uma resposta.

Capítulo Vinte e Três

Pego um copo de limonada depois do trabalho e estou tirando o ridículo maiô do clube no meio da cozinha quando a campainha toca. Até o toque da nossa campainha mudou desde o início do verão. Agora temos uma que enche a casa com as primeiras notas de cerca de vinte músicas diferentes, desde "Take Me Out to the Ball Game" até "Zip-a-Dee-Doo-Dah". Nas últimas duas semanas, minha mãe a programou para tocar a abertura de "It's a Grand Old Flag". É sério, não estou brincando.

Pego uma regata e um short na lavanderia e os visto rapidamente, depois olho pelo vidro jateado. Nan e Tim estão na porta. Que estranho. Quinta e sexta são as noites em que a Nan sai com o Daniel. E a minha casa não é o lugar preferido do Tim. Não é nem o *meu* lugar preferido.

— Quer conhecer a palavra de Deus? — pergunta Tim quando abro a porta. — Porque eu fui salvo e gostaria de passar a boa nova para você. Por mil dólares e três horas do seu tempo. Brincadeira. Podemos entrar, Samantha?

Assim que entram na cozinha, Nan vai até a geladeira para se servir da limonada da minha mãe. Depois de todos esses anos, ela sabe exatamente onde ficam os cubos de gelo especiais, com hortelã e casca de limão siciliano. Nan serve um copo para Tim e ele aceita, franzindo a testa para os cubos cheios de pontinhos amarelos e verdes.

—Tem tequila aí? É brincadeira de novo. KKKKKK.

Ele está envergonhado. Faz muito tempo que não vejo no Tim algo além de uma indiferença entediada, uma apatia chapada ou um desprezo drogado.

— O Tim queria pedir desculpas por ontem à noite — começa Nan, mastigando um cubo de gelo.

— Na ver-da-de, foi a *Nan* que quis que eu viesse pedir desculpas — esclarece Tim, mas olha diretamente para mim. — Queria pedir desculpas e dizer que estou envergonhado *pra caralho*. Foi uma idiotice sem tamanho e eu acharia que qualquer pessoa que fizesse isso com a minha irmã ou com você é um retardado incurável, o que, é claro, leva à óbvia conclusão de que indubitavelmente eu sou um. — Ele balança a cabeça, toma um gole de limonada. — Mas note que só usei palavras impressionantes, dignas da redação do vestibular. Que merda que eu fui expulso do internato, né?

Há quanto tempo não vejo Tim pedir desculpas? Sua cabeça está baixa, no meio dos seus braços dobrados, e ele respira fundo, como se tivesse corrido quilômetros ou como se aquilo tudo exigisse mais oxigênio do que o simples ato de respirar. Até os *s* dele estão úmidos, como se estivesse suando. Parece tão perdido que olhar para ele dói. Espio a Nan, mas ela está terminando a limonada, o rosto impassível.

— Obrigada, Tim. Todos nós sobrevivemos. Mas você anda me assustando. Como você está?

— Bem, tirando o fato de ser o mesmo idiota que eu era ontem, mas um pouco mais careta, estou bem. E você? Que papo é esse de você e Jase Garrett estarem juntos? Ele chegou mais longe que o meu amigo Charley? Porque o Charley ficou frustrado. E mais importante: qual é a da irmã gostosa do Jase?

— A irmã gostosa dele tem um namorado que joga futebol americano e pesa cento e dez quilos — respondo, evitando a pergunta sobre Jase.

— Claro — afirma Tim, com um sorriso irônico. — E provavelmente ele também dá aulas na igreja aos domingos.

— Não. Mas acho que ele pode ser mórmon. — Sorrio de volta. — Mas não se preocupe. Eles estão juntos há um mês e, pelo que o Jase me contou, esse costuma ser o limite da Alice.

— Opa, a esperança é a última que morre. — Tim esvazia o copo e o põe na bancada. — Você tem alguma cenoura, aipo ou maçã? Tudo na nossa geladeira está misturado com alguma merda.

— É verdade — concorda Nan. — Mordi uma ameixa que parecia normal hoje de tarde e tinha algum recheio estranho de gorgonzola. É aquele negócio da TV que a mamãe comprou.

— "O Recheador. Ele injeta recheios deliciosos no coração dos seus alimentos favoritos" — zoa Tim com uma voz de telemarketing.

Nesse momento, a campainha toca de novo. Agora é Jase. Está usando uma camiseta cinza gasta e jeans. Deve ter vindo direto do trabalho.

— Oi! — diz Nan, animada. — Caso não tenha percebido isso ontem, sou a Nan, a melhor amiga da Samantha. Adoraria dizer que sei tudo sobre você, só que ela não me contou nada. Mas meu irmão disse que te conhece. — Ela estende a mão para Jase.

Depois de um instante, ele a pega e a cumprimenta, olhando para mim com uma expressão levemente confusa.

— Beleza, Nan. Mason.

A voz de Jase adquire um tom irritado quando ele cumprimenta Tim, e eu percebo os músculos da mandíbula de Tim se retesarem. Jase vem para o meu lado e passa um braço pela minha cintura, me segurando com força.

Vamos para o quintal, pois tudo na minha casa é duro e formal demais e não há um lugar confortável para ficarmos. Jase deita na grama e eu me deito com a cabeça na barriga dele, ignorando os olhares ocasionais de Nan.

Não conversamos muito por um tempo. Jase e Tim falam bobagens sobre pessoas que conheceram no futebol no ensino fundamental. Eu me pego estudando os dois juntos, me perguntando o que minha mãe veria. Primeiro, Jase com a pele bronzeada e os ombros largos, parecendo ter mais de dezessete anos, quase um homem. Depois, Tim, olheiras fundas, sardas se destacando em relevo, pernas longas e finas cruzadas, o rosto bonito, mas pálido e anguloso. A calça de Jase está manchada de graxa e a camiseta, esgarçada na gola, que já perdeu o formato. Tim está usando uma calça cáqui nova e uma camisa listrada de azul com as mangas enroladas. Se perguntassem à minha mãe quem era o "perigoso", ela imediatamente apontaria para Jase, que conserta coisas, salva animais e me socorre. Não para Tim que, enquanto o observo, esmaga um inseto com a maior naturalidade.

Depois de limpar a mão na grama, Tim diz:

— Se eu não fizer supletivo, vou acabar sendo mandado para a legião estrangeira pelos meus pais ou vou passar o resto da minha vida, que vai ser muito curta, no porão deles.

— Meu pai fez supletivo — conta Jase, brincando com os meus cabelos. —Você pode conversar com ele.

— Por acaso, a sua irmã Alice faz também?

Os lábios de Jase se contorcem.

— Não.

— Droga. Também preciso de um emprego para não ter que passar o dia todo em casa com a minha mãe, vendo a velha descobrir novas maneiras de usar o Recheador.

— Aliás, tem uma vaga na campanha dela — aviso. — Ela precisa do máximo de ajuda possível agora que está totalmente distraída com o Clay Tucker.

— Quem diabos é Clay Tucker?

— O... — Nan abaixa a voz, mas apenas diz: — ... rapaz que a mãe da Samantha está namorando.

— Sua mãe tá namorando? — Tim parece chocado. — Achei que ela tivesse se restringido ao vibrador e ao chuveirinho depois que seu pai pôs um par de chifres nela.

— Timmy. — Nan fica vermelha como um pimentão.

— Sempre tem trabalho na loja do meu pai. — Jase se espreguiça e boceja, sem se abalar. — Repor o estoque, fazer pedidos. Não é nada muito animado, mas...

— Tá legal. — Os olhos de Tim se voltam para baixo enquanto ele arranca um pedaço da cutícula do polegar. — É exatamente do que o seu pai precisa: de um estoquista bêbado, que foi expulso da escola e tem uma queda por substâncias ilegais.

Jase se apoia em um cotovelo e olha diretamente para Tim.

— Bom, contanto que esse estoquista não esteja bebendo nem se drogando e levando a *minha* namorada para passear enquanto estiver doidão... Nunca mais. — A voz dele não se altera. Ele observa Tim por mais um instante e volta a se deitar.

Tim fica um pouco mais pálido — se é que isso é possível —, depois vermelho.

— Éééé... Bom... Eu... Éééé... — Ele olha para mim, para Nan, depois volta a atenção para o polegar. Silêncio.

— Bom, o emprego de estoquista pode não ser o mais empolgante do mundo, mas provavelmente isso é até bom — diz Nan depois de um ou dois minutos. — O que você acha, Timmy?

Tim ainda está concentrado no dedo. Por fim, levanta os olhos.

— A menos que a Alice também trabalhe lá, principalmente se ela passar a maior parte do tempo numa escada usando um shortinho jeans, acho que vou conversar com a linda Grace sobre política. Gosto de política. Vou poder manipular pessoas, mentir e enganar. Tudo de bom.

— Pelo que li, a mãe da Samantha prefere pensar que está lutando pelo bem-estar social. — Jase estende os braços acima da cabeça, bocejando.

Eu me sento, surpresa por ouvir Jase mencionar o slogan da última campanha de minha mãe, aquele que Clay Tucker ridicularizou sem dó nem piedade. Nós nunca falamos sobre política. Mas ele deve ter prestado atenção nela desde o início.

— Ótimo. Podem contar comigo. Adoro o bem-estar social. Com o meu histórico, provavelmente vou conseguir acabar com os três poderes do governo em uma semana e meia — afirma Tim. — A gata da Alice não se interessa por política?

Minha mãe volta para casa mais cedo, por sorte depois que Nan e Tim foram embora e Jase foi novamente treinar. Ela tem uma festa em East Stonehill hoje e quer que eu vá junto.

— O Clay disse que, como estou me concentrando na família, as pessoas precisam ver mais a minha.

Fico do lado dela no Moose Hall por aproximadamente oito mil anos, repetindo "Claro que tenho orgulho da minha mãe. Votem nela", enquanto ela aperta mão atrás de mão.

Quando ela foi eleita da primeira vez, essas maratonas pareciam animadas e divertidas. Todas aquelas pessoas que eu nunca tinha visto, mas que me conheciam, felizes por nos verem. Agora, tudo parece surreal. Ouço com atenção o discurso da minha mãe, tentando analisar como as coisas mudaram. Ela está mais segura, usando novos gestos: corta o ar, os braços abertos em apelo, as mãos cruzadas sobre o peito... Mas é mais do que isso. Da última vez, minha mãe falava mais sobre assuntos locais e de forma superficial. Mas agora está falando sobre os gastos federais e o tamanho do governo, sobre os impostos injustos pagos pelos ricos que são os que geram empregos...

—Você não está sorrindo — observa Clay, aparecendo ao meu lado. — Por isso, imaginei que estivesse com fome. Essas entradinhas estão maravilhosas. Vou assumir o posto enquanto você come um pouco. — Ele me passa um prato de coquetel de camarão e mariscos.

— Quanto tempo isso ainda vai demorar? — pergunto, engolindo um camarão.

— Até que ela tenha apertado a última mão, seja lá quando isso for, Samantha. — Ele aponta para minha mãe com um palito de dentes. — Dê só uma olhada na Grace. Nem parece que ela está fazendo isso há duas horas, que seus pés devem estar doendo e ela talvez precise ir ao banheiro. A sua mãe é uma profissional.

Minha mãe realmente parece descansada, calma e tranquila. Está inclinando a cabeça para ouvir um senhor como se ele fosse a pessoa mais importante do mundo. De alguma forma, nunca havia interpretando sua dissimulação como uma qualidade, mas acho que, nesta situação, é.

—Vai comer isso? — pergunta Clay, fisgando uma vieira com o palito antes que eu consiga responder.

Capítulo Vinte e Quatro

Horas mais tarde, estou deitada em minha cama, encarando o teto, depois de sair do banho, usando uma camisola que tenho desde os oito anos. Ela costumava ser romanticamente longa; hoje, fica apertada nas coxas.

Minha mãe finalmente admitiu estar exausta e foi dormir no seu quarto. Pela primeira vez, me pego pensando se Clay já passou a noite aqui. Eu nem saberia se tivesse. O quarto dela fica do outro lado da casa e tem uma escada que dá para o quintal. *Eca, não pense nisso.*

Ouço uma batida na minha janela e, ao olhar, vejo uma mão apoiada no vidro. Jase. Vê-lo é como ter a sensação de que estava sufocando e que finalmente encontrei o ar. Vou até lá, ponho a mão contra a dele, depois abro a janela.

— Oi. Posso entrar?

Ele entra com a maior facilidade, plantando as pernas no chão firmemente enquanto passa o corpo com cuidado por baixo da vidraça, como se já tivesse feito isso mil vezes. Então olha em volta e sorri para mim.

— Está arrumadinho demais, Sam! Tenho que fazer isso.

Jase tira um dos tênis e joga na direção da minha escrivaninha, depois tira o outro e o joga, com cuidado e sem fazer barulho, perto da porta. Então, uma meia é atirada na minha cômoda e a outra, na estante.

— Não para, não. — Pego a camiseta dele, a arranco e a jogo do outro lado do quarto. Ela fica pendurada na cadeira da minha escrivaninha.

Quando chego mais perto, Jase segura meu braço.

— Sam.

— Hummmm — respondo, distraída com a linha fina de pelos que circunda o umbigo dele e desce para dentro da calça.

— Eu deveria ficar preocupado?

Olho para ele, meus pensamentos confusos.

— Com o quê?

— Com o fato de, pelo visto, você ser a única menina do planeta que não conta tudo para a melhor amiga no exato instante em que acontece. Eu tenho irmãs, Sam. Achei que isso fosse uma regra: a melhor amiga sabe de tudo. A sua nem sabia que eu existia.

—A Nan? — pergunto, rápido, então percebo que não sei o que dizer. — É meio complicado com ela. Está com um monte de coisas na cabeça... Eu só achei que... — Dou de ombros.

—Você estava preocupada com ela? — indaga Jase, se afastando de mim e se sentando na cama. — Não com vergonha?

Sinto o ar fugir dos pulmões e tenho dificuldade de respirar.

— De você? Não. *Não*. Nunca. Eu só... — Mordo o lábio.

Os olhos dele analisam meu rosto.

— Não estou tentando pressionar você. Só quero entender a situação. Você é... sei lá... "a filha da deputada." Eu... bom... sou "um daqueles Garrett", como o pai da Lindy dizia.

Ele pronuncia a frase como se tivesse aspas e eu não aguento. Sento-me na cama e ponho uma mão no rosto dele.

— Eu sou apenas eu — digo. — Estou feliz por você estar aqui.

Jase estuda meu rosto, depois pega minha mão e me puxa. Ele me abraça cuidadosamente, fazendo com que minha cabeça repouse no seu braço e a sua cabeça deite no meu ombro. Seus dedos passam lentamente pelos meus cabelos. O paradoxo é que, apesar de eu estar, ao mesmo tempo, consciente do calor do seu peito nas minhas costas e dos músculos sob o short que cobrem as pernas entrelaçadas às minhas, me sinto tão segura e confortável que caio quase imediatamente no sono.

Acordo com Jase sacudindo meu ombro.

—Tenho que ir — sussurra ele. — Já é de manhã.

— Não pode ser. — Puxo-o para mais perto. — Foi rápido demais.

— É. — Jase dá um beijo no meu rosto. — Tenho que ir. São cinco e vinte e sete.

Pego o pulso dele e tento enxergar as horas no relógio digital.

— Não pode ser.

— É sério — afirma Jase. — Escuta só os pombos arrulhando.

Inclino a cabeça e ouço uma série de sons parecidos com os de uma coruja. Jase levanta da cama, cata a camiseta, as meias e os sapatos, volta até mim, se inclina, beija minha testa, depois passa os lábios lentamente pelo canto da minha boca.

— Você tem *mesmo* que ir?

— Tenho. Samantha, eu... — Ele para de falar.

Ponho meus braços em torno do pescoço dele e o puxo. Jase resiste por um instante, depois se deita ao meu lado. Põe as mãos nos meus cabelos, que saíram da trança durante a noite, e nossos beijos ficam mais intensos e um pouco mais descontrolados. Passo um braço por baixo dele e o puxo para cima de mim, olhando para aqueles olhos verdes, que se arregalam por um segundo. Então ele se apoia nos cotovelos e suas mãos cuidadosas e competentes abrem os botões da minha camisola.

É estranho, mas não me sinto nem um pouco envergonhada. Estou impaciente. Quando os lábios dele se aproximam, meu suspiro de prazer parece atravessar cada centímetro do meu corpo.

— Jase...

— Hummm. — Ele passa os lábios por um dos meus seios e os dedos pelo outro, lentamente, tão leves, me dando arrepios.

— Jase, eu quero... Eu quero... Por favor.

Ele olha para o meu rosto, os olhos desfocados e deslumbrados.

— Eu sei. Eu sei. Eu também quero. Mas não assim. Não sem tempo. Não sem nada para... — Ele engole em seco. — Não assim. Mas... meu Deus, Samantha. Você é...

E a maneira com que ele me olha faz com que eu me sinta linda.

— Não consigo parar de olhar para você — sussurra numa voz grave.

— Mas tenho que ir. — Respirando fundo, ele abotoa minha camisola de novo, depois dá um beijo no meu pescoço.

— Jase, você... já...

Sinto sua cabeça balançar uma vez, e então ele me olha nos olhos.

— Não. Nunca. Quase. Com a Lindy. Mas até o fim, não. Eu não... Nunca senti por ela o que sinto quando olho para você. Então, não... Nunca.

Ponho uma das mãos na pele por barbear do rosto dele.

— Nem eu.

Seus lábios sorriem e ele vira a cabeça para beijar minha mão.

— Então vamos precisar mesmo de tempo. Para... — Jase engole em seco de novo e fecha os olhos. — Às vezes, quando olho para você, não consigo pensar. Precisamos de tempo para descobrir tudo juntos.

— Está bem — respondo, subitamente envergonhada por alguma razão.
— É...

— Adoro o jeito que o seu corpo fica todo vermelho quando você sente vergonha — murmura ele. — O corpo inteiro. Suas orelhas ficam vermelhas. Até seus joelhos ficam. Aposto que seus dedos do pé estão vermelhinhos.

— Isso não é um bom jeito de fazer com que eles voltem ao normal.
— Ruboresço ainda mais.

— Eu sei. — Ele se afasta lentamente de mim e da cama. — Mas não quero que voltem. Adoro isso. Tenho *mesmo* que ir embora agora. Que horas você chega em casa hoje?

Faço um esforço para pensar em outra coisa que não seja puxar Jase de volta para mim.

— Hum... Vou emendar dois turnos no Breakfast Ahoy. Então, às três.

— Está bem — responde Jase. — Que pena que a loja fica aberta até tarde hoje. Vou voltar lá pelas sete. Vou sentir sua falta.

Ele abre a janela e sai. Fecho os olhos e levo a mão ao pescoço, ao lugar em que ele me beijou.

Sou virgem. Pelo visto, o Jase também é. Participei de uma palestra sobre educação sexual. Já vi filme pornô. Ouvi Tracy se gabar sobre quantas vezes ela e o Flip conseguem transar por dia. Já li livros com cenas eróticas. Mas ainda há tanta coisa que não sei. Será que saberemos o que fazer por instinto? É bom na primeira vez ou será que temos que tomar gosto pela coisa, como as pessoas dizem que acontece com o vinho e o cigarro? Será que dói muito na primeira vez? Ou não dói nada? Isso significa que tenho que comprar camisinha? Ou ele vai comprar? Demora muito até a pílula fazer efeito, não é? Ou seja, tenho que tomar por pelo menos um mês, certo? E tenho que ir ao médico para pegar a receita — e meu médico tem quase oitenta anos, um bigode comprido, pelos no nariz e também foi pediatra da minha mãe.

Queria poder fazer essas perguntas para ela, mas imaginar sua reação se eu perguntasse me assusta mais do que não saber as respostas. Queria poder perguntar à Sra. Garrett. Mas... Ele é filho dela, no fim das contas, e ela não é perfeita. Seria estranho. *Muito* estranho. Apesar de isso ser uma coisa que sei que quero, entro um pouco em pânico, até lembrar da pessoa em quem mais confio no mundo. Jase. E decido que ele está certo. Vamos descobrir tudo juntos.

Capítulo Vinte e Cinco

Quando chego do Breakfast Ahoy, com pés doloridos e cheirando a bacon com geleia, o único sinal da minha mãe é um bilhete: *Aspire a sala de estar*. Abstraio a tarefa. As linhas da última limpeza ainda estão visíveis. O telefone toca, mas não é minha mãe. É a Andy.

— Samantha? Você pode vir para cá? A mamãe está doente e o papai ainda não chegou em casa e eu... Bom, vou encontrar com o Kyle e... Será que você poderia cuidar das crianças até o Jase voltar? O Duff não leva muito jeito com fraldas, e a Patsy está com uma assadura daquelas. Sabe, das que precisa até levar no médico? As pernas e o bumbum dela estão todos vermelhos.

Eu, é claro, não sei nada sobre assaduras de bebês, mas digo que já vou. A casa dos Garrett está mais caótica do que o normal.

— Minha mãe está lá em cima, dormindo, tá? Ela realmente não está se sentindo bem.

Andy me explica tudo enquanto tenta passar delineador nos olhos e calçar os sapatos ao mesmo tempo. Reaplico o delineador para ela e faço uma trança embutida nos seus cabelos.

— Todo mundo já comeu?

— Só a Patsy. Os meninos devem estar morrendo de fome, tá? Apesar de terem comido Sucrilhos. A Alice saiu com o Brad ou alguma coisa assim, tá? Não lembro. Bom... — Andy olha para fora da porta. — O Sr. Comstock chegou. Tchau.

Ela sai correndo, me deixando com Harry, Duff e George, que estão praticamente brandindo os garfos, e Patsy, que olha para mim, envergonhada, e diz:

— Cocôôôôôô...

Começo a rir.

— É isso que vem depois de *teta*?

Duff abre a geladeira. Desanimado, ele suspira.

— Deve ser. Minha mãe vai ter que ser muito criativa quando preencher o diário do bebê. Não tem nada aqui, Samantha. O que você vai fazer para a gente?

No final das contas, o jantar dos Garrett acaba sendo pizza congelada, macarrão instantâneo com creme de leite e a limonada e a salada de massa, brócolis, tomate seco e nozes da minha mãe (que sobrou e não foi um sucesso). Peço a Duff que corra até minha casa para pegar tudo e explico sobre os cubos de gelo especiais.

Enquanto estou dando banho em Patsy e George, ouço um fuzuê no fim do corredor. Voldemort, a cobra, fugiu de novo. Escuto os passos de Duff pela casa e os gritos animados de Harry. Depois, vejo a figura esguia do bicho entrando rapidamente no banheiro e tentando se esconder no tênis imundo de George, dos Transformers. Fico muito orgulhosa pela maneira com que estendo a mão, pego a cobra e calmamente a entrego para Duff. Nem grito quando Voldemort, evidentemente estressado, faz o que as cobras-do-milho fazem e defeca em minhas mãos.

— Cocôôôôôô! — grita Patsy, encantada, enquanto vou até a pia lavar as mãos.

Meia hora depois, a menina está dormindo no berço, com as cinco chupetas que insiste em segurar — ela nunca as põe na boca. George está esparramado no sofá, quase pegando no sono enquanto tenta assistir a *As Dez Mais Impressionantes Metamorfoses do Mundo Animal*, no Animal Planet. Duff está ao computador e Harry, construindo o que parece ser o Pentágono com bloquinhos de plástico quando a porta bate. Entram Alice, agora com os cabelos numa cor castanha-avermelhada e uma inexplicável mecha loura na frente, e Jase, obviamente vindo de uma entrega de madeira, suado e amarrotado. Ele ergue o queixo ao me ver e abre um sorriso largo. Vem andando até mim, mas Alice o interrompe.

— Vai tomar banho antes de dar um beijo nela — ordena. — Já basta eu ter tido que aguentar seu fedor no fusca.

Enquanto ele toma banho, passo as informações para Alice.

— A mamãe está *dormindo*? — Ela parece não acreditar. — Por quê?

Dou de ombros.

— A Andy disse que ela estava se sentindo péssima.

— Droga. Espero que não esteja gripada. Tenho três provas na semana que vem e não posso ficar brincando de mãe substituta. — Alice começa a tirar os pratos sujos da mesa e a jogar as sobras no lixo.

— O trabalho da Samantha já acabou. — Jase, voltando à sala, tira um coçador de costas em plástico amarelo da bancada, junto com um par de meias sujas, uma caixa vazia de chocookies, cinco carrinhos de metal, o delineador da Andy e uma banana comida pela metade. Ele bate com o coçador de costas nos dois ombros de Alice. —Você é oficialmente a mãe até o papai chegar. Eu e a Samantha vamos lá para cima. — Ele pega minha mão e me puxa para a escada.

Mas toda a correria, pelo visto, é só para fugir do caos do primeiro andar e não para me jogar na cama porque, quando chegamos ao quarto, ele simplesmente passa os braços pela minha cintura e se aproxima para me dar um longo beijo. Depois, afasta o corpo e me observa.

— O que foi? — pergunto, puxando-o de volta, querendo mais.

— Eu andei pensando numa coisa, Samantha. Você quer...?

— Quero — respondo imediatamente.

Ele ri.

— Tem que ouvir a pergunta primeiro. Andei pensando, e muito, no que a gente conversou hoje de manhã. Como você...? Você... quer planejar tudo ou...?

—Você quer dizer a data, o lugar e a hora? Acho que a gente ia ficar muito nervoso. Como se fizesse uma contagem regressiva. Não quero planejar nosso namoro. Não assim.

Ele parece aliviado.

— É o que eu acho. Então estava pensando que a gente só deveria tomar o cuidado de estar sempre... bom... preparado. Sempre. Aí, quando as coisas acontecerem, nós dois vamos estar...

— Prontos? — pergunto.

— À vontade — sugere Jase. — Preparados.

Dou um empurrãozinho no ombro dele.

— Parece um escoteiro.

— Bom, eles não tinham nenhum distintivo para isso. — Jase ri. — Mas esse seria muito popular. E útil, também. Fui à farmácia hoje e tem opções *demais* de, hum... camisinhas.

— Eu sei. — Sorrio para ele. —Também passei lá.

— Da próxima vez, a gente deveria ir junto — diz ele, pegando minha mão e a virando para beijar a parte interior do meu pulso.

Meu coração dá um pulo ao sentir aquele leve toque. *Uau.*

• • •

No fim das contas, acabamos indo até a farmácia naquela noite mesmo, pois a Sra. Garret acorda e sai do quarto, enrolada num roupão azul, e pede que Jase vá comprar Gatorade. Então, aqui estamos, na seção de preservativos, com um carrinho cheio de isotônicos e as mãos lotadas de...

— Trojans, Ramses, Magnum... Deus do Céu, esses nomes são piores do que os de carros esportivos — observa Jase, passando o indicador pelo display.

— Eles realmente parecem... Bom, másculos. —Viro a caixa que estou segurando para ler as instruções.

Jase levanta os olhos e sorri para mim.

— Não se preocupe, Sam. Somos só nós dois.

— Não entendo a metade dessas instruções... O que é um anel vibrador?

— Parece uma peça da máquina de lavar que sempre quebra. O que é extrassensível? Parece o jeito que a gente fala do George.

Começo a rir.

— Está bem, isso é melhor ou pior do que "sensação incrível"? E olhe, tem também "prazer mútuo" *e* "prazer para ela". Mas não tem "prazer para ele".

—Tenho quase certeza de que isso vem naturalmente — responde Jase, irônico. — Esqueça as coloridas. De jeito nenhum.

— Mas azul é minha cor favorita — digo, batendo os cílios para ele.

— Deixe isso aí. E essas que brilham no escuro também. Pelo amor de Deus. Por que *fabricam* isso?

— Para os míopes? — pergunto, recolocando as caixas nas prateleiras.

Vamos até a fila do caixa.

— Tenham uma ótima noite — diz o atendente quando vamos embora.

—Você acha que ele percebeu? — pergunto.

—Você está vermelha de novo — murmura Jase, sem prestar muita atenção. — Quem percebeu o quê?

— O cara do caixa. Por que estamos comprando essas coisas.

Um sorriso aparece nos cantos da boca de Jase.

— É claro que não. Tenho certeza de que ele nunca deve ter pensado que estamos comprando camisinhas para nós mesmos. Aposto que achou que era... um... presente.

Ok, já entendi que sou ridícula.

— Ou uma lembrancinha de festa — rio.

— Ou... — Ele analisa o recibo. — Vamos usar numa guerra de balões de água.

— Para usar na aula de educação sexual? — Ponho a mão no bolso traseiro da calça de Jase.

— Ou pequenas capas de chuva para... — Jase se interrompe, sem novas ideias.

— Barbies — sugiro.

— Comandos em Ação — corrige ele, pondo a mão livre no bolso traseiro da minha calça e batendo o quadril no meu enquanto voltamos para o carro.

Ao escovar os dentes naquela noite, ouvindo o barulho da chuva de verão bater contra minha janela, fico pensando em como as coisas mudam tão rápido. Um mês atrás, eu era alguém que precisava pôr vinte e cinco itens desnecessários — cotonetes, acetona, revistas teen, rímel e creme para as mãos — no caixa da farmácia para distrair o atendente do pacote de absorventes, o único produto vergonhoso de que precisava. Hoje, comprei camisinhas e praticamente mais nada com o garoto com quem planejo usá-las.

Jase levou tudo para casa, já que de tempos em tempos minha mãe mexe nas gavetas da minha cômoda para arrumar minhas roupas por ordem de cor. Tenho certeza de que ela não acreditaria na desculpa de que "estamos organizando uma guerra de balões de água". Quando perguntei se a Sra. Garrett faria a mesma coisa e as encontraria, Jase olhou para mim sem entender absolutamente nada.

— Eu lavo as minhas roupas, Sam.

Nunca tive um apelido. Minha mãe sempre insistiu em me chamar pelo nome completo: *Samantha*. Charley às vezes me chamava de Sammy-Sam, só porque sabia que aquilo me irritava. Mas gosto de ser a Sam. Gosto de ser a Sam do Jase. Parece ser alguém light, simpática, competente. Quero ser essa pessoa.

Cuspo a pasta de dentes e encaro meu rosto no espelho. Um dia, daqui a pouco tempo, Jase e eu vamos usar aquelas camisinhas. Será que vou parecer diferente? Será que vou me sentir diferente? Como saber quando a hora chegou?

Capítulo Vinte e Seis

Dois dias depois, Tim segue minhas instruções para chegar ao comitê de campanha da mamãe e fazer uma entrevista. Ele parece uma pessoa totalmente diferente daquela que estava ao volante em busca de Bacardi em New Hampshire. Está muito bem-vestido num terno cáqui, gravata com listras vermelhas e amarelas. Ele batuca no volante, acende um cigarro, fuma e acende outro assim que termina.

— Está se sentindo bem? — pergunto, indicando que ele deveria ter virado à esquerda num cruzamento.

— Bem porra nenhuma. — Tim joga a bituca do cigarro pela janela e acende o isqueiro de novo. — Não bebo, nem fumo, nem nada há alguns dias. Foi o maior tempo que fiquei sóbrio desde que eu tinha o quê? Uns onze anos. Estou me sentindo um lixo.

— Tem certeza de que quer esse emprego? Fazer campanha... É tudo um espetáculo... *Eu* também me sinto assim e não estou precisando ficar limpa.

Tim solta um bufo.

— *Ficar limpa?* Quem fala isso? Você fala igual ao meu avô.

Reviro os olhos.

— Sinto muito se não conheço as gírias mais recentes. Você me entendeu.

— Não posso ficar em casa o dia inteiro com a minha mãe. Ela me enlouquece, porra. E se não provar que estou fazendo alguma coisa de útil com o meu tempo, vou ser mandando para o Acampamento Tomahawk.

— Tá brincando! *Esse* é o nome do lugar para onde seus pais querem mandar você?

— Algo assim. Talvez Acampamento Guilhotina. Acampamento Castração? Seja lá o que for, não me parece um lugar em que vou sobreviver.

Com certeza não vou ter uma revelação sobre como devo me dedicar mais à vida enquanto estiver comendo tubérculos e frutos silvestres e aprendendo a construir uma bússola com teia de aranha ou seja lá o que for preciso fazer quando se está sozinho no meio do mato. Essa merda toda não é para mim.

— Acho que você deveria aceitar o trabalho na loja do pai do Jase. — Aponto para a direita quando chegamos a outro cruzamento. — Ele é bem mais tranquilo do que minha mãe. Além disso, você teria as noites livres.

— O pai do Jase tem uma bosta de uma loja de ferragens, Samantha. Mal sei a diferença entre uma chave de fenda e uma chave inglesa. Não sou o Sr. Conserta Tudo como seu namoradinho.

— Não acho que você vai ter que consertar nada, só vender as ferramentas. É essa casa aí.

Tim entra, cantando pneu, no estacionamento do comitê, onde o gramado está cheio de cartazes enormes, em vermelho, azul e branco: *GRACE REED: NOSSAS CIDADES, NOSSAS FAMÍLIAS, NOSSO FUTURO.* Em alguns deles, ela está usando uma capa de chuva amarela e apertando a mão de um pescador ou de outros heróis do cotidiano... Em outras, ela é a mãe que conheço, com um coque muito bem feito, de terno, conversando com outras pessoas "que fazem acontecer".

Tim sai e anda pela calçada, ajeitando a gravata com força. Os dedos dele estão tremendo.

— Você vai ficar bem?

— Dá para você parar de perguntar isso? Minha resposta não vai mudar. Estou me sentindo como um terremoto ambulante de intensidade 8,9 na escala Richter.

— Então não faça a entrevista.

— Tenho que fazer alguma coisa, senão vou enlouquecer — irrita-se ele. Então, olhando para mim, a voz dele fica mais tranquila. — Relaxa, menina. Quando não estou fumado demais, sou mestre em fingimento.

Estou sentada na recepção, folheando uma revista *People* e me perguntando quanto tempo a entrevista vai durar, quando recebo uma ligação de Jase no celular.

— Oi, meu amor.

— Oi, lindo. Ainda estou na entrevista do Tim.

— Meu pai falou para vocês passarem na loja quando terminarem se ele quiser fazer a entrevista aqui também. Tem uma vantagem: um cara da equipe está a fim de você.

— É mesmo? E como está esse cara da equipe? Já correu um quilômetro e meio em quatro minutos com botas do exército na praia?

— Na verdade, não. *Ainda* não. Acho que ele se distraiu com a menina que estava marcando o tempo nas últimas vezes em que correu.

— É mesmo? Ele deveria melhorar a concentração, então, não é?

— De jeito nenhum. Ele gosta muito de se concentrar nela, obrigado. Vejo você quando chegar.

Estou sorrindo para o telefone quando Tim sai, pisando duro, e balança a cabeça para mim.

—Vocês dois me dão nojo.

— Como sabe que era o Jase?

— Ah, fala sério, Samantha. Dava para ver você toda melosa do outro lado da sala.

Mudo de assunto.

— E como foi com o coordenador de campanha da mamãe?

— *Quem* é aquele ser irritante? Ele realmente dá à expressão "idiota metido a besta" uma nova dimensão. Mas consegui o emprego.

Minha mãe surge do escritório dos fundos e põe a mão no ombro de Tim, apertando-o com força.

— Nosso Timothy tem futuro, Samantha. Estou muito orgulhosa. Você precisa passar mais tempo com ele. Ele sabe muito bem aonde quer chegar.

Faço que sim com a cabeça, fria, enquanto Tim sorri ironicamente.

Quando estamos na calçada, pergunto:

— O que fez para conseguir aquilo?

Tim ri, debochado.

— Meu Deus, Samantha. Eu teria sido expulso da Ellery há anos se não tivesse aprendido a puxar o saco de quem manda. Escrevi um trabalho sobre o governo Reagan no ano passado. Lá dentro — indica o imóvel atrás de nós —, só plagiei frases do nosso ex-presidente. O carinha e sua mãe quase tiveram orgasmos...

Ergo a mão.

— Já entendi.

— O que *deu* em você e na Nan? Deus do Céu, como vocês são caretas — afirma Tim. Ele dirige rápido demais por alguns minutos, depois diz: — Foi mal! Ainda estou pilhado. Só quero fumar um e ficar de boa.

Esperando, ridiculamente, distraí-lo, conto sobre a oferta que o Sr. Garrett fez.

— Estou tão desesperado para preencher meu tempo que é capaz de eu aceitar. Mas, se tiver que usar um avental, não vou pegar o emprego nem fodendo.

— Nada de avental. E a Alice vai muito lá.

— Combinado. — Tim se anima de novo.

Quando chegamos à loja, vejo o Sr. Garrett e Jase atrás do balcão. Jase está de costas para a porta quando entramos. A maneira como o Sr. Garrett se apoia com os cotovelos no balcão é igual ao jeito com que Jase se escora na mesa da cozinha, em casa. O pai é mais forte do que o filho, mais parecido com Joel. Será que Jase vai ficar igual a ele quando tiver quarenta anos? Será que ainda vou estar com ele?

O Sr. Garrett levanta os olhos e nos vê. Ele sorri.

— Tim Mason. Do grupo de escoteiros. Fui líder da sua tropa, lembra?

Tim parece se assustar.

— O senhor se lembra de mim... mer... E ainda quer me entrevistar?

— É claro. Vamos até o escritório. Mas pode tirar o paletó e a gravata. Não precisa ficar tão pouco à vontade.

Tim o segue pelo corredor, parecendo muito pouco à vontade mesmo assim e sentindo que plagiar Ronald Reagan não vai ajudar nada naquela situação.

— O seu pai sempre foi cascudo assim? — pergunta Tim, enquanto nos leva para casa, uma hora depois.

Vou logo me pondo na defensiva, mas Jase parece não se incomodar.

— Eu sabia que você ia achar isso.

Observo o perfil de Jase no banco do passageiro do carro, os cabelos voando com o vento. Estou no banco de trás. Tim voltou a fumar um cigarro atrás do outro. Abano a mão na frente do rosto e abro minha janela mais um pouco.

— Uma porrada de exigências para me dar o emprego. — Tim abaixa o quebra-sol e o maço de Marlboro cai em seu colo. — Não sei se vale.

— Nunca arrancou meu couro. — Jase dá de ombros. — Pior do que você está, não fica. Não tem como, é sério.

— O problema não é ficar pior, malandrão. O problema é não ter escolha.

— Como se as suas escolhas fossem ótimas... — ironiza Jase. — Eu diria que vale a pena tentar, cara.

Parece que estão falando em código. Não tenho ideia do que esteja acontecendo. Quando me inclino para a frente para olhar para o perfil dele, Jase parece aéreo, não o menino que me dá beijos de boa-noite de forma tão doce.

— Entregues — afirma Tim, subindo a calçada dos Garrett. — Eu vou, eu vou, pra casa agora eu vou. Boa noite, pombinhos.

Depois que nos despedimos de Tim, ficamos parados no gramado dos Garrett. Olho para minha casa e vejo, como esperava, que todas as luzes estão apagadas. Minha mãe ainda não chegou. Puxo o pulso de Jase e vejo as horas: sete e dez. Ela deve ter outro encontro motivacional/jantar cívico/reunião na prefeitura... ou sei lá o quê.

— Como é que foi com o Tim? — pergunto, virando o pulso de Jase para passar o indicador pelas leves linhas azuis que as veias dele formam.

— Meu pai exigiu que ele frequentasse noventa reuniões em noventa dias — explica Jase. — É isso que ele faz com pessoas que não podem beber. Eu meio que sabia que ele faria isso. — A boca de Jase passa suavemente pelo meu ombro.

— Noventa reuniões com ele?

— Noventa reuniões do AA. Alcoólicos Anônimos. Tim Mason não foi o único que já fez besteira. Meu pai era um festeiro de marca maior e bebia muito quando era adolescente. Nunca vi o cara tomar um gole, mas sei pelas histórias que ele conta. Eu sabia que ia tentar dar um jeito no Tim.

Ergo minha mão, toco nos lábios de Jase, traçando a curva do inferior.

— E se o Tim não aguentar? E se ele fizer bobagem?

— Todo mundo merece uma chance, não é? — afirma Jase, antes de passar as mãos sob minha camiseta e acariciar minhas costas, fechando os olhos.

— Jase... — digo. Ou suspiro.

— Mas que pouca-vergonha, hein? — grita uma voz. Olhamos e vemos Alice andando até a gente, Brad correndo atrás dela.

Jase dá um passo para trás, passando as mãos pelos cabelos, deixando-os mais bagunçados e ficando ainda mais atraente.

Alice balança a cabeça e passa por nós.

Capítulo Vinte e Sete

Uma estranha energia toma conta de nossa casa no Quatro de Julho.

É preciso entender que esse dia é *o* feriado em Stony Bay. Bem no início da Guerra da Independência, os ingleses queimaram navios no nosso porto como um gesto simbólico, a caminho de algum lugar mais importante. Por isso, Stony Bay sempre se sentiu pessoalmente envolvida no Dia da Independência dos EUA. O desfile começa no cemitério atrás da prefeitura, sobe a colina até a velha igreja batista, onde os veteranos põem uma guirlanda no túmulo do soldado desconhecido, depois desce a colina, passando pela Rua Principal margeada de árvores, pelas casas pintadas de branco, amarelo e vermelho-vivo, arrumadinhas como potinhos numa caixa de aquarelas, e termina no porto. Bandas marciais de todas as escolas locais tocam canções patrióticas. E, desde que foi eleita, minha mãe faz os discursos de abertura e de encerramento. O orador do ensino médio recita o Preâmbulo da Constituição e outro aluno de destaque lê um artigo sobre a vida, a liberdade e a busca pela justiça.

Neste ano, essa aluna será Nan.

— Não dá para acreditar — diz ela, o tempo todo. — Dá para acreditar? No ano passado foi o Daniel e este ano sou eu. Nem achei que meu artigo sobre as Quatro Liberdades foi o meu melhor trabalho! Achei que meu texto sobre a rebelião de Huckleberry Finn e Holden Caulfield contra a vida ficou muito melhor.

— Mas não combina muito com o Quatro de Julho — lembro.

Para ser sincera, também estou surpresa. Nan odeia a aula de redação criativa. Ela sempre preferiu decorar a teorizar. E essa não é a única coisa estranha de hoje.

Minha mãe, Clay, Nan e eu estamos na sala de estar. Mamãe está ouvindo Nan ensaiar o discurso enquanto Clay revisa o costumeiro roteiro do evento para tentar descobrir como minha mãe, nas palavras dele, "pode dar uma incrementada nas coisas este ano".

Ele está deitado de bruços em frente à lareira, com recortes de jornal e folhas de papel amarelo pautado espalhadas à sua frente, um marcador de texto numa das mãos.

— Parece que esse seu discurso é aquela mesma ladainha de sempre, Gracinha. É a maldição do "bem social". — Ele olha para cima e pisca para ela, depois para mim e Nan. — Este ano, vamos precisar de fogos de artifício.

— Nós sempre temos — explica minha mãe. — Todo ano, o supermercado Donati's doa. Conseguimos a permissão com meses de antecedência.

Clay abaixa a cabeça.

— Grace. Meu amor. Quero dizer no sentido figurado. — Ele bate nos recortes de jornal com as costas da mão. — Para os eleitores locais, isto até dá pro gasto. Mas você pode fazer melhor. E, querida, se quiser ganhar a eleição este ano, vai *ter* que fazer.

O sangue inunda as faces de minha mãe, o sinal indisfarçável da vergonha nas louras. Ela vai até ele, põe a mão em seu ombro e se abaixa para ver o que está marcado.

— Me explique — pede, clicando a caneta e virando uma página limpa do bloco, esquecendo-se de mim e da Nan.

— Uau — exclama Nan quando pegamos nossas bicicletas para ir até a casa dela. — Isso foi estranho. Esse Clay realmente consegue convencer sua mãe a fazer qualquer coisa, não consegue?

— Acho que sim — respondo. — É assim o tempo todo. Não dá para entender... Quer dizer... Ela obviamente gosta dele, mas...

— Você acha que é — Nan abaixa a voz — o sexo?

— Credo, Nan. Não tenho ideia. Não quero pensar em nenhum dos dois assim.

— Bom, ou é isso, ou ela fez uma lobotomia — murmura Nan. — E aí? O que você acha que eu deveria usar? Acha que tem que ser vermelho, branco e azul? — Ela sai da calçada para a rua para poder andar ao meu lado. — Por favor, diga "não". Talvez só azul. Ou branco? É virginal demais?
— Ela revira os olhos. — Não que isso não seja apropriado. Será que eu deveria pedir ao Daniel para me filmar lendo o texto e mandar junto com a inscrição da faculdade? Ou será que isso seria muita forçação de barra?

Ela continua fazendo perguntas para as quais não tenho resposta, porque estou totalmente distraída. *O que está acontecendo com a minha mãe? Quando foi que a mamãe escutou alguém a não ser ela mesma?*

Tracy volta para casa para a apresentação do Quatro de Julho. Ela não se incomoda com isso porque, pelo que me diz:

— Martha's Vineyard está *lotada* de turistas para o feriado.

Não adianta perguntar a ela como um mês e pouco servindo mesas num restaurante da cidade a tornou diferente dos turistas. A Tracy é a Tracy.

O Flip também está em casa. Ele deu à minha irmã uma pulseira com uma pequena raquete de tênis de ouro que a fez adquirir vários novos trejeitos, criados especificamente para exibi-la.

— O bilhete que ele pôs no presente dizia: *Vivo para servir você* — sussurra ela para mim na noite em que chega em casa. — Não é para morrer de amores?

Para mim, parece uma das camisetas que Nan venderia no clube, mas os olhos da minha irmã brilham.

— O que aconteceu com a história da relação à distância, que isso não vai funcionar...? — pergunto. *Sou uma estraga-prazeres.*

— É só em setembro! — Tracy ri. — Pelo amor de Deus, Samantha. Daqui a meses. — Ela me dá uma série de tapinhas no ombro. — Você entenderia se já tivesse se apaixonado.

Parte de mim quer muito dizer:

— Bom, Trey, na verdade...

Mas estou tão acostumada a não dizer nada, tão acostumada a ser a plateia enquanto a mamãe e a Tracy contam as histórias... Apenas escuto enquanto ela me conta sobre Martha's Vineyard, a festa no porto e a celebração do solstício de verão. O que Flip fez e o que o Flip disse e o que a Tracy fez depois.

Quando as bandas marciais se reúnem às oito da manhã para o Quatro de Julho, já está fazendo quase trinta graus e o céu já adquiriu o tom azul-acinzentado que indica que o mormaço só vai piorar. Apesar disso, minha mãe parece fresquinha e elegante no terno de linho branco e no chapéu de palha azul com uma fita vermelha. Tracy, sob protestos, está usando um vestido de alcinhas azul-marinho adornado com uma fita branca. Eu estou com um vestido branco de seda que minha mãe adora, no qual me sinto com uns dez anos, no máximo.

Ao lado de mamãe e Tracy, enquanto os integrantes do desfile se reúnem, vejo Duff equilibrando sua tuba, já com o rosto vermelho antes mesmo que a marcha comece, e Andy, apertando os olhos, esticando uma das cordas do violino. Ela olha para cima enquanto põe o instrumento no ombro, me vê e me lança um sorriso largo, o aparelho brilhando ao sol.

A loja de ferragens dos Garrett não está aberta, mas Jase e o Sr. Garrett estão vendendo bandeirinhas e faixas para rodas de bicicleta do lado de fora, enquanto Harry, ao lado deles, vende limonada de maneira agressiva:

— Ei, você! Moço! Tá com cara de sede. Só vinte e cinco centavos! Ei, você! Moça!

A Sra. Garrett está em algum lugar, perdida na multidão com George e Patsy. Acho que nunca tinha percebido como todo mundo na cidade vem ver o desfile.

A primeira música que a banda toca é "America is Beautiful". Pelo menos, acho que é. Os músicos são bem ruins. Então o Sr. McAuliffe, que rege a banda do colégio Stony Bay, sai marchando e o desfile se arrasta atrás dele.

Os percussionistas passam enquanto minha mãe se posiciona atrás do pedestal. Tracy e eu nos sentamos nos bancos altos logo atrás dela, com Marissa Levy, a oradora do ensino médio, e Nan nos bancos designados para elas. De onde estamos, consigo, por fim, localizar a Sra. Garrett parada nos limites da multidão, segurando um enorme algodão-doce fofinho, passando pedaços dele para George enquanto Patsy tenta alcançá-lo. Os Mason estão na primeira fila, no meio. O Sr. Mason está com um dos braços em torno da esposa e Tim ao lado deles, vestindo um... smoking? Sei que a Sra. Mason mandou que ele se arrumasse. Aposto que Tim levou a ordem ao pé da letra. Ele deve estar assando.

Minha mãe faz o discurso, sobre como duzentos e trinta anos de orgulho trouxeram Stony Bay a este ponto, duzentos e trinta anos de excelência etc. Não tenho certeza de como isso é diferente do que ela costuma dizer, mas vejo Clay perto da câmera do telejornal, fazendo que sim com a cabeça e sorrindo, aproximando-se do fotógrafo, como que para se certificar de que estão captando as imagens essenciais.

Depois que minha mãe termina, tudo fica em silêncio, e Nan anda rapidamente até o pódio. Como muitas coisas na troca de DNA entre os gêmeos, os genes da altura também foram divididos de forma desigual. Nanny é cinco centímetros mais alta do que eu e tem, no máximo, um metro e sessenta e cinco, enquanto Tim já passou de um metro e oitenta há anos. Ela tem que subir alguns degraus para enxergar por cima do púlpito. Apoia o papel e o alisa, engolindo visivelmente em seco, as sardas vívidas contra o rosto pálido.

Um longo silêncio e começo a me preocupar. Então, os olhos dela encontram os meus, ela rapidamente finge ficar vesga e começa.

— Estamos acostumados, neste país, nesta época, a celebrar o que temos. Ou o que queremos. Não o que nos falta. Neste dia em que celebramos o que nossos antepassados sonharam e desejaram para nós, gostaria de celebrar as quatro liberdades... e salientar que... apesar de duas, a liberdade de expressão e a de credo, celebrarem o que temos, outras duas celebram o que não temos... Liberdade de querer... Liberdade de temer.

O microfone está mal ajustado e, de tempos em tempos, soa como um gemido agudo. Minha mãe está com a cabeça inclinada, ouvindo atentamente o discurso, como se não tivesse visto Nan ensaiá-lo meia dúzia de vezes. Tracy e Flip estão com os pés próximos, as mãos entrelaçadas, mas mantêm a expressão séria. Olho para a multidão e vejo a Sra. Mason, as mãos unidas sob o queixo, e o Sr. Mason, os olhos fixos em Nan, um dos ombros inclinado para a esposa. Procuro Tim e o encontro com a cabeça baixa, os punhos fechados sobre os olhos.

Quando Nan termina o discurso, a plateia irrompe em aplausos. Ela fica da cor dos cabelos, faz uma reverência curta e volta a se sentar no banco ao lado da minha mãe.

— Você não poderia ter falado melhor — afirma minha mãe. — O Quatro de Julho é um dia para celebrar o que nossos antepassados escolheram e o que recusaram, o que sonharam para nós e o que tornamos realidade através do poder dos sonhos deles.

Ouvimos muito mais nesse sentido, mas eu só vejo Nan sendo abraçada pelos pais, a mãe e o pai, por fim, comemorando as vitórias dela, não se concentrando nos problemas de Tim; o rosto de minha amiga parece radiante acima dos braços entrelaçados dos três. Procuro Tim, esperando que feche o círculo, mas ele sumiu.

Minha mãe continua o discurso, liberdade e escolha, e como nos mantemos fortes. Clay, agora plantado numa das últimas fileiras, lança um sorriso e faz um sinal de positivo para ela.

A coroa que homenageia os soldados mortos é posta no túmulo depois de um lento desfile pela colina até o porto. Winnie Teixeira, do ensino fundamental, toca a marcha fúnebre militar. Então, todos recitam o juramento à bandeira e os integrantes formais e oficiais da festa se espalham e vão comprar algodão-doce, picolé de limão e sorvete italiano de carrinhos instalados pela Doane's.

Procuro Nan, mas ela está na multidão com os pais. Tracy e Flip estão rapidamente se afastando de minha mãe, Tracy dizendo alguma coisa por sobre o ombro e acenando. Mamãe está envolvida por uma horda de pessoas, apertando mãos, autografando coisas e... blergh... beijando bebês. Ela nem gosta de bebês, mas não daria para perceber enquanto faz elogios para uma série de pequeninos cidadãos carecas, desdentados e babões. Fico ali parada, indecisa, me perguntando se devo ficar ao lado dela o dia inteiro, apenas querendo me livrar do vestido infantil que me dá coceira e ir para algum lugar mais fresco.

Braços passam pela minha cintura, vindos de trás de mim, e os lábios de Jase roçam meu pescoço.

— O que foi, Sam? Não veio de uniforme? Eu estava tentando adivinhar se você estaria vestida de Estátua da Liberdade ou de Martha Washington.

Eu me viro, ainda no abraço dele.

— Desculpa por decepcionar você.

Mais beijos. *Eu me tornei uma pessoa que beija em público.* Abro meus olhos, me afasto e olho em volta, procurando minha mãe.

— Você também está procurando o Tim?

— O Tim? Não...

— Ele passou lá na barraquinha — diz Jase. — Parecia meio bolado. A gente deveria procurar por ele.

Ficamos próximos dos fradinhos da entrada da Rua Principal por um tempo, eu em cima de uma pequena pilastra de tijolos, Jase usando a altura para observar a multidão, nenhum sinal de Tim. Então eu o vejo, seu smoking preto destacado entre todas aquelas cores festivas, falando com Troy Rhodes, nosso sempre dedicado traficante local.

— Ele está ali. — Cutuco Jase.

— Ótimo. — Jase morde o lábio. — Em ótima companhia.

Imagino que o Troy também circule pelas escolas públicas.

Jase e eu atravessamos a multidão, mas, quando conseguimos chegar a Troy, Tim já desapareceu de novo. Jase aperta minha mão.

— Vamos achar seu amigo — diz.

Ele voltou para o lado dos pais. Nós nos aproximamos dos Mason a tempo de ouvir o velho Sr. Erlicher, que coordena os voluntários da biblioteca de Stony Bay, dizer:

— E aqui está nossa estrela! — exclama enquanto beija Nan. Ele se vira para Tim, que se joga, encolhido, no banco ao lado da irmã. — E a sua mãe me contou que *você* está tendo dificuldades para se encontrar, meu jovem.

— Fazer o quê? — diz Tim, sem levantar os olhos. — É isso aí. Eu sou mesmo um perdido.

O Sr. Erlicher cutuca o ombro dele.

— Eu mesmo demorei para amadurecer, sabia? He-he-he. E olhe só para mim agora.

Ele quer incentivar Tim, mas, como o maior talento do Sr. Erlicher é tornar qualquer fuga impossível quando começa um de seus sermões, Tim não parece nem um pouco consolado. Os olhos dele vasculham a multidão, param em mim e Jase e seguem em frente, como se isso não ajudasse em nada.

— Oi — cumprimenta Jase, neutro. — Está quente. Vamos sair daqui.

Daniel encontrou o caminho até Nan e para atrás dela, enquanto minha amiga aceita mais cumprimentos. Ela está tão radiante que o sol parece fraco.

— Vamos, Tim — repete Jase. — O fusca está estacionado lá na loja. Vamos pra praia.

Tim olha para mim e para Jase várias vezes, depois de volta para a multidão. Por fim, dá de ombros e vai se arrastando atrás de nós, as mãos enfiadas nos bolsos do smoking. Quando chegamos ao fusca, insiste em sentar atrás, apesar de o comprimento de suas pernas tornar a ideia ridícula.

— Tudo bem — afirma, seco, dispensando com um aceno minhas repetidas ofertas para que se sente na frente. — Fique do lado do seu namoradinho. É um crime manter vocês dois afastados e já tenho situações dessas demais na minha consciência. Vou ficar aqui e fazer algumas das posições mais acrobáticas do Kama Sutra. Sozinho. Infelizmente.

O sol de meio-dia está tão quente que era de se esperar que a cidade inteira estivesse correndo para a praia, mas ela ainda está deserta quando Jase, Tim e eu chegamos.

— Ufa! — exclama Jase. — Vou nadar de short mesmo. — Ele arranca a camiseta, lança-a pela janela do fusca e se abaixa para tirar os tênis.

Estou quase avisando que vou andar até minha casa para pegar o biquíni quando vejo Tim cair de costas na areia, de smoking e tudo, e não vou a lugar nenhum. Ele comprou alguma coisa com Troy? Mesmo que tenha comprado, quando teria tido tempo para fumar, cheirar ou qualquer coisa assim?

Jase se levanta.

— Quer apostar uma corrida? — grita para Tim.

Tim tira o braço de cima dos olhos.

— Cê tá de sacanagem... Só porque você é um atleta no auge da condição física e eu sou um retardado fora de forma. Vamos correr, com certeza. Na praia. Eu de smoking. — Ele ergue um dedo. — Não. Pensando melhor, não vamos, não. Ia ser injusto com você. Não quero que passe vergonha na frente da Samantha.

Jase chuta a areia.

— Deixa de ser idiota. Só achei que fosse ajudar você a se distrair. Eu corro quando estou tentando não pensar em certas coisas.

— É sério? — O tom de voz de Tim está no nível máximo de sarcasmo. — Isso funciona para você? A corrida tira o corpão da Samantha da sua cabeça e...

— Se está querendo apanhar, cara — interrompe Jase —, basta ser só um pouquinho mais babaca do que de costume. Não mete a Samantha na conversa.

Tim põe o braço em cima dos olhos de novo. Observo as ondas azuis. Quero pegar meu biquíni, mas e se a mamãe já estiver em casa e eu for sugada para algum evento político?

— A Alice sempre deixa um biquíni no porta-malas — avisa Jase, quando meu celular toca.

— Samantha Reed! Onde você está?

— Hum, oi, mãe, eu...

Por sorte, a pergunta é retórica, porque ela continua falando.

— Procurei por você no fim do desfile e não te vi em lugar nenhum. Nenhum. Espero isso da Tracy, não de você...

— Eu...

— O Clay e eu vamos pegar o trem a vapor para subir o rio. Vou fazer um discurso em Riverhampton, depois vamos voltar de balsa para ver os fogos. Queria que viesse junto. Onde você está?

Tim está tirando, metodicamente, a gravata e a parte da frente do smoking. Jase se apoia no fusca, leva um tornozelo, depois o outro, até a coxa, se alongando. Fecho os olhos com força.

— Com a Nan — digo, pulando num precipício de esperança e torcendo para que Nan não esteja bem ao lado da minha mãe.

Graças a Deus, a voz dela se suaviza.

— Ela foi maravilhosa hoje, não foi? Foi a introdução perfeita para o meu discurso. O quê? — grita, a voz abafada, para alguém ao fundo. — O trem está saindo, querida. Vou chegar em casa lá pelas dez. Fale com a Tracy. Já vou, Clay! Comporte-se, meu amor. Vejo você mais tarde.

— Está tudo bem? — pergunta Jase.

— É só minha mãe — explico a ele, franzindo a testa. — Onde é que tem um biquíni?

Ele abre o porta-malas dianteiro do fusca.

— Não sei se vai ser... Bom, a Alice é meio... — Ele parece incomodado e me pergunto por que, mas meu celular toca de novo.

— Samantha! Samantha! — grita Nan. — Está me ouvindo?

— Pode falar.

Ela continua gritando, como se isso fosse ajudar.

— Estou no celular, mas tenho que falar rápido. O Tim gastou todos os meus minutos de novo! O Daniel vai me levar para passear no barco dos pais dele. Está me ouvindo? O sinal aqui tá péssimo!

Grito que estou ouvindo, esperando que ela escute.

— DIGA AOS MEUS PAIS QUE ESTOU COM VOCÊ — berra ela. — ESTÁ BEM?

— SÓ SE VOCÊ DISSER À MINHA MÃE QUE ESTOU COM VOCÊ! ESTÁ BEM?

— O QUÊ? — grita ela.

— O QUÊ? — berro de volta.

— TALVEZ A GENTE DURMA NO BARCO HOJE. DIGA QUE VOU DORMIR NA SUA CASA! — Ela grita alto o bastante para transformar meu celular num alto-falante. Tim se senta, alerta.

— Quero falar com ela — pede ele, em tom urgente.

— O TIM QUER FALAR.

Ele arranca o telefone da minha mão.

— CONTO TUDO PARA VOCÊ DEPOIS — ruge Nan. — SÓ FAÇA ISSO POR MIM.

— É CLARO! — grita Tim para o telefone. — QUALQUER COISA POR VOCÊ, MINHA IRMÃZINHA DE OURO.

Ele me devolve o telefone.

— O Tim está bem? — pergunta Nan, em voz baixa.

— Eu não... — começo, mas o telefone lança um depressivo *duuuuu* que indica o fim da bateria e desliga completamente.

—Você não vai levar bronca, né, Sam? — pergunta Jase.

— Notei que não perguntou para mim — grita Tim, tirando a calça e revelando uma samba-canção com pequenos emblemas. Ele percebe que estou olhando. — Minha escola vendia cuecas. Ganhei de Natal da minha mãe. Eles não confiscam as cuecas quando te expulsam.

Jase ainda está olhando para mim, sem entender. Começo a explorar o porta-malas.

— A gente encontra você na areia depois que se trocar — avisa Jase. — Vamos nessa, Tim.

Analisando o conteúdo do porta-malas, entre tacos de lacrosse e bolas de futebol, garrafas de Gatorade e embalagens de barrinhas energéticas, entendo o que Jase quis dizer. As únicas peças que combinavam são dois pedacinhos de couro preto sintético. Além disso, só há alguns shorts do uniforme de futebol da equipe de Stony Bay, de Jase, e o que parece ser um maiô que só caberia na Patsy. Deve ser da Alice também.

Por isso, visto o biquíni de couro, pego uma toalha e tento parecer indiferente ao andar até a praia.

Isso não é realmente possível.

Jase olha para mim, fica vermelho, olha de novo e vai para o fundo do mar. Tim olha para mim e diz:

— Porra, tá parecendo a Mulher Gato!

— É o biquíni da Alice — explico. —Vamos nadar.

O resto do dia é tranquilo. Jase, Tim e eu ficamos na praia, compramos cachorro-quente no Clam Shack e passamos um tempo deitados na areia. Por fim, voltamos para a casa dos Garrett e vamos para a piscina.

George se aconchega ao meu lado.

— Gostei do seu biquíni, Samantha. Mas você fica parecendo uma vampira. Já viu um morcego-vampiro? Sabia que eles não ficam presos nos cabelos? Isso é só um mito. Eles são muito, muito legais. Só se alimentam de vacas e coisas assim. Mas bebem sangue, não leite.

— Não, nunca vi nenhum — respondo. — E não tenho vontade nenhuma de ver, na verdade. Mesmo que sejam bonzinhos.

A porta dos fundos bate e Andy anda até a piscina, sorrindo. Ela se joga contra a cerca, e fecha os olhos dramaticamente.

— Finalmente aconteceu.

— Kyle Comstock? — pergunto.

— É! Ele finalmente me beijou. E foi... — Ela faz uma pausa. — Na verdade, doeu um pouco. Ele também usa aparelho. Mesmo assim, foi maravilhoso. Na frente de todo mundo. Depois do desfile. Vou me lembrar disso por toda a eternidade. Vai ser minha última lembrança quando fechar meus olhos pela última vez. Depois, ele me beijou de novo quando tomamos sorvete e depois quando...

— A gente entendeu — interrompe Jase. — Fico feliz por você, Andy.

— E agora, o que acontece? — indaga ela, parecendo ansiosa. — Você acha que ele vai usar a língua da próxima vez?

— Ele não usou *dessa* vez? — Tim não consegue acreditar. — Jesus.

— Bom, não. Era para ter usado? A gente fez alguma coisa errada?

— Ands, esse tipo de coisa não tem regras. — Jase se deita na toalha perto de mim e de George.

— Deveria ter — retruca Andy. — Como a gente pode adivinhar tudo? Não foi nada parecido com beijar a cabeceira da minha cama. Nem o espelho do banheiro.

Tanto Jase quanto Tim caem na gargalhada.

— Eles não têm língua — murmura Jase.

— Ou só tem a sua. E fazer sozinho nunca é bom. — Tim ri.

— Por que beijou a cabeceira da sua cama, Andy? Isso é meio nojento. — George franze o nariz.

Andy lança um olhar aborrecido para os três garotos e volta em passos altivos para casa.

Tim pega o paletó, tira o maço do bolso interno e joga um cigarro na palma da mão. Os olhos de George se arregalam.

— Isso é um cigarro? São cigarros?

Tim parece um pouco confuso.

— Claro. Você se incomoda?

— Você vai morrer se fumar isso. Seus pulmões ficam pretos e encolhem. Depois você morre. — George está à beira das lágrimas de repente. — Não faz isso. Não quero que você morra. Vi o hamster do Jase morrer e ele ficou duro e os olhos ficaram abertos, mas não estavam mais brilhando.

O rosto de Tim fica imóvel. Ele olha para Jase, como se pedisse instruções. Jase apenas olha de volta para ele.

— Que inferno! — exclama Tim e enfia o cigarro de volta no bolso. Ele se levanta, vai até a piscina e mergulha de cabeça.

George se vira para mim.

— O que isso significa? Significa sim ou não?

A Sra. Garrett enfia a cabeça pela porta dos fundos.

— Jase, o triturador quebrou de novo. Pode vir me ajudar?

Os Garrett têm fogos de artifício, graças ao irmão da Sra. Garrett, Hank, segundo ela me diz. Ele mora no Sul e manda pacotes para eles ilegalmente todo ano. Por isso, todos estamos no gramado dos Garrett quando o céu de verão escurece.

— Jack! — grita a Sra. Garrett. — Por favor, não exploda sua mão! Por que preciso dizer isso? Eu digo todo ano!

— Se eu explodir — responde o Sr. Garrett, colocando os rojões num cercado de pedras —, vou processar seu irmão. Ele nunca manda instruções. Acende, Jase!

Jase acende um fósforo longo e o entrega ao pai. A Sra. Garrett passa os braços em volta de George e Patsy.

—Você não leria nada mesmo! — berra ela enquanto a chama azul do fósforo brilha e os fogos sobem para o céu noturno.

Quando a última chuva de prata se apaga, rolo para o lado e sigo os traços do rosto de Jase com o indicador.

—Você nunca tocou para mim — digo.

— Hummm? — Ele parece sonolento.

— Já vi a Andy e o Duff tocarem os instrumentos deles. Você *diz* que toca violão. Mas nunca vi provas disso. Quando você vai fazer uma serenata para mim?

— Hum, nunca?

— Por que não? — pergunto, traçando o arco de uma das sobrancelhas dele.

— Porque seria incrivelmente ridículo e idiota. E eu tento não ser ridículo. Nem idiota.

Ele se deita de costas, apontando para o céu noturno.

— Então, qual é aquela estrela? E aquela?

— O Grande Triângulo do Norte. Aquelas são Vega, Deneb e Altair. Ali... É Lira, Sagitário... — Sigo o caminho de estrelas brilhantes com o indicador.

— Acho tão legal você saber essas coisas — diz Jase, suavemente. — Ei, aquilo é uma estrela cadente? Dá para fazer um pedido, não dá?

— É um avião, Jase. Você não viu a luzinha vermelha?
— Credo. Está bem. Que bom que tento não ser ridículo nem idiota. Rio e me inclino para beijar o pescoço dele.
— Mas você pode fazer um pedido para o avião, se quiser.
— Agora já era — afirma ele, me puxando para mais perto. — Além disso, o que mais eu poderia pedir?

Capítulo Vinte e Oito

— *Oi, querida*. — A voz soa fria, congelante. — Tem alguma coisa para me contar?

Fico paralisada, com a porta, que eu tentava fechar silenciosamente, semiaberta. *Ai, meu Deus. Ai, meu Deus. Como não vi o carro da mamãe? Achei que os fogos e a balsa fossem demorar mais. Por que me atrasei tanto?*

— Nunca achei que fosse passar por isso com *você*. — A voz agora soa risonha e eu olho para cima e vejo Tracy no sofá, balançando a cabeça para mim.

Eu tinha me esquecido da imitação perfeita que ela faz da voz da mamãe, que, combinada ao talento incrível de minha irmã para falsificar assinaturas, permitiu que Tracy escapasse de passeios a que não queria ir, dias de escola com provas para as quais não estudou e aulas cansativas e entediantes.

Rio e respiro fundo.

— Caramba, Trey. Quase tive um infarto.

Ela está sorrindo, irônica.

— A mamãe ligou depois do horário em que você deveria ter chegado para ter certeza de que estava tudo bem. Avisei que você já estava dormindo na sua caminha há horas, sonhando com os anjos. Que bom que ela não pode ver você agora. — Ela se levanta, vem até mim e me vira para que eu encare o espelho do corredor. — E aí? Quem é o cara?

— Não tem... — começo.

— Samantha, por favor. Seus cabelos estão uma bagunça, sua boca está inchada e você vai precisar daquele lenço estúpido do Breakfast Ahoy para esconder o chupão no seu pescoço. Repito: quem é o cara?

Realmente estou toda suada e amarrotada, um visual que já vi em Tracy muitas vezes, mas que ainda estou me acostumando a ver em mim mesma.

—Você não conhece — digo, tentando ajeitar os cabelos. — Por favor, não conte nada para a mamãe.

— A senhorita perfeitinha tem um amante secreto! — Tracy está rindo agora.

— Não estamos... Não fizemos...

— Hum — responde Tracy, sem se impressionar. — A julgar pela expressão no seu rosto, é só questão de tempo. Eu te dei cobertura. Agora, pode contar. Se não conheço o menino, deve haver uma razão para isso. Por favor, me diga que não é alguém que a mamãe vai odiar.

— Ela não vai ficar feliz — admito.

— Por quê? Ele é drogado? Bebe?

— É um Garrett — explico. — Nosso vizinho.

— Pelo amor de Deus, Samantha. Você está mesmo forçando a barra, hein? Quem diria que *você* seria a mais rebelde da casa? Ele é o cara que usa jaqueta de couro e anda de moto? Se for, você vai se ferrar. A mamãe vai te deixar de castigo até você fazer trinta e cinco anos.

Solto um suspiro impaciente.

— Não é ele. É o irmão mais novo. O Jase. Provavelmente ele é a melhor pessoa que já conheci... É carinhoso e inteligente e... do bem. Ele... eu... — Fico sem palavras e esfrego os dedos nos lábios.

— Tá perdidinha — geme Tracy. — Só de ouvir dá pra saber que ele já subiu à sua cabeça. Não pode deixar isso acontecer, não importa o quanto ache que esse moleque é maravilhoso. Se vocês forem transar, deixe que ele pense que você está fazendo um favor *a ele*. Senão, só vai conseguir ser traçada e abandonada.

Minha irmã, a romântica incurável.

E AÍ?, mando uma mensagem para Nan na manhã seguinte.

????, responde ela.

VC AINDA TÁ NO BARCO? O Q ACONTECEU?

Ñ. O DANIEL TEVE Q VOLTAR ANTES Q OS PAIS DELE SOUBESSEM Q A GENTE DORMIU LÁ. TÔ EM CASA.

E AÍ?????

ONDE VC TÁ?

Estou na praia, antes de ir para o trabalho no clube, vendo o Sr. Garrett treinar Jase. Nesse instante, ele está correndo com a água na altura do joelho, saindo para fazer flexões e voltando para a água. Se alguém tivesse me dito que eu acharia isso incrível algumas semanas atrás, teria dado risada. Meus dedos pairam sobre o celular, ainda hesitando em revelar tanto para Nan, mas, por fim, digito: NA PRAIA DE SB.

CHEGO EM 10, responde ela.

Nan aparece quinze minutos depois, quando Jase cai na areia para outra rodada de flexões.

— Ah, entendi — diz ela, com um sorriso compreensivo. — Achei que estivesse nadando ou pegando um pouco de sol. Esqueci que agora seu mundo gira em volta do seu namoradinho, não é, Samantha?

Ignoro o comentário.

— O que aconteceu com o Daniel?

Nan se deita de costas na areia, o pulso sobre os olhos — quase exatamente a mesma posição de Tim ontem. Mesmo depois de todos esses anos, fico fascinada com a maneira como eles repetem os gestos um do outro. Ela aperta os olhos por causa do sol, depois se vira de barriga para baixo e me observa com seus olhos cinzentos muito sérios.

— No barco? Bom, a gente subiu pelo rio até Rocky Park, baixou a âncora lá e fez um piquenique. Depois entramos no mar. O Daniel nadou, mas eu fiquei com medo de ter tubarões brancos. Ele disse que a água estava fria demais para eles, mas...

— Nan! Você sabe que não foi isso que eu quis dizer.

— Sei? — pergunta ela, inocente, depois solta a língua. — Você quer saber se eu e o Daniel "Levamos Nossa Relação para a Próxima Fase"?

— Hum, não. Porque ninguém fala assim. — Jogo uma conchinha nela.

— O Daniel fala. — Nan se senta, agora olhando para a água, protegendo os olhos do sol. — Não levamos.

— Por quê...? Vocês não decidiram que estavam prontos? Ou não era isso que o Daniel queria fazer?

Jase corre de volta para a água, massageando a coxa como se tivesse uma câimbra.

— Por que ele está fazendo isso? — pergunta Nan. — Parece tortura. Parece que o Sr. Garrett vai pegar uma mangueira e tacar água fria na cara dele. Ou fazer o garoto cantar uma daquelas músicas ritmadas do exército: *Um, dois, quando eu morrer, quero um fuzil e uma Beretta, três, quatro...*

— Ele está treinando para a temporada de futebol americano — respondo, jogando outra concha rosada nela. — Você está fugindo da pergunta.

— Era o que o Daniel queria. O que eu queria. Mas no último segundo... não consegui. — Nan se senta, puxa os joelhos para o peito e apoia o queixo neles. — Ele ficou falando pelos cotovelos. Primeiro, me deu vinho, o que teria sido ótimo, mas teve que me explicar que era para "eu me soltar". Depois continuou falando sobre como seria um passo enorme e que não daria para voltar atrás, e que isso Mudaria Nossa Relação Para Sempre. Estava vendo a hora em que ele puxaria um formulário de consentimento para eu preencher.

— Supersexy — digo.

— Pois é! Quero dizer... Eu sei que a vida não é *O Preço de um Prazer*. — É o filme favorito de Nan, com o apaixonante Steve McQueen e Natalie Wood. — Não espero... sinos e violinos. Bom... Não do Daniel. — Ela abaixa a cabeça. — Talvez nunca.

Observo Jase e, como se sentisse, ele se vira e me lança aquele sorriso incandescente.

— Por que não, Nanny? — pergunto com carinho.

— Eu gosto de refletir a fundo sobre essas coisas.

Nan está mordendo a unha curta do polegar, um hábito que tem desde o jardim de infância. Estendo o braço e tiro sua mão da boca — um hábito que *eu* tenho desde o jardim da infância.

— Não sou loucamente apaixonada por ele. A gente namora há dois anos... Somos compatíveis. Não seria estranho.

O Sr. Garrett faz sinal de positivo para Jase, gritando:

— Maravilha, filho.

— O Joel — responde Jase, respirando fundo e ofegando — conseguia fazer mais rápido. Acho eu.

— Pois eu não conseguia — grita o Sr. Garrett. — Mas as faculdades mesmo assim me procuraram. Você está indo bem. — Ele bate com a mão no ombro de Jase.

— Será que não deveria ser bem melhor do que "não seria estranho", Nanny?

Nan tira a mão da minha e começa a morder a unha do mindinho.

— No mundo real? O único conselho que a minha mãe me deu sobre sexo foi: "Eu era virgem quando me casei. Não faça isso."

Puxo a mão dela de novo e ela finge bater em mim. Jase se joga na areia mais uma vez para uma nova rodada de flexões. Posso ver que os braços dele estão tremendo.

— Minha mãe me explicou a mecânica da coisa quando menstruei, depois me disse para nunca transar.

— Funcionou superbem para a Tracy... — Nan ri, depois franze as sobrancelhas, seguindo meu olhar.

— O Daniel vai ser alguém na vida. — Ela passa o dedo pela areia. — Com certeza. Ele foi orador, entrou para o MIT no primeiro vestibular. Somos parecidos nisso... Tudo que eu quero é sair daqui. — Ela passa a mão pelo horizonte como se pudesse apagá-lo com um gesto. — Vou me inscrever na Columbia quando as aulas voltarem e logo vou ficar longe do Tim, da minha mãe, do meu pai e... de tudo.

— Nan... — digo, mas não sei como continuar.

— Quem esse garoto vai ser? — pergunta Nan. — Quero dizer, ele é lindo agora, claro. Mas daqui a cinco, dez anos... Vai ser igual ao pai. Vai ter uma loja de ferragens numa cidadezinha ridícula do interior de Connecticut. Com filhos demais... Talvez o Daniel e eu não fiquemos juntos, mas... pelo menos... ele não vai ser um peso para mim.

Sinto meu rosto esquentar.

— Nan, você nem conhece o Jase — começo, mas ele corre até nós no mesmo instante e se inclina, apoiando as mãos nas coxas, as pernas afastadas demais, e tenta recuperar o fôlego:

— Oi, Sam. Oi, Nan. Desculpa, perdi o fôlego. Tenho que parar, pai.

— Mais uma corrida — pede o Sr. Garret. — Faça uma forcinha. Você consegue.

Jase balança a cabeça, dá de ombros para nós e corre até a água.

Capítulo Vinte e Nove

Para surpresa de todos, e provavelmente dele mesmo, Tim se dá muito bem no diretório de campanha. Ele faz ligações para possíveis eleitores com vinte sotaques diferentes. Convence pessoas comuns que acreditam na minha mãe a escrever para jornais locais sobre como suas vidas mudaram porque a deputada Grace Reed cuida deles. Em duas semanas, ele até começa a escrever discursos curtos para ela. Mamãe e Clay não param de falar sobre isso.

— Aquele garoto é um espetáculo! — exclama Clay enquanto vamos a mais um encontro com eleitores, onde fico parada ao lado de minha mãe, tentando parecer centrada e compreensiva. — Ele é inteligente e esperto. Sempre mantém os pés no chão.

— É. Tudo se resume a manipular as coisas... E as pessoas — concorda Tim quando conto isso a ele.

Estamos parados na entrada da garagem dos Garrett enquanto Jase conserta o Mustang. Estou sentada no capô, sobre um cobertor — Jase, meio envergonhado, insistiu em cobrir o carro, dizendo que não queria que a base da tinta fosse arranhada. Está brigando com algum problema na fiação.

— Quem poderia imaginar que anos de mentiras e embromações poderiam ser tão úteis? — completa Tim.

— Você não se incomoda com isso? — pergunta Jase. — Sam, pode me passar a chave inglesa? Só Deus sabe o que o antigo dono do carro fazia. Batia pega? A embreagem foi pro saco... e o câmbio fica fazendo um barulho irritante, apesar de estar funcionando. Além disso, todas as juntas homocinéticas estão soltas.

— Pode falar na nossa língua, cara? — pede Tim enquanto entrego a chave inglesa a Jase. Ele está sob o carro, ralando, e sinto uma vontade imensa de beijar a trilha de suor que desce da sua garganta. Estou fora de controle.

— Alguém não cuidou desse carro como ele merece — responde Jase.

— Mas você... Foi mal, Sam...Você não acredita em nada que a Grace Reed defende,Tim. Nem é republicano. Não se sente mal ajudando na campanha dela?

— Claro — afirma Tim com naturalidade. — Mas quando foi que não me senti mal? Não tem nada de novo aí.

Jase sai de baixo do Mustang e se estica lentamente.

— E tudo bem com isso? Não sei como.

Tim dá de ombros.

Jase passa a mão pelos cabelos, como sempre faz quando está confuso ou hesitante.

— Bom, a Nan foi para Nova York com o namorado este fim de semana — murmura Tim.

Levo um susto. Não sabia que Nan ia viajar com Daniel.

— Para mim, ele é um idiota metido que só vai acabar machucando a Nan. Mas tentei impedir minha irmã? Não. Já fiz várias burradas. É hora da Nana fazer também.

Os dedos de Jase se fecham, pegando algo na caixa de ferramentas. Ele escorrega para baixo do carro de novo.

—Vai se sentir melhor se ela estiver infeliz?

— Talvez. — Tim pega o refrigerante que está ao lado dele há meia hora. — Pelo menos, não vou ser o único.

— Samantha, você está corcunda. Endireite as costas e sorria — sussurra minha mãe.

Estou ao lado dela na reunião das Filhas da Revolução Americana, apertando mãos. Estamos aqui há uma hora e meia e eu já disse: "Por favor, votem na minha mãe. Ela se preocupa muito com o estado de Connecticut" mais ou menos umas quinze milhões de vezes. E ela se preocupa mesmo. Pelo menos isso é verdade. Percebo que, a cada evento, me sinto cada vez pior, mais culpada, em relação *ao que* ela se preocupa.

Não gosto de política. Fico sabendo dos acontecimentos através dos jornais e das discussões na escola, não vou a protestos nem defendo causas. Ainda assim, a distância entre o que eu acredito e o que minha mãe acredita parece estar aumentando a cada dia. Ouço Clay falar com ela, dizendo que é uma estratégia incrível, que a maior fraqueza de Ben Christopher é que ele é liberal demais, por isso, quanto mais minha mãe for radical, melhor para ela. Mas... da última vez que mamãe disputou as eleições, eu tinha onze anos. E ela concorreu com um maníaco que era contra a escola pública.

Desta vez... Eu me pergunto quantos filhos de políticos pensaram o mesmo que estou pensando agora, apertaram mãos e disseram "votem na minha mãe" enquanto pensavam: "Só não apoiem o que ela defende. Eu mesmo não apoio."

— Sorria — sibila minha mãe entre dentes, abaixando-se para ouvir uma senhora baixinha de cabelos brancos, que está irritada com alguma construção nova na Rua Principal.

—As coisas deveriam manter certo padrão, mas aquilo não tem nenhum! Estou irritada, deputada, irritadíssima!

Minha mãe murmura algo apaziguador sobre conferir se o imóvel respeita as leis e o fato de que a equipe dela dará uma olhada.

— Ainda vai demorar muito? — sussurro.

—Vamos ficar o tempo necessário, mocinha. Quando trabalhamos para o bem do povo, não temos horários normais.

Olho para um dos cartazes da campanha, posto num tripé à distância — *GRACE REED, LUTANDO PELOS NOSSOS ANTEPASSADOS, PELAS NOSSAS FAMÍLIAS, PELO NOSSO FUTURO* — e tento não notar o brilho turquesa de uma piscina à beira das janelas. Queria poder mergulhar nela. Estou com calor e desconfortável no vestido azul-marinho careta que minha mãe insistiu que eu usasse. *São mulheres muito conservadoras, Samantha. Você não pode mostrar muito o corpo.*

Fico com uma vontade louca de rasgar o vestido. Se todas gritassem e desmaiassem, poderíamos voltar para casa. Por que não disse "não" à minha mãe? Eu sou o quê, uma mulher ou um rato? Uma marionete? O Clay manda em mamãe e mamãe manda em mim.

—Você não precisava ser tão desagradável o tempo todo — diz ela, irritada, quando voltamos para casa. — Algumas filhas ficariam muito felizes por estar envolvidas no processo. As gêmeas dos Bush sempre compareciam aos eventos quando o pai concorreu.

Não tenho palavras para isso. Puxo um fio de linha da barra do meu vestido. Minha mãe estende a mão e a fecha sobre a minha, me interrompendo. Ela a pressiona com força. Depois, relaxa. Pega minha mão e aperta.

— Todos aqueles suspiros e aquela postura incomodada. — Ela suspira. — Foi vergonhoso.

Eu me viro e a encaro.

— Então não me leve da próxima vez, mãe.

Ela me lança um olhar duro, entendendo bem o que eu quero dizer. Os olhos estão frios novamente e ela balança a cabeça.

— Não sei *o que* o Clay vai dizer sobre esse seu showzinho.

Clay foi embora mais cedo para voltar ao escritório e pegar mais parafernália para o evento seguinte, um almoço no Linden Park, a que, felizmente, não preciso comparecer.

— Não acho que o Clay estivesse prestando atenção em mim. Ele só tem olhos para você — digo.

As faces de minha mãe ficam vermelhas e ela diz, com carinho:

— Talvez esteja certa. Ele é muito... dedicado.

Mamãe passa vários minutos fazendo uma exposição sobre a sabedoria e a dedicação de Clay, enquanto espero que ela só esteja falando profissionalmente. Apesar de não estar. Ele agora deixa roupas, chaves e coisas na nossa casa o tempo todo, tem uma poltrona favorita na sala de estar e o rádio da cozinha fica sintonizado na estação de que ele gosta. Minha mãe compra o refrigerante favorito dele, uma bebida estranha de cereja, produzida no Sul, chamada Cheerwine. Acho que, na verdade, ela encomenda a bebida da Carolina do Norte.

Quando finalmente chegamos em casa e saímos do carro em silêncio, ouço um ronco e a moto de Joel desce a rua. Mas não é Joel que está nela. É Jase.

Faço uma oração rápida pedindo que ele entre em casa, mas meu namorado nos vê, dá a volta em frente a nosso terreno e para. Tirando o capacete, ele limpa a testa com as costas da mão e me lança um sorriso largo.

— Oi, Samantha.

Minha mãe olha para mim, ríspida.

— Você conhece esse garoto? — pergunta, baixinho.

— Conheço — respondo, enfática. — Esse é o Jase.

Sempre educado, ele já está estendendo a mão. Rezo para que não mencione seu sobrenome.

— Sou Jase Garrett, seu vizinho. Oi.

Minha mãe aperta a mão dele brevemente, lançando um olhar indecifrável para mim.

Jase olha para nós duas várias vezes, faz uma pausa, depois põe o capacete de volta.

— Só vou dar uma voltinha. Quer vir, Sam?

Fico imaginando o tamanho do problema que vou arrumar se aceitar o convite. Vou ficar de castigo até os trinta anos? Quem sabe? E daí? Percebo, de repente, que não dou a mínima. Fiquei presa numa sala lotada por horas, fingindo — mal — ser a filha que minha mãe quer que eu seja. Agora o céu acima de nós está de um azul incrível e o horizonte se abre, amplo. Sinto uma onda de euforia me atravessar; parece uma ventania dentro de mim, mas é o sangue subindo à minha cabeça, como quando Tim e eu éramos pequenos e furávamos as enormes ondas da praia. Passo uma das pernas por sobre a traseira da moto e pego o capacete extra.

Saímos em disparada. Encosto a cabeça no ombro de Jase, determinada a não virá-la e olhar para minha mãe, mas ainda, de certa forma, esperando que sirenes e helicópteros com equipes da SWAT nos alcancem. Logo, entro no clima e me distancio de tudo aquilo. O vento agita meus cabelos e minhas mãos seguram a cintura de Jase com mais força. Ele dirige por um tempo pela Rua Beira-Mar, margeada pela areia e pela grama, em seguida entra na cidade — tão contrastante com suas casinhas quadradas vermelhas e brancas e os bordos plantados a distâncias regulares. Depois, voltamos à Rua Beira-Mar. Ele desliga o motor no Parque McGuire, perto de um playground que não frequento há anos. Nós costumávamos parar aqui na volta da creche para casa.

— Então, Samantha. — Jase tira o capacete, o pendura no guidão e estende a mão para me ajudar a sair. — Parece que não sou bom o bastante para você. — Ele se vira, puxando o apoio da moto com o tênis.

— Desculpa — peço, por reflexo.

Ele não volta a olhar para mim e chuta o cascalho do chão.

— Finalmente conheci sua mãe. Achei que ela só fosse rígida. Com você. Não percebi que o problema era comigo. Ou com a minha família.

— Não é. Mais ou menos. — Minhas frases saem curtas e interrompidas. Não consigo recuperar o fôlego. — É ela. Ela é... Desculpa... Ela é... Ela às vezes é uma daquelas pessoas que fazem comentários no supermercado. Mas ela é ela, e eu sou eu.

Jase ergue o queixo e olha para mim por um longo instante. Eu o encaro, desejando que acredite em mim.

O rosto dele forma uma máscara linda e indecifrável que eu nunca tinha visto. De repente, fico irritada.

— Para com isso. Para de *me* julgar pelo que minha mãe fez. Eu não sou assim. Se vai definir o *meu* comportamento pela maneira com que *ela* age, você é igual a ela.

Jase não diz nada, apenas mexe nas pedrinhas do chão com o tênis.

— Não sei — responde ele, por fim. — Eu fico pensando que... Bom, você está na minha vida... Na minha casa, com a minha família, no meu mundo. Mas será que estou na sua de verdade? Foi muito estranho quando encontrei você naquele clube. Você nunca falou sobre mim para a sua melhor amiga. Eu nunca... — Ele passa ambas as mãos pelos cabelos, balançando a cabeça. — Jantei na sua casa. Nem... sei lá, conheci sua irmã.

— Ela vai ficar fora até o fim das férias — lembro, baixinho.

—Você entendeu o que eu quis dizer. Sei lá... Você vai a todos os lugares comigo. Ao meu quarto, à loja, me ajuda a treinar e está... Onde eu vou com você? Não sei direito.

Sinto um aperto horrível na garganta.

— Eu levo você a todos os lugares também.

— Jura? — Ele para de chutar as pedras e se aproxima, o calor irradiando de seu corpo, a mágoa, de seus olhos. — Tem certeza? Parece que o mais próximo que chego é do seu telhado. Ou do seu quarto. Tem certeza de que não está só... sei lá... interagindo com os pobres?

— Interagindo com os pobres? Namorando meu vizinho de porta?

Jase olha para mim como se quisesse sorrir, mas não conseguisse.

—Você tem que admitir, Sam, que a sua mãe não olhou para mim do jeito como uma vizinha simpática olharia. Talvez suba ainda mais a cerca.

Aliviada por ele estar brincando, tiro o capacete.

— É a minha mãe, Jase. Ninguém é bom o bastante para mim. Na cabeça dela. Meu primeiro namorado, o Charley, era um tarado que só queria me usar. Depois, o Michael, o cara emo que você viu, era um drogado solitário que provavelmente ia me viciar e depois assassinar um presidente.

— Daria até para pensar que, por tabela, ela iria preferir a mim. Mas pelo jeito, não. — Ele estremece.

— Foi a moto.

— Ah, é? — Jase pega minha mão. — Me lembre de usar a jaqueta de couro do Joel da próxima vez.

Ele aponta para os arbustos no fim da rua sem saída, longe da gangorra, do trepa-trepa e dos balanços enferrujados. O McGuire é um parque municipal muito bem-cuidado, mas, depois que passamos pelo playground, a colina gramada desce, se tornando um amontoado de amoreiras selvagens e um longo labirinto de pedra que leva ao rio. É possível ir pulando de pedra em pedra até chegar numa grande rocha plana de granito, bem à beira da água.

— Você conhece o Esconderijo Secreto? — pergunto.

— Achei que fosse só meu.

Ele sorri para mim com certa reserva, mas ainda é um sorriso. Sorrio de volta, pensando na minha mãe. *Sorria, Samantha.* Ninguém precisa me incentivar agora. Passamos pelo emaranhado de arbustos, afastando os pequenos espinhos do rosto, depois pulamos, pedra a pedra, até o pedregulho plano na beira do rio. Ali, Jase se senta, as pernas dobradas, os braços em volta delas, e eu paro ao lado dele. Estremeço, pensando em como sempre é mais frio aqui por causa da brisa do rio. Em silêncio, ele tira o moletom e me entrega. A luz da tarde se derrama na rocha, o aroma do rio nos cerca, quente e levemente salgado. Familiar e seguro.

— Jase?

— Oi? — Ele pega um graveto que está sobre a pedra e o joga na água, bem longe.

— Eu devia ter contado para ela antes. Desculpa. Tudo bem entre a gente?

Por um instante, ele não diz nada, apenas observa as ondulações da água aumentarem. Mas depois afirma:

— Tudo bem, Sam.

Deito de costas na pedra, olhando para o céu azul muito claro. Jase se deita ao meu lado e aponta.

— Uma águia de cauda vermelha.

Observamos a ave de rapina dar voltas no céu por alguns minutos. Então, ele segura minha mão com força e não a solta. O rio suspira ao nosso redor e as pequenas engrenagens do meu corpo, que giraram a toda o dia inteiro, reduzem o ritmo para a velocidade preguiçosa da águia que plana e o lento bater do meu coração.

Capítulo Trinta

Que bom que temos esses momentos, pois, no segundo em que entro em casa, sinto a fúria se irradiar da minha mãe como vapor de uma panela de pressão. Ouço o ronco do aspirador de pó antes mesmo de abrir a porta e, quando a abro, ela está passando o troço pela casa, de cara amarrada.

A porta se fecha e ela puxa o plugue da tomada, virando-se para mim, já na expectativa.

Não vou pedir desculpas como se ela estivesse certa e eu tivesse feito algo imperdoável. Isso tornaria o que disse para Jase uma mentira. Não vou mais mentir para ele nem contar meias verdades. Em vez disso, vou até a geladeira e retiro a jarra de limonada.

—Você não vai falar *nada*? — pergunta minha mãe.

— Quer um pouco? — ofereço.

— Então vai fingir que nada aconteceu? Que eu não vi minha filha menor de idade subir numa *moto* com um *estranho*?

— Ele não é um estranho. É o Jase. Nosso vizinho.

— Estou ciente de onde ele mora, Samantha. Passei os últimos dez anos aguentando o quintal malcuidado daquela família enorme e barulhenta. Há quanto tempo você conhece esse garoto? Você costuma passear de moto com ele por sabe Deus onde?

Engulo em seco, tomo um gole de limonada e pigarreio.

— Não, foi a primeira vez. A moto não é dele, é do irmão. Foi o Jase que consertou o aspirador de pó quando você jogou... quando ele quebrou.

—Vou ter que pagar por isso? — pergunta minha mãe.

Minha boca se escancara.

—Você está falando sério? Ele fez isso para ser gentil. Porque é uma pessoa legal e eu pedi. Ele não quer o seu dinheiro.

Minha mãe inclina a cabeça, me analisando.

—Você está namorando esse garoto?

As palavras que saem são mais corajosas do que eu, mas não corajosas o bastante.

— Somos amigos, mãe — respondo. — Tenho dezessete anos. Posso escolher os meus amigos.

Esse é o tipo de briga que a Tracy, não eu, tem com a minha mãe. Quando ouvia as duas discutirem, tudo que queria era que minha irmã ficasse quieta. Agora, entendo por que ela não conseguia.

— Não dá para acreditar nisso. — Minha mãe abre a porta embaixo da pia da cozinha, tira um vidro de desinfetante e joga o produto sobre a bancada impecável. —Vocês são *amigos*? O que isso significa?

Bom, a gente comprou camisinhas, mãe, e daqui a pouco... Por um instante, quero muito dizer isso e tenho medo de que a frase escape da minha boca.

— Significa que eu gosto dele. Ele gosta de mim. Gostamos de ficar juntos.

— Fazendo o quê? — Minha mãe ergue a jarra de limonada da bancada e limpa o círculo de condensação que se formou embaixo dela.

—Você nunca pergunta para a Tracy o que ela e o Flip fazem.

Sempre achei que aquilo acontecia porque ela não queria saber a resposta, mas agora minha mãe diz, num tom de "esse é o óbvio ululante":

— O Flip vem de uma família boa e responsável.

— O Jase também.

Minha mãe suspira e anda até a janela lateral que dá para o quintal dos Garrett.

— Dê só uma olhada.

Duff e Harry estão evidentemente brigando. Duff está balançando um sabre de luz de brinquedo, como se quisesse ameaçar o irmão mais novo, que, enquanto observamos, pega um balde de plástico e taca no adversário. George está sentado na escada chupando um pirulito, sem calça. A Sra. Garrett está dando de mamar a Patsy, segurando um livro que parece estar lendo em voz alta.

Jase está debruçado sob o capô aberto do Mustang, trabalhando nele.

— E daí? — digo. — Ele tem uma família grande. Por que isso é um problema tão enorme para você? Por que isso importa?

Minha mãe está balançando a cabeça lentamente, observando-os como sempre faz.

— O seu pai veio de uma família exatamente assim.Você sabia disso?

Veio mesmo. É verdade. Penso nas fotos cheias de pessoas que eu e Tracy encontramos naquela caixa que abrimos tanto tempo atrás. Será que era a família dele? Sinto-me dividida entre agarrar essa pequena informação e me concentrar no que está acontecendo agora.

— Exatamente assim — repete minha mãe. — Grande, desordenada e totalmente irresponsável. E veja só no que deu.

Quero lembrar que, na verdade, não sei no que deu. Mas, no fim das contas... ele deixou a gente. Então, acho que sei.

— Isso foi a família do papai. Não a do Jase.

— É a mesma coisa — afirma ela. — Estamos falando sobre ter responsabilidade.

Estamos mesmo? Não parece que estamos falando sobre isso.

— O que quer dizer, mãe?

Seu rosto se congela, apenas os cílios batem, como já vi acontecer durante debates difíceis. Sinto que ela está se controlando para não estourar, para usar palavras sensatas.

— Samantha. Você sempre foi boa em fazer escolhas. Sua irmã mergulhava de cabeça em tudo, mas você sempre pensava. Mesmo quando era pequena. Fazia escolhas inteligentes. Tinha amigos inteligentes. Tinha a Nan. A Tracy era amiga daquela garota terrível, a Emma, com aquele piercing no nariz, e da Darby. Você se lembra da Darby? Com aquele namorado e aqueles cabelos? Eu sei por que a Tracy se meteu em tantos problemas no ensino médio. Pessoas erradas fazem você tomar decisões erradas.

— O papai... — começo, mas ela me interrompe.

— Não quero você saindo com esse menino dos Garrett.

Não vou deixá-la fazer isto: afastar o Jase como se ele fosse um obstáculo no caminho dela — ou no meu —, do mesmo jeito que faz quando joga fora roupas que comprei só porque ela não gostou, ou quando me fez deixar a equipe de natação.

— Mãe. Você não pode dizer isso. A gente não fez nada de errado. Só andei de moto com ele. Somos amigos. Tenho dezessete anos.

Ela aperta o vão entre os olhos.

— Não me sinto à vontade com esse assunto, Samantha.

— E se eu não me sentir à vontade com o Clay? Porque não me sinto. Você vai parar de sair com *ele*, vai parar de — faço aspas com os dedos, algo que odeio — *pedir conselhos* a ele sobre a campanha?

— É uma situação completamente diferente — afirma minha mãe, rígida. — Somos adultos que sabem lidar com as consequências das coisas. Você é uma criança. Que está envolvida com alguém que não conheço e em quem não tenho motivo algum para confiar.

— *Eu* confio nele. — Meu tom de voz está subindo. — Isso não deveria ser o suficiente? Já que sou a filha responsável que sempre faz escolhas certas?

Mamãe joga detergente no liquidificador que deixei na pia, põe água nele e o esfrega furiosamente.

— Não estou gostando do seu tom de voz, Samantha. Quando fala assim, não reconheço você.

Aquilo me deixa furiosa. E, no instante seguinte, exausta. Quem quer que eu seja, é alguém que me assusta um pouco. Nunca falei com minha mãe assim e não é o frio do ar-condicionado central que está me deixando arrepiada. Mas, quando a vejo lançar aquela nova série de olhares críticos para o quintal dos Garrett, já sei o que tenho que fazer.

Vou até a porta lateral e me abaixo para calçar os chinelos.

Minha mãe está bem atrás de mim.

—Você vai sair? Não resolvemos isso ainda! Não pode ir embora.

— Eu já volto — falo por sobre o ombro.

Então marcho pela varanda, passo pela cerca e subo até a entrada da casa deles para pôr minha mão na pele quente das costas de Jase, inclinado sobre o motor do Mustang.

Ele se vira e sorri para mim, rapidamente limpando a testa com o punho.

— Sam!

—Você está lindo — digo.

Ele lança um olhar rápido para a mãe, que ainda está lendo para George e dando de mamar a Patsy. Pelo visto, Duff e Harry levaram a briga para outro lugar.

— Hum, obrigado? — Ele parece confuso.

— Vem comigo. Até a minha casa.

— Estou meio... Devia tomar um banho. Ou colocar uma camiseta.

Saio puxando a mão dele, pegajosa de suor e graxa.

—Você está ótimo. Vem.

Jase olha para mim por um instante, depois me segue.

— Devo levar a caixa de ferramentas? — pergunta ele com naturalidade, enquanto o arrasto pela escada.

— Não tem nada precisando de conserto. Não nesse sentido.

De fora da casa, logo percebo pelo som que minha mãe voltou a ligar o aspirador de pó. Abro a porta e peço que Jase entre. Com as sobrancelhas erguidas, ele dá um passo para a frente.

— Mãe! — grito.

Ela se ergue, após ter aspirado uma das almofadas do sofá, e fica parada, olhando para nós dois. Ando até ela e desligo o aspirador.

— Esse aqui é Jase Garrett, mãe. Um dos nossos eleitores. Está morrendo de sede e adoraria tomar um pouco da sua limonada.

Capítulo Trinta e Um

—**Bom,** agora você já conhece a minha mãe — digo a Jase naquela noite, deitados no telhado.

— É mesmo. Foi incrível. Fiquei muito sem graça.

— Mas a limonada fez tudo valer a pena, não foi?

— A limonada estava boa — afirma Jase. — Mas foi a menina que fez tudo valer a pena.

Eu me sento, me aproximo da janela e a abro, passando uma perna, depois a outra. Então me viro para Jase.

—Vem.

O sorriso dele brilha na escuridão enquanto suas sobrancelhas se erguem, mas ele entra com cuidado no meu quarto, e eu tranco a porta.

— Fique parado — peço. — Agora, vou descobrir tudo sobre você.

Pouco tempo depois, Jase está deitado de costas na minha cama, usando short e nada mais, e eu ajoelhada ao lado dele.

— Acho que você já me conhece bem. — Ele puxa o elástico dos meus cabelos, fazendo-o cair sobre seu peito.

— Nananinanão. Tenho muita coisa para aprender. Você tem sardas? Marcas de nascença? Cicatrizes? Vou encontrar todas. — Eu me abaixo para passar os lábios pelo umbigo dele. —Viu, você tem umbigo pra dentro. Vou anotar isso.

Jase respira fundo.

— Não sei se *consigo* ficar parado. Pelo amor de Deus, Samantha.

— Viu, e aqui... — Passo a língua, fazendo uma reta do umbigo dele para baixo. —Você tem uma cicatriz. Lembra de como conseguiu essa?

— Samantha. Não consigo nem me lembrar do meu nome com você fazendo isso. Mas não para. Adoro sentir seus cabelos assim.

Balanço a cabeça, fazendo os cabelos se espalharem mais. E me pergunto de onde veio essa confiança, mas, naquele instante, quem se importa? Ver o que aquilo causa nele acaba com qualquer hesitação, qualquer vergonha.

— Acho que não vou conseguir saber tudo com isso aqui. — Ponho a mão no cós do short de Jase.

As pálpebras tremem, os olhos se fecham e ele respira fundo mais uma vez. Puxo o short para baixo lentamente, passando-o pelo quadril fino de Jase.

— Boxer. Lisa. Sem personagens de desenho. Foi o que imaginei.

— Samantha. Deixa eu ver você também. Por favor.

— O que você quer ver?

Estou ocupada em puxar o short até o fim. E usando isso um pouco como desculpa, porque minha confiança diminui depois de ver Jase só de cueca. E não exatamente imune a mim.

Tudo bem, eu sei como fica um homem excitado, claro. Charley praticamente vivia assim. Michael sofria com aquilo, mas isso nunca o impediu de puxar minha mão para a virilha dele. Mas esse é o Jase, e o fato de conseguir provocar aquilo nele deixa minha boca seca e faz outras partes de mim ficarem ansiosas de um jeito com o qual não estou acostumada.

Ele estende a mão e tira meus cabelos das costas para procurar o zíper do vestido. Está de olhos fechados, mas, quando abaixa o zíper, os abre. Estão de um verde brilhante, como as folhas que acabam de brotar na primavera. Ele passa a ponta dos dedos pelos meus ombros e tira o vestido calmamente, levantando minhas mãos para passá-lo pelos braços. Estremeço. Mas não estou com frio.

Queria ter uma lingerie diferente. Estou usando um sutiã bege, do tipo que tem aquele lacinho bobo na frente. No entanto, assim como acho a cueca simples de Jase extremamente atraente, ele parece fascinado pelo meu sutiã comum. Seus polegares passam pela frente do sutiã, traçando o contorno, circundando meus seios. É a minha vez de respirar fundo. Mas parece que não consigo quando as mãos de Jase voltam às minhas costas, procurando o fecho.

Olho para baixo.

— Ah. Viu, você tem uma marca de nascença. — Toco a sua coxa. — Bem aqui. Quase parece uma impressão digital. — A ponta do meu indicador praticamente a cobre.

Jase tira meu sutiã, sussurrando:

— A sua pele é tão macia. Vem cá.

Eu me deito sobre ele, pele contra pele. Ele é alto, eu não, mas, quando nos deitamos assim, nos encaixamos. Todas as curvas do meu corpo relaxam contra a força do dele.

Quando as pessoas falam sobre sexo, parece tão técnico... ou assustadoramente fora de controle. Nada parece tão certo, tão apropriado.

Não fazemos nada além de nos deitar juntos. Sinto o coração de Jase batendo forte sob mim e a maneira como se encolhe um pouco, provavelmente envergonhado pelo fato de seu desejo transparecer de forma mais clara do que o meu. Por isso, apenas faço um carinho em seu rosto e digo — é isso aí, *eu*, a menina que sempre protegeu o próprio coração —, pela primeira vez na vida:

— Eu te amo. Está tudo bem.

Jase olha nos meus olhos.

— Ã-hã — sussurra. — Está tudo bem, não está? Eu também te amo, minha Sam.

Nos dias seguintes, depois da briga por causa de Jase, minha mãe passa pela fase a) do silêncio acompanhado de suspiros, olhares glaciais e murmúrios hostis, depois b) de interrogatórios sobre os meus planos para cada hora do dia, e c) de estabelecer regras:

— Aquele garoto não pode vir aqui enquanto eu estiver no trabalho, mocinha. Eu sei bem o que acontece quando dois adolescentes ficam sozinhos e isso não vai acontecer sob o meu teto.

Consigo não retrucar que, nesse caso, vamos encontrar o banco traseiro de um carro ou um motel barato. Jase e eu estamos ficando cada vez mais próximos. Estou viciada no cheiro dele. Me interesso por cada detalhe do dia dele, na maneira como ele profissionalmente analisa os clientes e os fornecedores, detalhando cada um de forma precisa, mas sempre com simpatia. Fico cativada pelo fato de ele me olhar com um sorriso encantado quando falo, como se estivesse ouvindo a minha voz e absorvendo o meu ser. Gosto de todas as partes dele que conheço, e cada parte nova que descubro é como um presente.

É assim que minha mãe se sente? Será que cada pedaço de Clay parece ter sido criado especificamente para fazê-la feliz? A ideia me deixa meio enojada. No entanto, se ela se sente assim, que tipo de pessoa sou eu por não gostar de ver Clay por perto?

• • •

— Você vai ter que cuidar disso para mim, menina — avisa Tim, entrando na cozinha, onde estou tirando focaccias quentes do forno e salpicando-as com parmesão ralado. — Eles precisam de mais vinho e não é uma boa ideia me pedir para ser o sommelier. A Gracinha pediu duas garrafas de pinot grigio. — A voz dele tem um toque irônico, mas Tim está suando um pouco e provavelmente não é por causa do calor.

— Por que pediram a você? Achei que fosse assistente de diretório, não garçom.

Minha mãe está recebendo doze financiadores da campanha para jantar. Ela encomendou a comida, mas está escondendo isso dos convidados e me pediu para reaquecer os pratos pré-cozidos e servir.

— Às vezes, não faz muita diferença. Você não tem ideia de quantas vezes fui comprar café e pãezinhos desde que comecei a trabalhar para a campanha da sua mãe. Sabe abrir isso? — Ele indica com a cabeça as duas garrafas que tirei da última prateleira da geladeira.

— Acho que consigo descobrir.

— Odeio vinho — afirma Tim, pensativo. — Nunca gostei do cheiro, se é que dá para acreditar. Mas seria capaz de enxugar as duas garrafas agora, em dois segundos. — Ele fecha os olhos.

Já tirei o papel metalizado que cobre a rolha e estou posicionando o abridor, um aparelho novo que mais parece um moedor de pimenta.

— Desculpa, Tim. Se quiser voltar para lá, posso levar isso aqui.

— Que nada. Só tem gente metida na sala. Sem contar a intolerância. Aquele cara, o Lamont, é um babacão.

Concordo. Steve Lamont é um advogado tributário da cidade e o maior defensor da corrupção na política. Minha mãe nunca gostou dele, já que o cara também é machista e gosta de brincar que usa preto todos os anos na data em que as mulheres conquistaram o direito de votar.

— Nem entendo por que ele está aqui — digo. — O Clay é do Sul, mas não é intolerante. Pelo menos, acho que não. Mas o Sr. Lamont...

— Ele é rico pra cacete, meu amor. Ou como o Clay diz: "Ele tem tanto dinheiro que compra um barco novo sempre que o velho molha." É isso que importa. Vão aturar coisa muito pior para conseguir um pouco mais.

Estremeço, sacudindo a rolha, que se quebra.

— Ai, droga.

Tim pega a garrafa, mas eu a tiro da mão dele.

— Tudo bem. Vou tentar pegar o pedaço quebrado.

— Timothy? Por que está demorando tanto? — Minha mãe entra marchando pelas portas de vaivém da cozinha, olhando para nós dois.

Mostro a garrafa.

— Ah, francamente! — diz ela. — Vai estragar o vinho todo se um pedaço da rolha cair. — Ela a tira da minha mão, franze a testa, depois a joga no lixo e abre a geladeira para pegar outra. Tento tirar a garrafa das suas mãos, mas ela pega o abridor e saca a rolha com precisão. Depois faz a mesma coisa com a segunda garrafa.

Por fim, entrega uma a Tim.

— Dê a volta à mesa e encha os copos de todos.

Ele suspira.

— Sim senhora, Gracinha.

Minha mãe pega uma taça de vinho no escorredor e a enche, depois dá um longo gole.

— Lembre que você não pode me chamar assim em público, Tim.

— Certo. Deputada. — Tim está segurando a garrafa como se fosse uma bomba prestes a explodir.

Minha mãe dá outro gole.

— Está muito bom — diz, distraída. — Acho que as coisas estão indo bem, não estão?

Ela dirige a pergunta a Tim, que faz que sim com a cabeça.

— Dá até para ouvir as carteiras se abrindo — responde ele.

Apesar de seu tom ter sido, digamos, levemente sarcástico, minha mãe não percebe.

— Bom, não vamos saber até os cheques chegarem. — Ela termina a taça de vinho com um último gole, depois olha para mim. — Ainda estou de batom?

— Só um pouco. — A maior parte está no copo.

Ela bufa, impaciente.

— Vou correr lá em cima e passar de novo. Tim, vá servir o vinho. Samantha, as focaccias estão esfriando. Sirva tudo com mais azeite.

Dá as costas e sobe a escada. Tiro o vinho das mãos de Tim e ponho uma garrafa de azeite no lugar.

— Obrigado, menina. Agora estou mais tranquilo.

Olho para a taça com a mancha rosada.

— Ela praticamente entornou aquilo.

Ele dá de ombros.

— Sua mãe não gosta de pedir porra nenhuma pra ninguém. Não é o estilo dela. Deve estar tentando criar coragem.

Capítulo Trinta e Dois

— **Você** não vai *acreditar* no que aconteceu comigo — diz Jase no instante em que atendo o celular, aproveitando o intervalo no clube.

Eu me afasto da janela para o caso de o Sr. Lennox resolver ignorar a placa de "Salva-vidas fora do posto" e sair correndo para me tirar meu primeiro ponto.

— Manda.

Ele baixa o tom de voz.

— Sabe a tranca que pus na porta do meu quarto? Bom, meu pai notou. Pelo visto. Então, hoje, quando eu estava estocando as prateleiras do setor de jardinagem, ele veio me perguntar por quê.

— Ih...

Chamo a atenção de uma criança que está entrando na hidromassagem (existe uma regra que proíbe menores de dezesseis anos) e balanço a cabeça, severa. Ela sai, cabisbaixa. Meu uniforme deve tê-la impressionado.

— Então eu expliquei que queria ter privacidade e que às vezes eu e você ficamos juntos lá e não queremos ser interrompidos dez milhões de vezes.

— Boa resposta.

— Pois é. Achei que tivesse acabado por aí. Mas, depois, ele disse que precisava que eu fosse até os fundos para conversar comigo.

— Ih de novo...

Jase começa a rir.

—Vou até lá, ele me faz sentar e me pergunta se estou sendo responsável. É... Com você.

Entrando na sombra dos arbustos, eu me afasto ainda mais de um possível olhar do Sr. Lennox.

— Ai, meu Deus.

— Digo que sim, que está tudo sob controle, tudo nos conformes. Mas fala sério! Não acredito que ele está me perguntando isso. Quero dizer, pelo amor de Deus, Samantha. *Os meus pais?* Fica difícil não saber dos fatos da vida *naquela casa.* Por isso digo a ele que estamos indo devagar e...

— Você *contou* isso a ele? — *Meu Deus, Jase! Como vou olhar para a cara do Sr. Garrett agora? Socorro.*

— Ele é meu pai, Samantha. Contei. Não que eu não quisesse fugir da conversa no mesmo instante, mas ainda assim...

— E o que aconteceu depois?

— Bom, lembrei a ele que aprendi tudo muito bem na escola, sem contar em casa, e que nós dois não somos irresponsáveis.

Fecho os olhos, tentando me imaginar tendo a mesma conversa com a minha mãe. Inconcebível. Sem trocadilhos.

— Aí... ele começou a falar... — a voz de Jase fica ainda mais baixinha — bom... sobre pensar em você e, hum... dar prazer aos dois.

— Ai, meus Deus! Eu teria morrido. O que você disse? — pergunto, querendo saber, apesar de estar completamente concentrada nessa possibilidade. *Dar prazer aos dois, né? O que eu sei sobre isso? E se a Lindy, a ladra, sabia coisas que eu desconheço completamente? Não posso perguntar à minha mãe. "Deputada sofre ataque cardíaco durante conversa com a filha."*

— Respondi "sim, senhor" muitas vezes. Ele não parava de falar e eu só conseguia pensar que o Tim poderia entrar a qualquer minuto e ouvir meu pai dizendo coisas como: "Eu e sua mãe sempre... blá-blá-blá."

Não consigo parar de rir.

— Ai, ele não fez isso. Ele *não* usou sua mãe como exemplo.

— *Pois é!* — Jase também está rindo. — Quero dizer... Você sabe que me dou bem com os meus pais, mas... Pelo amor de Deus.

— E aí? O que você acha? — pergunta Jase, pegando duas latas de tinta no chão e as colocando no balcão. Ele abre uma tampa, depois a outra, mergulha uma vareta de madeira e mexe a tinta. — Para o Mustang? Temos o verde-musgo comum. — Ele passa a vareta por um pedaço de jornal. — E o cintilante. — Outra passada. — Qual você escolheria?

A diferença é mínima. Mesmo assim, analiso cada vareta com todo o cuidado.

— Qual era a pintura original do Mustang? — pergunto.

— O verde comum. Que parece ótimo. Mas...

Meu celular toca.

— Oi, menina, preciso da sua ajuda. — É o Tim. — Estou no diretório e deixei meu notebook na loja. Escrevi um texto, um discurso de abertura, para sua mãe fazer hoje de noite. Preciso que mande uma cópia dele para o e-mail dela. Está no depósito. Na mesa do Sr. Garrett.

Encontro o notebook com facilidade.

— Está bem, e agora?

— É só ligar, não me lembro do nome do arquivo. Não tem tantos assim. Trabalho ou algo parecido.

— Qual é a sua senha? — Meus dedos pairam sobre o teclado.

— Alice — informa Tim. — Mas vou *negar* se você contar a alguém.

— Do País das Maravilhas, não é?

— Com certeza. Tenho que ir. O metidinho do Malcolm está dando um escândalo por causa de alguma coisa. Me ligue se não achar.

Digito a senha e tento encontrar os documentos. Não há nenhuma pasta chamada "Trabalho". Vasculho tudo, e por fim descubro uma pasta chamada "Merda". É quase a mesma coisa, conhecendo o Tim. Clico nela e surge uma série de documentos. *Dê nota 10 àquela menina: um estudo sobre a Hester Prynne de Hawthorne. Uma comparação entre Huckleberry Finn e Holden Caulfield. Perigo em Dickens. As Quatro Liberdades.*

Clico em *As Quatro Liberdades...* e lá está. O discurso premiado de Nan para o Quatro de Julho. É um arquivo de novembro passado.

Mas ela o escreveu para a aula de história norte-americana. Agora, em maio.

Daniel teve a mesma matéria no ano passado. Lembro que ele não parava de falar sobre John Adams na mesa do almoço. Por isso, a Nan deve ter pegado o livro dele. Ela sempre se prepara assim. Mas... Escrever o trabalho antes da aula ter começado? É demais. Até para a Nan.

E por que isso estaria no notebook do Tim? Ah, sim. A Nan costuma pegá-lo emprestado quando o dela está na manutenção.

Posiciono o mouse sobre *Holden Caulfield e Huckleberry Finn*, o artigo da Nan que vai ser publicado na revista literária. Aqui está, o vencedor do prêmio Lazlo, palavra por palavra.

Sei que ela deu cobertura a ele. Nós duas demos, é claro. Mas nunca achei que fosse chegar a esse ponto.

Não consigo acreditar. Tim está usando os trabalhos de Nan.

Continuo encarando a tela, me sentindo como se tivessem drenado todo o sangue do meu cérebro.

— Samantha, preciso de você! Dá para descolar do Namorado por um instante? — A voz de Nan cacareja pelo meu celular, aguda e trêmula.

— É claro. Onde você está?

— Me encontra no Doane's. Preciso de sorvete.

Nan está usando o excesso de açúcar como terapia de novo. *Mau sinal. Será que ela foi para Nova York com o Daniel? Ainda é sábado. Achei que o Tim tivesse dito que ela avisou aos pais que o namorado ia levá-la para um grupo de debates e que iam ficar na casa do tio dele, muito rígido.*

Nem sei se o Daniel *tem* um tio que mora em Nova York, mas, se tiver, com certeza é alguém assim.

A casa dos Mason é bem mais próxima da cidade do que a minha, por isso não fico surpresa ao encontrar Nan já sentada no balcão da Doane's quando chego. *Fico* surpresa por vê-la já atacando uma banana split.

— Foi mal — diz ela, com a boca cheia de chantilly. — Não deu para esperar. Quase pulei o balcão e me servi sozinha. Preciso ser salva pelo chocolate. Estou igual ao Tim. Desde que ele parou de beber, ficou maníaco por doces.

— Mas você não está tentando se livrar de um vício — digo. — Ou está? O que houve com o Daniel?

Ela fica muito vermelha e lágrimas inundam seus olhos, descendo pelas faces cheias de sardas.

— Ai, Nan...

Começo a abraçá-la, mas ela balança a cabeça.

— Pede o seu e vamos nos sentar na mesa da varanda. Não quero que todo mundo aqui escute.

As únicas outras pessoas na sorveteria neste instante são uma criança que está aos berros porque a mãe não quer comprar um caramelo enorme para ela. "MAMÃE FEIA! VOU MATAR VOCÊ COM UMA ESPADA!"

— É, é melhor sairmos antes de virarmos testemunhas de um homicídio — concluo. — Pego o sorvete depois. Vamos.

Ela põe a tigela à sua frente na mesa, pesca a cereja e a mergulha numa piscina de calda de chocolate.

— Quantos milhões de calorias isso deve ter?

— Nan. Conta. O que aconteceu? O Tim me disse que vocês iam passar o fim de semana todo lá.

— Desculpa por não ter contado nada. O Daniel não queria que ninguém soubesse. Só contei a verdade pro Tim porque achei que ele poderia me ajudar a bolar uma desculpa melhor, mas ele disse que a história do debate e do tio rígido era perfeita. Apesar de ter dito que teria sido melhor eu avisar que íamos ficar com a tia do Daniel num convento.

— Você poderia ter me contado. Eu nunca teria dito nada. — Será que ela sabe que o Tim está roubando os trabalhos dela? Será que eu deveria contar?

Seus olhos tornam a se encher de lágrimas e ela as enxuga, impaciente, pegando mais uma enorme colherada de sorvete.

— Eu sei. Desculpa. Eu só... Achei que você estava ocupada demais com o Vizinho Gatão para se importar. Achei que eu viajaria e voltaria como a Mulher Sofisticada que Levou a Relação para a Próxima Fase em Nova York.

Faço uma careta. Não posso falar sobre o Tim agora de jeito nenhum.

— O Daniel falou assim de novo? Talvez você devesse dar um dicionário a ele. Poderíamos criar traduções das expressões dele para algo mais sexy. "Levar a Relação para a Próxima Fase" poderia se tornar "Me Enche de Beijo e me Faz Mulher".

Ela pega outra colherada do sorvete, engole e diz:

— E o que a expressão "É Hora de a Gente Sair da Zona de Conforto" se tornaria?

— Ai, Nan. É sério?

Ela faz que sim com a cabeça.

— Ele não pode ter a mesma idade que a gente. Talvez seja igual ao *Sexta-Feira Muito Louca* e algum vendedor de seguros de meia-idade tenha entrado no corpo do Daniel. — Ela pega outra colherada enorme.

— O que vem depois de sair da zona de conforto, Nan? — insisto.

— Bom, a gente estava na casa do tio dele. Essa parte era verdade. Mas o tio tinha ido passar o fim de semana em Pound Ridge. A gente jantou e caminhou pelo parque... Não por muito tempo, porque o Daniel estava com medo de ser assaltado. Depois voltamos e ele pôs uma música.

— Por favor, me diga que não foi o *Bolero* de Ravel.

— Na verdade, ele não conseguiu sintonizar a estação que queria, por isso acabamos escutando rap. Mas ele também achou que isso era meio engraçado. Percebi que começou a se soltar quando a gente... Bom, quando eu fiquei mais... Hum...

Minha Vida Mora ao Lado

— Confiante?

— Isso. Eu sabia que essa era a criptonita do Daniel. Estava usando meu vestido verde com botõezinhos na frente. Simplesmente puxei o vestido, arrebentando os botões. Você devia ter visto a cara dele!

— Uau. — Não consigo imaginar Nan fazendo isso. Ela ainda troca de roupa no closet quando durmo lá.

— Então eu disse: "Para de falar, professor." E arranquei a camisa dele.

— Ela está sorrindo agora.

— Nan, sua safada sem-vergonha.

O sorriso de minha amiga some, ela põe a cabeça na mesa ao lado do sorvete derretido e começa a chorar.

— Desculpa, eu estava brincando. E depois? Ele não mandou você ir até a Madison Avenue para comprar outra, mandou?

— Não. Ele estava adorando. Disse que aquele era um lado novo meu e que não se sentia ameaçado por mulheres confiantes. — Ela pega um pedaço de banana carregado de calda, mas deixa a colher cair de novo e assoa o nariz na barra da camiseta. — Que eu era linda e que não havia nada melhor do que beleza e cérebro juntos. Depois parou de falar e começou a me beijar feito um louco. Estávamos no chão em frente à lareira e... — Mais choro.

Minha mão faz carinho na cabeça de Nan, minha mente tentando analisar todas as possibilidades. *Daniel anunciou que é gay. Daniel sofre de disfunção erétil. Daniel confessou que é um vampiro e não podia transar com ela porque poderia matá-la.*

— O tio dele entrou. Na biblioteca. Ele não tinha viajado. A viagem ia ser no fim de semana seguinte. Estava no trabalho quando deixamos as malas na casa dele e depois estava no andar de cima, tomando um banho. Ouviu o barulho e desceu com uma bengala, pronto para matar a gente.

Ai, coitadinha da Nan.

— Ele gritava com o Daniel e me chamava de vagabunda e de um monte de outras coisas e o Daniel não conseguia encontrar a calça, então ficou ali parado, pelado, e aí me empurrou para a frente dele.

Droga, Daniel. Não podia ser um cavalheiro e ter escondido a Nan? O Tim estava certo. Ele é um idiota.

— Que covarde.

Opa, será que isso vai deixar a Nan irritada? Preparo-me para a reação. Mas ela apenas faz que sim com a cabeça e diz:

— Pois é, eu sei. O Steve McQueen nunca teria feito isso. Teria enfiado a porrada no tio como fez com aquele médico mau em *O Preço de um Prazer*.

— E depois?

— Depois o Daniel e o tio começaram a brigar. O Daniel ficou implorando para que o tio não contasse aos pais dele e o tio não parava de berrar. Por fim, ele concordou em não contar nada se nós "Deixássemos a Residência Dele Naquele Mesmo Instante".

Já sei de onde o Daniel tira o jeito de falar.

— E vocês voltaram para casa?

— Não, já estava muito tarde. Usamos meu cartão de crédito de emergência para ficar num hotel. O Daniel tentou continuar de onde paramos, mas o clima estava péssimo. Só assistimos a uma maratona de *Jornada nas Estrelas* e dormimos.

Estendo os braços e, dessa vez, ela aceita o abraço e encosta a cabeça no meu ombro, tremendo.

— Por que essas coisas nunca funcionam comigo? Eu só queria ser audaciosa e irresistível. Agora, sou uma vagabunda e *nem* transei. Sou uma falsa vagabunda. — As lágrimas quentes ensopam meu peito.

— Acho que você foi ótima. Rasgou a camisa dele, assumiu o controle. Você é uma vagabunda no melhor sentido, Nan Mason.

— Na verdade, foi difícil de rasgar. — Ela limpa as lágrimas com as costas da mão. — Aqueles botões devem ter sido costurados com arame.

— Ele disse que você era linda e corajosa — lembro. — E você é.

— Não conte a ninguém o que aconteceu. Nem contei para o Tim. Disse que o Daniel me deixou nas nuvens. Blergh.

Acho que o Tim entenderia as coisas não terem saído como planejado.

Faço carinho nas costas dela e digo:

— Juro pela minha mãe mortinha.

Ela se ajeita na cadeira, de repente.

— Não importa o que você faça, não conte para aquele Garrett. Já fico envergonhada só de pensar em vocês rindo da gente.

Estremeço. Sabendo como Jase protege as irmãs e como tentou fazer Tim ter mais carinho por Nan, sei que ele nunca riria. O fato de Nan pensar que ele faria isso me magoa quase tanto quanto perceber que ela acha que eu riria. Mas tudo que digo é:

— Não vou contar a ninguém.

— Preciso de mais sorvete — diz Nan. Seu rosto está tão vermelho e inchado que os olhos chegam a estar apertados. — Quer dividir o Dínamo comigo, aquele que vem com dez bolas de sorvete num frisbee?

Capítulo Trinta e Três

— *Me deseje* sorte no Chuck E. Cheese — suspira a Sra. Garrett enquanto deixa Jase e eu na loja de ferragens. — Aquela lanchonete é o inferno na Terra, só que com pizza e um enorme rato falante.

Hoje Tim e Jase trabalham. Mas Tim não apareceu para nos dar carona. A Sra. Garrett disse que não precisava que eu ficasse de babá porque George foi convidado para uma festinha de aniversário no Chuck E. Cheese, e nos levou. Como eu saí cedo do Breakfast Ahoy, estou folheando o guia preparatório para o vestibular que Nan me deu.

Jase começa a desembalar um carregamento de pregos. Não falamos nada sobre a ausência de Tim, mas noto os olhos de Jase, sob os cílios negros espessos, passarem de vez em quando pelo relógio acima da porta, assim como fazem os meus. Não quero que Tim pise na bola. Mas dez minutos passam, depois vinte, depois meia hora.

O Sr. Garrett vem lá dos fundos para nos cumprimentar. Ele dá um tapa nas costas de Jase e me beija na bochecha, dizendo que há café fresco no escritório. Está enfiado lá, diz, fazendo a contabilidade. Jase assobia baixinho enquanto seleciona pregos e anota quantidades num bloquinho. Ouço um barulho repetitivo vindo do escritório do Sr. Garrett. Viro as páginas do guia tentando identificar o som.

Click-Click-Click-Click-Click.

Olho para Jase, sem entender.

— É a caneta — explica ele. — Meu pai diz que clicar nela sempre ajuda a somar ou, nesse caso, subtrair. — Ele abre uma caixa de pregos de cabeça arredondada e os deixa cair, fazendo barulho, na gaveta de plástico em frente a ele.

— O faturamento não melhorou?

Chego por trás de meu namorado para abraçá-lo e apoio o rosto nas costas dele. Jase está usando um moletom cinza e eu respiro fundo, sentindo seu cheiro.

— Pelo menos não piorou — responde com certo humor, se virando para me encarar e colocando a mão na minha nuca, finalmente sorrindo ao me puxar para mais perto.

— Tá com uma cara de cansado... — Traço a sombra azulada escura sob os olhos dele com o indicador, lentamente.

— É. Tô. Gostei disso que você está fazendo, Sam.

— Ficando acordado até tarde, é? Pra fazer o quê?

— Estou é acordando muito cedo, mas, para ser sincero, nem parece que já é de manhã quando se acorda às quatro.

Os olhos dele ainda estão fechados. Passo o indicador pelo rosto de Jase e vou subindo de novo até o outro olho.

—Você está acordando às quatro? Por quê?

— Não ria.

Por que essa frase sempre me faz sorrir? Ele abre os olhos e sorri de volta para mim.

Faço meu rosto tomar uma expressão mais sóbria.

— Não vou rir.

—Virei entregador de jornal.

— O quê?

— Do *Sentinela de Stony Bay*. Começo às quatro, seis dias por semana.

— Há quanto tempo está fazendo isso?

— Duas semanas. Não achei que seria tão ruim assim. A gente nunca vê entregadores de jornal enchendo a cara de Red Bull e tabletes de cafeína nos filmes.

— Provavelmente porque eles costumam ter uns dez anos. O Duff não poderia fazer isso?

A mão dele se emaranha nos meus cabelos para tirar o elástico, porque é isso que ele sempre faz.

— O Duff não quer ir para a faculdade no ano que vem. Eu quero. Mesmo que isso seja muito pouco provável, do jeito que as coisas estão. Droga, eu não deveria ter comprado aquele carro. É que eu queria... muito. E ele está quase funcionando agora. Se gastar mais dinheiro nele, é claro.

Mordo o lábio. Nunca tenho que me preocupar com dinheiro.

— Não fique tão triste, Sam. Vai ficar tudo bem. Eu não deveria ter tocado nesse assunto.

— Eu que perguntei — lembro. — Sou sua namorada. Você pode me contar essas coisas. Não estou com você só para aproveitar esse seu *corpitcho*, sabia?

— Apesar disso ser o suficiente pra mim — responde Jase, agarrando meus cabelos com mais força e me puxando para mais perto.

— Ai, saco. Parem com essa agarração.

Nós nos viramos para a porta quando Tim entra, pisando duro, usando o terno cinza Para Impressionar Grace Reed e parecendo cansado e extremamente irritado.

— Mason — cumprimenta Jason, sem me soltar. — Você está bem? — Ele indica o relógio com o ombro.

— Isso depende do que "bem" venha a ser. — Tim arranca o paletó e o pendura no cabideiro. Desfaz o nó da gravata como se ela fosse uma jiboia tentando estrangulá-lo. — Nem sei o que é estar bem!

Ele se aproxima de nós marchando e para ao lado de Jase, que, disfarçadamente confere suas pupilas e seu hálito. Eu não sinto nada. Espero que Jase também não. Tim não parece bêbado... Só furioso.

— O que houve? — Jase entrega o cartão de ponto a ele.

Tim se abaixa para rabiscar a hora de entrada com uma canetinha preta.

— Samantha? Que caralho cê sabe sobre aquele puto do Clay Tucker?

— Tim, por favor. Para de falar palavrão.

Ponho a mão no ombro dele. Tim anda moderando o vocabulário e às vezes consegue ter uma conversa inteira sem dizer um palavrão.

— Por que, Samantha? Por que eu deveria parar, porra? — Ele me lança seu falso sorriso simpático. — Eu posso até falar sacanagem, mas são vocês que *fazem*. Na minha opinião, vocês estão melhor do que eu.

— Para com isso, Tim. Não desconta na Samantha. O que houve com o Clay Tucker? — Jase apoia o quadril na lateral do balcão, cruzando os braços.

— Não sei. Quero dizer, não costumo criticar babacas manipuladores, já que sou um deles. Mas esse cara... O nível é diferente. E a sua mãe, Samantha... Está ali, juntinho com ele. — Tim esfrega a testa.

— Como assim? — pergunto ao mesmo tempo em que o Sr. Garrett pergunta:

— Vai ter que voltar para trabalhar lá hoje? — Ele deve ter entrado na loja sem que a gente ouvisse.

Tim balança a cabeça, mas começa a ficar com o pescoço vermelho. Ele nunca se atrasou, não ali.

— Ótimo. Vai ficar depois que a gente fechar e terminar o inventário do estoque que começou no outro dia.

Tim faz que sim com a cabeça, engolindo em seco. O Sr. Garrett põe a mão no ombro dele.

— Que isso não se repita, Timothy. Está me ouvindo? — Ele atravessa o corredor até o escritório, os ombros largos parecendo um pouco caídos.

Jase puxa um pacote de Trident do bolso e oferece a Tim.

— Continua.

— Bom, o Clay... — Tim pega seis chicletes, a metade do pacote. Jase ergue as sobrancelhas, mas não diz nada. — Ele está em todo lugar. Se a gente mexer numa vírgula, ele aparece. A Grace tem uma equipe enorme e o Clay é responsável pela porra toda. Ele diz uma coisa e todo mundo bate continência. Até eu. O cara nunca dorme. Até aquele sujeito, o diretor puxa-saco de campanha da sua mãe, o Malcolm, parece exausto, mas o Clay não para. É o coelhinho da Duracell da política de Connecticut. Ele tem até uma mulher... Uma morena bonitona da campanha do Ben Christopher... Ela é agente dupla dele. Aparece todo dia de manhã para contar o que o Christopher está fazendo. Para a Grace ficar na frente, parecer uma candidata melhor.

A compreensão é como um tapa na minha cara, mas mal tenho tempo para processar, porque Tim não para.

— Ele também adora uma sessão de fotos. Ontem tinha um coitado que perdeu as duas pernas no Afeganistão voltando para casa. O Clay estava lá para garantir que a Gracinha conseguisse uma matéria de meia página do *Clarim de Stony Bay* recebendo o homem. — Tim enfia as mãos nos bolsos, andando pela sala enquanto fala. — Depois fomos a uma creche onde a Grace tirou uma foto com seis criancinhas louras bonitinhas em volta dela. O Clay praticamente chutou uma menina com umas manchas vermelhas de nascença no rosto pra fora da foto. Tá, ele é bom no que faz. É incrível ver o cara trabalhar. Mas, de alguma forma, é assustador pra cacete também. E a sua mãe... Ela não diz nada, Samantha. Ela obedece como se estivesse trabalhando para *ele*. Que porra é essa?

Não que eu já não tenha pensado em tudo aquilo. No entanto, quando Tim diz aquelas coisas, fico na defensiva. Além disso, quem é ele para falar aquilo tudo?

— Olha — digo. — Pode parecer que ele é o chefe, mas minha mãe nunca ficaria de fora de todas as decisões. Ela adora o que faz e quer muito ganhar, e a eleição vai ser difícil... — Eu me interrompo. *Estou falando igualzinho a ela.*

— É, e ela está na frente em todas as pesquisas. Mesmo com a margem de erro. Por pouco, mas na frente. Mas é claro que isso não é o suficiente para o Clay. O Clay tem que apostar no cavalo certo. O Clay tem que ter uma surpresinha preparada para novembro, para ter a porra da certeza absoluta de que não só a sua mãe vai ganhar, como o adversário vai perder feio. Não só a porra da eleição. A carreira toda.

Jase está passando a mão esquerda pela lateral do meu corpo, distraído, ainda tirando pacotes de prego da caixa de papelão.

— E como ele vai fazer isso?

— Trazendo à tona podres do cara que não têm a menor importância. Fazendo com que pareçam ter. Para que não saiam da cabeça dos eleitores.

Nós dois encaramos Tim.

— Sabe o Ben Christopher, que está concorrendo com a Grace? Ele foi preso duas vezes por dirigir bêbado — explica Tim. — A primeira foi trinta anos atrás, quando ainda estava no colégio. A segunda foi há vinte e seis anos. Ele prestou serviço comunitário, pagou as multas. Já vi o cara nas reuniões. É o ser humano mais decente do mundo. Já fez o possível para compensar. Mas o Clay preparou tudo para que ele não consiga manter o passado no passado. Ele sabe pela espiãzinha que o pessoal da campanha do Christopher está fazendo das tripas coração para que isso não venha a público. E vai fazer a Grace participar de um evento com um idiota qualquer que vai contar tudo. Três dias antes da eleição.

— E onde você entra nisso? — pergunta Jase.

Tim olha para nós dois, implorando.

— Não *sei*. O Clay Tucker acha que eu sou perfeito. Por alguma razão, tudo que faço impressiona o babaca. Hoje, ele elogiou o jeito como organizo os jornais, pelo amor de Deus. Ninguém *nunca* ficou tão impressionado comigo. Nem quando eu estava fazendo uma puta encenação. E agora não estou. Sou bom mesmo nessa merda toda. Além disso, preciso da carta de recomendação. — O tom de voz se ergue algumas oitavas. — "A loja de ferragens é um trabalho muito bom, Timothy, mas vai ser a sua experiência na campanha, o que a deputada disser sobre você, que vai ajudar a consertar o mal que fez a si mesmo."

— Sua mãe fala assim? — pergunto.

— Óbvio. Nenhuma pessoa no mundo diria tantas coisas boas sobre mim quanto o Clay Tucker. E, é claro, para a minha sorte, ele tem que arruinar a vida de um cara legal enquanto faz isso.

Nesse instante, a loja recebe uma multidão de clientes. Uma mulher com ar aborrecido e a filha adolescente escolhem tintas. Uma senhora quer um soprador de folhas que não exija força para ser usado. Um barbudo meio lesado diz a Tim que quer: "Um daqueles troços que a gente usa para consertar coisas, que anunciam na TV."

Durante cinco minutos, Tim oferece de tudo, de massa corrida a um aspirador de pó, passando por facas Ginsu. Jase, por fim, entende que é uma caixa de ferramentas. O cara vai embora, parecendo muito satisfeito.

— E o que você vai fazer agora? — pergunto.

— Merda, merda, merda — responde Tim, pondo a mão no bolso da camisa onde guarda os cigarros, para logo em seguida soltá-la, vazia. Ele não pode fumar na loja. Então fecha os olhos, como se alguém estivesse enfiando um prego na sua cabeça, e torna a abri-los, sem parecer nem um pouco melhor. Dá um soco no balcão, fazendo saltar um pote plástico cheio de canetas. — Não consigo me convencer a pedir demissão. Já fiz tanta merda na vida... Vai parecer que estou fazendo a mesma coisa, apesar de não estar. — Ele se inclina sobre a caixa registradora, apoiando os olhos na palma das mãos. Está *chorando*?

—Você pode dizer a ele o que acha dessa tática — tenta Jase. — Dizer que ele está errado.

— Ele está pouco se fodendo. Odeio essa situação. Odeio saber o que é a coisa certa e não ter a coragem de fazer nada. É uma merda. É o que eu mereço, não é? Vocês não iriam acreditar na quantidade de coisas que fiz, de provas em que colei, de regras que quebrei, de ocasiões em que fiz merda, de gente que fodi.

—Ah, para com isso, cara. Para com essa história de *a culpa é toda minha*. Já está me aborrecendo — irrita-se Jase.

Respiro fundo como se fosse dizer alguma coisa — o que, não tenho ideia —, mas ele continua, antes que eu possa falar:

—Você não saiu matando recém-nascidos nem bebeu o sangue deles. Só fez merda no ensino médio. Não exagera.

As sobrancelhas de Tim chegam aos cabelos de tão erguidas. Tim e eu nunca vimos Jase perder a paciência.

— Não é o dilema moral do século. — Jase passa a mão pelos cabelos. — Você não está decidindo se vai criar a bomba atômica. Só tem que escolher entre fazer uma coisa boa ou continuar fazendo merda. Então, escolhe. Mas para de *choramingar*.

Tim concorda erguendo o queixo de leve, depois volta a atenção para o caixa, como se os números e símbolos da registradora fossem a coisa mais fascinante que já viu. Seu rosto está muito mais expressivo nos últimos tempos, mas agora ele assumiu a máscara pálida que eu imaginava ser a única que tinha.

— Preciso ir rever o estoque — murmura, e atravessa o corredor.

Jase joga o último saco plástico cheio de pregos numa gaveta de plástico. O barulho rompe o silêncio.

— Nem parecia você falando aquilo — digo, baixinho, ainda ao lado dele.

Jase parece envergonhado.

— Meio que cuspi tudo. É... É que parece... Fico cansado... — Uma de suas mãos esfrega a nuca, depois passa pelo rosto, cobrindo os olhos. — Eu gosto do Tim. Ele é um cara legal... — Meu namorado abaixa a mão e sorri para mim. — Mas não posso dizer que não iria gostar de ter algumas das escolhas, das oportunidades que o Tim teve. E quando ele age como se estivesse sofrendo uma maldição ou coisa assim... — Ele balança a cabeça, como se quisesse esquecer o pensamento, se vira e olha para mim, depois indica o relógio com a cabeça. — Disse ao meu pai que ficaria depois do expediente para organizar uns formulários. — Pega algumas mechas dos meus cabelos e as enrola. — Vai estar ocupada mais tarde?

— Eu deveria ir a um evento de campanha em Fairport com a minha mãe, mas disse que precisava estudar para o vestibular.

— E ela acreditou? É verão, Sam.

— A Nan me convenceu a me inscrever num simulado maluco aí. E... *talvez* eu tenha contado para a minha mãe quando ela estava meio distraída.

— Mas não fez isso de propósito, é claro.

— É claro que não — respondo.

— Então, se eu passar na sua casa lá pelas oito, você vai estar estudando.

— Com certeza. Mas talvez eu precise de um... companheiro de estudo. Porque talvez esteja lutando para resolver alguns problemas muito difíceis.

— Lutando, é?

— Corpo a corpo — digo. — Agarradinha.

— Entendi. Parece que vou ter que levar meus equipamentos de proteção para estudar com você. — Jase sorri para mim.

— Você é duro na queda. Vai ficar bem.

Capítulo Trinta e Quatro

Acabo de entrar pela porta quando meu celular toca.

— Então, como vamos ter que acordar muito cedo amanhã... A fábrica abre às cinco, dá pra imaginar?... faz muito mais sentido... Te vejo quando você voltar da escola.

O meu celular está com o sinal cheio, mas a voz fininha que sai dele falha e volta, como se eu estivesse tendo problemas para sintonizar uma certa frequência de rádio. Como a voz está dizendo que vai ficar fora a noite toda porque tem um compromisso de campanha bem cedo numa fábrica no oeste do estado... não pode ser a Grace Reed FM. Devo ter sintonizado numa rádio pirata. Ou num universo paralelo. No entanto, ela conclui:

— Já estamos no meio do caminho e não faz sentido voltar para casa. O Clay encontrou um quarto de hotel maravilhoso pra gente. Você vai ficar bem, não vai?

Fico tão impressionada que faço que sim com a cabeça, até lembrar que ela não pode me ver.

— Sem problema, mãe. Vou ficar ótima. Aproveite o hotel. — Quase acrescento que ela pode ficar outra noite se quiser, mas percebo que isso poderia soar animadinho demais.

Ela vai passar a noite inteira fora. Com o Clay — e os propósitos obscuros dele —, num quarto de hotel maravilhoso. Mas não vou pensar nisso. O que penso, o que penso imediatamente, é na parte da *noite inteira*. E é por isso que digito o número de Jase no celular no mesmo instante.

— Sam. — Posso ouvir o sorriso na voz dele. — Saí da loja há dez minutos. Já está tendo alguma crise estudantil?

— Minha mãe não vai voltar para casa hoje. Vai dormir fora.

Uma pausa, durante a qual fico ansiosa. *Será que tenho que deixar as coisas ainda mais claras? Como se faz isso? "Quer dormir aqui?" Não temos seis anos.*

— Sua mãe não vai voltar para casa? — repete ele.

— Isso mesmo.

— Então talvez você queira companhia, já que está tendo tantos problemas com as matérias.

— Exatamente.

— Janela ou porta? — pergunta ele.

—Vou destrancar a janela agora mesmo.

Solto os cabelos da trança e os desembaraço. Tenho que cortá-los um dia desses. Já estão na altura da minha lombar e levam uma eternidade para secar depois que nado. Por que estou pensando nisso agora? Talvez esteja um pouco nervosa. Não queria pensar demais nisso, mas, a não ser que a gente se atraque no calor do momento — coisa difícil de fazer, pensando logisticamente —, tem que haver um certo planejamento. Um tempinho para pensar em tudo, nos menores detalhes. Ouço uma batida e vou até a janela para apoiar a mão no vidro, no lugar em que a de Jase está apoiada, antes de abri-la.

Ele trouxe um saco de dormir, um daqueles grandes e bem acolchoados da L.L. Bean. Olho para aquilo, sem entender.

Seguindo meu olhar, ele fica vermelho.

— Eu disse aos meus pais que vinha ajudar você com as matérias do vestibular e que depois talvez assistíssemos a um filme e que, se ficasse tarde demais, eu iria dormir na sua sala.

— E o que eles responderam?

— Minha mãe disse: "Divirta-se, filho." Meu pai só olhou para mim.

— Ui, que vergonha.

—Valeu a pena.

Ele anda lentamente até mim, os olhos fixos nos meus, depois põe as mãos na minha cintura.

— Hum. Então... Vamos estudar? — Meu tom de voz é deliberadamente casual.

Jase põe os polegares atrás das minhas orelhas e esfrega a base delas. Está a centímetros do meu rosto, ainda olhando nos meus olhos.

— Com certeza. Já estou estudando você. — Ele me observa, lentamente, depois volta o olhar para meus olhos. — Tem pontinhos dourados no meio do azul dos seus olhos. — Ele se inclina para a frente e toca uma das minhas pálpebras com os lábios, depois a outra... e se afasta. — E os seus cílios não são louros, são castanhos. E... — Ele dá um pequeno passo para trás, abrindo lentamente um sorriso para mim. — Você já está vermelha. Aqui. — Os lábios dele sentem as batidas do meu coração na base do meu pescoço. — E provavelmente aqui... — O polegar que acaricia meu seio parece quente até através da minha camiseta.

Nos filmes, as roupas simplesmente somem quando os casais estão prestes a fazer amor. A iluminação dá às silhuetas uma aura dourada e a música vai às alturas. Na vida real, não é assim. Jase tem que tirar a camiseta e demora a conseguir soltar o cinto, e eu pulo pelo quarto para tirar as meias, pensando em como aquilo é pouco sexy. As pessoas nos filmes *nem têm* meias. Quando Jase tira a calça, as moedas que estavam no bolso caem, fazendo barulho e rolando pelo chão.

— Desculpa! — pede, e nós dois ficamos paralisados, apesar de não haver ninguém em casa para ouvir o som.

Nos filmes, ninguém sente vergonha a essa altura, pensando que deveria ter escovado os dentes. Nos filmes, tudo é lindamente coreografado e combina com uma trilha sonora cada vez mais dramática.

Nos filmes, quando o garoto puxa a menina para si no momento em que os dois finalmente estão nus, eles nunca batem os dentes e ficam envergonhados e têm que rir e tentar de novo.

Mas a verdade é esta: nos filmes, nunca é tão gostoso quanto é aqui e agora com Jase.

Respiro fundo enquanto as mãos dele deslizam cada vez mais para baixo, para minhas coxas. O toque da sua pele, de toda a sua pele, contra a minha me deixa arrepiada. Então ele me puxa para mais perto e mergulhamos num beijo que parece nos levar a outro mundo. Quando finalmente paramos para respirar, enlaço os quadris de Jase com minhas pernas. Os cantos dos seus olhos se enrugam. As mãos seguram meu quadril com mais força enquanto ele anda até a cama. Eu me solto dele e me deito de lado, observando-o. Ele se agacha ao lado da cama. Depois coloca a mão sobre o meu coração. Faço a mesma coisa, sinto o coração dele bater com força, muito, muito rápido.

—Você está nervoso? — sussurro. — Ou é impressão minha?

— Estou com medo de machucar você no início. Não é justo que seja assim.

—Tudo bem. Não estou preocupada com isso. Venha aqui.

Minha Vida Mora ao Lado

Jase se levanta devagar, depois vai até a calça jeans e pega uma das camisinhas que compramos juntos. Ele a segura na palma da mão aberta.

— Não estou nem um pouco nervoso. — Ele indica com a cabeça os dedos, que tremem levemente.

— Qual é essa aí? — pergunto.

— Nem sei. Peguei um monte antes de vir para cá. — Ele aproxima a cabeça do pequeno quadrado laminado. — Ramses.

— Qual é o *problema* dessas marcas? — indago enquanto Jase começa a abrir a embalagem com cuidado. — Os egípcios eram conhecidos pela contracepção eficaz ou o quê? E por que Trojan? Os troianos não são os caras que perderam? Não seria melhor usar os macedônios, que ganharam? Quero dizer, eu sei que não parece muito másculo, mas...

Jase põe dois dedos sobre os meus lábios.

— Samantha? Está tudo bem. Shhhh. Não temos que... Podemos só...

— Mas eu quero — sussurro. — Eu quero. — Respiro fundo e pego a camisinha. — Você quer que eu ajude... a colocar?

Jase fica envergonhado.

— Sim, quero.

Quando estamos os dois deitados na cama, completamente nus, pela primeira vez, olhar para ele ao luar faz com que minha garganta se aperte.

— Uau — digo.

— Quem deveria dizer isso sou eu — sussurra Jase.

Ele põe a mão no meu rosto e olha para mim com intensidade. Minha mão cobre a sua e faço que sim com a cabeça. Então, seu corpo me cobre e o meu se abre para recebê-lo.

Certo. Isso dói um pouco, no fim das contas. Achei que não fosse doer, só porque era com Jase. Sinto dor, mas não é como um golpe ou corte — mais uma ardência quando algo se rompe e uma dorzinha quando ele me penetra.

Mordo o lábio inferior com força, abro os olhos e percebo que Jase está fazendo o mesmo, olhando para mim com tanta ansiedade que alguma coisa em meu coração se entrega de forma ainda mais completa.

— Você está bem? Está tudo bem?

Faço que sim com a cabeça, puxando os quadris dele com ainda mais força para junto dos meus.

— Agora vai ficar melhor — promete Jase, começando a me beijar de novo enquanto começa a se mexer num certo ritmo.

Meu corpo acompanha, sem querer senti-lo se afastar, já feliz por tê-lo de volta.

Capítulo Trinta e Cinco

Como era de imaginar, fico que nem uma inútil no Breakfast Ahoy no dia seguinte. Graças a Deus não tenho que bancar a salva-vidas. Se não consigo me lembrar do ponto dos ovos que os clientes regulares preferem, se fico olhando alheia para a cafeteira, incapaz de parar de sorrir, pelo menos não ameaço a vida de ninguém.

Quando Jase saiu pela minha janela às quatro da manhã, ele desceu metade da treliça, depois voltou.

— Passa na loja depois do trabalho — sussurrou após um último beijo.

Por isso, é para lá que vou no instante em que saio, tão rápido que estou quase correndo. Quando chego à Rua Principal, tento reduzir minha velocidade, mas não consigo. Abro a porta com força, me esquecendo de que as dobradiças estão quebradas, e ela bate alto contra a parede.

O Sr. Garrett levanta os olhos por trás da registradora, os óculos de leitura na ponta do nariz, uma pilha de papéis no colo.

— Ora, ora. Oi, Samantha.

Nem mesmo tirei meu uniforme, que com certeza em nada contribui para que eu tenha mais força e coragem. Sinto-me absolutamente envergonhada, me lembro da tranca na porta e penso: *Ele sabe, ele sabe, estou dando na cara, estou dando ridiculamente na cara.*

— Ele está lá atrás — informa o Sr. Garrett, calmo —, abrindo as caixas do novo carregamento. — Depois volta aos papéis.

Sinto-me obrigada a me explicar.

— Só quis dar uma passada aqui. Antes de ir para a sua casa. Sabe, ficar de babá. Só para dar um oi. Então… Vou fazer isso agora. O Jase está lá atrás? Só vou dizer oi.

Sou tão sutil.

Ouço o barulho do estilete antes mesmo de abrir a porta dos fundos e ver Jase com uma pilha enorme de caixas de papelão. Ele está de costas para mim e, de repente, tenho tanta vergonha dele quanto do pai.

Isso é bobagem.

Tentando abstrair a vergonha, ando até ele e ponho a mão em seu ombro.

Ele se ergue com um sorriso largo.

— Que bom ver você!

— É mesmo?

— Mesmo. Achei que fosse meu pai vindo me dizer que eu estava fazendo bobagem de novo. Não dei uma dentro a manhã inteira. Não paro de derrubar as coisas. Latas de tinta, o display do setor de jardinagem... Ele acabou me mandando para cá quando derrubei uma escada. Acho que estou um pouco distraído.

—Você devia ter dormido mais — sugiro.

— De jeito nenhum — responde ele.

E ficamos apenas nos olhando por um bom momento.

Por alguma razão, espero que ele pareça diferente, assim como esperava que eu estivesse diferente no espelho essa manhã... Achei que pareceria mais alegre, mais realizada, tão feliz por fora quanto por dentro, mas a única coisa que vi foi que meus lábios estavam inchados por causa dos beijos. Jase está igualzinho.

— Nunca gostei tanto de estudar — digo.

— Também está gravado na minha memória — afirma ele, antes de desviar os olhos como se estivesse envergonhado e se abaixar para abrir outra caixa. — Apesar do fato de ter ficado pensando nisso ter me feito acertar o polegar com o martelo enquanto prendia um display na parede.

— Esse aqui? — Pego uma das mãos calejadas dele, beijo o polegar.

— Foi o esquerdo. — O rosto de Jase se abre num sorriso quando pego a outra mão. — Uma vez, quebrei a clavícula — conta, indicando o lado. Beijo o osso. — E também algumas costelas durante um jogo no primeiro ano.

Não chego a puxar a camiseta dele até onde seu dedo aponta. Não sou tão corajosa. Mas me inclino e o beijo através do tecido macio da blusa.

— Melhorou?

Os olhos dele brilham.

— Na oitava série, entrei numa briga com um garoto que estava falando mal do Duff e ele me deixou de olho roxo.

Minha boca vai até o olho direito dele, depois até o esquerdo. Ele cobre minha nuca com as mãos quentes e me apoia entre o V formado por suas pernas, sussurrando em meu ouvido:

— Acho que cortei a boca também.

Então nos beijamos e todo o resto desaparece. O Sr. Garrett poderia entrar a qualquer momento, um caminhão cheio de caixas poderia chegar, uma frota de espaçonaves alienígenas poderia escurecer o céu — tenho certeza de que eu não notaria.

Ficamos ali parados, apoiados contra a porta até que um grande caminhão realmente chega e Jase tem que descarregar mais coisas. São apenas onze e meia e só tenho que estar na casa dos Garrett às três, por isso não quero ir embora, então me ocupo com coisas desnecessárias, como reorganizar a ordem das paletas de cores na seção de tintas, ouvindo o *click-click--click* da caneta do Sr. Garrett e revivendo tudo em meu coração feliz.

Mais tarde, luto para me concentrar e ajudar Duff a construir um "habitat confortável para animais árticos num zoológico, com materiais recicláveis" para a exposição do clube de ciências. A tarefa é complicada pelo fato de George e Harry não pararem de comer os cubos de açúcar que estamos tentando usar como material de construção. E também pelo fato de Duff estar totalmente obcecado com o sentido de "reciclável".

— Não sei se cubos de açúcar podem ser considerados recicláveis. E escovas não são, com certeza! — diz ele, me encarando enquanto passo tinta branca em caixas de ovos, transformando-as em icebergs que vão flutuar em nossas águas árticas de papel-alumínio.

A porta da cozinha se abre com força e Andy entra correndo, sem explicação, em meio a uma enchente de lágrimas, o choro ecoando pela escada.

— Não consigo fazer esses cubos ficarem grudados. Eles derretem quando passo cola neles — afirma Duff, irritado, mexendo a poça de cola, com o pincel dissolvendo outro cubo de açúcar.

— Talvez a gente possa passar esmalte transparente neles — sugiro.

— Vai fazer tudo derreter também — diz Duff, triste.

— Podemos tentar — repito.

George, mastigando, sugere que façamos as paredes com marshmallow.

— Estou meio enjoado dos cubos de açúcar.

Duff reage com uma raiva exagerada.

— George. Não estou construindo um *lanche* pra você. Marshmallow não se parece com tijolos de vidro. Tenho que me sair bem neste trabalho. Se eu conseguir, vou ganhar uma medalha e um desconto de cinquenta por cento na próxima mensalidade do clube.

— Vamos perguntar ao papai? — sugere Harry. — Talvez possa usar resina para barcos. Ou algo assim.

— Minha vida *acabou* — chora Andy no andar de cima.

— Acho melhor eu ir conversar com ela — explico aos meninos. — Liga para o seu pai. Ou para o Jase.

Subo a escada até o choro que ecoa pelo corredor e pego uma caixa de lenços de papel no banheiro antes de entrar no quarto de Alice e Andy.

Ela está deitada de bruços na cama, ainda com o maiô molhado, depois de ter chorado feito uma louca e formado um enorme círculo úmido no travesseiro. Sento ao lado dela e entrego um maço de lenços de papel.

— Acabou. Acabou tudo.

— Com o Kyle? — pergunto, fazendo uma careta, porque sei que só pode ser isso.

— Ele... terminou... comigo! — Andy ergue a cabeça, os olhos cor de mel cheios de lágrimas. — Por um... Post-it! Ele enfiou no meu colete salva-vidas enquanto eu estava tentando puxar a genoa.

— Não brinca... — digo, e sei que é a coisa errada a se dizer, mas sinceramente.

Andy põe a mão embaixo do travesseiro e tira um quadrado laranja neon que diz: *Andrea. Foi divertido, mas agora quero ficar com a Jade Whelan. Tchau, Kyle.*

— Muito sutil.

— *Pois é!* — Andy explode numa nova onda de lágrimas. — Fui apaixonada por ele durante três anos, desde que ele me ensinou a fazer um nó de marinheiro no primeiro dia do clube de iatismo... E ele não pode nem falar isso na minha cara! "Tchau"? Jade Whelan? Ela levava meninos para trás do piano da sala da quarta série para mostrar o sutiã para eles! E ela nem precisava de sutiã! Odeio aquela menina! E odeio o Kyle!

— E é para odiar mesmo — digo. — Sinto muito.

Faço pequenos círculos com as mãos nas costas de Andy, quase como fiz com Nan.

— O primeiro menino que eu beijei era um cara chamado Taylor Oliveira. Ele disse para todo mundo na escola que eu não sabia o que fazer com a língua.

Andy solta uma leve risada por entre as lágrimas.

— E você sabia?

— Não tinha ideia. Mas o Taylor também não. Ele mexia a dele como uma escova de dentes. Blergh. Talvez porque o pai dele fosse dentista.

Andy ri de novo, depois abaixa os olhos e vê o Post-it. As lágrimas voltam.

— Ele me deu meu primeiro beijo. Esperei até que fosse alguém de quem eu gostasse de verdade... e, no fim das contas, ele é um idiota. Agora não posso ter outro. Desperdicei meu primeiro beijo com um idiota! — Ela se encolhe na cama, chorando ainda mais alto.

— Cala a boca, Andy. Não consigo me concentrar no meu trabalho! — grita Duff do andar de baixo.

— Meu mundo está desmoronando! — berra ela de volta. — E não estou nem aí!

Nesse instante, Patsy entra no quarto, pois acabou de aprender a sair do berço e a tirar a fralda sozinha, seja lá qual for o estado dela. Neste caso, está cheia. Ela a balança, triunfante, para mim.

— Cocôôôôôô.

— Ecaaa — murmura Andy. — Vou vomitar.

— Eu resolvo isso.

Penso no fato de que dois meses atrás eu nunca tinha entrado em contato com uma fralda. Agora, eu poderia dar aulas num curso sobre as muitas maneiras de lidar com todos os desastres sanitários possíveis e imagináveis.

Patsy me observa com uma curiosidade alheia enquanto limpo a parede (*blergh*), troco os lençóis dela (*blergh de novo*), mergulho-a num banho rápido, recoloco a fralda e a visto com uma roupa limpa.

— Cadê cocô? — pergunta ela, triste, esticando o pescoço para examinar o bumbum.

— Geee-oooorge! — grita uma voz furiosa da cozinha.

Desço para descobrir que George usou o martelo do kit de ferramentas de brinquedo para quebrar os últimos cubos de açúcar enquanto Duff estava ao telefone com o pai. Agora, ele está correndo com suas pernas finas e ágeis, usando nada além de uma cueca do Super-Homem, e Duff atrás dele, furioso, brandindo o telefone como se fosse uma arma.

Corro atrás deles até a entrada no instante em que o fusca encosta e Jase sai, com os gestos relaxados e elegantes que são sua marca registrada.

— Oi. — Ele estende os braços para mim. Ficamos parados na entrada da casa nos beijando, como se o fato de Harry estar fazendo sons de vômito e Duff estar pronto para matar George não importassem. Então, ele passa o braço pelo meu pescoço, se vira para os irmãos e diz: — Tudo bem. O que está havendo?

Ele resolve tudo em alguns minutos. Duff está pintando pauzinhos de pirulito de branco para substituir as paredes de açúcar desmoronadas. Andy está comendo uma barra de chocolate e assistindo a *Uma Garota Encantada* na cama king size do quarto dos pais. Uma pizza está a caminho. Harry está fazendo uma enorme gaiola de travesseiros para Patsy e George, que estão fingindo ser filhotes de tigre.

— Agora — declara Jase —, antes que alguma coisa ou tudo desmorone de novo, vem cá. — Ele se apoia na bancada, me puxa para o espaço entre suas pernas e passa as mãos pelas minhas costas.

É tudo tão bom. Meu corpo está dando pulinhos de alegria, meus dias estão cheios de bons momentos, minha vida parece mais certa do que nunca. E descubro que é assim que acontece. Você está andando por um caminho, impressionado com a perfeição dele, com o fato de você se sentir incrível e, algumas esquinas depois, se perde num lugar pior do que qualquer coisa que poderia ter imaginado.

Capítulo Trinta e Seis

Quando saio do clube no dia seguinte, fico surpresa ao ver o Jetta entrando no estacionamento e Tim me chamando.

— Preciso de você — grita ele, encostando, ilegalmente, ao lado do hidrante.

— Pra quê? — pergunto, entrando no carro mesmo assim, puxando minha saia curta para baixo, com vergonha.

— Larguei a sua mãe. Bom, na verdade, o Clay. Liguei e pedi demissão. Agora preciso tirar minhas coisas do escritório e preciso de um escudo. Um escudo de... Quanto você pesa? De cinquenta quilos.

— Cinquenta e um — corrijo. — Nem acho que o Clay esteja lá. Ele e minha mãe iam a uma fábrica qualquer.

Tim tira um Marlboro do maço preso no quebra-sol e o enfia no canto da boca.

— Eu sei. Sei os horários dele. — Ele bate o dedo na têmpora. — Talvez só precise que você vá junto para manter minha decisão e não bancar o covarde na última hora. Talvez precise que você me enfie no escritório e me tire de lá. Vai me ajudar?

Faço que sim com a cabeça.

— Claro. Mas, se você quer mesmo um escudo, o Jase é muito maior do que eu.

— É. Mas o seu amorzinho está ocupado hoje, como aposto que você sabe.

Não vou admitir que sei. Em vez disso, solto meus cabelos da trança.

— Cara, você é muito gata. — Tim balança a cabeça. — Por que todas as gostosas só querem os atletas e os bons moços? Nós, os fodidos, é que precisamos de vocês.

Confiro a expressão dele com cuidado. Nunca tive a impressão de que Tim se sentisse atraído por mim. *Talvez meu novo status de sexualmente ativa esteja fazendo efeito. Talvez eu esteja irradiando sexo agora.* De certa forma, duvido disso, ainda mais naquela atraente jaqueta de salva-vidas e na saia de lycra azul-marinho.

— Não se preocupe. — Tim, por fim, acende o cigarro pendurado. — Não quero ser aquele cara chato que canta a menina que não pode ter. Foi só um comentário. — Ele faz o retorno de forma ilegal para chegar mais rápido ao escritório da campanha. — Quer fumar? — Joga o Marlboro no meu colo.

— Não fumo. Você sabe disso, Tim.

— O que você faz para matar o tempo, ocupar as *mãos,* eu não consigo entender. — Tim tira uma das mãos do volante e acena para mim, vigorosamente, como se tivesse um tique incontrolável. — O que você usa para relaxar?

Sinto meu rosto arder.

Tim sorri ironicamente para mim.

— Ah, é... Esqueci. Além do seu amorzinho e do...

Ergo a mão pedindo que ele pare, mudando de assunto antes que possa terminar a frase.

— Ainda é difícil não usar nada, Tim? Faz, o quê? Um mês?

— Trinta e três dias. Não que eu esteja contando. E, é, é claro que é difícil pra caralho. As coisas são fáceis para gente como você e o Sr. Perfeito. Para mim, é como se todo dia, milhões de vezes por dia, eu quisesse voltar com aquela menina megagostosa, ou seja, a dose de Bacardi ou a carreirinha de pó ou seja lá o que for, apesar de saber que ela vai me foder de novo.

— Tim, você tem que parar de dizer que tudo é fácil para os outros. Isso não é verdade e faz você ser chato.

Tim assobia.

— Está imitando o Jase agora?

Balanço a cabeça.

— Não, é que... Fico vendo você e a Nan... — Eu me interrompo. Será que vale a pena contar que sei que ele usou os trabalhos da Nan? Isso importa agora? Ele foi expulso. A Nan recebeu os prêmios.

— Fica vendo a Nan fazer o quê? — pergunta Tim, percebendo o jeito como minha voz treme quando digo o nome dela. Ele joga a bituca do primeiro cigarro pela janela e pega outro.

Eu recuo.

— Ela já está tão estressada nestas férias com essa história da escolha das faculdades...

— É, bom, os Mason são especialistas em obsessão e compulsão. — Tim ri, fazendo barulho pelo nariz. — Normalmente fico com a compulsão e deixo a Nana com a obsessão, mas às vezes a gente troca. Adoro minha irmã, mas nós não temos sossego. Sempre estou pronto para dar uma lição prática a ela sobre como é ruim fazer coisas erradas e ela sempre me lembra de como é triste tentar parecer perfeita. E por falar em tristeza, chegamos.

Ele entra no estacionamento do escritório da minha mãe.

Apesar da agenda da mamãe estar incrivelmente ocupada, ainda consigo ficar surpresa por encontrar o escritório lotado de gente em linhas de produção, dobrando panfletos, envelopando e colando etiquetas e selos. As pessoas realmente acreditam nela — o bastante para ficarem sentadas em escritórios abafados durante os dias mais bonitos do curto verão de Connecticut.

Quando entramos, duas senhoras da grande mesa central olham para cima e lançam sorrisos largos e maternais para Tim.

— Ouvimos um boato de que você vai deixar a gente, mas sabíamos que não podia ser verdade — diz a mais alta e mais magra. — Pegue uma cadeira, Timothy querido.

Tim põe um braço em torno dos ombros ossudos da mulher.

— Foi mal, Dottie. O boato é verdade. Estou saindo para passar mais tempo com a minha família — explica, na melhor voz de narrador de cinema.

— E essa é... — A outra mulher aperta os olhos para me enxergar melhor. — Ah! A filha da deputada. — Ela passa o olhar para Tim. — Sua... namorada? Ela é muito bonita.

— Não, infelizmente, ela pertence a outro, Dottie. Apenas a desejo a distância.

Ele começa a jogar papéis e — eu percebo — material de escritório na mochila. Ando por ali, pegando brochuras e bótons de propaganda da minha mãe, depois os colocando de volta no lugar. Por fim, entro na sala dela, silenciosa.

Minha mãe gosta de conforto. A cadeira dela é show, toda ergonômica, de couro fino. A mesa não é daquelas de metal cinza das lojas de móveis para escritório, mas uma antiguidade de carvalho esculpido. Há um vaso de rosas vermelhas e uma foto em que aparecemos minha mãe, Tracy e eu em roupas de Natal de cetim e veludo.

Também há uma grande cesta de ferramentas de jardinagem embrulhadas para presente num celofane verde-brilhante, com um bilhete que diz: *Nós, da Riggio's Quality Lawns, agradecemos o seu apoio.*

Dois ingressos para uma peça da Broadway estão presos a um quadro de cortiça: *Permita que ofereçamos um espetáculo de qualidade para agradecer por tudo que a senhora faz*, de umas pessoas chamadas Bob e Marge Considine.

Um cartão de visitas que diz *Obrigado por analisar seriamente nossa oferta*, da Carlyle Contracting.

Não conheço as regras de uma campanha, mas nada disso me parece certo. Estou parada, me sentindo enjoada, quando Tim entra na sala, a mochila pendurada num dos ombros, uma caixa de papelão na mão.

— Vamos nessa, gata. Precisamos sumir antes que tenhamos que lidar com a sua mãe ou com o Clay. Pelo que soube, eles já estão voltando. Estar do lado dos Moralmente Superiores é novo para mim e talvez eu erre as minhas falas.

Quando chegamos ao lado de fora, Tim joga a caixa e a mochila no banco traseiro do Jetta, depois ergue o banco do passageiro para eu poder entrar.

— O Clay é realmente uma má pessoa? — pergunto, baixinho. — Ele é mesmo um safado?

— Fiz uma pesquisa no Google — admite Tim. — O cara tem um currículo impressionante para quem só tem trinta e seis anos.

Trinta e seis? Minha mãe tem quarenta e seis. *Então ele é novinho mesmo. Isso não significa que ele seja uma pessoa ruim.* Minha mãe o escuta como se ele sempre dissesse a verdade absoluta, mas isso também não significa que seja mau. Mas... mas e a história da agente dupla? Isso é só uma eleiçãozinha em Connecticut, não a Guerra Fria.

— Como você acha que ele cresceu tão rápido? — pergunto a Tim. — Poxa, trinta e seis anos? E, se ele é o grande astro-rei do firmamento republicano, por que parou para ajudar com a pequena campanha de reeleição? Isso é muito estranho, não é?

— Não sei, menina. Mas ele adora fazer isso. No outro dia, passou um comercial sobre a eleição em Rhode Island e o Clay ficou louco. Até ligou para o escritório de lá para avisar o que tinha de errado com a mensagem deles. Talvez ajudar a sua mãe seja a ideia que ele tem de férias. — Ele lança um olhar para mim, depois sorri, irônico. — Férias com benefícios.

— Será que é minha mãe que dá os benefícios? Ou essa morena que você viu?

Tim senta no banco do motorista, virando a chave na ignição e acendendo o isqueiro ao mesmo tempo.

— Não sei o que tem entre aqueles dois. Ele dá umas paqueradas nela, mas os caras do Sul são sempre assim. Ele vive aos beijos com a sua mãe.

Eca. Eu sei, mas não quero pensar nisso.

— Mas, por sorte, isso não é mais problema meu.

— O problema não some só porque não é mais seu.

— Eu sei, mamãe. Olha, o Clay passa por cima das regras e só pensa em política. Isso funciona muito bem para ele, Samantha. Por que mudaria? Não tem incentivo para isso. Não vai ganhar nenhuma recompensa. Nos meus breves momentos brilhantes como cientista político, aprendi uma coisa: tudo gira em torno dos incentivos, das recompensas e da imagem. Ser político se parece muito com ser um alcoólatra que se recusa a admitir que é.

Capítulo Trinta e Sete

No dia do simulado, Nan e eu vamos de bicicleta até o Colégio Stony Bay para fazer a prova. É agosto, as calçadas irradiam calor e as cigarras entoam seu preguiçoso coro de *cri-cris*. No entanto, quando entramos na escola, é como se um interruptor fosse ligado. A sala está abafada e cheira a madeira de lápis apontado e desinfetante industrial, tudo coberto por perfumes frutados demais e desodorantes esportivos, excesso de gente.

O CSB fica num prédio baixo, interminável, de tijolinhos vermelhos, com janelas verdes feias, fechadas, tinta cinza descascando nas portas e piso de linóleo vermelho solto em alguns pontos. É muito diferente do Hodges, construído como uma fortaleza, com ameias, janelas com vitrais e grandes portões. Ele tem até uma ponte levadiça — afinal, nunca se sabe quando uma escola de ensino médio vai ser atacada pelos saxões.

Pública ou particular, elas têm o mesmo aroma escolar, absolutamente fora de contexto hoje, enquanto me remexo no banco grudento, ouvindo o rugido lento do cortador de grama do lado de fora.

— Por que estou fazendo isso mesmo? — pergunto a Nan enquanto ela se senta na fileira à minha frente e coloca a mochila a seus pés.

— Porque a prática leva à perfeição. Ou pelo menos nos ajuda a aumentar nossas notas, o que nos dá a chance de entrar na faculdade dos nossos sonhos. E porque você é minha melhor amiga.

Ela põe a mão no bolso da mochila, tira um protetor labial e aplica nos lábios levemente queimados de sol. Enquanto faz isso, não posso deixar de notar que Nan não apenas está usando a camiseta da sorte azul e branca da Columbia, mas também a cruz que ganhou na primeira comunhão e um bracelete, presente da avó irlandesa, que tem um trevo de quatro folhas verde e branco pendurado.

— Cadê o Buda? — pergunto. — Ele não vai se sentir deixado de lado? E Zeus? E o pé de coelho?

Ela finge me olhar com desprezo, alinhando os sete lápis número dois numa ordem precisa na beira da mesa.

— Isso é importante. Dizem que o vestibular já não é fundamental como antes, mas você *sabe* que não é verdade. Tenho que me garantir. Eu queimaria sálvia, entraria para a Cientologia e usaria um daqueles braceletes da Cabala se achasse que me faria bem. Tenho que sair desta cidade.

Não importa o quanto Nan diga isso, a frase nunca deixa de me magoar um pouco. É ridículo. O problema não sou eu. A casa dos Mason não é um porto seguro para ninguém.

Confirmando isso, ela continua:

— Piorou agora que o Tim só está trabalhando na loja dos Garrett. A mamãe começa todas as conversas com ele com: "Bom, já que você decidiu ser um fracasso..." e termina balançando a cabeça e saindo do cômodo.

Solto um suspiro.

— Como o Tim está lidando com isso?

— Acho que ele chegou a três pacotes por dia — responde Nan. — De cigarros *e* doces. Mas não vejo sinais de mais nada... ainda. — A voz dela soa resignada, obviamente esperando encontrar provas de coisa pior a qualquer momento. — Ele... — começa, mas fica em silêncio quando a porta lateral da sala se abre e uma baixinha vestida de bege e um altão louro entram e se apresentam como os fiscais do simulado.

A mulher repassa os procedimentos numa voz monótona, enquanto o homem anda pela sala, conferindo nossas identidades e entregando cadernos azuis.

O ar-condicionado religa, voltando a gelar a sala e quase abafando a voz monótona da mulher de bege. Nan pega um casaco, remexe suas coisas e coloca mais um moletom sobre a mochila, por via das dúvidas. Ela volta a se sentar, põe os cotovelos na mesa, apoia o queixo nas mãos unidas e suspira.

— Odeio escrever — diz ela. — Odeio tudo em relação a isso. A gramática, as regras... Blergh. — Apesar do leve bronzeado que ela sempre adquire no fim do verão, Nan parece pálida sob as sardas, apenas o nariz queimado indicando a estação.

— Você é a grande estrela das redações — lembro a ela. — Vai passar fácil. Vai entrar para a Antologia Literária Lazlo, lembra? O vestibular é fichinha pra você.

O homem alto e louro aponta de forma extravagante para o relógio e a mulher de bege diz:

— Shhhhh! — Ela começa a contagem regressiva de forma solene, como se estivéssemos partindo do Cabo Canaveral, e não fazendo um simulado. — Em dez, nove, oito...

Olho à minha volta. Todos os candidatos, obviamente tão compenetrados quanto Nan, estão com os cadernos azuis e os lápis alinhados em perfeita simetria. Olho de novo para Nan, apenas para vê-la ajustar a manga do moletom acima da mochila mais uma vez, permitindo que eu observe — do meu lugar privilegiado, à esquerda e atrás dela — a ponta de um dicionário eletrônico aparecendo sob a barra azul-clara do moletom.

Ela está olhando fixamente para o relógio, a boca pressionada em uma linha fina, o lápis preso entre os dedos com tanta força que é incrível que ele não quebre ao meio. Nan é canhota. A mão direita está pousada sobre a coxa, com a mochila ao alcance.

De repente, várias imagens passam pela minha cabeça. Lembro a maneira como Nan fez prova após prova junto comigo: sempre com a mochila ao lado, um moletom ou suéter ou qualquer outra coisa sobre ela. As lembranças se encaixam, como fotogramas de um filme passando lentamente, um após o outro, e percebo que isso não é um incidente isolado. Nanny, minha melhor amiga, a que sempre é a melhor da turma, Nan, a estrela do colégio, cola nas provas há anos.

Ainda bem que estamos apenas fazendo um simulado, porque eu mal consigo me concentrar. Só consigo pensar no que vi, no que agora sei com certeza. Nan não precisa colar. Quero dizer, ninguém precisa colar, mas Nan está apenas garantindo uma coisa já certa. É só olhar para as redações dela.

As redações dela.

Os arquivos no computador de Tim que eu vi, que...

Culpei Tim por roubar. A compreensão me deixa paralisada. Vários minutos passam antes que eu finalmente pegue meu lápis e tente me concentrar na prova.

No intervalo, jogo água em meu rosto no horrível banheiro de ladrilhos azul-piscina e tento pensar no que devo fazer. Contar aos fiscais? De jeito nenhum. Ela é minha melhor amiga. Mas...

Enquanto estou parada ali, encarando meus próprios olhos, Nan para ao meu lado, joga álcool em gel nas mãos e esfrega até os braços, como se estivesse se preparando para uma cirurgia.

— Acho que não vai sair — digo, antes que possa pensar.

— O quê?

— A culpa. Não funcionou para a Lady Macbeth, não é?

Ela empalidece, depois seu rosto fica vermelho, a pele translúcida cheia de sardas rápida em mostrar ambos os tons. Ela olha em volta rapidamente para ter certeza de que estamos sós.

— Estou pensando no futuro — sibila. — No *meu* futuro. Você pode achar suficiente acabar numa oficina mecânica com o seu faz-tudo, comendo miojo, mas eu vou estudar na Columbia, Samantha. Eu vou fugir... — O rosto dela se enruga. — De tudo isso. — Ela faz um aceno com a mão. — De tudo.

— Nan. — Eu me aproximo dela, os braços abertos.

— De você também. Você faz parte disso.

Virando-se, ela sai pisando duro do banheiro, parando apenas para pegar a mochila, de onde as mangas do moletom pendem, inúteis.

Isso realmente acabou de acontecer? Eu me sinto enjoada. *O que acabou de acontecer? Quando me tornei uma coisa da qual a Nan quer fugir?*

Capítulo Trinta e Oito

O salão do hotel está abafado e quente demais, como se alguém tivesse se esquecido de ligar o ar-condicionado. O que provavelmente teria me deixado bêbada de sono mesmo que não tivesse acordado às cinco da manhã, incapaz de dormir, pensando em Nan, e saído para nadar no mar. Sem contar que estamos em Westfield, na outra ponta do estado, muito, muito longe de casa, e estou presa em meu vestido formal de linho azul. Há um grande chafariz no meio do salão, cercado por mesas cheias de minissanduíches e salgadinhos. Pisca-piscas brilham em torno de estátuas reproduzindo a Vênus de Botticelli e o Davi de Michelangelo, que parece tão irritado e pouco à vontade quanto eu aqui no evento beneficente. Minha mãe faz seu discurso no palco, ao lado de Clay, e eu me esforço para não dormir.

—Você deve estar tão orgulhosa da sua mãe — me dizem várias pessoas, sacudindo os pequenos coquetéis de frutas e champanhe servidos em minúsculos copos de plástico.

Repito milhares de vezes:

— Ah, claro que estou. Estou, sim.

Meu assento fica ao lado do palco e, quando minha mãe é apresentada, não consigo deixar de apoiar a cabeça no púlpito, até que ela me dá um chute forte e eu me ajeito rapidamente na cadeira, forçando os olhos a se manterem abertos.

Por fim, ela faz algum tipo de discurso de fim de noite, e ouço muitos aplausos e "Vamos lá, Reed!". Clay põe uma das mãos na lombar de minha mãe, empurrando-a, enquanto saímos para a noite, que ainda nem está tão escura assim, apenas levemente avermelhada, já que estamos na cidade.

—Você é uma beleza, Gracinha. Depois de quase doze horas, ainda está linda.

Minha mãe solta um risinho envaidecido, depois mexe no brinco.

— Querido... — Ela hesita mas diz: — Não entendo por que aquela Marcinha tem que estar em todos os eventos a que eu vou.

— Aqui? Hoje? — pergunta Clay. — Nem notei. Já te disse: eles mandam a Marcinha do mesmo jeito como a gente faz o Tim contar os carros nos eventos do Christopher ou a Dorothy conferir as coletivas de imprensa dele.

Sei que estão falando da morena. No entanto, Clay não parece querer enganar minha mãe. Ele soa como se realmente não tivesse percebido que "Marcinha" estava lá.

— É preciso anilasar... — Clay faz uma pausa, ri, depois repete com cuidado: — *Analisar* as vantagens e as desvantagens do seu oponente.

Ele tropeça no asfalto e minha mãe solta uma risada baixa.

— Calma, querido.

— Desculpa. Aquelas pedras meio que se soltaram dali. — Eles param, abraçados na escuridão, balançando levemente. — É melhor você dirigir.

— É claro — responde minha mãe. — Me dê as chaves.

Eles riem muito enquanto ela procura o chaveiro nos bolsos do paletó dele — ai, que nojo —, e eu só quero ir para casa.

Minha mãe dá partida no carro com um rugido, *VRUM*, e depois ri, surpresa, como se carros nunca fizessem aquele som.

— Na verdade, amor, é melhor você me dar a chave — diz Clay.

— Está tudo bem — responde minha mãe. — Você tomou quatro taças e eu, três.

— Talvez — afirma Clay. — Posso ter bebido um cadinho mais.

— Adoro suas expressões — murmura minha mãe.

O tempo flui. Escorrego no banco, esticando as pernas sobre uma pilha desconfortável de cartazes de Grace Reed e caixas de folhetos da campanha, apoiando a cabeça sobre o revestimento de couro duro sob a janela. Observo as luzes da estrada, minhas pálpebras pesadas, depois as luzes mais fracas, quando as rotas se tornam cada vez mais tranquilas, mais próximas de casa.

— Pegue a Beira-Mar — pede Clay, baixinho. — Tem menos trânsito. Já estamos quase chegando, Gracinha.

O vidro da janela está gelado contra o meu rosto, a única coisa fria no carro aquecido. Outros faróis passam por um tempo, depois somem. Por fim, vejo pelo brilho da lua nas águas do mar que estamos passando pelo parque McGuire. Lembro-me de estar ali com Jase, deitada na pedra do rio, aquecida pelo sol, então minhas pálpebras lentamente se fecham, o motor zumbindo como o aspirador de pó de minha mãe, uma familiar cantiga de ninar.

BAM.

Meu nariz atinge o banco à minha frente com tanta força que estrelas piscam em meus olhos e meus ouvidos doem.

— Ai, meu Deus! — exclama minha mãe numa voz aguda, em pânico, mais assustadora do que o sobressalto repentino. Ela pisa com força no freio.

— Dá ré, Grace. — A voz de Clay é equilibrada e firme.

— Mãe? Mãe? O que aconteceu?

— Ai, meu Deus — repete ela.

Mamãe sempre dá um escândalo por causa de amassados e arranhões no carro. Há uma onda repentina de ar frio noturno quando Clay abre a porta do passageiro e sai. Um segundo depois, ele volta.

— Grace. Vamos embora. Agora. Não aconteceu nada, Samantha. Vá dormir.

Vejo uma imagem rápida do perfil dele, um braço em torno do pescoço de minha mãe, os dedos nos cabelos dela, fazendo carinho.

— Dá ré e vamos embora agora — repete ele.

O carro dá um pulo para trás e para.

— Grace. Se acalma. — O carro vai para a frente e para a direita. — Só leve a gente para casa.

— Mãe?

— Não foi nada, meu amor. Durma. Bati num buraco. Volte a dormir — ordena minha mãe, a voz dura.

E eu durmo. Talvez ela ainda esteja falando, mas estou simplesmente exausta. Quando Tracy e eu éramos mais novas, minha mãe costumava nos levar de carro para a Flórida nas férias, e não de avião. Ela gostava de parar em Manhattan, em Washington, em Atlanta, ficar em pousadas, dar uma olhada em lojas de antiguidades no caminho. Eu estava sempre impaciente demais para chegar à praia e aos golfinhos, então tentava dormir durante todos os momentos em que estávamos no carro. Sinto-me assim agora. Mergulho numa escuridão tão absoluta que mal consigo me arrastar para fora do carro quando minha mãe diz:

— Samantha. Chegamos. Vai dormir.

Ela puxa meu braço com tanta força que dói, e eu me arrasto para o segundo andar, caio no colchão, cansada demais para tirar o vestido ou entrar embaixo das cobertas. Apenas abraço o vazio.

Meu celular toca, insistente. Eu o enfiei embaixo do travesseiro, como sempre. Agora o procuro, ainda sonolenta, os dedos se fechando e agarrando um bolo de lençóis enquanto o toque continua, incansável. Por fim, eu o encontro.

— Sam? — A voz de Jase, áspera, está quase irreconhecível. — Sam!

— Hummm?

— Samantha!

A voz dele está alta, estridente. Afasto imediatamente o telefone da orelha.

— O que houve? Jase?

— Sam. Nós... hum... precisamos de você. Pode vir até aqui?

Arrasto-me para fora da cama, tentando focalizar o olhar no relógio digital.

1:16.

Oi?

— Agora?

— Agora. Por favor. Você pode vir até aqui agora?

Eu me jogo para fora da cama, arranco o vestido, visto um short e uma camiseta, calço os chinelos e saio pela janela, descendo a treliça. Olho rapidamente para minha casa, mas as luzes do quarto da minha mãe estão apagadas, então corro pelo gramado sob a chuva fraca até a casa dos Garrett.

Onde todas as luzes — da entrada, da varanda, da cozinha — estão acesas. Isso é tão incomum para aquela hora da noite que tropeço e paro na entrada da casa.

— Samantha! — A voz de Andy chama da porta da cozinha. — É você? O Jase disse que viria.

A silhueta dela aparece na porta, cercada de sombras menores. Duff, Harry, George, Patsy nos braços da Andy? A essa hora? *O que está acontecendo?*

— É o papai. — Andy está tentando conter as lágrimas. — Alguma coisa aconteceu com o papai. Ligaram para minha mãe. — O rosto dela se enruga. — Ela foi até o hospital com a Alice. — A menina se joga nos meus braços. — O Jase foi com elas. Ele disse que você viria cuidar da gente.

— Está bem. Está bem, vamos entrar — ordeno.

Andy fica parada, respirando fundo, tentando se controlar. Os pequenos a observam, de olhos arregalados, sem entender. A expressão que toma conta do rosto de George é uma das coisas mais difíceis que já tive que enfrentar. Tantos desastres imaginários em sua mente, mas este é um que ele nunca previu.

Capítulo Trinta e Nove

À luz da cozinha, todas as crianças estão piscando, com sono, desorientadas. Tento pensar no que a Sra. Garrett faria para animar a família e só consigo pensar em pipoca. Então, faço isso. E chocolate quente, mesmo que o clima, apesar da chuva, esteja quente como um cobertor elétrico. George sobe na bancada ao meu lado enquanto misturo o chocolate com o leite.

— Mamãe sempre põe o chocolate primeiro — reprova ele, olhando para mim com os olhinhos apertados por causa da claridade da luz.

Deve ser uma boa ideia, já que a mistura está cheia de bolinhas duras de pó, que tento amassar na lateral da jarra. Minha mãe faz chocolate quente com umas raspas chiques de chocolate da Ghirardelli's, de São Francisco. Derrete mais fácil.

— E não temos chantilly. — Harry está triste. — Não tem por que fazer chocolate quente sem chantilly.

— Tem, se a gente colocar marshmallows — insiste George.

— Teta? — grita Patsy, triste, dos braços de Andy. — Cadê teta?

— E se o papai morreu e ninguém quis contar para a gente? — intervém Andy.

George começa a chorar. Quando o pego no colo, ele esconde a cabeça no meu ombro, e lágrimas quentes descem pela minha pele. Lembro-me, por um segundo, de Nan chorando em meus braços, indefesa. E de como agora está com quatro pedras na mão. O que poderia ter acontecido com o saudável e forte Sr. Garrett? Um infarto, um derrame, um aneurisma...

— Ele não morreu — afirma Duff com firmeza. — Quando a pessoa morre, os policiais vão até a casa dela. Já vi isso na TV.

Harry corre para abrir a porta da varanda.

— Não é a polícia — grita para nós. — Mas... Oi, Tim.

— Oi, companheiro. — Tim abre a porta com os ombros, os cabelos molhados, a umidade brilhando na jaqueta. — O Jase me ligou, Samantha. Vai pro hospital. Vou ficar aqui. — Ele me lança a chave do Jetta. — Anda — repete.

— Não sei dirigir.

— Ah, puta que pariu. Está bem. — Ele se vira para Andy. — Vou levar a Samantha ao hospital, depois volto para ajudar você... hum... a fazer o que for preciso... menos trocar fraldas. — Ele aponta o indicador para Patsy. — Nem pense em fazer cocô.

— Cocôôôôôôôô — diz Patsy, num tom de voz baixinho, desanimado.

Antes de chegarmos à emergência, Tim insiste em parar, cantando pneu, numa loja de conveniência para comprar cigarros, remexendo nos bolsos para encontrar moedas.

— Não temos tempo para isso — sibilo. — E fumar faz muito mal aos pulmões.

— Tem dez dólares? — continua ele. — Meus pulmões são o *menor* dos nossos problemas agora.

Enfio um punhado de notas na mão dele. Depois que ele compra o maço, vamos para o hospital.

Não há sinal da Sra. Garrett. Nem de Alice. Mas Jase está sentado em um dos horríveis bancos de plástico laranja da sala de espera, encolhido, as palmas das mãos na testa. Tim me dá um empurrão desnecessariamente forte e vai embora.

Sento-me em silêncio no banco ao lado de Jase. Ele não se mexe, talvez por não perceber, talvez por não se importar com o fato de haver alguém ao lado dele.

Ponho a mão nas costas de meu namorado.

Os braços de Jase se abaixam e ele se vira para mim. Tem os olhos cheios de lágrimas.

Então, ele me abraça com força e eu o envolvo em meus braços. Ficamos assim por um bom tempo, sem dizer nada.

Depois de alguns instantes, Jase se levanta, vai até o bebedouro, joga água no rosto, volta e põe as mãos frias e úmidas nas minhas faces. Ainda não dissemos nada.

Uma porta bate. É Alice.

— Traumatismo craniano — conta com amargura a Jase. — Ele ainda está inconsciente. Talvez tenha um hematoma subdural. Os médicos ainda não podem afirmar se é sério, só estão tomando medidas preventivas. Está muito inchado. Com certeza ele fraturou a pelve. Foi feio. Algumas costelas... Isso não é muito grave. É o problema na cabeça que a gente ainda vai ter que esperar para saber.

— Cacete. Cacete!!! — exclama Jase. — Alice...

— Eu sei. Não consigo entender. Por que ele estava na Beira-Mar tão tarde da noite? Não tem nenhuma reunião do AA lá. Não costuma ter.

Rua Beira-Mar

Rua Beira-Mar.

É como se uma névoa espessa sumisse. Posso ver minha mãe dirigindo de volta para casa, pegando a rua calma que margeia o rio. *Parque McGuire. Margeando o rio. Rua Beira-Mar.*

— Tenho que voltar para lá — diz Alice. — Eu saio quando souber mais.

Nunca passei tempo num hospital. A sala de espera fica lotada tanto de pessoas que parecem desesperadamente doentes quanto de gente que parece estar tão calma quanto se estivesse esperando num ponto de ônibus para viajar para um destino qualquer. O ponteiro pequeno do relógio passa do dois para o três, para o quatro... Algumas das pessoas do ponto de ônibus são chamadas antes das que parecem pensar que o tempo delas na Terra é medido em milissegundos. Jase e eu ficamos sentados enquanto monitores apitam. *Doutor Rodrigues. Chamando o Dr. Rodrigues. Dr. Wilcox. Código Azul. Dr. Wilcox.*

No começo, apoio a cabeça no ombro de Jase, depois ele abaixa a cabeça e vai descendo cada vez mais. Quando Alice volta, a cabeça dele está no meu colo e eu dormindo, apoiada nos cachos dele.

Ela me sacode com força, me acordando de um sonho confuso sobre a Rua Beira-Mar e me trazendo de volta à sala com luzes fluorescentes, o peso de Jase no meu colo e a catástrofe que desabou sobre todos.

— Minha mãe pediu para vocês voltarem para casa. — Alice faz uma pausa para tomar um gole da Coca-Cola que tem nas mãos, depois encosta a garrafa na têmpora. — Ele tem que abrir a loja. Não podemos ficar um dia inteiro fechados. Então, vai precisar dormir um pouco.

— O quê? — Jase acorda num pulo. — Oi?

Ele costuma parecer mais velho para mim, mas, agora, com os cabelos bagunçados e os olhos verdes sonolentos e embaçados, parece muito jovem.

Os olhos de Alice encontram os meus, cheios de urgência, dizendo *cuide dele* sem pronunciar uma palavra.

— Vai pra casa. Não sabemos nada ainda. — Alice termina a Coca em goles longos e lança a garrafa numa lixeira azul de plástico, fazendo uma cesta perfeita.

A chuva leve ainda está caindo quando Jase e eu andamos até a van, gotículas de uma névoa suave. Ele inclina a cabeça para trás, olhando para o céu, que está coberto de nuvens escondendo as estrelas.

Não dizemos nada na volta para casa, mas Jase tira uma das mãos do volante e a entrelaça com a minha, apertando-a com tanta força que quase dói.

A casa dos Garrett ainda está acesa como um bolo de aniversário quando paramos na entrada.

— Será que ainda tá todo mundo acordado? — murmura Jase.

— Estavam muito assustados — digo, me perguntando qual será o tamanho do caos quando entrarmos. Deixar o Tim encarregado de tudo? Talvez não tenha sido a melhor das ideias.

No entanto, a casa está em silêncio. A cozinha faz parecer que um exército invasor passou por aqui com fome e deixou o local rapidamente. Potes de sorvete, sacos de biscoitos, caixas de cereal, tigelas e pratos estão empilhados por todo o cômodo, mas não há movimento.

— Você poderia ter me avisado que essa aqui nunca dorme — grita Tim da sala de estar.

Entramos e o encontramos desabado na poltrona ao lado do sofá-cama aberto. Andy está esparramada no colchão, as longas pernas bronzeadas formando um V, com George nos braços. Duff, ainda de roupa, está deitado na ponta do colchão e Harry, encolhido numa bola sobre um travesseiro e sob a perna estendida de Andy. Pelo visto, ninguém quis ficar sozinho.

Patsy está enfiando o dedo no nariz e puxando o lábio inferior de Tim, os olhos azuis bem abertos.

— Foi mal, cara — diz Jase. — Ela costuma dormir cedo.

— Você faz ideia de quantas vezes eu li *O rato que adorava cookies* para essa menina? Que história mais porra-louca! Isso é mesmo um livro pra criança?

Jase ri.

— É sobre tomar conta de crianças.

— Não, é sobre vício. Aquele doente daquele rato nunca fica satisfeito. Ele sempre quer mais biscoitos, um pacote nunca é o bastante. É muito bizarro. Mas a Patsy gostou. Cinquenta mil vezes. — Tim boceja, e Patsy se acomoda de forma mais confortável no peito dele, agarrando um pedaço da camisa do novo amigo. — E aí? O que aconteceu?

Contamos a ele o que sabemos — nada —, depois colocamos a bebê no berço. Ela nos encara, irritada e assustada por um instante, depois pega as cinco chupetas, fecha os olhos com uma expressão de concentração absoluta e cai num sono profundo.

—Vejo você na loja, cara. Pode deixar que eu abro. Boa noite, Samantha. — Tim sai para a noite escura.

Jase e eu ficamos na porta por alguns minutos, observando os faróis do carro se acenderem e o Jetta dar a ré para sair da garagem.

Então, um silêncio cai sobre nós.

— E se meu pai ficar com lesões no cérebro, Sam? Traumatismo craniano... E se ele ficar em coma? E se nunca acordar?

— A gente ainda não sabe qual é a gravidade — tento acalmá-lo. *Não pode ser tão ruim assim. Por favor, que não seja tão ruim.*

Jase se abaixa e tira uma meia.

— A cabeça, Sam. Não pode ser bom. Minha mãe e meu pai não têm plano de saúde. Só os filhos têm.

Fecho os olhos, esfregando a testa como que tentando apagar aquelas palavras.

— Eles mencionaram isso no início do ano — relembra Jase, baixinho. — Ouvi os dois conversando... Disseram que seria só por alguns meses, que eram saudáveis, ainda eram jovens, não tinham nenhuma doença crônica... Não seria um problema. — Ele deixa o segundo tênis cair, fazendo barulho e acrescentando, quase sem pronunciar: — Agora é.

Engulo em seco, sacudindo a cabeça, sem ter o que dizer para consolá-lo, ou por qualquer outro motivo, na verdade.

Levantando-se, ele estende a mão para mim e me puxa para a escada.

O quarto dele está levemente iluminado pela lâmpada que aquece a gaiola de Voldemort, um brilho vermelho fraco que mal ilumina as outras caixas e gaiolas, combinando com o aroma terroso das plantas e o acre da areia limpa dos habitats dos animais, embalados pelo leve barulho da roda do hamster.

Jase liga o abajur, tira o celular do bolso de trás da calça, aumenta o volume do toque e o joga na mesa de cabeceira. Pega Mazda, a gata, que está esparramada de barriga para cima no meio da cama, e a põe no chão. Vai até a cômoda, tira uma camiseta branca e me dá.

— Sam — sussurra, virando-se para mim, um menino lindo e confuso.

Suspiro no pescoço dele, deixando a camisa cair enquanto as mãos de Jase escorregam para minha cintura, me puxando. Estou perto o bastante para ouvir as batidas do coração dele contra o meu.

O que estou imaginando que seja a verdade não pode, *não pode* ser a verdade, então abraço Jase e tento lançar todo meu amor, toda minha força para dentro dele através dos meus lábios, dos meus braços, do meu corpo. Afasto da cabeça o sussurro que diz "Rua Beira-Mar", minha mãe gritando "Ai, meu Deus", a voz firme de Clay e aquele barulho horrível. Dobro todos, guardo-os, embrulho com plástico-bolha e fita adesiva.

Já sentimos aquela urgência antes, aquela pressa para experimentar tudo que podemos, mas nunca assim, nunca com tanta ansiedade. Ele está puxando minha camiseta e eu, passando as mãos pelas laterais macias do seu corpo, sentindo os músculos se contraírem de tensão e em resposta ao meu desejo, seus lábios quentes no meu pescoço, meus dedos nos seus cabelos, um pouco de desespero e, de certa forma, um alívio, uma certeza da força da vida naquela noite vazia.

Depois, Jase abaixa a cabeça e a apoia pesadamente em meu braço, ofegante. Não dizemos nada por alguns minutos.

Então:

— Será que preciso me desculpar? — pergunta ele. — Não sei o que... Não sei por que eu... Isso me ajudou, mas...

Deslizo os dedos lentamente até o quadril dele.

— Não, não precisa. Não. Isso me ajudou também.

Ficamos ali por um bom tempo, nossos corações voltando gradualmente ao ritmo normal, o suor secando em nossa pele, nossa respiração se misturando. Por fim, sem dizer nada, nos deitamos na cama de Jase. Ele põe minha cabeça em seu peito com cuidado, uma mão quente no meu pescoço. Logo, sua respiração se torna estável, mas eu continuo acordada, encarando o teto.

Mãe. O que foi que você fez?

Capítulo Quarenta

— *Jase*. Filho? Jase. — A voz da Sra. Garrett soa alta do lado de fora do quarto silencioso.

Ela sacode levemente a maçaneta, mas ele trancou a porta, então não abre. Jase se levanta de um pulo, está lá em um segundo, a silhueta do corpo alto destacada contra a luz, destrancando a porta, mas a abrindo o mínimo possível.

— O papai... O que foi que aconteceu? — A voz dele estremece.

— O estado dele é estável. Fizeram um procedimento de emergência. Uma coisa chamada trepanação para aliviar a pressão no cérebro. A Alice disse que é um procedimento padrão. Só vim trocar de roupa e tirar leite para a Patsy. O Joel ficou lá. Não vamos saber muita coisa até ele acordar. — A voz dela está forte, mas cheia de lágrimas. — Tem certeza de que pode cuidar da loja hoje?

— Pode ficar tranquila, mãe.

— A Alice vai ficar comigo para interpretar o mediquês. O Joel precisa trabalhar, mas vai voltar à noite. Pode pedir para o Tim ajudar você? Sei que não é o dia dele, mas...

Saindo para o corredor, Jase se abaixa para abraçar a mãe. Sempre penso na Sra. Garrett como uma mulher alta. Surpresa, percebo que ela é tão baixa quanto eu contra o filho longilíneo.

— Vai ficar tudo bem. Vamos dar um jeito. O Tim já tinha me dito que ia abrir a loja. Diz ao papai... Diz ao papai que eu amo ele. Leva alguma coisa para ler para ele. Sabe aquele livro, *A Tormenta*? Faz um tempão que ele está querendo ler. Está na caminhonete.

— Samantha? Você pode ficar com as crianças? — pede a Sra. Garrett.

Mesmo à luz fraca, vejo Jase ruborizar.

— A Sam só estava... — Ele se interrompe. *Coitado do Jase. O que ele vai dizer? Que eu só vim dar um oi? Que vim ajudar a alimentar os animais?*

— Tudo bem — responde a mãe, rápida. —Você pode ficar, Sam?

— Claro — respondo.

O dia passa sem que eu note. Faço o que tenho que fazer quando estou de babá na casa dos Garrett, mas nada funciona da maneira que deveria. Nunca fiquei com Patsy por mais de algumas horas e não sei o que ela odeia mais: eu ou a mamadeira. A Sra. Garrett liga às dez da manhã, pedindo desculpas. Ela não pode voltar para amamentar a filha e deixou um pouco de leite na geladeira. Patsy detesta a ideia. Ela empurra a mamadeira, chorando. Às duas da tarde, a menina está com o rosto vermelho, chorando e suando muito. Noto pelo tom de histeria do choro o quanto ela está cansada, mas se recusa a dormir. Quando a ponho no berço, Patsy joga todos os bichos de pelúcia para fora, num claro protesto. George não desgruda de mim. Ele recita fatos numa voz baixinha, tensa, agarrando meu braço para ter certeza de que estou prestando atenção, e chora com facilidade. Harry sistematicamente faz tudo que não deveria: bate em George e em Duff, joga um rolo de papel inteiro na privada "pra ver o que acontece", tira um pote de massa de cookie da geladeira e começa a comer com os dedos. Quando Jase chega às cinco horas, estou quase me deitando no tapete ao lado de Patsy e esperneando. Mas fico feliz por estar ocupada, porque isso quase — na verdade, não, mas quase — me faz esquecer os pensamentos que estão passando pela minha cabeça como uma faixa de notícias emergenciais numa tela de TV. *Isso não pode ter nada a ver com a minha mãe. Não é possível.*

Jase parece absolutamente exausto, então me controlo, pergunto sobre as vendas e se ele teve mais notícias do hospital.

— Mais do mesmo — diz ele, soltando os cadarços do pé direito do tênis e o jogando no closet. — Ele está estável. Não houve mudança. Nem sei o que *estável* quer dizer de verdade. Foi atropelado e tiveram que abrir um buraco na cabeça dele. "Estável" é o que a gente diz quando tudo continua igual. Mas nada está igual aqui.

Ele joga o segundo tênis com força contra a parede, deixando uma marca preta. O barulho assusta Patsy, que está em meus braços, e ela começa a chorar de novo.

Jase olha para a irmã, depois abre os braços e pega-a no colo, a pele morena contrastando com os braços branquinhos da menina.

— Imagino que o seu dia também tenha sido uma bosta, Sam.

— Não do mesmo jeito. — Patsy pega uma ponta da camisa do irmão e tenta colocá-la na boca.

— Tadinha — diz Jase com carinho no pescoço da irmã.

Alice volta para casa logo depois, trazendo pizza e mais notícias iguais embrulhadas num jargão médico.

— Tiveram que fazer uma trepanação para aliviar a pressão intracraniana, Jase. Um inchaço no cérebro é sempre um problema quando há traumatismo craniano e parece que o papai caiu bem de cabeça. Mas os pacientes costumam se recuperar disso sem nenhuma sequela de longo prazo, contanto que não haja um trauma adicional, o que a gente ainda não descobriu.

Jase balança a cabeça, mordendo o lábio, e se vira para olhar as crianças mais novas que entram correndo na cozinha, atraídas pelo cheiro de pizza e pelo barulho de pessoas mais velhas que teoricamente podem explicar e resolver tudo.

— Fui de bicicleta até a Rua Beira-Mar hoje à tarde — conta Duff —, para procurar pistas. E nada.

— Isto não é o *CSI*, Duff. — O tom de voz de Alice é mais afiado do que o cortador de pizza.

— Mas é um mistério. Alguém atropelou o papai e simplesmente fugiu. Achei que fosse encontrar marcas de borracha e poderíamos identificar os pneus. Ou pedaços de plástico quebrado de uma lanterna ou coisa assim. Depois a gente poderia identificar um certo tipo de carro e...

— Não conseguir nada — resume Alice. — Quem quer que tenha atropelado o papai fugiu.

— A maioria das pessoas que foge do local de acidentes nunca é identificada — admite Duff. — Li isso na internet também.

Fecho os olhos, uma onda vergonhosa de alívio tomando conta de mim.

Jase anda até a porta, abrindo e fechando a mão.

— Deus do Céu. Como alguém pode fazer isso? Que *tipo* de pessoa faria isso? Atropelar alguém... Atropelar outro ser humano e simplesmente continuar dirigindo.

Sinto-me enjoada.

— Talvez não tenham percebido que bateram em alguém.

— Impossível. — A voz dele se torna mais dura, mais raivosa do que já ouvi. — Quando a pessoa está dirigindo, ela nota quando bate em uma lata, um pedaço de pneu velho, uma embalagem de fast-food, um esquilo morto. Ninguém poderia atropelar um homem de oitenta quilos e não notar.

— Talvez a pessoa que tenha atropelado ele fosse a pessoa que ele ia encontrar — especula Duff. — Talvez o papai esteja envolvido em alguma coisa hipersecreta e...

— Duff. Isso não é *Pequenos Espiões*. É a vida real. A nossa vida. — Alice joga um prato de papel violentamente em cima do irmão mais novo.

O rosto de Duff fica vermelho, lágrimas inundam seus olhos. Ele engole em seco, olhando para a pizza.

— Só estou tentando ajudar.

Jase vai para trás dele e aperta o ombro do menino.

— A gente sabe. Obrigado, Duff. A gente sabe.

As crianças menores começam a comer, o apetite intacto apesar dos pesares.

— Talvez o papai seja da Máfia — especula Duff um pouco depois, agora com os olhos secos e a boca cheia. — E ele ia dedurar a coisa toda e...

— Cala a boca, Duff! O papai não é da Máfia! Nem italiano ele é! — berra Andy.

—Tem a Máfia chinesa e...

— Para com isso! Você está sendo burro e irritante de propósito. — É a vez de Andy explodir em lágrimas.

— Gente... — começa Jase.

— Fiquem. Quietos. *Agora!* — diz Alice numa voz tão mortal que todos ficam paralisados.

George apoia a cabeça na mesa, tapando os ouvidos. Patsy aponta um dedo acusador para Alice e diz:

— Bunda!

Duff mostra a língua para Andy, que o encara. O caos se instalou de vez entre os meus Garrett.

Faz-se um longo silêncio, quebrado pelos soluços de George.

— Eu quero o papai — uiva ele. — Não gosto de você, Alice. Você é muito má. Quero a mamãe e o papai. A gente tem que tirar o papai do hostilpal. Ele não está bem lá. Podem pôr uma bolha de ar no soro dele. Podem dar remédio estragado para ele. Ele pode ter uma enfermeira má que é assassina.

— Amiguinho. — Jase pega George no colo. — Isso não vai acontecer.

— Como é que *você* sabe? — pergunta George com firmeza, as pernas balançando no ar. —Você *promete*?

Jase fecha os olhos, esfregando com uma das mãos os pequenos ombros pontudos de George.

— Prometo.

Mas posso ver que George não acredita nele.

Exausta, Patsy cai no sono na cadeira de alimentação, a bochecha rosada apoiada numa mancha de molho de tomate. George e Harry assistem a um filme muito estranho sobre um grupo de bebês dinossauros que vão participar de uma aventura nos trópicos. Alice volta para a UTI. Ligo para minha mãe para avisar que não vou jantar em casa. Ela responde de um local barulhento, cheio de risadas ao fundo.

— Tudo bem, querida. Estou num encontro com eleitores no Tidewater. Muito mais pessoas do que a gente esperava apareceram. Está um sucesso!

A voz dela está firme e alegre, não há tensão nenhuma. Deve ser uma coincidência, tem que ser, aquela batida à noite e o Sr. Garrett. Não pode haver ligação entre os dois. Se eu mencionasse o assunto, pareceria maluca.

Ela nos ensinou a ter consciência. A pior coisa que Tracy e eu podíamos fazer era mentir. "O que você fez foi errado, mas mentir deixou tudo milhares de vezes pior" era um discurso tão familiar que poderíamos tê-lo musicado.

Capítulo Quarenta e Um

Pratos retinem e tintilam quando ligo para o Breakfast Ahoy para pedir demissão no dia seguinte. Ouço Ernesto soltando um palavrão por causa da manhã estranhamente agitada no café enquanto digo a Felipe que não vou mais trabalhar. Ele não acredita. É, eu sei, é muito fora do meu feitio sair assim, sem avisar. Muito menos no auge da temporada de verão. Mas os Garrett precisam de mim.

— *No vayas a creer que podrás volver y recuperar tu trabajo* — irrita-se Felipe, voltando ao espanhol nativo antes de traduzir: — Não pense que vai poder aparecer e conseguir seu trabalho de volta, mocinha. Se sair agora, vai sair para sempre.

Tento ignorar uma pontada de tristeza. O ritmo e a energia implacáveis do Breakfast Ahoy sempre foram antídotos para os longos períodos de imobilidade e tédio do clube. Mas não posso pedir demissão do clube. Minha mãe ficaria sabendo no mesmo instante.

Jase reclama, mas eu o ignoro.

—Vou me livrar daquele uniforme. Já deu o que tinha que dar — digo.

O mais importante é que sair do Breakfast Ahoy libera três manhãs da minha semana.

— Odeio que isso esteja afetando a sua vida também.

No entanto, não chega nem perto do modo como afeta os Garrett. A Sra. Garrett praticamente mora na UTI. Ela vem para casa amamentar Patsy, dormir por algumas horas e ter longas conversas tensas ao telefone com o departamento de cobrança do hospital. Alice, Joel e Jase se revezam para passar a noite com o pai. George faz xixi na cama constantemente e Patsy odeia a mamadeira com todas as suas forças. Harry começa a falar mais palavrões do que Tim, e Andy passa o tempo todo no Facebook e lendo *Crepúsculo* pela milionésima vez.

A noite está quente e abafada, me sufocando, e eu acordo, sem fôlego, o corpo pedindo ar fresco e água. Vou para o andar de baixo e paro quando ouço minha mãe.

— Não parece certo, Clay.

— A gente já falou sobre isso. Quantas taças de vinho você tomou?

A voz dela está aguda e trêmula.

— Três. Talvez quatro... Não sei. Mas não tomei nenhuma até o fim, só uns golinhos aqui e ali.

— Você ultrapassou o limite legal, Grace. Seria o fim da sua carreira. Você entende? Ninguém sabe. Acabou. Vamos continuar a vida.

— Clay, eu...

— Veja o que está em risco. Você pode fazer mais coisas boas para mais pessoas se for reeleita. Esse foi um pequeno erro. Uma falta. Todo mundo que tem vida pública, mais cedo ou mais tarde, comete alguma. Você tem mais sorte do que a maioria. A sua *não* foi pública.

O celular de minha mãe toca.

— É o Malcolm, do escritório — avisa ela. — É melhor eu atender.

— Espera — pede Clay. — Escute o que acabou de dizer, meu coração. Escute. A primeira coisa em que pensa é sempre no seu dever. Mesmo no meio de uma crise pessoal. Você quer privar o povo desse nível de dedicação? Pense nisso. É a coisa certa a fazer?

Ouço o bater dos saltos de minha mãe entrando no escritório e começo a subir a escada de novo.

— Samantha — chama Clay, baixinho. — Eu sei que você está aí.

Fico paralisada. *Ele não pode saber. A escada é acarpetada, estou descalça.*

— Estou vendo seu reflexo no espelho do corredor.

— Eu só estava... com sede e...

— Ouviu nossa conversa — conclui Clay.

— Não... — Eu me interrompo.

Ele contorna a curva da escada e se apoia na parede, os braços cruzados, uma postura casual, mas há algo estranhamente tenso nele.

— Não vim até aqui à toa — diz ele, em voz baixa. Suas costas estão iluminadas pela luz da cozinha e não consigo ver seu rosto direito. — Eu já tinha ouvido falar da sua mãe. A sua mãe... Ela é *boa*, Samantha. O partido está interessado. Ela tem o pacote completo. Visual, estilo, conteúdo... Ela pode ir muito longe. À presidência. Seria fácil.

— Mas... — digo. — Minha mãe atropelou ele, não foi? — É a primeira vez que digo aquilo em voz alta.

Ele se vira um pouco e agora posso vê-lo melhor. Quero muito que a surpresa e a confusão estejam estampadas no rosto do Clay. Mas não estão. Há apenas aquele olhar concentrado, intenso, um pouco mais amargo agora.

— Foi um acidente.

— E daí? O Sr. Garrett ainda assim se machucou. Feio. E eles não têm plano de saúde, já estão falidos e...

— Isso é uma pena — diz Clay. — Sinceramente. Pessoas boas passam por dificuldades. A vida não é justa. Mas existem pessoas que podem mudar as coisas, que são importantes. A sua mãe é uma delas. Eu sei que você é chegada a esses Garrett. Mas pense no bem maior, Samantha.

Em minha mente, vejo o Sr. Garrett treinando Jase pacientemente, aparecendo atrás da Sra. Garrett na cozinha, dando um beijo no ombro dela, fazendo com que eu me sentisse bem-vinda, ajudando Tim, pegando um sonolento George no colo, o rosto à luz instável dos fogos de artifício, íntegro e capaz, clicando a caneta e esfregando os olhos diante da contabilidade da loja.

— *Eles* são o bem maior.

— Talvez quando se tem dezessete anos e os hormônios enlouquecidos. — Clay ri suavemente. — Eu sei que parece que só eles importam agora.

— Não é isso — discordo. — Minha mãe fez uma coisa errada. Você sabe. Eu sei. Uma coisa que machucou muito alguém. E...

Clay se senta nos degraus, apoia a cabeça na parede, tolerante, quase se divertindo.

— Você não deveria se preocupar primeiro com a sua mãe? Você sabe o quanto ela se esforça. O quanto o trabalho significa para ela. Será que ia conseguir conviver consigo mesma se tirasse isso dela? — Sua voz fica mais carinhosa. — Você, eu e sua mãe. Somos as únicas três pessoas no mundo que sabem disso. Se falar, se contar àquela família, todo mundo vai saber. Vai sair no jornal, na TV. Talvez acabe em rede nacional. Você não seria mais a princesa privilegiada que vive num mundo perfeito. Seria a filha de uma criminosa. Como se sentiria?

A raiva queima minha garganta.

— Não sou uma princesa.

— É claro que é — responde Clay, direto. Ele faz um gesto com a mão, indicando a grande sala de estar, os móveis elegantes, os quadros caros. — Sempre foi, então acha isso normal. Mas tudo que você tem, tudo que você é, vem da sua mãe. Do dinheiro da família e do trabalho duro dela. É uma bela maneira de retribuir.

— Será que ela não poderia... explicar... quero dizer... assumir a culpa e...

— Não dá para se safar do fato de não ter prestado socorro, Samantha. Principalmente quando se trabalha no governo. Nem Teddy Kennedy conseguiu fazer isso, caso não saiba. Isso acabaria com a vida da sua mãe. E com a sua. E, só para pôr a coisa num nível que você possa entender, não acho que faria muito bem ao seu romance também. Não acho que seu namoradinho iria querer continuar saindo com a filha da mulher que aleijou o pai dele.

As palavras saem com muita facilidade da boca de Clay, e eu imagino como seria contar a Jase o que aconteceu, como ele olharia para mim. Lembro-me do seu rosto na sala de espera no hospital, da expressão perdida em seus olhos. Ele me odiaria. *Que tipo de pessoa faria isso?*, perguntou ele. Como posso responder: "A minha própria mãe"?

O rosto calmo de Clay analisa as lágrimas que brotam nos meus olhos. Ele põe a mão no bolso, tira um lenço e o entrega a mim.

— Isso não é o fim do mundo — diz, com gentileza. — É só um garoto, um verão. Mas vou contar uma coisa que aprendi, Samantha: a família é tudo.

Não prestar socorro em caso de acidente: um dos crimes mais sérios do estado de Connecticut. Quase dez anos de prisão e dez mil dólares em multas. Encaro a informação que procurei online até aquelas palavras horríveis se gravarem nos meus olhos.

O que aconteceria se minha mãe fosse para a cadeia por uma década? A Tracy iria para a faculdade, então estaria longe, em algum lugar... Mas para onde eu iria? Não posso simplesmente ficar nas mãos do meu pai. Imagino que um homem que não quis nem esperar que eu nascesse antes de ir embora vá ficar encantado ao me ver na porta dele, já adolescente.

Mas o Sr. Garrett... Hoje era noite de Jase ficar no hospital. Ele me ligou para dizer:

— O papai acordou e isso é bom. Ele reconheceu todo mundo. Mas agora está com uma coisa chamada "trombose venosa profunda" e não pode tomar os remédios para curar isso por causa da cabeça. Não querem que tenha uma hemorragia no cérebro. Fico ouvindo o jargão dos médicos... Não entendo por que falam daquele jeito. Talvez porque assuste as pessoas.

Não posso contar a ele. Não posso. O que posso fazer? *Apoiar a família* me parece vago e sem sentido. Como um slogan de camiseta ou um adesivo que diz algo que nunca vai ser respaldado por ações.

Posso ficar de babá. O tempo todo. De graça. Posso...

O quê? Pagar a conta do hospital? Tiro meu caderninho de poupança da gaveta da escrivaninha e analiso o quanto economizei trabalhando e praticamente não gastando nos últimos três verões: US$ 4.532,27. Isso deve cobrir uns band-aids e a aspirina. Mesmo se eu conseguisse encontrar um jeito de dar o dinheiro a eles sem que soubessem.

Passo as horas seguintes tentando descobrir uma maneira. Um envelope na caixa do correio "de um amigo solidário". Pôr o dinheiro na caixa registradora da loja. Forjar documentos que indiquem que os Garrett ganharam na loteria ou perderam um parente doente, velho, distante e desconhecido...

O dia amanhece sem nenhuma ideia brilhante. Por isso, faço o mínimo que posso fazer, a única coisa em que consigo pensar... Corro pelo quintal, passo pela cerca, os chinelos batendo na calçada, entro na casa com a chave que os Garrett mantêm embaixo da piscina inflável, pontuda e dentada, quase enterrada na grama alta demais.

Faço café. Tiro as caixas de cereal do armário. Tento organizar um pouco a bagunça na mesa da cozinha. Não sei quem está aqui, então fico pensando se devo subir até o quarto de Jase quando a porta de tela bate e ele entra, esfregando os olhos, e leva um susto ao me ver.

— Estava treinando? — pergunto, apesar de uma análise mais atenta mostrar que está arrumado demais para isso.

— Fui entregar jornais. Você sabia que tem um cara que acorda para pegar o jornal todo dia, na hora que eu jogo? Ele resmunga quando chego cinco minutos atrasado. O que está fazendo aqui, Sam? Não — ele se aproxima de mim, apoiando a cabeça em meu ombro — que eu não esteja feliz em ver você.

Indico a mesa com um gesto.

— Achei que seria bom começar os trabalhos. Não sabia se sua mãe estava em casa ou...

Jase boceja.

— Não. Parei aqui antes das entregas. Ela vai ficar no hospital o dia inteiro hoje. A Alice alugou a tal da bomba. — Ele ruboriza. — Sabe, para a Patsy. Bom, pelo menos ela não vai passar fome. Minha mãe não quer sair do lado do meu pai agora que ele está acordado.

— Ele... se lembra de alguma coisa? — Se lembrar, não deve ter contado a Jase, cujo rosto aberto e expressivo nunca esconde nenhum pensamento.

— Necas. — Ele abre a geladeira, tira o leite, bebe direto do galão de plástico. — Só de estar lá, depois de uma reunião e decidir voltar a pé para casa para respirar ar puro, achar que ia chover... e acordar com tubos em tudo quanto é canto.

Qual será a parte de mim que está aliviada? A bandida ou a mocinha?

Jase põe a mão na cabeça, se inclina para um lado, depois para o outro, se alongando, fecha os olhos. Bem baixinho, quase de forma inaudível, ele anuncia:

— Minha mãe está grávida.

— *O quê?*

— Não tenho certeza. Quer dizer, não é o momento ideal para anunciar nada, né? Mas é quase certo. Ela fica enjoada de manhã, não para de tomar Gatorade... Digamos apenas que eu conheço os sinais.

— Uau — surpreendo-me, desabando numa das cadeiras da cozinha.

— É uma coisa boa, não é? Eu deveria ficar feliz. Sempre fiquei feliz antes, mas...

— Não é o momento ideal — repito.

— Às vezes me sinto tão culpado, Sam. Nos últimos tempos. Pelas coisas que ando pensando.

Por alguma razão, por mais que a gente se conheça bem, nunca pensei em Jase sentindo uma coisa como culpa. Ele parece saudável demais, equilibrado demais para isso.

— Você sabe o quanto aquelas pessoas me irritam — continua ele, ainda em voz baixa, como se nem quisesse ouvir o que está dizendo. — Aquelas no supermercado ou em outros lugares que fazem questão de dizer pra minha mãe que existe uma coisa chamada pílula. Ou aquele idiota que consertou o gerador da loja no mês passado. Quando meu pai perguntou se podia parcelar o conserto, ele respondeu: "Você não sabia que filho custa caro?" Queria enfiar a porrada nele. Mas... às vezes penso nisso também. Eu me pergunto por que meus pais nunca... imaginam... o que ter outro filho significaria para todos nós. E me odeio. Mas penso nisso.

Seguro com força o rosto dele entre as mãos.

— Não pode se odiar.

— Eu me odeio. É errado. Tipo, de quem eu iria querer me livrar? Do Harry? Da Patsy? Da Andy? De ninguém... Mas... Mas, Samantha, eu sou só o filho número três e já não tenho dinheiro para ir para a faculdade. O que vai acontecer quando chegar a vez do George?

Penso no rosto sério de George, lendo seus livros sobre animais, todos os fatos na ponta da língua.

— O George já é uma universidade — digo. — Universidade Garrett.

Jase ri.

— É, você está certa. Mas... eu não sou assim. Quero fazer faculdade. Quero ser... bom o bastante. — Ele faz uma pausa. — Para você. Não aquele "pé-rapado que saiu da ignorância para entrar na sua vida", Samantha.

— Isso quem diz é ela. Não eu.

—Acho que devo pensar isso também, então — afirma ele, desanimado. — Porque, Samantha... olha só pra você.

— Sou só uma menina com uma vida fácil e uma herança. Sem problemas. Olha só pra *você*. — Então penso numa coisa horrível. — Você... Hum... Tem raiva de mim por causa disso?

Ele ri, fazendo barulho pelo nariz.

— Que ideia ridícula. Por que teria? Você não vive na folga, na curtição. Trabalha muito o tempo todo. — Ele para por um instante. — Não tenho nem mais raiva do Tim. Tive por um tempo, porque ele não parecia perceber o que tinha. Mas ele sabe. E os pais dele são os *piores* possíveis.

— Pois é.

O Sr. Mason, que dorme o dia inteiro na poltrona reclinável, ignorando tudo, e a Sra. Mason, com a voz animada, suas bonecas de porcelana bonitinhas e os filhos tristes. Penso em Nan. Será que ela vai ficar igual à mãe?

—Jase — digo, lentamente. —Tenho... um pouco de dinheiro. Na poupança. Não significa a mesma coisa para mim. Vocês poderiam...

— Não — responde ele, a voz ríspida. — Para com isso. Não.

O silêncio entre nós agora é pesado e paralisante, nos sufocando. Diferente. Odeio isso. Começo a tirar tigelas dos armários, a procurar colheres, a manter minhas mãos ocupadas.

Jase estende o braço e põe a mão atrás da cabeça.

— Preciso me lembrar de quanta sorte eu tenho. Meus pais podem não ter dinheiro, as coisas podem estar ruins agora, mas eles são ótimos. Quando a gente era pequeno, a Alice costumava perguntar à minha mãe se éramos ricos. Ela sempre dizia que éramos ricos de todas as coisas que importavam. Preciso me lembrar de que ela está certa.

É tão típico de Jase se forçar a pensar em todas as coisas boas que tem. Ele se aproxima, põe um dedo calejado no meu queixo.

— Quero um beijo, Sam, para me perdoar e esquecer.

— Você está perdoado, Jase Garrett, por ser simplesmente humano — afirmo.

É tão fácil perdoá-lo. Não tem nenhum pecado. Não é como a minha mãe. Não é como eu. Quando nossos lábios se encontram, não sinto o calor e a tranquilidade familiares. Sinto-me uma traidora.

Capítulo Quarenta e Dois

Há um grande buraco onde a Nan deveria estar. Poderia procurá-la e contar tudo. Nan com certeza escutaria e me ajudaria a encontrar uma solução. De todas as pessoas, ela com certeza entenderia. Estava comigo no dia em que fiquei menstruada na quadra de tênis, durante a aula de educação física, de short branco. Ela notou antes de qualquer um, me puxou para o lado, tirou a própria calça — a tímida Nan — e foi de calcinha até o armário pegar outra. E um absorvente. Eu estava lá na primeira vez que vimos Tim realmente bêbado — ele tinha doze anos — e o enfiamos embaixo do chuveiro frio (não ajudou) e fizemos café (também não ajudou) antes de colocá-lo na cama para dormir. Ela estava comigo quando Tracy deu um festão "diurno" na nossa casa, enquanto minha mãe estava no trabalho, depois foi embora com o namorado e nos deixou sozinhas — aos quatorze anos — para expulsar quarenta adolescentes mais velhos e limpar a zona antes que minha mãe voltasse.

No entanto, agora ela não responde minhas mensagens nem atende as ligações que faço periodicamente. Quando passo pela loja de presentes, ela se ocupa com um cliente ou diz:

— Estou indo para o estoque/almoçar/falar com o supervisor.

Como toda a nossa amizade, os doze anos que nos conhecemos, pode ser jogada no lixo pelo que vi? Ou pelo que ela fez? Ou pelo que eu disse sobre o que ela fez? *Não posso deixá-la escapar dessa maneira*, digo a mim mesma, apesar de Nan não parecer ter nenhum problema em fazer exatamente isso. Por isso, às cinco da tarde, no fim do turno no clube, eu a alcanço enquanto está preenchendo um pedido de encomenda.

Quando ponho minha mão no seu ombro, ela a afasta, num reflexo, como um cavalo afugentando uma mosca incômoda.

— Nan. *Nanny*. Você vai simplesmente me dar um gelo? Para sempre?

— Não tenho nada pra falar com você.

— Bom, eu tenho um *monte* de coisas a dizer pra *você*. A gente é amiga desde os cinco anos de idade. Isso não importa nem um pouco? Agora você me odeia?

— Não odeio você. — Por um instante, há um brilho de emoção que não posso identificar nos olhos de Nan, então ela os abaixa e vira a chave da caixa registradora para trancá-la. — Não odeio você, mas somos diferentes demais. É muito cansativo ser sua amiga.

Eu não esperava a última frase.

— *Cansativo? Por quê?* — *Será que eu sou chata demais e não sei?* Analiso minhas lembranças. Será que falei demais sobre minha mãe para ela? Falei demais sobre o Jase? Mas eu sei, eu sei que foi recíproco. Ouvi o drama de Tim por horas. Ouvi cada mínimo detalhe sobre o relacionamento dela com Daniel. Sempre a apoiei em relação aos pais dela. Vi os amados filmes do Steve McQueen, apesar de nunca ter entendido o charme dele. *Isso tudo não conta nada?*

Ela estica o corpo, me olhando nos olhos. Percebo que suas mãos estão tremendo.

—Você é rica e bonita. Tem uma vida perfeita, um corpo perfeito, notas perfeitas e nunca tem que se esforçar pra conquistar nada — vomita ela. — Nada é difícil para você, Samantha. Tudo cai no seu colo. O Michael Kristoff *ainda* escreve poemas sobre você. Eu sei porque ele estava na minha aula de literatura no semestre passado. O Charley Tyler diz para todo mundo que você é a menina mais bonita da escola. E mente, dizendo que transaram. Sei *disso* porque alguém contou ao Tim e o Tim me contou. E agora esse Jase Garrett, que é lindo demais para ser verdade, acha que você é a melhor coisa do mundo. Tô cansada. Você me cansa. Ficar do seu lado e ser sua amiga é um esforço sobre-humano. — A voz dela fica ainda mais baixa. — Sem mencionar o fato de que agora você sabe uma coisa que poderia estragar a minha vida.

— Não vou contar a ninguém — digo, baixinho, tentando engolir a mágoa. Meu peito parece tão apertado que não consigo respirar fundo. *Esforço sobre-humano, Nan? Por quê? Porque não dá pra colar numa prova de amizade?* — Parece até que você não me conhece. Eu nunca faria isso. Só... Você não precisa colar. É inteligente demais para fazer isso e eu quero ser sua amiga e... preciso de você. Aconteceu uma coisa com o pai do Jase e...

— Eu soube — responde ela, direta. — O Tim me contou. E o seu namoradinho veio até a minha casa também, para me dizer como você estava ajudando a família dele e que sentia a minha falta. Não vai contar a ninguém, é? O bonitão com certeza sabia de alguma coisa.

— Não contei tudo a ele. Quase nada, na verdade. — Odeio soar como se estivesse me justificando. — Só que a gente brigou. — Ao olhar para as mãos dela, vejo que as unhas, sempre roídas, agora estão no sabugo, machucadas e parecendo doloridas. — Nunca achei que ele fosse até a sua casa.

— É, mas foi. O Míster Herói foi resgatar você de novo. É isso que você sempre consegue. Enquanto eu fico com... o Daniel.

Quero dizer *Você escolheu o Daniel*, mas aquilo não melhoraria em nada a situação. Ela está com o rosto vermelho agora, pronta para explodir em lágrimas, como bem sei.

— Nan... — começo, mas ela me interrompe.

— Não preciso que tenha pena de mim. E não quero a sua amizade. — Pegando a bolsa e colocando-a no ombro fino, ela diz: — Vamos. Tenho que trancar a loja.

Eu a sigo até o corredor. Ela fecha a porta, se vira e vai embora. No último instante, Nan se volta para mim, parecendo muito magra e rígida.

— Como é *não* conseguir algo que se quer, Samantha?

Nunca me senti assim antes.

Já pensei isso várias vezes desde que conheci Jase. Mas a frase sempre havia significado uma coisa boa, não esse buraco no meu estômago que vai comigo a todos os lugares.

Jase me pega no clube e me pergunta se eu me incomodaria se ele passasse no hospital.

Sinto meu estômago dar um nó. Não vejo o Sr. Garrett desde o acidente que minha mãe causou.

— É claro que não — digo, o tipo de mentira educada que nunca contei a ele antes.

A UTI fica no quarto andar e precisamos nos identificar para entrar. Quando chegamos, Jase se prepara antes de abrir a porta. Intimamente, faço o mesmo.

O Sr. Garrett parece pequeno naquela túnica de hospital, tubos saindo de todos os lugares, a pele bronzeada chocantemente pálida à luz azulada do quarto. Aquele não é o homem que carrega toras de madeira com facilidade nos ombros, ergue Harry e George, lança uma bola de futebol americano sem esforço. Jase puxa a cadeira para mais perto da cama, depois pega a mão do pai presa aos tubos com esparadrapo. Então, ele se inclina para dizer algo no ouvido do Sr. Garrett e eu encaro o monitor cardíaco, cuja linha sobe e desce, sobe e desce.

Enquanto voltamos para casa, Jase encara o vazio à frente. Ele não tenta pegar minha mão como sempre faz, mas mantém as duas no volante, apertando-o com tanta força que seus dedos empalidecem. Eu me esparramo pelo banco, apoiando os calcanhares no painel. Passamos da entrada na Rua Principal.

— Não vamos para casa? — pergunto.

Jase suspira.

— Achei melhor irmos até o Bob Francês. Quero ver quanto ele pode pagar pelo Mustang se eu vender o carro de volta. Investi muito tempo nele. E dinheiro também.

Agarro o braço de Jase.

— Não. Você não pode fazer isso. Não pode vender o Mustang.

— É só um carro, Sam.

Não posso aguentar aquilo. Todas as horas que Jase passou trabalhando no Mustang, assobiando, mexendo em alguma coisa. Como ele analisa revistas como a *Car Enthusiast* ou a *Hemmings*, marcando as páginas com uma dobra na ponta. Não é só um carro. É o lugar que ele usa para relaxar, se encontrar de novo. Da mesma maneira que eu costumava observar estrelas. Ou os Garrett. É como quando eu nado.

— Não é... — começo. — Só um carro.

Em vez de continuar na estrada na direção da loja do Bob Francês, ele desvia, entra na longa rua que margeia o rio e para no parque McGuire.

O fusca é velho e barulhento, mas provavelmente não é por isso que tudo fica tão silencioso quando ele vira a chave e desliga o motor. É a primeira vez que venho até aqui desde aquela noite. Ouvimos barulhos — o lento quebrar das ondas nas rochas por causa de um barco a motor que acabou de passar correndo, gaivotas gritando e mergulhando, jogando mariscos nas pedras. Jase sai do carro, empurra uma pedra na estrada de terra com a ponta do tênis, andando não na direção do Esconderijo Secreto, mas para a curva ao lado do parquinho.

— Eu fico ligando — diz. — Para a polícia. Eles só me dizem que não podem fazer nada. Porque não têm testemunhas. — Um chute bem dado faz a pedra deslizar pelo caminho de terra até a grama. — Por que precisava estar chovendo naquela noite? Quase não choveu o verão inteiro.

— E faz diferença ter chovido? — pergunto.

— Se não tivesse — ele se agacha, passando os dedos pela terra —, talvez encontrassem alguma pista. Marcas de pneu. Alguma coisa. Do jeito que foi... Quem quer que tenha feito isso vai sair totalmente ileso e nunca vai saber o quanto prejudicou a gente.

Ou vai saber e não vai nem se importar.

A vergonha queima meu peito, substituindo a raiva de Nan. Mais do que tudo no mundo, quero contar a verdade a ele. Desde o início, foi fácil contar tudo a Jase, verdades que nunca contei a ninguém. Ele sempre ouviu e entendeu.

Mas nunca vai entender isso.

Como pode, se eu mesma não entendo?

Capítulo Quarenta e Três

— *Oi, meu* amor! Estou preparando uns pratos para você ter prontos. Fico fora tanto tempo agora que a gente não consegue mais jantar juntas. Não quero que fique comendo a gororoba do Breakfast Ahoy nem da lanchonete do clube. Então, preparei algumas coisas. Aquele frango assado de que você gosta com cogumelos, e um pouco de macarrão à bolonhesa — diz minha mãe, muito alegre, enquanto me arrasto para a cozinha depois de voltar para casa do clube. — Pus etiquetas em todos e vou colocar alguns no freezer. — E blá-blá-blá.

A voz dela é firme e calma, animada até. Está usando um vestido traspassado num tom melancia e os cabelos soltos. Parece jovem o bastante para ser minha irmã mais velha. A Sra. Garrett agora tem olheiras, está esquelética e vive distraída. Apesar de eu estar tentando manter tudo limpo, a casa dos vizinhos fica mais bagunçada a cada dia. Patsy está irritadiça, George, grudado em mim, Harry, um malcriado, Andy e Duff brigam como cão e gato. Jase está tenso e preocupado, Alice, ainda mais amarga. Tudo está diferente na casa ao lado. Mas, por aqui... nada mudou.

— Quer um pouco de limonada? — pergunta minha mãe. — Tinha limão Meyer na Gibson's Gourmet no outro dia, então fiz suco com eles para mudar um pouco. Acho que esse foi o melhor que já fiz. — Ela me serve um copo, a imagem da eficiência graciosa e da solicitude materna.

— Para com isso, mãe — digo, me sentando num banquinho da cozinha.

— Você não quer que eu paparique tanto você, eu sei. Mas em todos os outros verões em que tive que trabalhar, você tinha a Tracy como companhia. Acha melhor eu fazer uma tabela com o que está congelado e o que está na geladeira? Não preciso, né? Você vai se lembrar. Só parei para pensar em como você tem ficado sozinha.

—Você não tem ideia.

Alguma coisa no meu tom de voz deve tê-la atingido, porque ela faz uma pausa, olha para mim, nervosa, depois continua rapidamente:

— Quando a eleição acabar, vamos tirar longas férias. Talvez ir para algum lugar no Caribe. Ouvi falar muito bem da ilha de Virgin Gorda.

—Você é inacreditável. Virou um robô? Como pode agir como se tudo estivesse normal?

Minha mãe para de colocar tupperwares no freezer.

— Não sei do que está falando — disfarça.

—Você tem que contar a verdade sobre o que aconteceu — afirmo.

Ela se ajeita lentamente, olhando nos meus olhos pela primeira vez em muitos dias, mordendo o lábio inferior.

— Ele vai ficar bem. — Ela fecha uma tampa com força. — Acompanhei tudo no noticiário. Jack Garrett é um homem relativamente jovem, em boa forma. As coisas podem ficar complicadas por um tempo, mas ele vai ficar bem. No fim, nada vai ter mudado muito.

Eu me inclino para a frente, as mãos apoiadas na bancada, escorregando pela superfície fria da bancada da cozinha.

— Como você pode afirmar isso? Acredita mesmo nessa história? Isso não é... Não é uma *bobagem*... — Gesticulo, acidentalmente batendo na fruteira de cristal cheia de limões, fazendo-a voar para a parede e se despedaçar no chão com uma barulheira, limões pulando para todos os lados.

— Isso era dos meus avós — informa ela, rígida. — Não se mexa. Vou pegar o aspirador de pó.

Alguma coisa na visão costumeira de minha mãe inclinada, movendo o aspirador em movimentos simétricos e ordenados, de vestido e salto alto, me faz sentir como se eu fosse explodir. Levanto do banquinho num pulo e aperto o botão OFF.

—Você não pode arrumar tudo e esquecer, mãe. Os Garrett não têm plano de saúde. Sabia disso?

Ela tira a lixeira de baixo da pia, veste luvas de plástico e começa a colocar metodicamente os cacos maiores no saco.

— Isso não é culpa minha.

— É culpa sua o fato de eles *precisarem* de um agora. Ele vai ficar meses no hospital! Talvez tenha que fazer fisioterapia. Quem sabe por quanto tempo? A loja de ferragens já está passando dificuldades.

— Isso também não tem nada a ver comigo. Muitos pequenos negócios estão com dificuldades, Samantha. É uma pena e você sabe que já fiz discursos sobre o problema...

— Discursos? Você está falando sério?

Ela se encolhe por causa do volume da minha voz, depois se vira e liga o aspirador de novo.

Arranco o fio da tomada.

— E tudo que você me disse sobre encarar as minhas responsabilidades? Você estava falando a verdade?

— Não fale comigo assim, Samantha. Eu sou a mãe aqui. *Estou* fazendo a coisa mais responsável, ficando onde posso fazer o que é melhor para todos. Como eu iria ajudar os Garrett se perdesse meu emprego, se tivesse que me afastar por causa de um escândalo? Isso não iria resolver nada. O que está feito está feito.

— Ele poderia ter morrido. E se ele tivesse morrido, mãe? Um pai de oito filhos. O que você faria então?

— Ele não morreu. O Clay ligou para a polícia de um telefone público no posto de gasolina naquela noite. Nós não ignoramos o que aconteceu.

— Vocês estão ignorando *sim* o que aconteceu. É exatamente isso que estão fazendo. A Sra. Garrett está grávida. Agora eles vão ter outro bebê e o Sr. Garrett não vai poder trabalhar! O que tem de errado com você?

Minha mãe puxa o fio do aspirador das minhas mãos e o enrola em pequenos círculos.

— Lá vem você. Quem consegue ter tantos filhos hoje em dia? Eles não deviam ter uma família tão grande se não podem sustentá-la.

— Como o Jase vai voltar para a escola se tiver que substituir o pai na loja?

— Aí é que está! — exclama minha mãe, irritada. — É exatamente o que o Clay me disse. Só está tão preocupada por causa do que sente por esse menino. Só está pensando em você, Samantha.

Fico parada ali, incrédula.

— Isso não tem nada a ver comigo!

Ela cruza os braços e olha para mim com ar de pena.

— Se eu tivesse atropelado alguém que você não conhecesse, um estranho, será que estaria agindo assim? Estaria me pedindo para desistir de toda a minha carreira por causa de uma coisa que vai causar problemas temporários para alguém?

Eu a encaro.

— Espero que sim. Acho que estaria. Porque é a coisa certa a fazer.

O suspiro de nojo balança algumas mechas dos cabelos dela.

—Ah, faça-me o favor, Samantha. A coisa certa a fazer é muito fácil de ver quando a gente tem dezessete anos e não precisa tomar decisões sérias. Quando a gente sabe que, não importa o que faça, sempre vai ter alguém para cuidar de nós e consertar tudo. Mas, quando se é um adulto, o mundo não é preto e branco e não existe uma seta vermelha apontando para a solução. As coisas acontecem, adultos tomam decisões e ponto final.

— O ponto final é que você atropelou um homem e abandonou o local do acidente... — começo a dizer, mas o toque agudo do celular dela me interrompe.

Ela o confere e diz:

— É o Clay. Esta conversa acabou. O que está feito está feito e *todos nós* vamos continuar a nossa vida. — Ela abre o telefone com força. — Oi, querido! Não, não estou ocupada... Claro, vou até o escritório pegar.

Os saltos dela batem no piso do corredor.

O canto da cozinha ainda está coberto de limões e de pequenos cacos de cristal.

Desabo de novo no banquinho, pousando o rosto no granito frio da bancada. Eu me preparei durante dias para falar com a minha mãe, repassei coisas na cabeça, os melhores argumentos que poderia dar. Agora usei todos, mas é como se toda a conversa não tivesse existido, como se tivesse apenas sido varrida e jogada fora.

Naquela noite, saio da janela e paro no meu velho ponto de observação. Apesar de todos os anos em que fiquei nesse mesmo lugar sozinha, agora parece estranho e errado estar aqui sem Jase. Mas ele está novamente no hospital. Através da janela dos Garrett, vejo Alice lavando a louça. O resto da casa está escuro. Enquanto observo, a van entra no terreno. Espero a Sra. Garrett sair, mas ela não faz isso. Fica sentada ali, olhando para a frente até eu não suportar mais observar e voltar para o meu quarto.

Nan disse que as coisas acontecem comigo sem que tenha que levantar um dedo.

Nunca tinha pensado muito nisso, mas acho que, com esforço, sempre consegui ter o que queria de verdade.

Mas agora não.

Não importa o quanto eu tente — e eu nunca tentei tanto —, não consigo melhorar nada na casa dos Garrett. Para piorar, as coisas com Jase não estão nada bem. Eu me ofereço para treiná-lo.

— Se o seu pai tinha os exercícios anotados, posso ler e indicar tudo para você.

— Estão todos na cabeça dele. Então, obrigado, mas não precisa.

Sujo por ter entregado madeira, Jase abre a torneira sobre a pia cheia de louça e joga água no rosto. Depois, abaixa a cabeça para bebê-la e derruba sem querer um copo com leite da bancada. Quando ele se quebra no chão, em vez de pegá-lo, Jase dá um chute nos cacos, fazendo-os se espalharem pelo linóleo, encharcando o chão de leite.

O susto trava minha garganta, deixando nela um gosto metálico. Vou até ele e ponho a mão em seu ombro. A cabeça do meu namorado está baixa e vejo um músculo no queixo se contrair. O braço não cede sob meus dedos e ele não olha para mim. O punho de chumbo que aperta meu pescoço fica mais forte.

— Cara! — grita Tim do quintal, onde está limpando a piscina. — Esse troço está *soprando* a sujeira da piscina em vez de sugar. Você consegue fazer aquela mágica de sempre?

— Pode deixar... Já vou consertar — grita Jase, sem se mexer.

— O que as pessoas fariam aqui sem você? — pergunto, tentando dar à voz um tom descontraído. — *Tudo* estaria quebrado.

Ele solta uma risada sem humor.

— Meio que já está, não é?

Eu me aproximo, apoio o rosto no ombro dele e faço carinho em suas costas.

— Como posso ajudar? — pergunto. — Posso fazer qualquer coisa.

— Você não pode fazer nada, Sam. Só... — Ele se vira, enfia as mãos nos bolsos. — Talvez... Só... me dê um pouco de espaço.

Dou um passo para trás, na direção da porta da cozinha.

— Está bem. Claro. Vou dar um tempo em casa.

Isso não se parece nem um pouco a gente. Fico parada na porta, esperando... Não tenho certeza.

Em vez disso, ele faz que sim com a cabeça sem olhar para mim e se abaixa para enxugar o leite derramado.

Quando chego em casa, ainda silenciosa, limpa e calma, todos os sons exteriores abafados pelo ar-condicionado central, subo para o segundo andar, me sentindo como se estivesse andando em água com sabão ou usando sapatos de chumbo. Sento-me abruptamente no meio do caminho, apoio a parte de trás da cabeça no degrau acima de mim, fecho os olhos.

Milhares de vezes desde que tudo aconteceu, estive prestes a cuspir toda a história, incapaz de me conter, incapaz de esconder algo tão importante de Jase. E todas as vezes mordi a língua, me mantive em silêncio, pensando: *Se eu contar, vou perder o Jase.*

Mas só hoje é que percebo.

Já o perdi.

Horas mais tarde, só há uma pequena luz fraca brilhando na sala de estar. Minha mãe gosta das luzes de cima, então concluo imediatamente que não é ela. Na mosca! Clay está sentado na enorme poltrona ao lado da lareira, sem sapatos, um grande golden retriever a seus pés. Minha mãe está encolhida no sofá, dormindo pesado, os cabelos se soltando do coque cuidadoso, caindo em seus ombros.

Clay aponta o queixo na direção do cachorro.

— Courvoisier. Mas seu apelido é Cory. Tem pedigree, é filho de campeões. Mas já está velho.

Realmente, o focinho pousado no pé descalço de Clay está branco da idade. No entanto, Cory ergue a cabeça quando entro e me lança um cumprimento agitado com o rabo.

— Não sabia que você tinha um cachorro. Minha mãe dormiu? — pergunto por perguntar.

— Foi um longo dia. Tivemos um encontro com eleitores às cinco na General Dynamics. Depois fizemos um discurso na Republicanos pela Mudança e jantamos na White Horse Tavern. Sua mãe é uma profissional. Nunca para. Ela merece descansar. — Ele se levanta e puxa a colcha de tear bege de cima do sofá, cobrindo-a.

Começo a me afastar, mas ele me impede, a mão em meu braço.

— Senta, Samantha. Você também está cansada. Como estão os Garrett?

Como ele pode perguntar isso com tanta tranquilidade?

— Nada bem.

— É. Que situação difícil. — Clay pega a taça de vinho e dá um gole casual. — Esse é o problema de ter o próprio negócio... Tudo depende da sorte.

— Por que está fingindo ter pena deles? — pergunto, minha voz inesperadamente alta no cômodo silencioso. Minha mãe se agita, ainda dormindo, depois ajeita a cabeça no travesseiro. — Como se tudo que aconteceu fosse um acaso, não algo em que você está envolvido? Como se soubesse pelo que estão passando?

— Você não sabe lá muita coisa sobre mim, não é? — Ele toma outro gole do vinho, estende a mão para fazer carinho na cabeça de Cory. — Sei melhor do que você jamais saberá o que significa ser pobre. Meu pai tinha um posto de gasolina. Eu fazia a contabilidade. Nossa cidade era tão pequena que praticamente ninguém precisava ter um carro para ir de uma ponta à outra. E as pessoas da Virgínia Ocidental são o que a gente pode chamar de "naturalmente econômicas". Em muitos meses ele não ganhava o suficiente para pagar os empregados e tirar um salário. Sei *tudo* sobre não ter dinheiro e passar por dificuldades.

Os olhos dele de repente ficam intensos, olhando para os meus.

— E deixei isso tudo *bem* para trás. Sua mãe é a melhor, tem um futuro brilhante. Não vou deixar uma adolescente irritadinha qualquer tirar isso dela. Nem de mim.

Minha mãe se mexe de novo, depois se encolhe, quase em posição fetal.

— Você tem que se afastar daquela família — acrescenta Clay, a voz quase gentil. — E tem que fazer isso agora. Senão vai acabar contando coisas que não deve. Adolescentes cheios de hormônios não são conhecidos pela discrição.

— Não sou a minha mãe — retruco. — Não tenho que fazer tudo que você manda.

Ele se recosta no espaldar da cadeira, os cabelos louros caindo na testa.

— Você não é sua mãe, mas também não é burra. Já deu uma olhada na contabilidade da loja dos Garrett?

Já dei — todos nós demos, Tim, eu e Jase, ao trabalhar nela. Apesar de ter dificuldades em matemática, os números não parecem bons. O Sr. Garrett clicaria furiosamente a caneta ao olhar para eles.

— Você notou o contrato com a campanha? Sua mãe usa a Garrett's para fazer todas as placas, outdoors e bandeiras dela. Isso é um montão de madeira. Ela queria comprar na Lowe's, mas eu disse que escolher uma loja local seria melhor para a imagem da campanha. Isso é um fluxo de dinheiro contínuo para a loja até novembro. Não só isso, como o clube está contratando a Garrett's. Foi sugestão da sua mãe. Vão construir um bar havaiano. É dinheiro que vai direto para a loja. Dinheiro que pode sumir com um ou dois comentários. A madeira é verde, o serviço é porco...

— O que está dizendo? Que se eu não terminar com o Jase, você vai o quê? Interromper os contratos?

À luz da lâmpada, os cabelos louros de Clay brilham como os de um anjo, quase da mesma cor que o pelo de Cory. Ele parece bonitinho e inocente naquela camisa branca de mangas enroladas, os olhos enormes, azuis e francos.

Ele sorri para mim.

— Não estou dizendo nada, Samantha. Só esclarecendo os fatos. Pode tirar suas próprias conclusões. — Faz uma pausa. — Sua mãe sempre me diz que você é muito esperta.

Capítulo Quarenta e Quatro

Bem cedo no dia seguinte, cruzo a pequena distância do meu quintal até a casa dos Garrett para encontrar Jase.

Enquanto ando pela calçada, posso ouvi-lo assobiando. Aquilo quase me faz sorrir.

As pernas bronzeadas e o All Star gasto ficam visíveis primeiro, saindo de baixo do Mustang. Ele está deitado de costas, o skate de Duff sob o corpo, trabalhando na mecânica do carro. Não consigo ver seu rosto e fico feliz. Não tenho certeza de que vou conseguir fazer isso se vir o rosto de Jase.

No entanto, ele reconhece meus passos. Ou meus sapatos.

— Oi, Sam. Oi, meu amor. — A voz dele está alegre, mais relaxada do que tem estado nos últimos dias.

Ele está tranquilo, fazendo algo em que é muito bom, se afastando de todo o resto por um tempo.

Engulo em seco. Minha garganta parece estrangulada, como se as palavras que tenho que dizer tivessem se enrolado e formado uma bola que me sufoca.

— Jase. — A voz nem parece a minha. O que é apropriado, já que preferiria pensar que essa não sou eu. Pigarreio. — Não posso ver você.

— Já vou sair. Tenho que apertar isso ou todo o óleo vai vazar.

— Não. Quero dizer que não posso mais ver você.

— *O quê?*

Ouço a pancada do metal no osso quando ele se ergue, se esquecendo de onde está. Então, sai de baixo do carro. Há uma mancha de óleo em sua testa, uma marca vermelha em volta. Aquilo vai ficar roxo.

— Não posso mais sair com você. Não posso… fazer isso. Não posso cuidar do George, da Patsy ou sair com você. Sinto muito.

— Sam... O que deu em você?

— Nada. Só não posso mais fazer isso. Você. A gente. Não dá mais.

Ele está parado, perto de mim, tão alto, tão próximo, que sinto seu cheiro, chiclete de hortelã, graxa para carro, roupas lavadas com sabão em pó.

Dou um passo para trás. *Tenho que fazer isso.* Tanta coisa já foi arruinada. Não tenho dúvidas de que Clay falou sério. Basta me lembrar do seu olhar quando falou sobre deixar o passado para trás, a voz implacável dizendo para minha mãe dar a ré e ir embora. Se eu não fizer isso, ele vai fazer de tudo para arruinar os Garrett. E não vai ser difícil.

— Não posso mais fazer isso — repito.

Jase balança a cabeça.

—Você não pode fazer *o quê?* Tem que me dar uma chance de consertar o que quer que eu tenha feito. O que foi que eu fiz?

— Não é você. — A desculpa mais velha e boba do mundo para uma separação. E, nesse caso, a mais verdadeira.

— E essa não é *você!* Você não age assim. O que houve? — Ele dá um passo na minha direção, os olhos sombrios de preocupação. — Me diga pra eu poder consertar.

Cruzo os braços, dando outro passo para trás.

—Você não pode consertar tudo, Jase.

— Bom, eu nem sabia que alguma coisa estava quebrada. Não estou entendendo. Fala comigo. — A voz dele baixa. — Foi porque a gente transou...? Foi rápido demais? A gente pode parar. Pode simplesmente... Qualquer coisa, Sam. É a sua mãe? Me conta o que houve.

Dou as costas.

—Tenho que ir.

Ele envolve meu braço com dedos fortes para me impedir. Todo meu corpo parece encolher, como se estivesse me tornando uma pessoa menor.

Jase me encara, sem acreditar, depois solta a mão.

—Você... não quer nem que eu encoste em você? *Por quê?*

— Não posso mais conversar. Tenho que ir. — Preciso me afastar antes que não consiga fazer isso, antes que cuspa toda a história, não importa o que aconteça com minha mãe, Clay e a loja. Preciso.

—Você vai simplesmente me deixar... assim? Vai embora desse jeito? Agora? Eu te amo. Você não pode...

—Tenho que ir. — Cada palavra parece me estrangular.

Dou meia-volta e ando na direção da calçada, tentando ir com calma, não correr, não chorar, não sentir nada.

Ouço passos rápidos enquanto Jase me segue.

— Me deixa *em paz* — digo sem me virar, apertando o passo, correndo para minha casa, como se fosse um refúgio.

Jase, que poderia facilmente me alcançar ou me ultrapassar, fica para trás, me deixando abrir a porta pesada com força, entrar às pressas no saguão, depois me encolher num cantinho, as mãos pressionando os olhos.

Espero que ninguém venha exigir que eu me explique. Alice, tocando minha campainha para me dar uma sova. A Sra. Garrett vindo até a porta com Patsy apoiada no quadril, irritada comigo pela primeira vez. Ou George, de olhos arregalados, confuso, vindo perguntar o que está acontecendo com a Sailor Moon. No entanto, nada disso acontece. É como se eu não tivesse provocado nenhuma perturbação na superfície da Terra ao desaparecer.

Capítulo Quarenta e Cinco

Não fui *eu que fui atropelada. Não sou eu que tenho oito filhos e estou esperando outro. Não sou Jase, que está tentando manter a família unida enquanto pensa em vender a única coisa que lhe dá paz.*

Acordar todos os dias e ter vontade de puxar a coberta por cima da cabeça faz com que eu me odeie. *Não foi comigo que isso aconteceu.* Sou só uma menina com a vida fácil e uma herança garantida. Como eu disse a Jase. E, mesmo assim, não consigo sair da cama.

Minha mãe tem andado extremamente alegre e solícita nos últimos dias, batendo vitaminas antes que eu tenha a chance de fazer isso, deixando pequenos pacotes na minha cama com bilhetes animados escritos em Post-its. "Vi essa blusa bonita e sabia que ficaria ótima em você." "Comprei umas sandálias para mim e sabia que você ia adorar também!" Ela não diz nada sobre o fato de eu estar dormindo até o meio-dia. Ignora minhas respostas monossilábicas, falando muito mais para preencher os silêncios. No jantar, ela e Clay conversam muito sobre arranjar um estágio para mim em Washington nas próximas férias ou talvez alguma coisa em Nova York, exibindo as possibilidades à minha frente como amostras de tinta.

— Seria uma experiência ótima para você!

E eu fico só cutucando minha sopa.

Sem me importar mais com o que minha mãe vai dizer, peço demissão do clube. Saber que Nan está apenas a alguns metros de distância, irradiando raiva e ressentimento pelas paredes da loja de presentes, me deixa enjoada. Também é impossível me concentrar em observar todos os nadadores na piscina olímpica, já que meus olhos fogem toda hora, fixando-se no nada.

Ao contrário do Felipe, do Breakfast Ahoy, o Sr. Lennox não fica de mau humor. Em vez disso, ele não aceita quando peço demissão e tento devolver a jaqueta, o maiô e a saia limpos e bem-dobrados.

— Por favor, Srta. Reed! Com certeza... — Ele olha para a janela, respira fundo, depois vai até a porta e a fecha. — Com certeza a senhorita não quer tomar uma Decisão Precipitada.

Digo que preciso, inesperadamente comovida com o modo como ele demonstra estar chateado. Ele tira um pequeno lenço de seda estampado do bolso do paletó e o entrega a mim.

— A senhorita sempre foi uma funcionária excelente. Sua ética de trabalho é impecável. Odiaria vê-la pedindo uma Demissão Impulsiva. Será que... talvez haja... uma Situação Delicada aqui no trabalho que a esteja deixando desconfortável? O novo salva-vidas? Ele está Agindo de Forma Inapropriada com a sua Pessoa?

Parte de mim quer rir histericamente. Entretanto, os grandes olhos castanhos do Sr. Lennox, aumentados pelos óculos, irradiam sinceridade e preocupação.

— Será que eu preciso Falar com Alguém? — pergunta ele. — Quer Desabafar Alguma Coisa?

Se o senhor soubesse.

Por um instante, as palavras entopem minha boca. Minha mãe quase matou o pai do menino que amo e agora parti o coração dele e não posso contar a ninguém. Minha melhor amiga me odeia por uma coisa que ela fez e eu não posso consertar. Não sei quem minha própria mãe é agora e não me reconheço e está tudo horrível.

Eu me imagino derramando todas aquelas palavras sobre o Sr. Lennox, que fica irritado por não saber a hora certa de uma entrega de madeira. De jeito nenhum.

— Não é nada no trabalho. Só não posso mais ficar aqui.

Ele faz que sim com a cabeça.

— Aceito sua demissão com Muita Tristeza.

Agradeço. Quando me viro para ir embora, ele diz:

— Srta. Reed!

— Oi.

— Realmente espero que continue nadando. Pode ficar com a sua chave. Nosso Acordo sobre o treinamento será mantido.

Reconhecendo o presente que é aquele gesto, respondo:

— Obrigada. — E saio antes que possa dizer mais alguma coisa.

Sem horários, o emprego de babá, no café ou no clube, dias e noites se misturam. Não consigo relaxar à noite e passo horas andando pela casa, inquieta, ou assistindo a filmes melosos, onde todo mundo tem problemas piores do que os meus.

Será que devo ligar para a minha irmã?

A resposta é... é claro que ligo. Óbvio. Ela conhece a situação de trás para frente, conhece a minha mãe e a mim. Sabe de tudo. Mas eis o que acontece quando ligo:

Cai direto na caixa postal. A voz rouca da minha irmã, a risada vinda das profundezas de seu corpo, tão familiar e tão distante. "Me achou! Ou não, na verdade. Quer mesmo falar comigo? Tente mais tarde. Talvez eu até ligue de volta."

Fico imaginando Tracy na praia, os olhos azul-claros tentando enxergar apesar do sol, nas férias despreocupadas que disse a minha mãe que merecia, o celular no bolso de Flip ou desligado porque, afinal, e daí? O verão per-feito. Abro minha boca para dizer alguma coisa, mas fecho o celular.

A parte mais estranha? Minha mãe costumava notar quando eu estava com uma mancha quase invisível na blusa ou não tinha usado condicionador suficiente nos cabelos ou mudava minha rotina matinal de alguma forma minúscula: *Você sempre toma vitamina antes do trabalho, Samantha. Por que está comendo torrada? Li que uma mudança na rotina de um adolescente pode ser um sinal de vício em drogas.*

Mas agora? Nuvens de fumaça de maconha poderiam estar saindo de baixo da minha porta, e isso não impediria a tempestade de bilhetes em Post-its que são sua principal forma de comunicação nos últimos tempos.

Por favor, pegue meu terno de seda na lavanderia. A cadeira de toile *do escritório está manchada. Passe OxiClean. Chegarei muito tarde à noite. Ligue o alarme quando for dormir.*

Larguei todos os meus empregos e me tornei uma reclusa. E minha mãe não parece notar.

— Querida! Que bom que apareceu — diz minha mãe jovialmente enquanto me arrasto para a cozinha em resposta ao seu "Olá-ááá, Samantha! Preciso falar com você". — Eu só estava mostrando a esse jovem como faço limo-nada. Você disse que seu nome era Kurt? — pergunta ela ao homem que está sentado à bancada da nossa cozinha, depois de alegremente acenar para mim com o raspador de limão.

— Carl — corrige ele.

Eu o conheço. É o Sr. Agnoli, fotógrafo do *Clarim de Stony Bay*. Ele sempre fotografava as equipes de natação vencedoras. Agora está na nossa cozinha, fascinado com minha mãe.

— Achamos que uma matéria diferente sobre a deputada em casa seria ótima, junto com fotos dela fazendo limonada. Uma metáfora do que ela pode fazer pelo estado — explica o Sr. Agnoli para mim.

Minha mãe se vira e confere a mistura de açúcar e água que está derretendo no fogão, explicando ao Sr. Agnoli como as raspas de limão realmente dão um toque especial.

—Vou voltar lá para cima — digo, e faço isso. Se eu puder dormir por cem anos, talvez acorde numa história melhor.

Sou arrancada do sono por minha mãe sacudindo meu braço.

—Você não pode passar o dia inteiro dormindo, querida. Temos uma programação.

Tudo nela parece o mesmo de sempre: o coque bem-arrumado, a maquiagem impecável, os olhos azuis calmos. Estou sentindo o contrário do que senti quando Jase dormiu aqui. Quando coisas importantes acontecem com você, elas não deveriam ficar estampadas no seu rosto? Não no da minha mãe.

— Tirei o dia inteiro de folga. — Ela está fazendo carinho nas minhas costas agora. — Estive tão ocupada que não prestei atenção em você, eu sei. Achei que a gente podia fazer uma limpeza de pele e...

— *Limpeza de pele?*

Ela se afasta um pouco ao ouvir meu tom de voz, depois continua no mesmo tom apaziguador:

— Lembra que a gente sempre fazia isso no primeiro dia das férias de verão? Era uma tradição, e eu nem me lembrei este ano. Achei que poderia compensar isso, a gente podia ir almoçar depois...

Sento-me bruscamente.

—Você realmente acha que é assim que funciona? Não é para mim que você tem que compensar nada.

Ela anda até a janela que dá para o gramado da casa dos Garrett.

— Pare com isso. Não está facilitando em nada as coisas.

— Gostaria de poder entender por que não, mãe.

Levanto da cama e fico ao lado dela, próxima à janela, olhando para a casa dos Garrett, os brinquedos no quintal, as boias flutuando na piscina, o Mustang.

O queixo dela se contrai.

— A verdade? Está bem. Odiava quando você e Tracy eram pequenas. Não sou igual àquela mulher ali... — Ela acena, indicando a casa vizinha. — Não sou uma égua parideira. Queria filhos, é claro. Eu era filha única, sempre me sentia sozinha quando criança. E aí conheci seu pai, que tinha aquela família grande, e pensei... Mas odiava aquela bagunça, aquele cheiro, o caos reinante. E, no fim das contas, ele já tinha aguentado o suficiente daquilo também. Então foi embora para voltar a bancar o moleque e me deixou com duas crianças pequenas. Eu poderia ter contratado dez babás, mas vocês só tiveram uma e ela só vinha nos dias de semana. Sobrevivi àquela época. Agora, finalmente achei o meu lugar. — Ela se aproxima, pega meu braço e o sacode, como se quisesse me acordar de novo. — Você quer que eu desista disso?

— Mas...

— Eu trabalho tanto, mal sabem vocês o quanto eu trabalhei... Agora tenho que pagar pelo resto da minha vida pela única noite em que consegui relaxar e me divertir?

Outra sacudidela. O rosto dela está muito próximo do meu.

— Você acha mesmo que isso é certo, Samantha?

Não sei mais o que é certo. Minha cabeça dói e meu coração não sente nada além de um vazio amortecido. Quero entender o que ela está falando e argumentar contra o que está errado, mas tudo é muito confuso.

Ainda observo os Garrett, aliviada por ver sinais de normalidade — Alice sentada numa espreguiçadeira tomando sol, Duff e Harry brincando com pistolas de água... No entanto, observá-los não me dá mais a antiga sensação — tanto a de esperança quanto a de calma — de que existiam mundos diferentes do meu e coisas extraordinárias podiam acontecer neles. Agora parece que estou exilada, de volta ao Kansas, e toda cor desapareceu, só há preto e branco.

Tento com todas as forças afastar as lembranças de Jase, mas elas estão em todo lugar. Encontrei uma camiseta dele embaixo da minha cama ontem e fiquei parada, ali, com ela nas mãos, paralisada de horror por não tê-la visto — e pelo fato de minha mãe também não ter. Enfiei-a no fundo da gaveta de camisetas. Depois, tirei-a e dormi com ela.

Capítulo Quarenta e Seis

Estou subindo a entrada da nossa casa, numa das únicas vezes em que dei as caras do lado de fora, quando sinto um toque em meu ombro, me viro e vejo Tim.

— Que merda é essa agora? — esbraveja, agarrando minha mão.

— Me deixa em paz. — Puxo a mão de volta.

— Não vou deixar porra nenhuma. Não banque a rainha do gelo comigo, Samantha. Você largou o Jase sem dar explicação. A Nan não me diz merda nenhuma sobre você a não ser que não são mais amigas. Sem contar que você está um caco. Está magra e pálida demais. Nem parece a mesma menina. Que porra está acontecendo contigo?

Tiro minha chave para destrancar a porta. Apesar do calor do dia, ela parece feita de pedra, tão pesada e fria em minha mão.

— Não tenho nada pra falar com você, Tim. Não é da sua conta.

— Ah, vai se foder. Ele é meu amigo. Foi *você* que pôs o cara na minha vida. Ele fez as coisas melhorarem. Não vou ficar parado vendo você cagar na cabeça do Jase quando o mundo em que ele vive já tá todo zoado. Ele já tem problemas suficientes pra resolver.

Abro a porta e deixo minha bolsa, que também parece feita de chumbo, cair no chão. Minha cabeça dói. Tim, é claro, o rei da falta de piedade, me segue, deixando a porta bater atrás de nós.

— Não posso falar com você.

— Ótimo. Fala com o Jase.

Eu me viro e olho para ele. Até esse movimento é doloroso. Talvez eu esteja lentamente me tornando pedra. Mas isso deixaria tudo menos doloroso, não é?

Tim olha para o meu rosto e a raiva desaparece do dele, substituída por preocupação.

— Por favor, Samantha. Eu *conheço* você. Você não é assim. Garotas malucas e doidas, que gostam de mostrar quem é que manda, agem desse jeito. Idiotas como eu agem desse jeito. Eu te conheço desde pequena e você já era sensata *naquela época*. Isso não faz sentido. Você e o Jase... Eram perfeitos. Não dá para simplesmente jogar uma coisa assim no lixo. Que merda aconteceu contigo?

— Não posso falar com você — repito.

Os olhos cinzentos, frios, lentamente analisam meu rosto, questionando.

— Tem que desabafar com alguém. Se não for com o Jase nem com a Nan... Com certeza não com a sua mãe... Com quem você vai falar?

De repente, começo a chorar. Não chorei nenhuma vez e agora não consigo parar. Tim, horrorizado, olha em volta como se esperasse que alguém, qualquer pessoa, fosse entrar para salvá-lo daquela menina aos prantos. Escorrego lentamente pela parede e continuo chorando.

— Merda, para com isso. Não pode ser tão ruim assim. Seja lá o que for... A gente vai resolver. — Ele vai até a bancada da cozinha, tira um pedaço de papel-toalha do suporte de porcelana e o enfia na minha mão. — Toma, enxuga os olhos. Tudo pode ser resolvido. Até eu. Escuta, eu me inscrevi no supletivo. Vou sair de casa. Meu amigo Connor do AA tem um apartamento em cima da garagem e vou morar lá, o que significa que não vou ter que lidar mais com os meus pais e posso... Toma, enxuga o nariz.

Pego o papel grosseiro e assoo. Sei que meu rosto está vermelho e inchado e, agora que comecei a chorar, acho que é muito possível que eu nunca mais pare.

— Isso. — Tim me dá uma série de tapinhas envergonhados nas costas, mais como se estivesse tentando tirar algo da minha garganta do que se quisesse me consolar. — O que quer que esteja acontecendo, vai ser resolvido... Mas não dá para acreditar que largar o Jase ajude.

Choro ainda mais.

Com uma expressão resignada, Tim rasga mais toalhas de papel.

— Posso...? — Agora estou soluçando, como a gente faz depois que chora muito, e é difícil recuperar o fôlego.

— O quê? Desembucha!

— Posso morar com você? No apartamento da garagem?

Tim fica paralisado, a mão congelada no ato de enxugar meus olhos.

— Comé que é?

Não tenho fôlego — ou talvez coragem — para repetir a frase.

— Samantha, você não pode... Fico lisonjeado, mas... Por que diabos você iria querer fazer uma coisa dessas?

— Não posso ficar aqui. Com eles aí do lado e minha mãe. Não consigo encarar o Jase e não aguento olhar para ela.

— Isso tudo é culpa da Grace? O que ela fez? Disse que ia deserdar você se não largasse o Jase?

Balanço a cabeça, sem olhar para ele.

Tim escorrega pela parede ao meu lado, esticando as longas pernas, enquanto continuo agachada num pequeno círculo diminuto, com os joelhos no peito.

— Anda, menina. — Ele olha nos meus olhos, sem piscar. — Pode contar. Vou a reuniões do AA agora e você não ia acreditar na quantidade de merda que já ouvi.

— Eu sei quem atropelou o Sr. Garrett — cuspo.

Tim parece incrédulo.

— Porra. É sério? Quem?

— Não posso contar.

— Você pirou? Não pode guardar isso só pra você. Conte aos Garrett. Conte ao Jase. Talvez eles possam processar o retardado e conseguir milhões. Como você descobriu?

— Eu estava junto. Naquela noite. No carro. Com a minha mãe.

O rosto dele empalidece sob as sardas, os cabelos, em contraste, parecendo uma labareda.

O silêncio cai como uma cortina entre nós dois.

Por fim, Tim diz:

— Escolhi o dia errado pra parar de tomar anfetaminas.

Eu o encaro.

— Desculpa. É uma piada do *Apertem os cintos, o piloto sumiu!* Entendi o que você disse. Só não *quero* entender.

— Então vá embora.

— Samantha. — Ele agarra minha manga. — Você não pode ficar quieta. A Gracinha cometeu uma porra de um crime.

— Isso acabaria com a vida dela.

— Então você vai deixar que isso acabe com a deles?

— Ela é minha mãe, Tim.

— É, e a sua mãe fez uma merda fenomenal. Por causa disso, você vai acabar com a vida do Jase, da Sra. G e daquelas crianças todas? E com a sua...? Puta que pariu!

— E o que eu deveria fazer? Ir até lá, olhar na cara do Jase e dizer: "Então. Sabe aquela pessoa que você não podia acreditar que existia, aquela que atropelou um ser humano e foi embora? É a sua vizinha. É a minha mãe."

— Ele merece saber.

—Você não entende.

— Não, realmente não entendo. Isso não é uma coisa que eu já tive que enfrentar. Porra, preciso de um cigarro. — Ele tateia o bolso da camisa, mas não encontra nada.

— Isso acabaria com a vida dela.

— E adoraria uma cerveja também.

— É, que ótima ideia — digo. — Foi isso que aconteceu. Ela bebeu vinho demais, foi dirigir... — Escondo o rosto nas mãos. — Eu estava dormindo e acordei com uma pancada horrível. — Olho para ele por entre os dedos. — Não consigo tirar isso da cabeça.

—Ai, gata. Putz, que meeerda... — Com cuidado, ele põe um braço em volta dos meus ombros trêmulos.

— O Clay mandou minha mãe ficar no carro, dar ré e sair dali e... ela *saiu.* — Ouço minha voz falhar, ainda incrédula. — Simples assim.

— Eu *sabia* que aquele cara era um merda — cospe Tim. — Sabia. E da pior espécie. Um babaca esperto.

Ficamos ali sentados em silêncio por alguns minutos, as costas contra a parede. Então Tim repete:

—Você tem que contar ao Jase. Contar isso tudo.

Apoio o rosto nos punhos.

— Ela teria que desistir da eleição e poderia ir pra cadeia e tudo por minha culpa. — Agora que estou finalmente falando, as palavras saem aos borbotões da minha boca.

— Não. *Não,* cara. Por culpa *dela. Ela* fez a coisa errada. Você estaria fazendo a certa.

— Como você fez com a Nan? — digo, baixinho.

Os olhos de Tim se voltam rapidamente para os meus, se arregalando. Ele inclina a cabeça, me encarando. Então, a compreensão se cristaliza em seu rosto, que fica vermelho, enquanto ele olha para as próprias mãos.

— Ééé... Bom — diz. — A Nan é uma pentelha. Gosto de sacanear a menina e costumo infernizar a vida dela, mas ela *ainda é* minha irmã.

— Ela *ainda é* minha mãe.

— É diferente — murmura Tim. — Sabe, eu *já era* um bosta. Não colava nos trabalhos, mas fazia tudo quanto é merda que passasse pela minha cabeça. Parece um carma ter meus trabalhos copiados. Mas você não é assim. Você *sabe* quem você é.

— Um trapo.

Ele olha para mim.

— Bom... mais ou menos. Mas se assoar o nariz e pentear os cabelos um pouquinho...

Não consigo deixar de rir, o que faz meu nariz escorrer ainda mais e, com certeza, melhora ainda mais minha aparência charmosa.

Tim revira os olhos, se estica e me entrega o rolo de papel-toalha inteiro.

— Já falou com a sua mãe? O Sr. Garrett agora está com uma infecção. Tem febre alta, as coisas estão uma zona só. Talvez se ela soubesse o tamanho da merda que fez...

— Eu tentei. É claro que tentei. É como falar com uma parede. Aconteceu, acabou, sair da campanha não vai ajudar os Garrett em nada, blá-blá-blá.

— Processar o canalha ajudaria — murmura Tim. — E a polícia? E se você fizesse... sei lá... uma denúncia anônima? Não, eles iriam precisar de provas. E se você conversasse com a Sra. Garrett primeiro? Ela é legal.

— Eu mal consigo olhar para a casa deles, Tim. Não posso falar com a Sra. Garrett.

— Então começa com o Jase. O cara está péssimo, Sam. Fica trabalhando na loja o tempo todo, vai para o hospital, treina feito um louco e ainda tenta manter a casa de pé... Sempre se perguntando que merda aconteceu com a namorada dele. Se você não aguentou ou se ele fez alguma coisa errada ou se você acha que a família dele é um desastre e não quer conviver com isso...

— Isso quem diz é a minha mãe — falo, automaticamente. — Não eu.

— Parece meu slogan.

Mas... sou eu. Ficando quieta, fingindo. Estou fazendo exatamente o que minha mãe fez. Sou, no fim das contas, igualzinha a ela.

Eu me levanto.

— Você sabe onde o Jase está? Na loja?

— A loja está fechada, Samantha. Já passa das cinco. Não sei onde ele está agora. Eu que fechei hoje. Mas estou de carro e tenho o celular dele. Vou te levar até ele. Não vou ficar nem nada. Isso tem que ser entre vocês dois. Mas vou te levar lá. — Ele dobra o braço, me oferecendo apoio como um cavalheiro cortês do século dezenove. O Sr. Darcy. Em circunstâncias bastante estranhas.

Respiro fundo e envolvo o cotovelo dele com meus dedos.

— E, só para deixar claro — acrescenta Tim —, sinto muito, Samantha. Sinto pra cacete, por tudo isso.

Capítulo Quarenta e Sete

Desde aquele primeiro dia, eu entrava diretamente na casa dos Garrett, sem bater. Mas agora, quando Tim põe a mão na maçaneta da porta de tela, balanço a cabeça. Não há campainha, por isso bato com força no batente de metal, sacudindo-o. Posso ouvir a voz baixinha de George falando sem parar em outro cômodo, por isso sei que há gente em casa.

Alice vem até a porta. O sorriso abandona seu rosto imediatamente.

— O que *você* quer? — diz através da tela.

— Cadê o Jase?

Ela olha por sobre o ombro, depois sai até a escada, batendo a porta atrás de si com força. Está usando a parte de cima de um biquíni branco e um short gasto, feito com uma calça velha. Ao meu lado, sinto o ímpeto de Tim desaparecer mais rápido do que o hélio de um balão furado.

— Por quê? — Cruzando os braços, Alice se apoia com firmeza contra a porta.

— Tem uma coisa que... preciso dizer a ele. — Minha voz soa áspera. Pigarreio. Tim se aproxima um pouco, talvez para me apoiar, talvez para observar o biquíni de Alice.

— Tenho certeza de que já disse tudo que precisava — responde ela, direta. — Acho melhor você cair fora.

A parte de mim acostumada a seguir ordens, a andar na linha, a filha da minha mãe, desce correndo pela calçada, às lágrimas. No entanto, o resto de mim, meu eu verdadeiro, não se mexe. Não posso voltar ao que era antes. Aquela Samantha não existe mais.

— Preciso falar com o Jase, Alice. Ele está em casa?

Ela balança a cabeça. Desde o acidente do Sr. Garrett, a garota interrompeu as constantes transformações capilares e agora os cabelos estão castanhos e encaracolados, com mechas louras já se afastando da raiz.

— Não vejo razão nenhuma para dizer onde ele está. Deixe meu irmão em paz.

— É importante, Alice — interrompe Tim, tentando voltar a se concentrar.

Depois de lançar um olhar assassino para ele, ela volta a me encarar.

— Olha, não temos tempo nem espaço para os seus dramas, Samantha. Estava começando a achar que você era diferente, não só mais uma princesinha riquinha e mimada, mas parece que é exatamente isso que você é. Meu irmão não precisa disso.

— O que seu irmão não precisa é que você compre as brigas dele.

Queria ser mais alta e poder intimidá-la com minha figura imponente, mas Alice e eu temos a mesma altura. O que torna mais fácil para ela cravar seu olhar de raio mortal nos meus olhos.

— Bom, ele é meu irmão, então as brigas dele são minhas também.

— Calma, vocês duas. — Tim se interpõe entre nós, bem mais alto. — Não acredito que estou realmente separando uma briga entre duas gostosas, mas isso está supererrado. O Jase precisa ouvir o que a Samantha tem a dizer, Alice. Guarda o chicote.

Alice o ignora.

— Cara, sei que você veio aqui só pra se sentir melhor e tal, pra dizer que nunca quis machucar meu irmão, que quer ser amiga dele e essa bosta toda. Mas vamos pular essa parte. Agora, cai fora.

— Sailor Moon! — exclama uma voz alegre, e vemos George enfiando o nariz na trama da tela. — Eu comi um picolé no café da manhã hoje. Você sabia que os picolés não são feitos por esquimós? Nem... — Ele abaixa a voz. — *De* esquimós. Sabia que os esquimós fazem sorvete com gordura de foca? Isso é meio blergh.

Eu me abaixo, me afastando de Alice.

— George... O Jase está em casa?

— No quarto dele. Quer que eu leve você até lá? Ou que vá chamar ele? — O rosto do menino está animado e feliz por me ver, sem qualquer repreensão pelo fato de eu ter desaparecido. *George, o de coração indulgente.* Fico imaginando o que os Garrett... Jase, na verdade, contou a ele ou às outras pessoas sobre mim. Enquanto o observo, a expressão do menino se fecha. — Você não acha que eles fazem sorvete com filhotes de foca, acha? Aqueles pequenininhos e fofinhos?

Alice segura a porta com ainda mais força.

— George, a Samantha estava indo embora. Não incomode o Jase.

— Eles nunca fariam sorvete com filhotes de foca — digo a George. — Só fazem sorvete com... — Não tenho ideia de como terminar a frase.

— Focas muito doentes — intervém Tim. — Focas suicidas.

George parece confuso, é claro.

— Focas que *querem* virar sorvete — afirma Alice, ríspida. — Elas são voluntárias. Tem um sorteio. É uma honra.

Ele faz que sim com a cabeça, digerindo a informação. Todos estamos observando o rosto do menino para ver se a explicação foi aceita. Então ouço uma voz atrás dele dizer:

— Sam?

Seus cabelos estão espetados em todas as direções, molhados pelo banho. As olheiras sob seus olhos estão mais escuras e o rosto, mais fino.

— Fala aí — diz Tim. — Só vim trazer sua namoradinha, admirar sua guarda-costas, essas coisas. Mas... — continua ele, descendo a escada. — Já vou. Vejo você depois. Me liga se quiser disputar quem pega primeiro o sabonete na banheira, Alice.

De má vontade, ela sai da frente enquanto Jase abre a porta de tela, depois dá de ombros, voltando para dentro da casa.

Jase sai, o rosto impassível.

— E então? — pergunta. — Por que está aqui?

George volta para a porta.

— Você acha que tem sabores? O sorvete? Tipo, foca com gotas de chocolate ou foca com pedaços de morango?

— Amiguinho — pede Jase —, a gente vê isso depois, tá bem?

George se afasta.

— Você está com o fusca? Ou a moto? — pergunto.

— Posso pegar o fusca — diz ele. — O Joel foi de moto pro trabalho. — Ele se vira para a porta e grita: — Al, vou pegar o carro.

Não consigo ouvir a resposta de Alice direito, mas aposto que inclui uma palavra de cinco letras.

— E aonde a gente vai? — pergunta ele, quando entramos no carro.

Gostaria de saber.

— Para o Parque McGuire — sugiro.

Jase se encolhe.

— Lá não é mais um lugar com lembranças boas, Sam.

— Eu sei — respondo, pondo a mão no seu joelho. — Mas preciso falar com você em particular. Podemos andar até o farol ou ir a outro lugar, se quiser. Só preciso ficar sozinha com você.

Jase olha para minha mão. Eu a puxo de volta.

— Então vamos até o McGuire. O Esconderijo Secreto vai ser uma boa. — A voz dele é impessoal, sem emoção.

Ele dá ré, pisando no acelerador com mais força do que de costume, e entra na Rua Principal.

Ficamos em silêncio, o tipo de silêncio incômodo que nunca costumava acontecer. A parte bem-treinada de mim (a filha da minha mãe) quer falar pelos cotovelos para preenchê-lo: *Então, que dias lindos estes últimos, estou ótima, obrigada, e você? Ótimo! Você viu o jogo dos Red Sox?*

Mas não faço isso. Apenas encaro minhas mãos no colo, de vez em quando lançando olhares rápidos para o perfil impassível de Jase.

Ele estende a mão automaticamente para me ajudar enquanto pulamos de pedra em pedra até o maior pedregulho do rio. O contato com aquela mão forte e quente é tão familiar, tão seguro, que, quando ele me solta ao chegarmos à rocha, a minha parece incompleta.

— Então... — começa ele, se sentando, envolvendo as pernas com os braços e olhando não para mim, mas para a água.

Deve haver palavras apropriadas para essa situação. Uma maneira cuidadosa de tocar no assunto. Uma explicação convincente. Mas não sei quais são. Tudo que sai da minha boca é a verdade horrível, sem nenhum rodeio.

— Foi minha mãe que atropelou seu pai. Ela estava dirigindo o carro.

A cabeça de Jase se vira rapidamente, os olhos arregalados. Observo a cor se esvair de seu rosto sob o bronzeado. Os lábios se abrem, mas ele não diz nada.

— Eu estava com ela. Dormindo no banco de trás. Não vi nada. Não tinha certeza do que tinha acontecido. Fiquei assim durante dias. Eu não percebi.

Encontro os olhos dele, esperando ver a surpresa se tornar desdém e o desdém se tornar desprezo, dizendo a mim mesma que vou sobreviver. Mas ele continua me encarando. Será que entrou em choque e devo repetir o que disse? Lembro que ele me deu uma barra de chocolate depois da viagem com Tim porque Alice tinha dito que isso ajudava. Queria ter trazido uma. Espero que ele diga alguma coisa, qualquer coisa, mas Jase apenas me olha como se eu tivesse dado um soco no seu estômago e ele não conseguisse respirar.

— O Clay estava com a gente também — acrescento, inutilmente. — Foi ele quem mandou minha mãe fugir, não que isso importe, porque ela obedeceu, mas...

— Eles pararam? — A voz dele se ergue, dura. — Para ver se ele estava respirando? Para dizer que iam mandar ajuda? Qualquer coisa?

Tento respirar fundo e encher meus pulmões de ar, mas não consigo.

— Não. Minha mãe deu ré e foi embora. O Clay ligou para a polícia de um telefone público ali perto.

— Ele ficou lá sozinho na chuva, Samantha?

Faço que sim com a cabeça, tentando engolir o arame farpado preso em minha garganta.

— Se eu tivesse visto, se tivesse percebido... — digo. — Eu teria saído do carro. Juro. Mas estava dormindo quando aconteceu, eles deram ré... Foi tudo muito rápido.

Ele se levanta, virando-se para a água. Depois diz uma coisa numa voz tão baixa que a brisa do rio leva as palavras para longe. Chego mais perto. Quero tocá-lo, tentar me aproximar, mas ele está rígido e imóvel, com um campo de força em torno de si, me empurrando para longe.

— Quando você descobriu? — pergunta, no mesmo tom baixo.

— Desconfiei quando você falou da Rua Beira-Mar, mas...

— Isso foi no dia *seguinte* — interrompe Jase, agora gritando. — No dia seguinte, quando os cirurgiões estavam fazendo buracos na cabeça do meu pai e a polícia ainda estava agindo como se fosse descobrir tudo.

Enfiando as mãos nos bolsos, ele se afasta de mim, indo para longe da parte lisa da rocha até o lado irregular, que se inclina para a água.

Eu o sigo e encosto no ombro dele.

— Mas eu não tinha certeza. Não queria ter. Só soube mesmo quando ouvi o Clay e minha mãe conversando, uma semana depois.

Jase não se vira para mim, ainda olhando para o rio. Mas também não afasta minha mão.

— Foi quando você decidiu que era uma boa hora para terminar comigo? — Nenhuma emoção na voz sempre expressiva dele.

— Foi quando percebi que não podia encarar você. E o Clay ameaçou rescindir todos os contratos da campanha da minha mãe com a loja do seu pai, e eu...

Ele engole em seco, absorvendo a informação. Então, seus olhos encontram os meus.

— Isso é muita coisa. Pra assimilar.

Faço que sim com a cabeça.

— Ainda não consegui tirar aquela imagem da cabeça. Meu pai caído na chuva. Ele bateu com o rosto no chão, sabia? O carro atropelou ele e jogou longe. Ele voou pelo menos uns três metros. Estava numa poça quando a ambulância chegou. Alguns minutos a mais e ele teria se afogado.

Mais uma vez quero correr. Não há nada a dizer e nenhum jeito de consertar nada.

— Ele não se lembra de nada disso — continua Jase. — Só de pensar que iria chover, e depois mais nada até acordar no hospital. Mas não consigo parar de pensar que deve ter percebido na hora. Que estava sozinho, machucado e não tinha ninguém por perto que se importasse. — Ele vira o corpo rapidamente para mim. — Você teria ficado com ele?

Dizem que a gente nunca sabe o que faria numa situação hipotética. Todos nós gostamos de pensar que seríamos uma daquelas pessoas que entregariam o colete salva-vidas e acenariam um estoico adeus do deque do *Titanic* enquanto ele afundava, alguém que pularia na frente de uma bala por um estranho ou que daria meia-volta e correria para uma das torres gêmeas, em busca de alguém que precisava de ajuda, sem pensar na própria segurança. No entanto, nunca sabemos com certeza se, quando as coisas desmoronarem, vamos pensar na nossa segurança primeiro ou se isso vai ser a última coisa que vai passar pela nossa cabeça.

Olho nos olhos de Jase e conto a única verdade que posso:

— Não sei. Não tive essa escolha. Mas sei o que está acontecendo agora. E estou escolhendo ficar com você.

Não sei direito quem faz o primeiro movimento. Não importa. Tenho Jase em meus braços e eles o apertam com força. Já chorei tanto que não tenho mais lágrimas. Os ombros de Jase estremecem, mas se acalmam aos poucos. Nenhuma palavra é dita por um longo tempo.

Mas está tudo bem, porque até as mais importantes — *Eu te amo. Me desculpa. Me perdoa? Estou aqui* — são apenas substitutos para o que podemos expressar de forma melhor sem nada dizer.

Capítulo Quarenta e Oito

A **volta** para a casa dos Garrett é tão silenciosa quanto o percurso até o parque, mas é um tipo completamente diferente de silêncio. A mão livre de Jase se entrelaça à minha quando ele não precisa trocar a marcha, e eu me inclino, cobrindo o espaço entre os bancos, para pousar a cabeça no seu ombro.

Estamos estacionando na entrada da garagem, ao lado da van, quando ele pergunta:

— O que vamos fazer agora, Sam?

Contar a ele era a parte mais difícil. Mas não era a última das partes difíceis. Enfrentar Alice. A Sra. Garrett. Minha mãe.

— Não pensei muito além disso.

Jase faz que sim com a cabeça, mordendo o lábio inferior, colocando o câmbio em ponto morto.

O queixo dele se enrijece e ele olha para as próprias mãos.

— Como você quer fazer? Vai entrar comigo?

— Acho que tenho que contar à minha mãe. Que você sabe. Ela vai ficar... — Passo lentamente as mãos no rosto. — Bom, não tenho ideia de como ela vai ficar. Nem do que vai fazer. Nem o Clay. Mas tenho que contar.

— Deixa eu pensar um pouco. Em como dizer. Se vou começar pela minha mãe ou... sei lá. Você tem meu celular. Se alguma coisa acontecer, se precisar de mim, ligue, está bem?

— Está bem.

Começo a sair do carro, mas Jase pega minha mão e me impede.

— Estou confuso — diz. — Você sabia. O tempo todo. Como não saberia?

É uma pergunta crucial.

— Como você pode não ter percebido que algo horrível tinha acontecido? — pergunta ele.

— Eu estava dormindo — respondo. — Por mais tempo do que deveria.

Sei que minha mãe está em casa quando chego porque suas sandálias azul-marinho estão ao lado da porta, a bolsa Prada pendurada no divã do corredor, mas ela não está na cozinha nem na sala. Por isso, vou para sua suíte no segundo andar, me sentindo uma invasora, apesar de estar na minha própria casa.

Ela devia estar decidindo o que iria vestir para algum evento e não deve ter conseguido, pois há pilhas de roupas jogadas na cama... Um arco-íris de florais, pastéis suaves e ricas cores oceânicas contrastando com os poderosos terninhos brancos e azul-marinho.

O chuveiro está ligado.

O banheiro de minha mãe é imenso. Ela o reformou várias vezes com o passar dos anos. Ele sempre fica maior, mais luxuoso. É todo acarpetado, tem um sofá e uma banheira, aquecedores de toalha e um chuveiro em um boxe de vidro com sete saídas de água, em todas as direções. Tudo foi feito numa cor que minha mãe chama de ostra, mas que parece cinza para mim. Ela tem uma penteadeira e um pequeno banco bordado num canto. Sobre a mesa, um desfile de perfumes e loções, frascos de vidro, potes baixos e montanhas de maquiagem. Quando abro a porta um pouco, o cômodo está cheio de nuvens de vapor, tão espessas que mal posso ver.

— Mãe? — chamo.

Ela dá um grito rápido.

— Não faça *isso*, Samantha! Não entre num banheiro quando a pessoa está tomando banho! Você nunca viu *Psicose*?

— Tenho que falar com você.

— Estou fazendo esfoliação.

— Quando você acabar. Mas não demore.

O chuveiro fecha, soltando um rangido.

— Pode me passar uma toalha? E meu robe?

Tiro o robe rosado de seda do gancho, onde — não posso deixar de notar — um roupão azul-marinho masculino também está. Ela estende a mão pela porta do chuveiro e segura a seda.

Quando o robe está bem amarrado na cintura e a fofa toalha cor de ostra envolve os cabelos como um turbante, minha mãe se senta na penteadeira e pega o creme para o rosto.

— Andei pensando em aplicar um pouco de Restylane entre as sobrancelhas — diz. — Não o bastante para que fique óbvio, mas só para tirar esta dobrinha aqui. — Ela indica uma ruga imaginária, depois puxa a testa com ambas as mãos. — Acho que seria bom para a minha carreira, porque as rugas na testa são um sinal de estresse. Meus eleitores não deveriam pensar que estou preocupada com alguma coisa. Isso vai abalar a confiança deles, não acha? — Sorri para mim, minha mãe com sua lógica confusa e sua coroa de toalha.

Escolhi o Caminho das Conversas Diretas.

— O Jase sabe.

Ela empalidece sob o creme, depois as sobrancelhas se juntam.

— Você não contou.

— Contei.

Minha mãe se ergue do banco com tanta rapidez que o derruba.

— Samantha... Por quê?

— Porque eu tinha que contar, mãe.

Ela atravessa o banheiro, voltando até a penteadeira. Pela primeira vez, realmente percebo as rugas na sua testa, os longos sulcos que cercam sua boca.

— Nós *já tínhamos* conversado sobre isso e concordado que, pelo bem de todos, poríamos uma pedra sobre o assunto.

— Você teve essa conversa com o Clay, mãe. Não comigo.

Ela para, os olhos lançando faíscas.

— Você jurou.

— Nunca. Você só não ouviu o que eu tinha pra dizer.

Minha mãe desaba no banco, os ombros caídos, depois olha para mim, os olhos arregalados, implorando.

— Vou perder o Clay também. Se isso se tornar um escândalo, *quando* isso se tornar um escândalo e eu tiver que desistir da eleição, ele não vai ficar. O Clay Tucker só joga em time que está ganhando. É assim que ele é.

Por que minha mãe quer um homem desses? *Se houver algum problema, meu amor, eu pulo fora.* Fico feliz por não ter conhecido meu pai. É triste, mas é verdade. Se ele e Clay são o tipo de homem que agrada minha mãe, só posso ter pena dela.

Lágrimas brilham em seus olhos. Automaticamente, uma culpa arrasadora toma conta de mim, mas não embrulha meu estômago como o silêncio forçado.

Minha mãe se vira de novo para o espelho, apoia os cotovelos na penteadeira e encara o próprio reflexo.

— Preciso ficar sozinha, Samantha.

Ponho minha mão na maçaneta da porta.

— Mãe?

— O que foi agora?

— Pode olhar para mim?

Ela encontra meus olhos no reflexo do espelho.

— Por quê?

— Olhe de verdade.

Com um suspiro irritado, mamãe se vira no banco.

— Fala.

— Diga na minha cara que acha que eu fiz a coisa errada. Olhe para mim e diga isso. Se é o que você pensa de verdade.

Ao contrário dos meus olhos, salpicados de ouro e verde, os da minha mãe são de um azul imaculado. Ela os encontra, mantém o olhar por um instante, depois o afasta.

— Ainda não contei a ninguém — diz Jase quando abro a janela no início da noite, o sol baixo no céu.

Exausta por ter conversado com minha mãe, estou simplesmente aliviada por não ter que confessar mais nada a ninguém nem lidar com a reação de ninguém a nada.

No entanto, esse pensamento egoísta se mantém apenas por um breve instante.

— Por que não?

— Minha mãe voltou para casa e foi tirar um cochilo. Ela ficou lá a noite passada toda porque tiveram que entubar meu pai por causa da infecção. Achei melhor deixar a coitada dormir. Mas já pensei no que fazer depois. Acho que o melhor jeito é usar o bastão da conversa.

— O-o quê?

— O bastão da conversa, usado pelos índios. É um pedaço de madeira que o Joel encontrou e a Alice pintou quando éramos bem pequenos. Na época, minha mãe tinha uma amiga que tinha os filhos *mais doidos* do mundo. Daqueles que escalam as cortinas e se penduram no teto. Essa amiga, a Laurie, não tinha ideia do que fazer com eles, então costumava seguir as crianças, berrando: "Vamos falar disso da próxima vez que usarmos o bastão da conversa." Acho que eles faziam reuniões de família e quem estivesse segurando o bastão podia falar sobre alguma coisa que estava "afetando a família como um todo". Meus pais costumavam rir disso, mas depois notaram que, toda vez que a gente tentava discutir algo em família, todo mundo falava ao mesmo tempo e ninguém ouvia ninguém. Então fizemos um bastão da conversa também. Ainda usamos quando temos que tomar uma decisão importante ou contar alguma novidade. — Ele ri, olhando para os pés. — Uma vez, o Duff disse na escola que toda vez que meu pai tirava o bastão do armário, minha mãe ficava grávida. Tiveram que fazer uma reunião com os professores para explicar.

Sinto-me bem por poder rir.

— Caramba. — Me jogo na cama e dou um tapinha no espaço ao meu lado.

Jase não se senta. Em vez disso, ele enfia as mãos nos bolsos e inclina a cabeça para trás, apoiando-a na parede.

— Tem uma coisa que eu queria perguntar.

Sinto um arrepio de ansiedade. Há um tom na voz dele que não reconheço, algo que estraga o simples prazer de tê-lo novamente tão perto de mim.

— O quê?

Ele levanta um canto do tapete com a ponta do All Star, depois o recoloca no lugar.

— Não deve ser nada. Só passou pela minha cabeça quando pensei em quando você veio falar comigo. O Tim sabia da história toda. Você contou a ele. Antes de me contar.

Aquele tom desconhecido é ciúme? Ou desconfiança? Não sei dizer.

— Foi ele quem me encorajou a botar pra fora. Não desistiu até eu contar. Ele é meu amigo. — Encarando a cabeça baixa de Jase, acrescento: — Não estou a fim dele, se é isso que está pensando.

Então Jase olha para mim.

— Acho que sei disso. Eu *sei* disso. Mas a gente não tem que ser mais sincero com as pessoas que ama? Não é assim que funciona?

Eu me aproximo, ergo a cabeça para analisar os olhos muito verdes dele.

— O Tim está acostumado com problemas — sugiro, por fim.

— É, bom, eu estou me acostumando com isso também. Por que não me contou tudo desde o início, Sam?

— Achei que você fosse me odiar. E o Clay ia levar a loja à falência. Eu já tinha estragado todo o resto. Achei que seria melhor ir embora antes que você me odiasse.

A testa dele se enruga.

— Eu odiaria você por causa de uma coisa que a sua mãe fez? Ou de uma ameaça daquele merda? Por quê? Por que isso faria sentido?

— Nada fazia sentido. Eu fui burra e fiquei... Fiquei perdida. Tudo estava maravilhoso e depois tudo desmoronou. Você tinha uma família feliz, tudo funcionava. Eu entrei nela e uma coisa do meu mundo bagunçou o seu.

Jase se vira para olhar pela janela, para longe do telhado da minha casa.

— Nossos mundos são iguais, Sam.

— Na verdade, não, Jase. Eu tenho que frequentar eventos políticos e jantares no clube e fingir que tudo está bem quando tudo está uma *bosta*. E você...

— Eu tenho dívidas, fraldas cagadas, uma casa zoneada, problemas... — afirma ele. — Por que você não pensou que, já que era o seu mundo, já que tinha que lidar com isso, talvez eu me importasse o bastante para querer que fosse o meu mundo também?

Fecho os olhos, respiro fundo lentamente e, quando os abro, vejo-o olhando para mim cheio de amor e confiança.

— Perdi a fé na gente — digo.

— E agora? — pergunta ele, baixinho.

Estendo minha mão aberta, e a mão dele se fecha em torno. Ele me dá um breve puxão e então estou em seus braços, envolvendo-o também. Não há música de fundo, mas ouço as batidas dos nossos corações.

Então, a porta do meu quarto se escancara e minha mãe está parada ali, olhando para nós dois.

Capítulo Quarenta e Nove

— **Vocês** dois estão aqui — diz minha mãe. — Ótimo.

Não é o que eu havia imaginado que ela diria quando nos pegasse juntos no meu quarto. A surpresa no rosto de Jase deve espelhar a minha.

— O Clay está vindo — continua ela, sem respirar. — Ele vai chegar daqui a alguns minutos. Venham até a cozinha.

Jase olha para mim. Dou de ombros. Minha mãe desce a escada.

Quando chegamos à cozinha, ela se vira e sorri, aquele sorriso social de "somos todos amigos aqui".

— Por que não pegam alguma coisa para beber enquanto esperamos? Você está com fome, Jase? — A voz dela tem um leve sotaque arrastado sulista que ela pegou do Clay.

— Hummm... Não.

Jase está olhando para ela com cuidado, como se fosse um animal cujo temperamento ele desconhece. Minha mãe está usando um vestido amarelo--limão, os cabelos bem-arrumados, a maquiagem impecável. Muito diferente da mulher assustada de robe e máscara de creme que deixei no banheiro, muito pouco tempo atrás.

— Bom, quando o Clay chegar, vamos até o meu escritório. Talvez seja melhor eu preparar um chá. — Ela observa Jase. — Mas você não me parece alguém que bebe chá. Uma cerveja?

— Ainda não fiz vinte e um anos, então, não, obrigado, deputada Reed. — A voz de Jase é direta.

— Pode me chamar de Grace — autoriza minha mãe, sem perceber o sarcasmo.

Então tá. Nem a Nan nem o Tim, que conhecem minha mãe desde pequenos, chamam ela pelo primeiro nome. Pelo menos, não em público.

Ela se aproxima de Jase, que está paralisado, talvez se preparando para a hipótese de ela ser um daqueles animais que dão botes inesperados.

— Nossa, como você tem ombros fortes.

Nossa, como você imita bem uma coroa desfrutável, mãe.

— O que tá acontecendo aqui...? — começo, mas ela me interrompe.

— Está um dia tão quente. Que tal uma limonada? Acho até que temos cookies!

Ela ficou maluca? O que espera que Jase responda? "Só se for de chocolate com nozes? Afinal, já está tudo perdoado mesmo! O que é o fato de a senhora ter deixado meu pai na rua, depois de tê-lo atropelado, comparado com essa maravilha gastronômica?"

Pego a mão dele, apertando, e me aproximo quando ouvimos a porta da frente bater.

— Gracinha?

— Estamos na cozinha, querido — grita minha mãe, carinhosa.

Clay entra a passos largos, as mãos nos bolsos, as mangas da camisa social enroladas.

— Oi. Jason, não é?

— Todo mundo me chama de Jase.

Agora meu namorado está dividindo a atenção entre duas criaturas de temperamento desconhecido. Eu me aproximo dele e ele dá um passo a frente, me protegendo com seu corpo. Dou a volta e fico ao seu lado.

— Então vou chamar você de Jase — continua Clay, simpático. — Qual a sua altura, filho?

O que deu neles para ficarem obcecados com o corpo do Jase agora? Jase me lança um olhar que pergunta: *Ele está me medindo para mandar fazer meu caixão?* Mas ainda responde, educado:

— Um e oitenta e sete... senhor.

—Você joga basquete?

— Futebol americano. Sou *cornerback*.

—Ah, uma posição importante. Eu fui *quarterback* — conta Clay. — Me lembro de uma vez...

— Ótimo — interrompe Jase. — O senhor poderia explicar o que a gente está fazendo aqui? Eu sei o que aconteceu com o meu pai. A Sam me contou.

A expressão calma e calculista de Clay não muda.

—É, eu soube. Por que não vamos para o escritório da Grace? Gracinha, meu amor, leve a gente até lá.

O escritório que minha mãe tem em casa é mais feminino do que o oficial, com paredes azul-claras, um sofá e cadeiras forrados de linho branco. Em vez de uma cadeira de escritório, ela tem uma poltrona de seda marfim com brocados. Ela se senta nela, atrás da mesa, enquanto Clay se esparrama numa das outras duas cadeiras, empurrando-a para trás e se equilibrando nas pernas traseiras do móvel, como sempre faz.

Jase e eu nos aproximamos ainda mais, sentados no sofá comprido.

— Então, Jase, você tem planos de continuar jogando futebol na faculdade, não tem?

— Não estou entendendo por que estamos falando sobre isso — responde Jase. — Minha carreira na faculdade não tem nada a ver com a deputada nem com o que ela fez com o meu pai. Senhor.

A expressão de Clay ainda é calma e agradável.

— Eu admiro pessoas diretas, Jase. — Ele ri. — Quando a gente faz carreira na política, não costuma conviver muito com isso.

Ele sorri para meu namorado, que lhe dá um olhar duro.

— Está bem, então — diz Clay. — Vamos ser sinceros um com o outro. Jase, Samantha, Grace... O que temos aqui é um problema. Uma coisa aconteceu e precisamos lidar com isso. Estou certo?

Como aquele resumo genérico poderia se aplicar a qualquer coisa, desde o fato de um cachorro ter feito xixi no tapete novo até o lançamento acidental de ogivas nucleares, Jase e eu concordamos.

— Houve um erro. Estou certo sobre isso também?

Olho rapidamente para minha mãe, cuja língua está à mostra, lambendo o lábio superior nervosamente.

— Está — digo, já que Jase voltou a manter uma expressão cuidadosa, prevendo um ataque a qualquer momento.

— Bom, quantas pessoas sabem disso? Quatro, não é? Ou você já contou a alguém, Jase?

— Ainda não. — O tom de voz de Jase é gelado.

— Mas está planejando contar porque é a coisa certa a fazer, não é, filho?

— Não sou seu filho. Estou.

Fazendo a cadeira voltar para a posição certa, Clay se inclina para frente, os cotovelos nos joelhos, as mãos abertas como se suplicasse.

— É aí que, com todo o respeito, acho que você não está pensando direito.

— É mesmo? — pergunta Jase, ácido. — Onde será que eu errei?

— Ao achar que um erro conserta o outro. Quando você contar aos outros o que aconteceu, a deputada Reed com certeza vai sofrer. Ela vai perder a carreira à qual dedicou a vida, e que usa para servir tão bem ao povo de Connecticut. Mas acho que você não pensou bem no quanto a sua namorada vai sofrer. Se isso for divulgado, a merda vai ser jogada no ventilador, como se diz, e vai respingar nela também. É uma pena, mas é isso que acontece com os filhos dos criminosos.

Minha mãe se encolhe ao ouvir a palavra *criminosos*, mas Clay segue adiante:

— Você está preparado para conviver com isso? Aonde quer que a Samantha vá, as pessoas questionarão a moral dela. Pensarão que ela não é uma pessoa íntegra. Isso pode ser perigoso para uma mocinha. Alguns homens não hesitam em tirar vantagem disso.

Jase olha para as próprias mãos, que estão fechadas em punhos. Mas em seu rosto há dor. E pior: confusão.

— Não me importo — digo. — Você está sendo ridículo. O que está dizendo? Que o mundo inteiro vai presumir que sou uma vagabunda porque minha mãe atropelou alguém? Fala sério. Devem distribuir folhetos com ameaças melhores do que essa na Escola de Vilões dos Desenhos Animados.

Jase ri e passa o braço pelo meu ombro.

Inesperadamente, Clay ri também. Minha mãe está impassível.

— Nesse caso, acho que oferecer um por fora num paraíso fiscal também não vai funcionar, não é? — Clay se levanta, anda até minha mãe e começa a massagear os ombros dela. — Ótimo, então, no que está pensando? O que vai fazer agora, Jase?

— Vou contar à minha família. Vou deixar meus pais decidirem o que querem fazer, depois que souberem de tudo.

— Você não precisa ficar tão na defensiva. Ei, eu venho do Sul. Admiro um cara que defende a família. É muito louvável, na verdade. Então, você vai contar aos seus pais e, se eles quiserem pedir uma coletiva de imprensa e anunciar o que sabem, vai encarar tranquilamente.

— Vou. — O braço de Jase se contrai em volta dos meus ombros.

— E se as acusações não forem comprovadas porque não há testemunhas e as pessoas acharem que os seus pais são só golpistas que querem ganhar dinheiro, vai encarar também?

A incerteza retorna ao rosto de Jase.

— Mas...

— Existe uma testemunha. Eu — lembro.

Clay inclina a cabeça, olhando para mim, e faz que sim com a cabeça uma vez.

— É. Esqueci que você não vê problema algum em trair a sua mãe.

— Bom, *essa* frase realmente saiu da Escola de Vilões de Desenhos Animados.

Minha mãe esconde o rosto nas mãos, os ombros tremendo.

— Não adianta — diz. — Os Garrett ficarão sabendo e vão fazer o que quiserem, e não podemos fazer nada para impedir isso. — Ela ergue o rosto, molhado de lágrimas, para Clay. — Mas obrigada por tentar, querido.

Pondo a mão no bolso, ele tira um lenço e limpa gentilmente as pálpebras dela.

— Grace, meu amor, sempre há um jeito de resolver as coisas. Tenha um pouco de fé. Já faz tempo que estou nesse jogo.

Minha mãe funga, os olhos baixos. Jase e eu trocamos olhares, sem acreditar. *Jogo?*

Clay prende os polegares nos bolsos, volta para a frente da mesa e começa a andar de um lado para o outro.

— Está bem, Grace. E se você pedir a coletiva de imprensa? *Com* os Garrett. Você fala primeiro. Confessa tudo. A tragédia que aconteceu. Você ficou arrasada com a culpa, mas, como a sua filha e o filho dos Garrett estavam envolvidos — ele se detém e sorri para nós, como se nos aprovasse —, você ficou quieta. Não queria destruir o primeiro amor da sua filha. Todo mundo vai se identificar com isso. Todos já sentimos isso. E se não sentimos, queríamos ter sentido. Então você ficou calada pelo bem da sua filha, mas... — Ele anda mais um pouco, a testa enrugada. — Você não poderia representar as pessoas de forma honrada com alguma coisa dessa magnitude na sua consciência. Esse jeito é mais arriscado, mas já vi funcionar. Todo mundo adora um pecador arrependido. A sua família estaria com você. As filhas que apoiam as mães. Os Garrett, pessoas comuns, os jovens amantes...

— Espera aí — interrompe Jase. — O que eu e a Sam sentimos um pelo outro não é... — Ele faz uma pausa, procurando as palavras certas. — Uma *ferramenta de marketing*.

Clay abre um sorriso para ele, como se achasse aquilo engraçado.

— Com todo o respeito, filho, os sentimentos de todo mundo são ferramentas de marketing. É isso que o marketing faz: emociona as pessoas. Vamos ter os jovens amantes, a família de trabalhadores que foi atingida por uma crise inesperada... — Ele para de andar e sorri. — Gracinha, já sei! Você pode aproveitar o momento para sugerir uma nova lei que ajude as famílias dos trabalhadores. Nada radical demais, só alguma coisa para mostrar que Grace Reed saiu dessa experiência com ainda mais compaixão pelas pessoas que a elegeram. Isso tudo faz muito sentido para mim agora. Podemos pedir ao Sr. Garrett, o trabalhador ferido, que diga que não quer que o trabalho da deputada Reed seja destruído por causa dessa tragédia.

Olho para Jase. Ele está com a boca entreaberta e encara Clay, fascinado. Da maneira como alguém olharia para uma naja.

— Depois você poderia apelar para as pessoas, pedir que liguem, escrevam ou mandem e-mails para o seu escritório se ainda quiserem você como deputada. Chamamos isso, em política, de discurso de "Apelo ao Povo". As pessoas ficam superanimadas porque se sentem parte do processo. O seu escritório é inundado por cartas, você fica quieta por alguns dias, depois pede outra coletiva de imprensa, agradece humildemente aos cidadãos de Connecticut pela fé que tiveram em você e jura trabalhar para compensar isso. É um momento incrível e, pelo menos na metade das vezes, torna a vitória certa na hora da eleição — conclui ele, sorrindo triunfante para minha mãe.

Ela também o encara de boca aberta.

— Mas...

Jase e eu ficamos em silêncio.

— O que acha? — incentiva Clay. — É perfeito. É a maneira lógica de agir.

Jase se levanta. Fico feliz em notar que é mais alto do que Clay.

— Tudo que o senhor disse faz sentido. Imagino que seja lógico. Mas, com todo o respeito, está completamente louco. Vamos, Sam. Vamos para casa.

Capítulo Cinquenta

O dia deu lugar ao crepúsculo quando saímos de casa. As longas pernas de Jase atravessam a calçada e tenho que praticamente correr para acompanhá-lo. Estamos quase chegando à escada da cozinha dos Garrett quando paro.

— Espera.

— Foi mal. Estou quase arrastando você. Sinto como se precisasse de um banho depois daquilo tudo. Pelo amor de Deus, Sam. O que foi que aconteceu?

— Eu sei — digo. — Sinto muito. — Como Clay pode ter dito tudo aquilo, calmo como se estivesse defendendo a qualidade de seu uísque preferido, e minha mãe, ficado sentada ali como se já tivesse tomado uma garrafa inteira? Esfrego a testa. — Sinto muito — murmuro de novo.

— É melhor você parar de se desculpar agora — diz Jase.

Respiro fundo, olhando para os sapatos dele.

— É só o que posso fazer. Para consertar as coisas.

Jase tem pés enormes. Perto deles, os meus parecem minúsculos. Está usando os tênis de sempre e eu estou de chinelos. Ficamos com as pontas dos pés encostadas por um instante, depois ele põe um pé enorme entre os meus pequenos.

—Você foi ótimo com eles — elogio, atendo-me à verdade.

Ele enfia as mãos nos bolsos.

— Está brincando? Era você que falava que o que ele estava dizendo era um monte de merda toda vez que eu começava a ficar hipnotizado pelos argumentos de que o errado era o certo, e vice-versa.

— É que eu já tinha ouvido aquilo tudo antes. Levei duas semanas pra escapar da hipnose.

Jase balança a cabeça.

— De repente, tudo começou a virar um jeito de fazer propaganda. Como ele faz aquilo? Agora entendo por que o Tim ficava maluco com as coisas que esse cara dizia.

Ficamos em silêncio, olhando para minha casa.

— Minha mãe... — começo, e me interrompo.

Apesar do que Clay diz, que sou uma traidora sem consciência, não está sendo fácil. Como o Jase poderia saber, entender de verdade, sobre todos aqueles anos em que ela nos criou da maneira certa? Ou do melhor jeito que ela podia?

No entanto, ele espera, paciente e pensativo, até que eu possa continuar falando.

— Ela não é um monstro. Quero que saiba disso. Não importa muito porque o que ela fez foi totalmente errado. Mas ela não é má. Só... — minha voz fraqueja — ...não é muito forte.

Jase estende a mão, tira o elástico dos meus cabelos, deixando-os cair nos meus ombros. Senti tanta falta daquele gesto...

Nem olhei para minha mãe quando saímos. Não valia a pena. Mesmo antes, quando *consegui* olhar para o rosto dela, não tive ideia do que ele expressava.

— Acho que minha mãe não vai querer que eu jante no clube hoje. Nem sei quando serei bem-vinda à minha casa de novo.

— Bom, você é bem-vinda na minha. — Ele me puxa para perto, batendo quadril com quadril. — Podemos aceitar aquela sugestão do George. Você pode se mudar para o meu quarto e dormir na minha cama. Já achei que era uma ideia brilhante no instante em que ele sugeriu.

— O George falou do seu quarto, não da sua cama — lembro.

— Mas ele avisou que eu nunca fazia xixi na cama. Isso já era um incentivo.

— O mínimo que se deve oferecer a uma visita são lençóis limpos. Talvez a gente precise de *um pouco mais* de incentivo.

— Vou ver o que posso fazer.

— Sailor Moon! — grita George através da porta de tela. — Vou ter um irmãozinho! Ou irmãzinha, mas eu quero um irmão. Tem uma foto aqui. Vem ver, vem ver, vem ver!

Viro-me para Jase.

— Então já está confirmado?

— A Alice conseguiu arrancar da minha mãe com as táticas ninja de enfermeira dela. Deve ter feito a mesma coisa que o Tim fez com você.

George volta à porta e aperta uma folha impressa contra a tela.

—Viu? Aqui meu irmãozinho. Ele parece uma nuvem de tempestade agora, mas vai mudar muito porque minha mãe fala que isso é o que os bebês fazem de melhor.

Jase diz:

— Dá licença da porta um instantinho, amigão. — E a empurra um pouco para nós dois passarmos.

Não vejo Joel há algum tempo. Enquanto antes ele tinha um ar tranquilo e confiante, agora parece ansioso e anda de um lado para o outro da cozinha. Alice prepara panquecas e as crianças mais novas estão à mesa, assistindo aos irmãos mais velhos como se fossem personagens do Nickelodeon.

Entramos quando Joel está perguntando:

— Por que o papai está com aquilo na traqueia? Estava respirando bem. Ele piorou?

Alice vira uma panqueca pequena, chata e muito escura na frigideira.

— As enfermeiras já explicaram isso tudo.

— Mas em mediquês. Por favor, traduz, Al.

— Foi por causa da trombose venosa profunda. É como se ele tivesse um coágulo. Eles colocaram aquelas botas infláveis nele pra isso, porque não querem administrar anticoagulantes...

— *Sem mediquês* — reitera Joel.

— É um remédio que afina o sangue. Por causa do traumatismo craniano. Então colocaram as botas nele, mas alguém ignorou ou não viu a ordem de tirar aquele troço a cada duas horas.

— Dá pra gente processar esse alguém? — pergunta Joel, irritado. — Ele estava falando, melhorando, e agora está pior do que nunca.

Alice tira mais quatro panquecas fininhas e enegrecidas da frigideira, depois acrescenta mais manteiga.

— Foi bom eles terem percebido isso, Joey. — Ela olha para cima, parecendo notar pela primeira vez que estou ao lado de Jase. — O que *você* está fazendo aqui?

— Aqui é o lugar dela — afirma Jase. — Para com isso, Alice.

Andy começa a chorar.

— Nem parece mais o papai.

— Parece, sim. Com o papai — insiste George, firme. Ele me entrega a folha impressa. — Esse é o nosso bebê.

— É muito fofinho — digo a George, analisando o que realmente parece ser um furacão vindo das Bahamas.

— O papai está magrinho — continua Andy. — Com cheiro de hospital. Olhar para ele me assusta. Parece que virou um velhinho de repente, sabe como? Não quero um velhinho. Quero o papai.

Jase pisca para ela.

— Ele só precisa de mais algumas panquecas da Alice, Ands. Vai ficar bem.

—A Alice faz as piores panquecas da história da humanidade — observa Joel. — Parecem de papelão.

— *Eu* estou cozinhando — observa ela, irritada. — E você? Dando palpite? Fazendo crítica gastronômica para o jornal? Vai pedir comida se quiser ser útil. Babaca.

Jase olha para os irmãos, depois para mim. Entendo a hesitação dele. Apesar de as coisas na casa dos Garrett estarem desequilibradas — as refeições fora do horário, todos mais irritados —, tudo ainda parece normal. Não é certo detonar a bomba da grande revelação. Seria como interromper uma discussão entre o Sr. e a Sra. Capuleto sobre o fato de estarem pagando um salário alto demais à babá com um "*Agora vamos interromper sua vida comum com uma tragédia épica*".

— Ei. — A porta de tela se abre, deixando Tim entrar, carregando quatro caixas de pizza, dois potes de sorvete e a bolsa azul em que os Garrett guardam o conteúdo da caixa registradora da loja equilibrada por cima. — Oi, gata Alice. Quer vestir o uniforme e conferir minha pressão?

— Nunca brinco com pirralhos — retruca Alice sem tirar os olhos do fogão, onde ainda está virando panquecas insistentemente.

— Deveria. Somos cheios de energia. E criatividade.

Alice não se dá ao trabalho de responder.

Pegando as caixas, Jase começa a empilhar tudo sobre a mesa, afastando as mãos ávidas dos irmãos mais novos.

— Esperem até eu pegar os pratos, pessoal! Como foi o final do dia?

— Na verdade, foi melhor do que eu esperava. — Tim tira uma pilha de guardanapos de papel do bolso e os espalha sobre a mesa. — Vendemos um picador de madeira. Aquele enorme dos fundos que estava ocupando todo o espaço.

— É sério? — Jase tira um galão de leite da geladeira e o distribui cuidadosamente em copos de papel.

— Dois mil dólares de seriedade. — Tim passa fatias de pizza para os pratos e os põe em frente a Duff, Harry, Andy, George e Joel, que ainda está de cara fechada.

— Oi, menina. Bom ver você aqui. — Tim sorri para mim. — Voltou para ficar, aqui é o seu lugar...

— Meu! — interrompe Patsy com um grito, apontando para Tim.

Ele vai até ela, bagunça os cabelos ralos da menina.

— Viu, gata Alice? Até as mais jovens sentem o poder do meu magnetismo. É como uma vontade irresistível, uma força como a gravidade ou...

— Cocô!

— Ou isso. — Tim afasta a mão de Patsy, que agora puxa a camisa dele. Coitadinha. Ela realmente odeia tomar mamadeira.

Ele sorri para Alice.

— E então, gata Alice? O que você acha? Que tal colocar aquele uniforme e dar uma conferida nos meus reflexos?

— Para de cantar a minha irmã na nossa cozinha, Tim. Pelo amor de Deus. Só para você saber, o uniforme de enfermeira da Alice é verde e feio. Ela fica parecendo o Gumby — afirma Jase, devolvendo o galão de leite à geladeira.

— Estou morrendo de fome, mas não quero pizza — diz Duff, desanimado. — É só isso que a gente come agora. Estou cansado de pizza e de cereal, e essas eram minhas duas comidas mais favoritas do mundo.

— Eu achava que ia ser divertido ficar vendo TV o tempo todo — lembra Harry. — Mas não, é chato.

— Fiquei acordada até às três da madrugada ontem, vendo filmes do Jake Gyllenhaal, até os proibidos para menores — diz Andy. — Ninguém notou nem me mandou ir para a cama.

— Agora estamos todos compartilhando nossos problemas? — pergunta Joel. — Não é melhor eu pegar o bastão da conversa?

— Bom, na verdade... — começa Jase, e ouvimos uma batida na porta.

— Joel, você pediu comida mesmo *sabendo* que eu estava fazendo panquecas? — pergunta Alice, irritada.

Joel ergue as mãos, se defendendo.

— Eu até queria pedir, mas não fiz isso. Juro.

A batida soa de novo e Duff abre a porta de tela para que... minha mãe entre.

— Queria saber se minha filha está aqui.

O olhar dela passa por todos à mesa: Patsy com os cabelos sujos de manteiga, calda e molho de tomate; George sem camisa, com pequenos filetes de calda escorrendo pelo peito; Harry pegando mais pizza; Duff sendo o mais truculento possível; Andy chorosa; e... Jase, que fica paralisado.

— Oi, mãe.

Os olhos dela param em mim.

— Achei que encontraria você aqui. Oi, querida.

— E aí, Gracinha. — Tim puxa uma poltrona da sala de estar para a cozinha. — Relaxa. Solta os cabelos. Pega um pedaço. — Ele lança um olhar para mim, depois para Jase, as sobrancelhas erguidas.

Jase ainda está encarando minha mãe, com o mesmo olhar confuso que exibiu no escritório dela. Mamãe olha para as caixas de pizza como se fossem pedaços de uma espaçonave alienígena vinda de Roswell. Os sabores preferidos dela, pelo que sei, são pesto, alcachofra e camarão. Mesmo assim, ela aceita uma fatia e desaba na poltrona.

— Obrigada.

Olho para ela. Essa não é nem a mulher desesperada de robe de seda nem a anfitriã insegura que ofereceu cerveja a Jase. Há algo no rosto dela que nunca vi antes. Observo Jase e vejo que ele também a está estudando, a expressão impassível.

— Então você é a mãe da Sailor Moon. — George se esforça para falar, a boca cheia de pizza. — A gente nunca viu você de perto antes. Só na TV.

Minha mãe abre um pequeno sorriso para ele.

— Qual é o seu nome?

Apresso-me a fazer as apresentações. Ela parece muito rígida e pouco à vontade, imaculada e fora do próprio ambiente no caos confortável daquela cozinha.

— Quer ir para casa, mãe?

Ela balança a cabeça.

— Não. Eu queria conhecer a família do Jase. Meu Deus. Estão todos aqui?

— Menos meu pai, que está no hostilpal — explica George, simpático, saindo da cadeira e contornando a mesa para se aproximar de minha mãe. — E a mamãe, que está tirando um cochilo. E o bebê novo porque está na barriga da mamãe, bebendo o sangue dela.

Minha mãe fica pálida.

Virando os olhos, Alice diz:

— George, não é assim que funciona. Eu expliquei quando você perguntou como o bebê novo comia. Os nutrientes passam pelo cordão umbilical, junto com o sangue da mamãe e...

— Eu sei como o bebê entrou lá — anuncia Harry. — Alguém me contou no clube de vela. Sabe, o papai coloca o...

— Está bem, já chega, pessoal — interrompe Jase. — Vão com calma. — Ele olha novamente para minha mãe, batendo com o indicador na bancada.

Silêncio.

É meio constrangedor. Para não dizer incomum. George, Harry, Duff e Andy estão ocupados comendo. Joel abriu a bolsa com o dinheiro da caixa registradora e está contando as notas e as separando. Tim pegou um dos potes de sorvete e o está devorando sem ao menos se preocupar em colocá-lo numa taça.

O que chama a atenção de Alice.

— Você tem *alguma ideia* de como isso é nojento?

Ele solta a colher, culpado.

— Desculpa. Eu não pensei. Só precisava de açúcar. Nestes últimos tempos, estou caindo de boca nos doces. Posso estar sóbrio e não estar fumando muito, mas a obesidade mórbida é o meu futuro.

Alice abre um sorriso sincero para ele.

— Isso faz parte do processo, Tim. É absolutamente normal. Só... pegue uma tigela, está bem?

Tim sorri de volta para ela e o clima fica diferente antes de Alice se virar e abrir uma gaveta.

— Toma.

— Eu quero sorvete. Eu quero sorvete. — George bate com a colher na mesa.

Patsy, entrando no clima, bate no cadeirão com as mãos.

— Teta! — grita. — Cocô!

Minha mãe franze a testa.

— As primeiras palavras dela — explico rapidamente. Então a vergonha faz meu rosto coçar. Por que sinto que preciso explicar o comportamento de Patsy?

— Ah.

Os olhos de Jase encontram os meus. Os dele estão cheios de uma confusão e uma dor tão intensas que o olhar é como um tapa.

O que ela está fazendo aqui? Jase e eu estávamos bem, estávamos juntos e agora ela está aqui. Por quê?

Ele indica a porta com a cabeça.

— É melhor pegarmos mais sorvete no freezer da garagem. Vem, Sam.

Há dois potes cheios na mesa. Alice olha para eles e depois para Jase.

— Mas... — começa ela.

Ele balança a cabeça para a irmã.

— Sam?

Eu o sigo até a garagem. Vejo um músculo pulsando no seu pescoço, sinto a tensão nos ombros de Jase como se fosse o meu próprio corpo.

Assim que descemos a escada, ele se vira para mim.

— O que está havendo? Por que ela está aqui?

Dou um passo atrás, tropeçando.

— Não sei.

Minha mãe está agindo de forma muito normal, muito calma, a vizinha simpática que veio fazer uma visita. Mas *nada* deveria ser normal. Como ela consegue se manter calma?

— Isso é mais uma das armações do Clay? — exige saber Jase. — Ele fez sua mãe vir até aqui, bancar a boazinha, antes que todo mundo descubra?

Meus olhos ardem, as lágrimas muito próximas.

— Não sei — repito.

— Para que talvez a minha família pense que essa senhora legal nunca poderia fazer nada de errado e que eu fiquei maluco ou alguma coisa assim e...

Pego a mão dele.

— Não sei — sussurro.

Será que isso é mais uma estratégia do jogo de Clay? É claro que pode ser. De alguma forma, eu estava pensando que a minha mãe estava tomando uma atitude... erguendo uma bandeira branca, mas talvez seja *realmente* outra tática política. Meu estômago se embrulha. As lágrimas que vinha tentando evitar caem. Esfrego as faces, irritada.

— Desculpa — pede Jase, me puxando para si para que meu rosto se apoie no seu peito. — É claro que você não sabe. É só que... ver a sua mãe sentada na nossa cozinha, comendo pizza como se estivesse tudo bem, me deixa...

— Pê da vida — termino a frase para ele, fechando os olhos.

— Por você também. Não só pelo meu pai. Por você também, Sam.

Quero argumentar, repetir que ela não é má pessoa. No entanto, se ela realmente veio até aqui por ordem de Clay para mostrar "o lado bondoso da Grace", então...

— Pegou o sorvete? — grita Alice da porta. — Não achei que fosse possível, mas vamos realmente precisar de mais um pote.

— É... Só um segundo — berra Jase de volta, erguendo rapidamente a porta da garagem. Ele abre o freezer dos Garrett, sempre abastecido, e tira um pote. — Vamos voltar antes que eles comam as tigelas. — Jase tenta abrir o antigo sorriso, tranquilo, mas não consegue.

Quando voltamos para a cozinha, George está dizendo para minha mãe:

— Gosto de um cereal chamado Gorilla Munch por cima do sorvete. Não é feito de gorilas de verdade.

— Ah. Bem. Que bom.

— Só tem manteiga de amendoim e coisas saudáveis. — George procura algo dentro da caixa, virando-a, depois joga cereal na tigela. — Mas, se você comprar várias caixas, vai ajudar os gorilas. E isso é muito bom, porque senão eles ficam instintos.

Minha mãe olha para mim, buscando uma tradução. Ou talvez uma salvação.

— Extintos — corrijo.

— Foi o que eu quis dizer. — George joga leite por cima do cereal e do sorvete, depois mexe tudo com força. — Isso significa que eles não copulam muito e morrem pra sempre.

O silêncio toma o lugar de novo. Um silêncio pesado. *Morrem pra sempre.* Aquela frase parece reverberar no ar, pelo menos para mim. O Sr. Garrett deitado de cara na chuva, a imagem que Jase acrescentou ao eco do baque terrível. Será que minha mãe a vê também? Ela abaixa o pedaço de pizza, os dedos segurando com força uma toalha de papel, enquanto limpa a boca. Jase está encarando o chão.

Mamãe se levanta de forma tão abrupta que a cadeira quase vira.

— Samantha, vamos lá fora comigo um instante?

O medo me invade novamente. *Ela não vai me forçar a ir para casa para enfrentar a tortura do Clay de novo. Não, por favor.* Olho para Jase.

Minha mãe se inclina sobre a mesa para olhar nos olhos de George.

— Sinto muito pelo seu pai — diz. — Espero que ele fique bem logo. — Então ela corre para a porta, certa de que vou segui-la, mesmo depois de tudo.

Vai, faz Jase com a boca, erguendo o queixo na direção da porta. Olho naqueles olhos e fica claro: ele tem que saber de tudo.

Corro atrás de minha mãe, enquanto as sandálias dela vão batendo pela calçada. Ela para, depois se vira lentamente. Está quase escuro agora, a lâmpada dos postes lançando uma poça de luz na entrada da casa.

— Mãe? — Analiso seu rosto.

— Essas crianças...

— O que tem?

— Não consegui mais ficar lá. — As palavras saem lentas, arrastadas, depois num jorro. — Você sabe o número do quarto do Sr. Garrett? Ele está no Maplewood Memorial, não é?

Imagens melodramáticas enchem minha cabeça. Clay vai até o hospital colocar um travesseiro sobre o rosto do Sr. Garrett, uma bolha de ar no soro dele. Minha mãe vai... Não tenho mais a menor ideia do que ela vai fazer. Será que poderia ir até a casa deles comer pizza e depois fazer algo tão horrível?

Entretanto, ela já fez algo horrível e depois apareceu na casa deles. *Aqui estou eu, sua vizinha legal.*

— Por quê? — pergunto.

— Preciso contar a ele o que aconteceu. O que eu fiz. — Ela aperta os lábios, o olhar se volta de novo para a casa dos Garrett, a luz formando um quadrado perfeito na porta de tela.

Ai, graças a Deus.

— Agora? Você vai contar a verdade?

— Tudo — responde ela baixinho, suavemente, pondo a mão na bolsa e sacando uma caneta e o bloquinho de anotações. — Qual é o número do quarto?

— Ele está na UTI, mãe. — Minha voz é dura. Como ela pode ter se esquecido disso? — Não pode falar com ele. Não vão deixar você entrar. Você não é da família.

Ela olha para mim, piscando.

— Sou a sua *mãe.*

Eu a encaro, absolutamente confusa, mas então entendo. Mamãe acha que estou querendo dizer que *ela* não é da *minha* família. Naquele instante, parece verdade. E, de repente, percebo que estou em algum lugar muito distante dela. Toda minha força, toda minha vontade, foi direcionada para defender aquela família. Minha mãe... O que ela fez... Não posso defendê-la.

— Não vão deixar você entrar no quarto. — É tudo que digo. — Só os parentes mais próximos dele.

O rosto dela se contorce e, com o estômago revirado, interpreto a expressão. Um pouco de vergonha. A maior parte é alívio. Ela não terá que enfrentá-lo.

Meus olhos param na van, à porta do motorista. Sei bem quem merece a verdade tanto quanto o Sr. Garrett.

As mãos de minha mãe se movem de forma convulsiva, ajeitando a saia do vestido.

— Você tem que falar com a Sra. Garrett — digo. — Conte a ela. Ela está em casa. Pode fazer isso agora.

Mais uma vez, ela olha rapidamente para a porta, depois vira bruscamente a cabeça, como se a casa toda fosse o local de um acidente.

— Não posso entrar lá de novo. — A mão de minha mãe está rígida na minha quando tento puxá-la, tentando incentivá-la a subir até a entrada da casa. A palma da sua mão está úmida. — Não com todas aquelas crianças.

— Você tem que voltar.

— Não consigo.

Meus olhos se voltam para a porta também, como se fosse encontrar a solução ali, me esperando.

E encontro. Jase, com a Sra. Garrett ao lado. Os ombros de meu namorado estão erguidos, um dos braços envolvendo com força a mãe.

A porta de tela se abre e ambos saem.

— Deputada Reed, eu disse à minha mãe que a senhora tinha uma coisa para contar a ela.

Minha mãe faz que sim, pigarreando. A Sra. Garrett está descalça, os cabelos amassados pelo sono, o rosto cansado, mas calmo. Jase não deve ter contado.

— É, eu... Eu preciso falar com a senhora — afirma minha mãe. — Em particular. A senhora... gostaria de tomar uma limonada comigo na minha casa? — Ela bate no lábio superior com um dedo fechado e acrescenta: — A noite está muito úmida.

— Vocês podem conversar aqui. — Jase obviamente não quer que a mãe fique à mercê da hipnose de Clay.

A mulher ergue as sobrancelhas por causa do tom de voz do filho.

— A senhora é muito bem-vinda na nossa casa, deputada. — A voz da Sra. Garrett é calma e educada.

—Vamos estar só nós duas — garante minha mãe a Jase. — Tenho certeza de que a pessoa que estava comigo já foi embora.

— Aqui está ótimo — repete ele. — A Sam e eu vamos manter as crianças ocupadas lá dentro.

— Jase... — repreende a Sra. Garrett, o rosto vermelho pela inexplicável falta de educação do filho.

— Tudo bem. — Minha mãe respira fundo.

Jase abre a porta de tela, me pedindo que entre. Fico parada um instante, olhando para minha mãe e para a Sra. Garrett e de novo para a minha mãe. Tudo naquelas duas mulheres cujas silhuetas marcam a calçada é absolutamente diferente. O jovial tubinho amarelo-vivo de minha mãe, os pés com as unhas pintadas, o vestido amarrotado da Sra. Garrett e os pés malcuidados. Minha mãe é mais alta, a Sra. Garrett, mais nova. No entanto, a ruga entre as sobrancelhas das duas é idêntica. A apreensão que toma conta de seus rostos, igual.

Capítulo Cinquenta e Um

Não sei como minha mãe contou — se a verdade jorrou ou pingou de seus lábios. Nem Jase nem eu conseguimos ouvir nada por causa do barulho na cozinha; só conseguíamos ver as duas silhuetas na escuridão crescente nos momentos de folga entre jogar fora caixas de pizza, mandar as crianças para o banho ou para a cama ou para o murmúrio hipnótico da televisão. O que sei é que, depois de cerca de vinte minutos, a Sra. Garrett abriu a porta de tela da cozinha, o rosto sem denunciar nada. Disse a Alice e Joel que ia para o hospital e precisava que fossem com ela. Depois se virou para Jase:

—Você vem também?

Quando os quatro vão embora, e Andy, ainda sofrendo os efeitos colaterais da maratona Jake Gyllenhaal, já capotou no sofá, ouço uma voz chamar do quintal:

— Menina?

Olho para fora da tela e vejo o brilho avermelhado do cigarro de Tim.

—Vem aqui fora. Não quero fumar dentro da casa para o caso do George acordar, mas estou acendendo um atrás do outro. Não consigo parar.

Saio, surpresa com o aroma fresco do ar, as folhas das árvores balançando contra o céu escuro. Sinto como se tivesse ficado presa em cômodos abafados, incapaz de respirar, por horas, dias, séculos. Mesmo no Parque McGuire, eu não consegui respirar fundo, sabendo o que tinha que contar ao Jase.

— Quer um? — pergunta Tim. — Parece que você vai vomitar. — Ele me oferece um maço amassado de Marlboro.

Tenho que rir.

— Com certeza vomitaria se fumasse. É tarde demais para você me corromper, Tim.

A palavra "corromper" volta para me dar um tapa na cara. Os Garrett sabem agora. Será que chamaram a polícia? A imprensa? Cadê minha mãe?

— Então. — Tim abre o isqueiro, amassando a última bituca sob os chinelos. — Jogaram a merda toda no ventilador, não foi?

— Achei que você tivesse ido para casa.

—Vim aqui pra fora quando você e a Grace saíram. Achei que o Jase ia contar tudo, que era um momento pra família e essa porra toda.

É, uma bela reuniãozinha familiar.

— Mas não quis ir embora porque alguém podia precisar de mim pra alguma coisa. Uma carona, pra ser saco de pancada, pra prestar favores sexuais.

Devo estar fazendo cara feia, porque ele explode numa risada.

— Pra Alice, não *você*. Ficar de babá, sei lá. Usar qualquer um dos meus dotes.

Fico emocionada. A Nan não está aqui, mas o Tim está. E depois de tanto tempo longe.

Ele parece entender meus sentimentos, porque continua falando rapidamente.

— A parte dos favores sexuais era puramente pra benefício próprio. E eu odeio ir pra minha casa, então tem isso também... Cadê a Gracinha?

Está sendo presa?

Meus olhos se enchem de lágrimas. Odeio isso.

— Merda. De novo não. Para. — Tim agita uma das mãos à frente do meu rosto, como se pudesse afastar as emoções como moscas. — Ela foi pro hospital confessar?

Explico sobre a UTI. Ele assobia.

— Esqueci disso. Bom, ela está em casa?

Quando digo a ele que não tenho ideia, Tim joga o cigarro no chão, põe as mãos nos meus ombros e me vira na direção do meu quintal.

—Vai lá descobrir. Eu aguento as pontas por aqui.

Desço a calçada dos Garrett. Minha mãe não está atendendo o celular. Talvez tenha sido confiscado pela polícia, que já a revistou e pegou suas digitais. São dez da noite. Os Garrett saíram há mais de uma hora.

Não há luzes acesas na nossa casa. Tampouco sinal do carro da minha mãe, mas ele pode estar na garagem. Subo os degraus da varanda, planejando passar pela porta lateral e conferir, quando a encontro.

Ela está sentada no banco de ferro retorcido em frente à porta, comprado para reforçar o fato de que deveríamos nos sentar ali e tirar os sapatos e botas fora de casa. Está encolhida, com os braços em volta das pernas dobradas.

— Oi — diz numa voz baixinha, apática. Ela põe a mão na lateral do corpo e pega alguma coisa.

Uma taça de vinho branco.

Ao olhar para aquilo, sinto-me enjoada de novo. Ela está sentada na escada com um copo de Chardonnay? Cadê o Clay? Está esquentando a focaccia?

Quando pergunto, ela dá de ombros.

— Ah, imagino que esteja voltando para a casa de veraneio dele.

Eu me lembro dela me avisando que, se eu contasse tudo, ela o perderia também. *Clay só joga em time que está ganhando.* Minha mãe dá outro gole, gira o vinho na taça, olhando para ele.

— Então... vocês... terminaram?

Ela suspira.

— Não oficialmente.

— O que isso significa?

— Ele não está muito contente comigo. Mas deve estar escrevendo um bom discurso de saída da eleição. O Clay se sai bem sob pressão.

— Então... você mandou o cara embora? Ou ele foi embora? Ou o quê? — Quero arrancar a taça das mãos dela e jogá-la no jardim.

— Eu disse que os Garrett mereciam a verdade. Ele disse que a verdade era uma coisa flexível. Nós discutimos. Eu disse que ia até a casa deles falar com você. E com os Garrett. Ele me deu um ultimato. Saí mesmo assim. Quando voltei, ele tinha ido embora. Mas me mandou uma mensagem. — Ela põe a mão no bolso do vestido, tirando o celular como prova.

Não consigo ler a tela, mas minha mãe continua mesmo assim.

— Disse que era amigo de todas as velhas namoradas. — Ela faz uma careta. — Imagino que ele quisesse dizer "ex", já que eu fui, provavelmente, a mais velha. Disse que não acreditava em fechar portas. Mas que seria bom se a gente "desse um tempo para analisar nossa situação".

Maldito Clay.

— Então ele não vai mais trabalhar com você?

— Ele tem uma amiga na campanha do Christopher, a Marcinha, e, segundo ele, ela diz que iriam gostar de ter um cara talentoso na equipe.

Aposto que sim.

— Mas... Mas o Ben Christopher é democrata!

— Pois é — confirma minha mãe. — Mencionei a mesma coisa na mensagem que mandei de volta. O Clay só disse: "Isso é política, coração. Não é nada pessoal." — O tom de voz dela é resignado.

— O que mudou? — Aponto para as portas de vidro do seu escritório, que se curvam graciosamente para fora da lateral da nossa casa. — Lá dentro... Você e o Clay pareciam concordar.

Minha mãe lambe os lábios.

— Não sei, Samantha. Eu não parava de pensar naquele discurso dele sobre como eu tinha feito tudo por você. Para proteger você e o tal Garrett. — Ela estende os braços, passando as mãos pelo meu rosto, olhando, por fim, nos meus olhos. — A questão é que... você era a última coisa que passava pela minha cabeça. Quando pensava em você... — Ela esfrega a ponta do nariz. — Tudo que pensava era que, se você não estivesse lá, ninguém teria ficado sabendo. — Antes que eu possa responder ou mesmo absorver aquilo, ela ergue uma das mãos. — Eu sei. Não precisa dizer nada. Que tipo de mãe pensa isso? Não sou uma boa mãe. Foi o que percebi. Nem uma mulher forte.

Meu estômago dói. Apesar de já ter pensado aquilo, apesar de ter dito aquilo recentemente em voz alta para o Jase, sinto tristeza e culpa.

— Você contou, mãe. Isso é ser forte. Isso foi bom.

Ela dá de ombros, dispensando minha compaixão.

— Quando conheci o Clay na primavera, demorei a contar que tinha filhas adolescentes. A verdade era... inconveniente. O fato de ter quarenta anos e filhas quase adultas. — Ela solta uma risada melancólica. — Isso parecia um problema sério na época.

— A Tracy sabe?

— Ela vai voltar amanhã de manhã. Liguei para ela quando cheguei em casa.

Tento imaginar a reação de Tracy. Minha irmã, a futura advogada. Horrorizada com minha mãe? Arrasada por ter as férias interrompidas? Ou alguma coisa totalmente diferente? Algo que nem consigo imaginar? Ai, Trey. Senti tanto a sua falta...

— O que a Sra. Garrett disse? O que vai acontecer agora?

Ela toma um enorme gole de vinho. Isso não parece promissor.

— Não quero pensar nisso — explica. — Logo, logo a gente vai ficar sabendo. — Ela estica as pernas, se levanta. — Está tarde. Você já deveria estar na cama.

O tom de voz materno, desaprovador. Depois de tudo aquilo, parece ridículo. No entanto, quando vejo seus ombros caídos ao pegar a maçaneta, apenas consigo dizer outra verdade, não importa quão inconveniente seja.

— Eu te amo, mãe.

Ela inclina a cabeça, aceitando a frase, depois me faz entrar no frescor do ar-condicionado central. Virando a chave com firmeza, ela suspira.

— Eu sabia.

— Sabia o quê? — pergunto, me voltando para ela.

— Sabia que se envolver com esses nossos vizinhos só traria problemas.

Capítulo Cinquenta e Dois

Ao contrário do que Clay tinha previsto, os Garrett não dão uma entrevista coletiva no dia seguinte. Nem vão imediatamente dar queixa na polícia. No fim das contas, eles usam o bastão da conversa. Fazem uma reunião familiar no hospital com todas as crianças, até Duff. Alice e Joel querem denunciar minha mãe no mesmo instante. Andy e Jase são contra. No fim, o Sr. e a Sra. Garrett decidem manter o assunto entre nós. Minha mãe se ofereceu para pagar todas as despesas médicas e os custos adicionais da contratação de alguém para trabalhar na loja, explica Jase para mim, mas os pais dele estão se recusando a aceitar. O Sr. Garrett não quer esmolas — e muito menos suborno.

Por uma semana, eles discutem o assunto como uma família. O Sr. Garrett sai a UTI e minha mãe vai visitá-lo.

Nem Jase fica sabendo o que acontece nessa visita, mas, no dia seguinte, minha mãe decide abandonar as eleições.

Como mamãe havia dito que ele faria, Clay escreve o discurso. "Acontecimentos familiares me convenceram de que devo desistir da honra de concorrer mais uma vez na esperança de servir a todos como deputada. Servidores públicos também são indivíduos com vidas particulares e, por isso, devo fazer a coisa certa pelas pessoas mais próximas a mim, a minha família, antes de tentar ajudar um público mais amplo."

A imprensa publica muitas especulações sensacionalistas — como sempre que um político renuncia inesperadamente —, mas elas perdem força depois de algumas semanas.

Espero que faça um cruzeiro, a tal viagem para Virgin Gorda, que fuja, mas, em vez disso, ela passa muito tempo em casa, dando um trato no jardim com o qual costumava se importar antes de ficar tão ocupada com a política.

Prepara jantares para os Garrett e me pede que os leve a eles até Duff ficar tão enjoado de tomates secos, queijo de cabra e massa folhada quanto ficou de pizza. Ela me pergunta como o Sr. Garrett está, sem me olhar nos olhos. Quando Jase se oferece para cortar nossa grama, ela me pede que agradeça a ele, mas:

— Nós temos um jardineiro.

Seria de se pensar, depois de todos os anos que frequentamos o clube, todos os jantares de sexta-feira, todas as festas de fim de ano, as horas passadas dentro e ao lado da piscina, que eu teria sentido mais falta dele desde que pendurei meu uniforme e disse adeus ao Sr. Lennox. No entanto, apesar de minha mãe decidir que lá é o único lugar ao qual poderíamos ir para o último jantar em família antes de a Tracy ir para a faculdade, não sinto uma onda de nostalgia quando abrimos as pesadas portas de carvalho do salão do restaurante — apenas surpresa por tudo ter se mantido igual: a suave música clássica tocada num volume baixo o bastante para ser considerado subliminar, as gargalhadas vindas do bar, o tilintar dos talheres de prata. O cheiro do azeite com limão, das toalhas de mesa engomadas demais e da costela ao bafo.

Tracy está à frente do grupo, o que é diferente. Minha mãe a segue. O maître é o mesmo de sempre, mas ele não nos leva para a nossa mesa, abaixo do mar de baleias, arpões e marinheiros azarados. Em vez disso, nos dá uma pequena mesa num canto do salão.

— Sinto muito — explica à minha mãe. — Faz muito tempo que vocês não vêm, por isso passamos a dar a mesa ao Sr. Lamont. Ele vem toda sexta.

Mamãe olha para as próprias mãos, depois, abruptamente, de novo para ele.

— É claro. Naturalmente. Aqui está ótimo. É melhor. Mais privacidade.

Ela desaba numa cadeira, de costas para o resto do salão, e sacode o guardanapo para abri-lo.

— Ficamos muito tristes em saber que a senhora não vai mais nos representar, deputada Reed — acrescenta ele, com gentileza.

— Ah. É. Hora de mudar de vida.

Minha mãe pega um pãozinho na cesta e passa manteiga nele com uma concentração enorme. Depois o come como se fosse sua última refeição. Tracy ergue as sobrancelhas para mim. Nos últimos tempos, temos feito muito isso. Nossa casa é um campo minado silencioso. Trey mal pode esperar para fugir para a Middlebury e eu não posso culpá-la por isso.

— Falando nisso — começa Tracy —, algumas coisas mudaram em relação aos meus planos para a faculdade.

Minha mãe pousa o último pedaço de pão no prato.

— Não — diz ela, baixinho.

Tracy apenas a encara. Como se minha mãe tivesse perdido o direito de dizer "sim" ou "não" para o que quer que seja, o que realmente tem sido a opinião de minha irmã desde que voltou de Martha's Vineyard. E minha mãe olha para o outro lado.

— O Flip vai pedir transferência pra Vermont. Para ficar comigo. Ele conseguiu um ótimo emprego como babá dos filhos de alguns professores do departamento de inglês. Vamos morar juntos.

Minha mãe não parece saber por onde começar. Por fim, diz:

— Babá?

— Isso mesmo, mãe. — Tracy fecha o cardápio. — E vamos morar juntos.

À primeira vista, poderíamos confundir a cena com uma velha briga entre as duas: Tracy se reservando o direito de se rebelar e minha mãe se recusando a aceitar. No entanto, agora, mamãe sempre pisca primeiro. Ela olha para o guardanapo sobre seu colo, toma um gole cuidadoso de água e diz:

— Ah. Bom. Isso é *realmente* uma novidade.

Uma pausa enquanto o garçom anota nossos pedidos. Ainda somos educadas ou bem treinadas demais para demonstrar emoções na frente de estranhos. Entretanto, quando ele vai embora, minha mãe pega o cardigã de seda que pôs no espaldar da cadeira e remexe no bolso.

— Então, acho que agora é uma boa hora para mostrar isto a vocês. — Ela desdobra uma folha de papel com cuidado, alisa-a com uma das mãos e a põe entre mim e Tracy.

"À venda. A casa dos seus sonhos. Localizada numa calma rua sem saída, em uma das cidades mais exclusivas de Connecticut, esta joia tem o que há de melhor: tudo de primeira linha para o seu conforto, uma localização espetacular entre o centro e a praia, piso de madeira, tudo da melhor qualidade. Para mais detalhes sobre o preço, entre em contato com a Imobiliária Postscript."

Encaro o papel, sem entender direito, mas Tracy compreende imediatamente.

—Vai vender a nossa casa? A gente vai se mudar?

—A Samantha e eu vamos nos mudar. Você já vai ter saído de lá mesmo — diz minha mãe, com um leve toque do velho tom de voz rígido.

É só então que reconheço nossa casa na foto, vista de lado, de um canto que quase não vejo mais — o lado oposto à casa dos Garrett.

— Faz todo sentido — explica minha mãe rispidamente enquanto o garçom serve, em silêncio, sua salada. — É espaço demais para duas pessoas. Lembranças demais... — A voz dela fraqueja e ela espeta um cranberry. — Me disseram que deve demorar no máximo um mês para vender.

— Um mês! — explode Tracy. — No último ano da Samantha no ensino médio? Onde vocês vão morar?

Minha mãe termina de mastigar o bocado de salada, limpa os lábios.

— Ah, talvez num desses condomínios próximos à enseada. Só até tomarmos pé de novo. Não vai mudar nada para a Samantha. Ela ainda vai estudar na Hodges.

— Sei — murmura Tracy. — Pelo amor de Deus, mãe. Será que as coisas já não mudaram o bastante para a Samantha?

Não digo nada, mas, de certa maneira, Tracy está certa. Quem era aquela menina que entrou aqui, se arrastando, no começo do verão, com Nan, a melhor amiga, preocupada com Tim, assustada com Clay, mantendo uma paixonite em segredo?

No entanto, a questão é exatamente essa, não é? Tudo de importante *já* mudou.

Nossa casa era a obra de arte de minha mãe, a prova de que ela merecia o melhor de tudo. No entanto, o que eu amava ali era a vista. E, por muito tempo, essa era a garota que eu era. Aquela que observava os Garrett. Minha vida morava ao lado.

Mas agora não sou mais aquela observadora. O que Jase e eu temos é real e vivo. Não tem nada a ver com o jeito como as coisas parecem ao longe e tudo a ver com o modo como elas são de verdade. E isso não vai mudar.

Capítulo Cinquenta e Três

Agora o dia está nascendo. É o fim de semana do Dia do Trabalho. As aulas voltam amanhã, com sua enxurrada de deveres, turmas de nível avançado e expectativas. Quando abro os olhos, já consigo sentir a mudança, o ar preguiçoso agora mais pesado. Os dias de verão da Nova Inglaterra estão dando lugar ao frio seco do outono. Vou de bicicleta até a praia para nadar antes do nascer do sol, olhando para as estrelas que se apagam no céu. Eu *vou* retornar à equipe de natação neste semestre.

Volto para casa antes que o sol nasça completamente e acabo de sair do banho quando o ouço.

— Samantha! Sam!

Esfrego os cabelos com a toalha e vou até a janela. Ainda está escuro, mas já amanheceu o bastante para que eu possa ver Jase parado sob a treliça, com algo na mão.

— Se afaste da janela por um instante — grita ele para mim.

Quando me movo, um jornal voa e entra pela janela, num arco perfeito.

Enfio a cabeça para fora de novo.

— Que lançamento! Mas eu não assino o *Clarim de Stony Bay*.

— Abre!

Retirando o elástico, desenrolo o jornal. Dentro dele está um lindo buquê de flores brancas, frágil, brotando de um centro verde como a primavera, com um bilhete em torno do caule. *Venha até o vizinho. Sua carruagem a espera.*

Desço a treliça. Ali, na entrada da garagem dos Garrett, está o Mustang, os bancos rasgados substituídos por couro marrom macio, a parte da frente pintada de um verde impressionante.

— Ficou lindo — digo.

— Queria esperar até estar perfeito, com a pintura nova cobrindo toda a lataria. Aí eu percebi que poderia demorar demais pra ficar perfeito.

— Ainda não pendurou uma dançarina havaiana no retrovisor — noto.

— Se quiser dançar a hula, fique à vontade. Mas no banco da frente vai ser meio desconfortável. Talvez tenha que ser no capô.

Dou risada.

— E arranhar a pintura? De jeito nenhum.

— Venha. — Ele abre a porta lateral com um floreio, indicando que eu entre, depois entra no carro pela janela da porta do motorista.

— Quanta agilidade — digo, rindo.

— Não é? Eu treinei. É importante para não cair direto no câmbio.

Ainda estou rindo quando ele vira a chave na ignição e o carro ruge, ganhando vida.

— E funciona!

— É claro — afirma Jase, presunçoso. — Ponha o cinto. Tenho outra coisa para mostrar a você.

A cidade ainda está calma e silenciosa enquanto passamos pelas ruas. É cedo demais para as lojas abrirem, cedo demais para o Breakfast Ahoy estender sua lona. Mas os entregadores de jornal já fizeram seu trabalho.

Dirigimos pela longa rua que margeia a praia e paramos no estacionamento, próximo ao Clam Shack, local do nosso primeiro encontro.

—Vamos, Sam.

Pego a mão de Jase e andamos pela praia. A areia está fria, firme e úmida por causa da maré alta, mas ainda há aquele brilho de calor no ar, dizendo que será um dia escaldante.

Andamos pela trilha de pedras até o farol. Ainda está um pouco escuro e Jase mantém uma mão firme na minha cintura enquanto passamos com dificuldade pelas enormes pedras desniveladas. Quando chegamos ao farol, ele me puxa na direção dos canos envernizados de preto que formam a escada que leva ao telhado.

—Você primeiro — diz. — Estou bem atrás de você.

No topo, entramos na sala onde o enorme farol encara o oceano, depois subimos para o telhado levemente inclinado. Jase olha para o relógio.

— Em dez, nove, oito...

— Alguma coisa vai explodir? — pergunto.

— Shhh... Vantagens de entregar jornal. Eu sei exatamente a hora em que isso acontece. Shhh, Samantha. Observe.

Deitamos de costas, de mãos dadas, olhando para o mar, e vemos o sol nascer por sobre o teto do mundo.

Agradecimentos

Apesar de nunca ter achado que a escrita era um trabalho solitário, que envolvia apenas o autor e um sótão frio, não fazia ideia — antes de escrever este livro — de quantas pessoas eu precisaria para transformar as palavras que escrevi no livro que hoje está nas suas mãos. Tive uma sorte incrível.

Vou começar com minha maravilhosa agente e eterna companheira, Christina Hogrebe, da Agência Jane Rotrosen. Ela equilibra brilhantemente o conhecimento de mercado com uma análise observadora da história e apoio aos autores nervosos. É absolutamente magnífica.

Meg Ruley e Annelise Robey, também da Jane Rotrosen, que disseram as palavras mágicas — "Você realmente tem talento" — que me fizeram continuar escrevendo. Carlie Webber me emprestou sua experiência com a ficção infanto-juvenil e fez perguntas inteligentes nos bastidores, me ajudando mais do que posso explicar.

Há também Jessica Garrison, minha editora. Um dos dias mais sortudos da minha vida foi quando ela leu *Minha Vida Mora ao Lado* e pôs seu talento e seu conhecimento a favor dele. Não há uma página neste livro que não tenha sido refinada pelo olho de águia de Jess, por sua atenção ao detalhe e por sua criatividade.

"Obrigada" é muito pouco para toda a equipe da Dial/Penguin Books for Young Readers. A memória sobrenatural de Regina Castillo tanto para a gramática quanto para a trama evitaram que eu cometesse muitos erros. Tanto Kathy Dawson quanto Jackie Engel acreditaram neste livro durante a estranha adolescência da obra. Theresa Evangelista criou uma capa muito melhor do que eu podia imaginar e Jasmin Rubero deu um visual maravilhoso às minhas palavras.

Esta história nunca teria chegado ao capítulo final sem a paciência e a sinceridade do meu adorado grupo de críticos da From the Heart Romance Writers. Eles me deram tudo: da ajuda com gírias atuais dos adolescentes ao apoio contínuo. Obrigada, Ginny Lester, Ana Morgan, Morgan (Carole) Wyatt, Amy Villalba, Jaclyn Di Bona e Ushma Kothari. Agradeço também aos amigos da minha cidade natal, que me forneceram informações essenciais sobre a estrutura de um carro, o funcionamento da cabeça de um adolescente e as consequências de acidentes médicos.

Há também a Associação de Escritores de Romances de Connecticut. Depois da primeira reunião, liguei para meu marido e disse: "Encontrei o meu povo." Vocês foram isso e muito mais. Um agradecimento especial para Jessica Anderson, que burilou minha escrita, e para Toni Andrews, que aturou as perguntas intermináveis desta novata.

Assim como os sapatos dela, a generosidade de Kristan Higgins com os novos escritores deveria entrar para a história. Kristan sempre fazia muito mais do que o necessário. Agradeço a ela e aos clones talentosos que ela COM CERTEZA tem. Não é?

Por fim, Gay Thomas e Rhonda Pollero foram incrivelmente generosos durante toda minha jornada de feliz editora deles até colega escritora. Assim como a aranha Charlotte, os dois são amigos para toda obra e escritores incríveis. Sinto-me honrada e afortunada por conhecer os dois.

Meus filhos: vocês me trazem risadas eternas, os melhores momentos, e são lembranças constantes do que realmente importa. Amo vocês mais do que tudo.

Minha irmã, deLancey, segurou minha mão e cuidou de mim durante todo esse processo. Como tenho sorte por ter uma irmã tão incrivelmente protetora, sincera até o último fio de cabelo e absurdamente engraçada. Que nunca namorou jogadores de tênis louros. É claro que não.

Meu pai, que sempre foi meu herói. E Georgia, minha amada madrasta.

E meu marido, John, que acreditou em mim quando disse, no nosso primeiro encontro, que eu "era uma escritora" e que nunca parou de me incentivar a tornar aquela frase realidade. Você é meu fã mais fiel, meu melhor assessor de imprensa e crítico mais bondoso.

Papel: Pólen Soft 70g
Tipo: Bembo
www.editoravalentina.com.br